Jay,

la couverture est en vrai que sur le pc, oui ?

Maintenant, il te reste à découvrir l'histoire ... en français ... 😊

J'espère qu'un jour, tu pourras la lire et que tu l'apprécieras !

Gros Bisoux

et

Joyeux Noël

Rose 💚

L'accord parfait

Du même auteur

Le Calvaire de Daniella

Mélinda, un rêve devenu réalité

Leila et Roderick

Ébène (recueil de 3 nouvelles)

Le Fruit Défendu

La renaissance de Stacy
Le Petit Plaisir - 1

L'Archange déchu (romance M-M)
La Triade – 1

S.C. Rose

L'accord parfait

S.C. Rose © 2015, **tous droits réservés.**

Illustration de couverture © Jay Aheer

Ce livre est une œuvre de fiction. Les noms, personnages, lieux et incidents sont le produit de l'imagination de l'auteur ou sont utilisés fictivement. Toute ressemblance avec des événements réels ou personnes, vivantes ou mortes, est une coïncidence.

ISNB-13 : 978 - 1518653223
ISNB-10 : 1518653227

Prologue

Voyez-vous la vie en couleurs ?
Ma mère m'a toujours dit qu'au-delà des trois couleurs primaires, il y en avait quantité d'autres. Plus belles et plus riches les unes que les autres. Un véritable feu d'artifice semblable au plus splendide des arcs-en-ciel. Et l'on voit ces couleurs au quotidien, dans la vie de tous les jours. N'est-ce pas merveilleux ? Parfois, on en découvre même une ou deux que l'on ne connaissait pas.

Et puis, il y a aussi les couleurs associées à nos sentiments. Chaque émotion, chaque frisson est défini par une couleur.

L'amour par le rouge, l'infidélité par le jaune, l'ennui par le gris, la paix intérieure par le vert, et j'en passe.

Bref, vous l'aurez compris, la vie est faite de couleurs. Ma mère dit toujours que la vie est un festival de couleurs. Il y a des couleurs gaies et des couleurs tristes, vives et pastel, intenses et passives. Il y en a pour tous les goûts, en réalité. Même si, certaines d'entre elles, honnêtement, on s'en passerait volontiers. N'êtes-vous pas d'accord ?

Voyez-vous la vie en couleurs ? Ou en noir et blanc ?
Moi, je sais reconnaître les couleurs. Enfin, plus exactement, je sais reconnaître bons nombre de couleurs, car si l'on me demande la différence entre le bleu foncé et le bleu marine, je vais très certainement répondre « Parce que ce n'est pas la

même couleur ? Bleu foncé, ben… c'est bleu foncé, quoi ! ».

N'êtes-vous pas d'accord avec moi ? L'essentiel, c'est de reconnaître les couleurs et non de capter chacune de leur nuance. Et les couleurs que je vois, je les reconnais sans aucun problème. Mais, étrangement, ma mère ne partage pas mon avis. Selon elle, je ne suis pas à même de voir ces superbes couleurs qui nous entourent. Elle a même été jusqu'à prétendre que je n'en connaissais que deux. Et que, techniquement parlant, ça n'était pas vraiment des couleurs.

À ce stade de la discussion, généralement, le ton monte et nous débattons âprement sur le sujet. Elle, en soutenant que ces deux couleurs n'en sont pas, et moi, en affirmant le contraire. Et ça peut durer longtemps. Très longtemps, même. Du coup, d'une décision commune, nous avons finalement décidé de tomber d'accord sur le fait que nous ne serions jamais d'accord. C'est un bon compromis, je trouve. N'êtes-vous pas de cet avis ?

Voyez-vous la vie en noir et blanc ?

Même si j'ai parfaitement conscience des couleurs qui nous entourent, je n'en vois, pour ma part, effectivement que deux dans la vie de tous les jours : le noir et le blanc. (Si vous partagez l'avis de ma mère à ce sujet, je propose que nous nous mettions immédiatement d'accord sur le fait que nous ne sommes pas et ne serons jamais d'accord. Cela vous convient-il ? Merveilleux !) Donc, par déduction, si je ne vois pas de blanc, je vois forcément du noir. Et vice-versa.

Ma mère en conçoit un certain agacement et ne s'est jamais privée de m'en faire part, mais qu'y puis-je ? Pour moi, la vie est en noir et blanc. Point. Inutile d'épiloguer là-dessus durant trois heures. C'est ainsi et cela ne changera jamais.

Pourtant, dans tout ce noir et dans tout ce blanc, il y a tout de même une pointe de couleur. Une toute petite pointe de couleur. Une *riquiquiminiqui* pointe de couleur. Un magnifique bleu foncé. (Ni bleu marine, ni bleu roi, ni je ne sais quelle autre nuance ! Simplement bleu foncé.) Qui symbolise l'être que j'aime le plus au monde. Celui qui a été mon refuge dans les heures les plus sombres de notre vie.

Andrew Campbell. *Andy*. Mon grand frère.

Vous ne voyez pas la vie en noir et blanc ?

Alors, venez. Je vais vous montrer.

Je suis Annabelle Campbell. Voici mon histoire.

Chapitre premier

La rentrée universitaire. Enfin !
Je devais certainement être la seule folle qui avait attendu ce moment avec autant d'impatience. Au point de cocher minutieusement chaque jour passé sur mon calendrier, et de mettre régulièrement des alarmes sur mon iPhone. Si j'avais eu des copines, dont j'aurais été particulièrement proche, je ne doutais pas un instant qu'elles m'auraient regardée comme un animal de foire. Mais comme ce n'était pas le cas, la question ne s'était heureusement pas posée.

Attention, je ne m'en étais jamais plainte. Évidemment, parfois, dans des moments de faiblesse, j'aurais bien aimé avoir quelqu'un avec qui parler, autre qu'Andy, mais le reste du temps, j'étais bien mieux toute seule. Comme dit le proverbe : mieux vaut être seul que mal accompagné.

Et après ce qui était arrivé à ma famille, je préférais me tenir à l'écart des autres. Pas seulement à cause de l'opinion qu'ils pourraient avoir sur moi, ou sur Andy. Non, pas vraiment. J'avais appris que la solitude n'était pas forcément synonyme de tristesse ou de mal-être, bien au contraire. En étant seule, j'avais pu m'adonner complètement à ma passion : la lecture.

Je pouvais lire des montagnes et des montagnes de livres sans jamais en être lassée, ni dérangée par des copines qui voulaient faire du shopping ou critiquer telle ou telle personne. Se confier des secrets, qui le lendemain, seraient connus de tout le lycée. Non, vraiment, tout cela ce n'était pas pour moi.

Enfin, plus exactement, tout cela *n'avait pas* été pour moi. À dix-neuf ans, je me disais qu'il était peut-être temps que les choses changent, que c'était le moment de tenter le coup. De créer des liens d'amitié avec d'autres personnes et de voir ce qui pourrait en découler. Peut-être que je me rendrais compte que ce n'est pas si mal d'avoir de vrais amis. Et non des faux-culs qui vous tournent le dos au premier obstacle. Ceux-là, sans hésitation, je m'en passais volontiers ! Je n'avais pas de temps à perdre avec des cons.

Et puis, maintenant que j'avais quitté ma banlieue natale, de nouvelles portes s'ouvraient à moi. Les possibilités étaient multiples et diverses. Une occasion de repartir de zéro, en quelque sorte. Loin de la méchanceté et de la médisance des mauvaises langues.

Une nouvelle vie. Un nouveau départ.

Alors, pourquoi ne pas tenter le coup ? Au pire, il y aurait un échec. Mais qu'était-ce *un* échec dans *une* vie ? Une goutte dans la mer, rien de plus. En fin de compte, tellement petite et tellement insignifiante.

Toutefois, me faire des amis n'était pas mon objectif premier en venant m'installer ici. Non, en réalité, si j'avais quitté ma Virginie natale, c'était pour rejoindre Andy. Mon grand frère. Cela faisait maintenant deux ans qu'il était parti, ne revenant que pour les vacances, et il me manquait horriblement. Sans lui, la vie n'était plus la même. Ma vie n'était plus la même. J'avais perdu ma bouée, mon ancre, mon port d'attache. Et si cela m'avait finalement été bénéfique, car j'avais dû apprendre à me débrouiller toute seule, je n'en avais pas moins été profondément perturbée.

Depuis toujours, Andy veillait sur moi. Il était mon preux

chevalier en armure qui pourfendait les méchants dragons. L'image était enfantine, certes, mais tellement proche de la réalité. Sans lui, sans son admirable courage, je ne serais plus là aujourd'hui. Il était mon sauveur, celui qui avait terrassé le monstre qui avait voulu me faire du mal.

Et pour cela, il avait été puni. Je n'avais pas compris pourquoi, à l'époque, et encore maintenant je me disais que la vie pouvait être sacrément vache avec ceux qui ne le méritaient pas.

Comme l'avait dit Phoebe, dans *Charmed*, *« On ne doit pas punir les coupables, mais protéger les innocents »*. C'était un concept que je pouvais comprendre. Rendre justice soi-même n'était jamais souhaitable, ni vraiment profitable. Mais parfois, on n'avait guère le choix. Il arrivait que la barrière entre « protéger » et « punir » soit relativement mince, voire inexistante. Alors, on avait deux options : bien ou mal. Pardonner ou châtier. Blanc ou noir.

Mon frère avait choisi le noir. Et en toute honnêteté, moi aussi j'aurais choisi cette couleur. Malheureusement, le juge n'avait pas partagé notre point de vue. Andy était donc parti en maison de redressement. Durant deux longues et interminables années. Comme je m'en étais voulu à l'époque. Alors que j'étais innocente, je m'étais sentie incroyablement coupable. Il m'avait fallu plusieurs années, et de longs entretiens avec mon psy, pour réaliser que je n'étais pas fautive. Que ce n'était pas de ma faute. Pourtant, si au fond de moi je le savais déjà, l'accepter n'avait pas été chose facile. Quand l'être que vous aimez le plus au monde était puni pour vous avoir porté secours, comment ne pas s'en vouloir ?

Mais cette tragique histoire remontait à sept ans. De l'eau avait coulé sous les ponts depuis. Et malgré la maison de redressement, qui faisait tache dans son dossier, mon frère avait été accepté sans problème à l'UW-River Falls. (University of

Wisconsin-River Falls.) Je ne savais pas bien pourquoi il avait décidé de mettre les voiles jusqu'au Wisconsin, surtout pour un bled paumé comme River Falls. (Dont j'avais totalement ignoré l'existence jusque-là.) Il n'avait jamais voulu m'en donner la raison. Et puis, finalement, c'était un État comme un autre. En plus, il était suffisamment loin de la Virginie pour que personne ne soit au courant de son passé. Et par la même occasion, du mien.

Nouvel État. Nouvelle vie. Nouveau départ.

Ça avait été le credo de mon frère, et, depuis peu, c'était devenu le mien également. Une chance incroyable de repartir, pour ainsi dire, de zéro.

Pourtant, j'avais quand même une petite appréhension. Moi, de nature timide et réservée avec les personnes que je ne connaissais pas, arriverais-je à me faire à mon nouvel environnement et à tenir mes objectifs ? Tenter de se faire des amis, c'était facile à dire, mais concrètement, est-ce que je saurais le faire ? Rien n'était moins sûr.

Chaque chose en son temps.

Avant tout, je voulais revoir mon frère et lui faire la surprise de sa vie. Je ne lui avais pas dit que je m'étais inscrite dans la même université que lui, et que j'y avais été acceptée sans souci. J'avais hâte de voir sa tête lorsqu'il me verrait.

Je pris une profonde inspiration pour me calmer la moindre. J'étais excitée comme une puce à l'idée de revoir Andy. Pourtant, j'avais passé trois semaines avec lui durant les vacances d'été, et qu'on s'était quitté à peine quinze jours plus tôt.

Premier jour d'université, il n'y avait pas de quoi fouetter un chat. De plus, j'attendais ce jour depuis tellement longtemps que ce n'était pas le moment de flancher. Tout allait très bien se passer. Qu'est-ce qui pourrait bien m'arriver ?

Ben, tu pourrais glisser sur les marches des escaliers, juste avant d'entrer dans le bâtiment, au vu et au su de tous... Ça serait la honte totale, ma pauvre fille !

Mouais, j'allais peut-être éviter de penser à ce qui pourrait m'arriver, en fait, sinon, me connaissant, je risquais de passer la matinée dans ma bagnole. À peser le pour et le contre. Et à ce rythme-là, la journée serait finie avant que j'aie pu prendre une décision.

Allez, A, courage ! Tu prends ton sac et tu sors de la bagnole. C'est aussi simple que ça. Allez... Vas-y... Tu attends quoi, là ? Que le Bon Dieu te tombe sur la tête ? Go !

J'attrapai vivement mon sac et ouvris ma portière dans un même mouvement.

VLAN.

— Aïe !

Oh, non... Oh, merde... Ne me dites pas que j'ai...

Je sortis rapidement de ma voiture et je me rendis compte que si. Je l'avais fait. J'avais envoyé ma portière dans la tête d'une fille.

Oh, la loose....

Zut de flûte de crotte de bique !

— Oh, merde ! Je suis désolée ! Est-ce que ça va ? demandai-je en me précipitant vers elle, rouge de honte.

Tu l'as assommée avec ta portière, A ! Comment voudrais-tu qu'elle aille bien ?

Deux yeux bleu clair, très clairs même, se vrillèrent sur moi et me foudroyèrent sur place. Ils avaient l'air de me dire « Non, mais t'es sérieuse, là ? Est-ce que j'ai l'air de bien aller ? »

Qu'est-ce que je disais, A ?

— À ton avis ? Tu m'as envoyé ta portière en plein visage ! T'as failli me péter le nez, pétasse !

Ok. Pour un premier contact avec le monde extérieur, c'était plutôt mal parti. Un très mauvais départ même.

Malgré son ton incisif, moi j'étais tellement mal, que je

continuais à me confondre en excuses. Pathétique.

— Je suis vraiment, vraiment, vraiment désolée. Je prenais mon sac et je n'ai pas fait attention.

A, mets-toi à genoux et implore pendant que tu y es.

— Non. Mais. Je. Rêve ! (Elle détacha soigneusement chaque mot pour que je les comprenne bien. Comme si c'était vraiment indispensable.) T'es passée à deux doigts de me défigurer à vie, et tu crois que tu vas t'en tirer avec un simple « je suis tellement désolée... » (Elle prit une voix de midinette super chiante en essayant de m'imiter.) Ma pauvre… Tu vas regretter ce que tu viens de faire, je te le garantis. Quand mon mec sera au courant, il va te faire passer un mauvais quart d'heure, je te le promets.

Elle en faisait un peu trop là quand même... Non ? Ce n'était pas comme si j'avais essayé de la tuer, en même temps. Je lui avais juste envoyé ma portière dans la figure. Et sans faire exprès. C'était un accident. Un foutu accident ! À l'entendre, on croirait que j'avais commis le crime du siècle.

Ah, j'aime mieux ça, A, tu es sur la bonne voie, continue !

Mais avant que je puisse ajouter quoi que ce soit, elle partit comme une folle en continuant à me dire que j'allais le regretter.

Ne t'inquiète pas, Poupée, c'est déjà fait !

Bien dit, A !

Je poussai un profond soupir et refermai enfin ma portière. Après avoir verrouillé ma voiture, je pris lentement le chemin de la faculté. Mais mon entrain était bien redescendu. Je n'étais plus très sûre de parvenir à me fondre dans la masse. On allait me pointer du doigt une nouvelle fois, c'était certain. Alors que je n'avais pas encore mis un pied dans le campus.

Ça craignait grave pour mes fesses !

Je m'arrêtai devant l'entrée principale du bâtiment central, hésitant clairement à en franchir le seuil. Après l'incident de toute à l'heure, était-ce vraiment prudent de persévérer ? Visiblement, j'étais dans une journée noire. Insister me serait préjudiciable. Le plus sage serait de rentrer dans mon petit meublé, que j'avais pu trouver en location, et d'attendre le lendemain. Non, une semaine. Le plus sage serait d'attendre peut-être une semaine avant de retenter ma chance.

On a la trouille, A ? Tu sais que ce que tu fais revient à reculer pour mieux sauter. Tu en as conscience ? Et si tu baisses les bras maintenant, tu sais comme moi que tu n'y remettras plus jamais les pieds… CQFD.

Non, je reviendrai dans une semaine. Quand les esprits se seront apaisés. C'est plus prudent. Je suis dans une journée noire, si je persiste, je vais enchaîner les malheurs, je le sais. Je vais rentrer.

Si tu fais ça, tu ne reverras pas Andy avant les vacances… Et tu devras lui dire comment ça se passe à la fac, et tout, et tout… Et il t'aura pris la main dans le sac, en pleine salve de mensonges, en deux temps trois mouvements. Tu sais ce qui se passera alors… ?

Ahhaaahhhh !

Comme je détestais quand ma voix intérieure avait raison !

Grrr.

Si elle avait un bouton « OFF », il serait enclenché en permanence. Mais pour le coup, le mal était fait. Si je reculais maintenant, elle avait malheureusement raison, je ne remettrais certainement jamais les pieds dans le campus. Alors que j'avais fait des pieds et des mains auprès de ma mère pour qu'elle accepte que j'y vienne.

Vaincue, et belle joueuse, je reconnaissais ma cuisante défaite. J'inspirai un bon coup et je me décidai, enfin, à franchir le seuil du bâtiment.

Sans audace, pas de gloire…

— Hey, toi, là ! Attends !

Oh, non ! Oh, non ! Oh, non ! Un jour noir, je t'avais bien dit que j'étais dans un jour noir ! Regarde où j'en suis à cause de toi.

Zut de flûte de crotte de bique !

Je me pétrifiai littéralement en voyant une fille rousse se précipiter vers moi, à toutes jambes. Elle me prit fébrilement par

le bras et plongea son regard vert pétillant dans le mien.
— C'est toi qui as mis Lily K.O. à coups de portière ?
Affreusement gênée, je sentis mes joues chauffer et se teinter de rouge. *Génial.* Je me mis à bafouiller des explications :
— Euh… non… enfin, si… mais… pas vraiment… tu vois… c'était un accident… je n'ai pas… fait… exprès, quoi… je ne voulais pas la… enfin, tu vois…

La rousse ne me laissa pas m'embrouiller davantage dans mon misérable cafouillage et m'entraîna rapidement à sa suite. On rejoignit trois autres personnes qui l'attendaient, appuyées contre un des murs du couloir. Il y avait une autre fille, aux longs cheveux bruns ; et deux mecs, un blond et un noiraud. Tous me regardaient comme si je débarquais d'une autre planète. Ou carrément d'une autre galaxie.

Mauvais. C'est mauvais. C'est très mauvais…
— C'est elle ! C'est elle !
Un des mecs, le blond, ricana en secouant la tête.
— On s'en serait un peu douté, Marj'… Y'a pas beaucoup de schtroumpfettes aux cheveux rouges dans le coin.
Charmant.
— Max !
Le mec me lança un rapide coup d'œil, avant de hausser les épaules.
— C'est la description que Lily a faite de toi, en disant que tu avais failli la tuer. Elle l'a hurlé à pleins poumons y'a moins de dix minutes. À cette heure-ci, tout le monde est au courant, c'est pas un secret d'État ! (Il se tourna vers moi.) T'es dans une merde profonde, ma jolie.

Génial. J'avais déjà un petit nom super sexy. Schtroumpfette aux cheveux rouges. *Sympa.* Et tout le monde le savait. *Encore plus génial.* Je sentais que j'allais encore m'éclater cette année.
— Ça, c'est clair, t'as fait fort ! T'as pas froid aux yeux, toi, en tout cas. Mais tu dois avoir des tendances suicidaires, par

contre. T'en prendre à Lily… Sérieux… Tu ne pouvais pas faire pire, s'exclama l'autre fille, en me fixant avec de grands yeux bruns remplis de compassion.

Super génial ! J'aurais dû rentrer chez moi comme je le voulais… Noir, noir, noir ! Un jour noir, bon sang !

— Sauf cracher sur Ly'… Mais ça, personne ne le ferait. Enfin… personne de sensé, évidemment…

Le ton du noiraud sous-entendait clairement que moi, j'en serais capable. Si seulement, il savait !

— Je ne l'ai pas fait exprès… Je ne l'avais pas vue et j'ai ouvert ma portière, c'est tout, tentai-je d'expliquer, d'une petite voix.

Le silence qui s'installa soudain me mit terriblement mal à l'aise. Enfin, encore plus mal à l'aise que je ne l'étais déjà. Je surpris des regards échangés en coin et des mines effarées.

— D'accord…, déclara lentement la rousse qui se tenait à mes côtés. T'es nouvelle dans le coin, pas vrai ? (Je hochai rapidement la tête en me mordillant nerveusement la lèvre inférieure.) Ok. Je comprends mieux. Tu ne te rends pas du tout compte de ce que tu viens de faire, en fait. Que t'aies envoyé ta portière dans Lily, accidentellement ou non, n'est pas vraiment le fond du problème, tu vois. Le truc, c'est que tu t'en es prise à la meuf de Drew. Et ça, c'est mauvais, très mauvais pour toi.

— Drew, tu vois, c'est l'un des deux mecs à ne jamais chercher dans le coin. Et quand je dis « jamais », je veux vraiment dire *« jamais »*. À moins d'avoir envie de passer un sale quart d'heure. Vraiment moche, reprit l'autre fille du groupe. Drew et Ly' sont les personnes à éviter par excellence.

— Ils ont mauvais caractère et ne sont pas réputés pour leur gentillesse, si tu vois ce que je veux dire, la coupa abruptement le noiraud. Tous ceux qui leur cherchent des noises, à eux ou aux membres de leur groupe, s'en mordent les doigts. Filles ou garçons, ils ne font aucune différence. Tu les cherches, tu les trouves. Et tu paies l'addition. C'est aussi simple que ça.

— Et toi, ma jolie, t'es dans la merde parce que tu t'en es prise à la meuf de Drew. Tu vas morfler grave, poursuivit le mec blond, sans aucune compassion. Bordel, j'voudrais pas être à ta place !

— Max !

Après tout ce flot d'informations, qu'ils m'avaient déversé dessus sans s'arrêter une seule seconde, je me raccrochai à ce détail, pourtant bien insignifiant au vu de la situation actuelle. Max. Le blond s'appelait Max. Elle l'avait déjà dit une fois. Je m'en souvenais maintenant.

Et il a l'air d'être un abruti profond, A, si tu veux mon avis.

Pour le moment, je me passerais de tes commentaires, merci ! J'ai déjà assez de mal à suivre comme ça…

C'est toi qui vois, A…

C'est tout vu !

Donc, pour résumé : Max, et les trois autres me voyaient déjà à l'article de la mort, pour ne pas carrément dire six pieds sous terre. Effectivement, la partie semblait mal engagée. Cela étant, je possédais un atout dans mon jeu qu'ils ne connaissaient pas encore et qui était de taille.

Andy.

— Je vois…, murmurai-je, du bout des lèvres. C'est mal engagé, en effet. Mais comme je me suis excusée platement… peut-être que son petit ami…

— Son petit ami ? Tu sors de quel patelin pour parler comme ça ? se moqua Max, en gloussant bêtement. Son petit ami, sérieux…

Puis il rugit de rire.

Abruti profond totalement dénué de cervelle !

Pour une fois, je ne contredis pas ma voix intérieure. Prenant une profonde inspiration, je décidai de reformuler différemment ma pensée, sans prêter attention aux moqueries persistantes de

Max. Après tout, j'en avais vu d'autres. Et bien pire.

— Je me suis excusée et je suis nouvelle. Son mec sera peut-être compréhensif...

— Oublie ! Lily en fera toute une histoire. Elle a déjà commencé d'ailleurs. Drew, ou pire Ly', viendra te voir. À moins qu'ils ne viennent ensemble, c'est également une possibilité. Quoiqu'il en soit, tu ne vas pas y couper, ma jolie, m'interrompit Max, toujours hilare.

Ok. J'allais donc vraiment avoir besoin de mon atout. Dans ces conditions, mieux valait que je me mette en chasse immédiatement. Une petite pointe de doute, avec un soupçon d'espoir, me traversa brusquement l'esprit.

Serait-ce possible que Drew soit... Andy ?

— Drew, c'est le diminutif d'Andrew ? demandai-je brusquement, d'une voix pourtant hésitante.

— Okaaaayyyy. On te dit que t'es dans la panade totale, et toi, tout ce qui t'intéresse c'est de savoir si Drew est le diminutif d'Andrew. Ouah ! Celle-ci on me l'avait jamais faite ! s'exclama une nouvelle fois Max, en me détaillant comme l'on aurait observé un insecte au microscope. T'es vraiment trop space... Les gars, je me casse. À plus.

Après avoir donné une tape sur l'épaule du noiraud, Max nous planta là, immédiatement suivi par son compère.

Okay, d'accord. De mieux en mieux. Visiblement, faire connaissance avec de tierces personnes, et éventuellement créer un lien d'amitié, c'est pas trop ta came, A. Mais bon, un abruti pareil, sérieux, on s'en passera. Et plutôt deux fois qu'une. Bien joué, A !

— C'est vrai que t'es plutôt zarbi..., déclara la brune en me fixant intensément, le visage impassible, avant de se fendre dans un immense sourire. J'A-DO-RE ! Tu me plais bien. Si, si, je t'assure ! Marj', cette fille me plaît !

La dénommée Marj' leva les yeux au ciel avant de pouffer.

— Tu m'étonnes qu'elle te plaît ! Elle a mis Lily K.O. à

coups de portière !

Elles se tournèrent vers moi d'un même mouvement et levèrent simultanément leurs pouces en l'air.

— La classe ! dirent-elles en cœur.

Ouah, si je m'attendais à ça.

— Dommage que tu risques d'en mourir, soupira soudain la brune. Mais pour en revenir à nos moutons, et répondre à ta question par la même occasion, oui, Drew est bien le diminutif d'Andrew. Andrew Campbell, pour être précise. Mais personne ne l'appelle comme ça. Ici, c'est juste Drew.

Je poussai un discret soupir de soulagement et masquai ma joie comme je le pus. Vu la réputation de mon frère, mieux valait attendre de l'avoir vu avant d'annoncer que j'étais sa petite sœur.

Trouillarde !

Oh, mais ferme ta bouche, toi ! Tu ne veux pas me lâcher trente secondes ?

Naaaannnnn ! Et pis, honnêtement, je te manquerais trop, avoue ?

Ouais, c'est ça ! Même pas en rêve…

Après ce constructif débat avec ma voix intérieure, j'adressai un sourire timide à mes potentielles nouvelles copines. Enfin, potentielles copines tout court, vu que je n'en avais pas une seule. (Le terme « *nouvelle* » sous-entendait que j'en avais déjà, ce qui n'était pas le cas.) Mais comme elles avaient dit que je leur plaisais, j'avais mes chances.

Qui ne tente rien n'a rien. Allez, go !

— Ok. C'était juste pour savoir. Curiosité maladive et déplacée, en l'occurrence, je le crains, mentis-je effrontément. (Je n'avais jamais dit que je serais complètement honnête, non plus.) Je suis Annabelle, mais on m'appelle généralement Anna. Je suis effectivement nouvelle dans la région. Je viens de Virginie, en fait. Mais, visiblement, je n'ai pas été bien inspirée de venir ici… vu que je vais mourir incessamment sous peu…, soufflai-je du bout des lèvres, les yeux rivés sur mes chaussures. Moi ? Sarcastique et timide ? Oh, si peu.

La brune pouffa de plus belle et me prit chaleureusement dans ses bras.

Okay, d'accord… Je suis censée faire quoi, moi, maintenant ? Complètement prise de court, je restai figée sur place, ne sachant pas quelle attitude adopter. Heureusement, elle ne s'en vexa pas.

— Je t'adore ! Je sens qu'on va super bien s'entendre, toutes les trois. Moi, c'est Kimberly, mais je préfère Kim, tout court. Kimberly, c'est trop pompeux. (Grimace guindée, avec haussement de sourcil hautain. Illustration parfaite de sa pensée.) Elle, c'est Marj', pour Marjory. Ouais, on est plutôt fana des diminutifs dans la région. Donc tu vois, tu te fonds sans problème dans le paysage !

— Heureuse de savoir que je remplis au moins un critère, dis-je, d'un air pince-sans-rire.

Mes nouvelles copines m'adressèrent un clin d'œil au moment où la première sonnerie retentit. Dans cinq minutes, les cours débuteraient. Fini la parlote, il était temps que chacun rejoigne sa salle de classe. À moins de vouloir être en retard. Très peu pour moi. Surtout le premier jour. Je m'étais assez fait remarquer comme ça.

— Merde, je vais être en retard ! Faut que j'y aille ! s'exclama Marj', rejoignant inconsciemment le fil de mes pensées, avant de partir en courant. À plus, les filles !

Alors que j'ouvrais vivement mon sac pour en extraire rapidement la liste de mes cours, ainsi que le plan du campus, Kim continua à me parler comme si de rien n'était. Être en retard ne lui faisait visiblement pas peur.

— Tu as quelle matière en premier, Anna ?

— Psycho, annonçai-je après un rapide coup d'œil à mon horaire. Ouf, je suis dans le bon bâtiment ! Par contre, faut que je me magne le train si je ne veux pas être trop en retard. Je dois monter…

— Ok. On se retrouve à la cantine du bâtiment sud pour déjeuner ? Enfin, si ton emploi du temps le permet, bien sûr… (Hochement de tête affirmatif.) Super ! Il paraît que la bouffe y est correcte, on verra bien. Enfin… si tu survis jusque-là, bien sûr, ajouta-t-elle en me faisant un clin d'œil.

Je me retins de justesse de lever les yeux au ciel. À la place, j'acquiesçai bien sagement, avant de m'élancer dans les escaliers. Je devais aller au troisième. Fallait que je me magne. Il n'y avait rien de pire que d'arriver en retard pour être dans la ligne de mire de tout le monde. Et mon but, à moi, c'était plutôt de passer inaperçue. Surtout après le fiasco de la portière.

Je sentais que tout cela allait me créer des ennuis dont je me serais bien passée.

Chapitre 2

Contrairement à mes prévisions, la matinée s'était finalement plutôt bien passée. Je n'avais mis personne K.O. à coups de cahier, je n'avais marché sur aucun pied ni heurté qui que ce soit. D'un autre côté, personne n'avait tenté de me tuer, que ce soit avec les mains ou avec un regard incendiaire.

Bilan de la matinée : rien n'à signaler, tout semblait être sous contrôle.

Il fallait seulement espérer que cela durerait. Mais généralement, au moment même où l'on se faisait cette réflexion, c'était là que les ennuis débarquaient. J'aurais donc dû m'y attendre.

Ça n'avait pas été le cas. Quelle erreur !

— Hey, toi, là ! La schtroumpfette aux cheveux rouges !

Eh, merde !

J'avais vraiment cru que je pourrais m'en tirer facilement, au moins jusqu'au réfectoire. Tout en ayant l'espoir secret que cela durerait jusqu'à la fin de la journée.

Jour noir ! Noir, noir, noir ! Combien de fois vais-je devoir le répéter ?! Aujourd'hui, c'est un jour N-O-I-R, noir !

Je me retournai lentement, en poussant un léger soupir de dépit. Du coin de l'œil, je vis que les autres élèves me lançaient des regards apitoyés.

Génial !

Je me retrouvai face à la poupée blonde de ce matin, Lily, si je me rappelais bien, et un mec à la mine patibulaire. Qui n'était en aucun cas mon frère.

Zut de flûte de crotte de bique.

C'est qui, lui, d'abord ?

Pourvu que ça ne soit pas ce Ly', dont les autres avaient parlé avec crainte ce matin.

Pourquoi mon frère n'était-il pas avec sa petite… non, sa meuf ! Pourquoi n'était-il pas avec sa meuf ?

Noir, noir, noir.

— Euhm… moi ? demandai-je, un peu bêtement.

Complètement prise de court, m'attendant à faire face à mon frère, je ne savais pas comment réagir.

— À ton avis ? Tu connais d'autres schtroumpfettes aux cheveux rouges ?

Okaaaayyyy, d'accord. Ça s'annonce mal.

Zut de flûte de crotte de bique.

— En réalité, je n'en connais aucune…

— Ben, regarde-toi dans un miroir, et tu feras connaissance !

Poupée gloussa, comme si Mine patibulaire avait dit quelque chose d'hilarant. Les blagues sur les blondes prenaient enfin tout leur sens. Poupée ne les avait sûrement pas inventées, mais elle les avait assurément inspirées !

— Écoute, si c'est pour cette histoire de portière, je suis vraiment désolée, comme je l'ai déjà dit ce matin. Je ne l'ai pas fait exprès, tentai-je vainement d'expliquer, d'une voix légèrement tremblante.

Mon manque d'assurance me hérissait le poil, mais j'étais comme ça. Sans avoir ma langue dans ma poche, j'étais plutôt du genre « souris grise ». Discrète et effacée. Ainsi que tremblante face à un danger.

Mouais, ça, c'est valable pour les inconnus, A, parce qu'avec les autres…

Tu as l'impression que je les connais, ces deux-là ?
Euh… non…
Ben alors ?… bécasse…
Voix intérieure : zéro ; Anna : un.

— Ha ! T'en aura fallu du temps pour demander pardon ! Mais ça aurait peut-être été mieux si tu l'avais fait tout de suite, tu ne crois pas ?

En entendant les paroles sarcastiques de Poupée, j'écarquillai les yeux, sidérée. Mais c'était quoi cette histoire encore ? Je m'étais excusée immédiatement après. Qu'est-ce qu'elle cherchait à faire ? M'attirer encore plus d'ennuis ?

— Tu plaisantes, j'espère ? Je me suis excusée tout de suite !

Mine patibulaire avança d'un pas, l'air menaçant, et je sentis un frisson d'angoisse remonter le long de ma colonne vertébrale. Mauvais, ça sentait de plus en plus mauvais.

Merde, merde, merde. Mais où était Andy ?

— Lily te donne l'impression de plaisanter, peut-être ? Parce que je t'assure que c'est pas le cas ! Alors maintenant, tu lui présentes des excuses. Et dans les règles de l'art, Schtroumpfette aux cheveux rouges.

— Pardon ?

— Tu te mets à genoux et tu implores son pardon. Vite.

Bouche bée, je les fixai sans réagir. Était-ce une plaisanterie douteuse ? Vu la tête de six pieds de long qu'ils tiraient, tous les deux, j'en déduisis que non. Pensaient-ils vraiment que j'allais m'agenouiller devant eux ? Alors là, ils rêvaient. J'avais beau être terriblement timide, souris grise, et tout le tralala, je n'étais pas pour autant une carpette ! Même pas en rêve que je m'agenouillerais devant eux ! *Même pas en rêve.*

— Là, c'est toi qui plaisantes, j'espère ?

Mine patibulaire m'agrippa violemment le bras et serra fort, m'arrachant une grimace de douleur.

— À genoux ! Maintenant !

Je serrais les dents en tentant d'endiguer la douleur, tout en refusant catégoriquement de m'agenouiller devant cette pétasse. Pétasse qui buvait du petit lait en ce moment même. Celle-ci, si je pouvais lui faire sa fête !

C'était peut-être le moment de…

— Mais qu'est-ce qui se passe ici, bordel ? s'exclama une voix grave, et terriblement familière, dans mon dos.

Sauvée par le gong ! Une fois de plus. Tu as eu chaud aux fesses, A.

Gnagnagna…

Fichue voix intérieure ! Pourquoi devait-elle toujours avoir raison ? C'était agaçant à la fin.

— Drew ! Cette salope de schtroumpfette aux cheveux rouges m'a envoyé la portière de sa voiture en plein visage, ce matin, et elle a failli me péter le nez ! Mais le pire, c'est qu'elle ne s'est même pas excusée ! Joey vient de lui demander de le faire et elle refuse encore ! s'écria Poupée, en se précipitant vers mon frère.

— Une schtroumpfette aux cheveux rouges… Sérieusement ? (Il y eut une courte pause.) Mais qui a trouvé ce surnom débile ?

Cette voix-ci, je ne la connaissais pas. À elle seule elle aurait pu congeler tout le bâtiment, tant elle était froide. Pour ne pas dire réfrigérante, voire carrément glaciale. Au choix. Une peur irrationnelle s'empara de moi. Cet homme était mauvais, j'en étais intimement convaincue. C'était de lui qu'il faudrait que je me méfie le plus.

— Tant d'histoires pour si peu, marmonna mon frère, avant de me contourner pour me faire face. Le plus simple serait que…

Il s'arrêta net en croisant mon regard. Je vis ses prunelles bleu foncé, parfaitement identiques aux miennes, s'arrondirent de surprise. Il me dévisagea longuement, les yeux ronds comme des soucoupes, bouche bée. Évidemment, si j'avais pu choisir, j'aurais voulu que nos retrouvailles se passent dans d'autres circonstances, mais bon...

Surprise, surprise !

— Souris... ?

— Salut, Andy. (Petit sourire d'excuse.) Depuis le temps, je pensais que tu saurais mieux les choisir. (Signe de tête en direction de Poupée.) Mais visiblement pas. Rien dans la tête et tout dans le soutif, hein ? (Les règles du jeu venaient juste de changer et j'en profitai honteusement.)

J'entendis une exclamation scandalisée dans mon dos.

— Non mais hé, pétasse ! Tu te prends pour qui ? Tu...

— La ferme ! la coupa sèchement mon frère. Et toi (il posa un regard mauvais sur le mec qui me tenait toujours), lâche-la tout de suite !

Aussitôt demandé, aussitôt exécuté.

Mouais, c'était plutôt cool d'être mon frangin ! Donner des ordres, c'était en quelque sorte une seconde nature chez lui. Et tant que ce n'était pas à moi qu'ils étaient adressés, je n'étais pas contre ! Encore moins dans la situation actuelle.

Tu as vraiment eu chaud aux fesses, A, tu le sais, ça, pas vrai ?

Ouais, chais.

Moi ? De mauvaise foi ? Oh, si peu... Juste un chouïa, à la rigueur...

— Qui est cette fille, Drew ? s'écria Poupée en rejoignant rapidement mon frère.

— Elle est tout ce que tu n'es pas...

Poupée s'esclaffa bruyamment.

— Ça, je le sais ! Suffit de la regarder !

Mon frère se figea. Il lui lança un regard neutre qui ne me trompa nullement. Il était vert de rage et Poupée allait sacrément morfler. Bien fait pour elle ! Meuf ou pas meuf, personne ne parlait à sa petite sœur de cette manière, encore moins sur ce ton.

Que c'était bon d'être moi ! Un sourire purement sadique naquit dans mon esprit.

T'es sûre d'être une souris grise, A ?

— Ce qui veut dire ?

— Ben, regardes-la et regardes-moi, chéri. Il n'y a quand même pas photo !

— Ça, c'est clair…, approuva Drew en hochant la tête. Elle, c'est du cent pour cent naturel, alors que toi…

Cette fois, c'était moi qui m'esclaffai devant la mine déconfite de Poupée. Mon frère savait frapper là où ça faisait mal. J'aurais pu éprouver de la compassion pour cette pauvre fille, mais…

Désolée, Poupée, je suis dans un jour noir. Une prochaine fois, peut-être…

— Drew, qu'est-ce que…, balbutia-t-elle pathétiquement, visiblement prise de court.

Mon frère s'approcha de moi et passa un bras autour de mes épaules en souriant.

— Lily, je te présente Anna, la fille la plus honnête et la plus pure que je connaisse. (Ok, il en faisait peut-être un poil trop, là.) Anna, voici Lily, une menteuse invétérée, visiblement, et accessoirement mon ex.

La mâchoire de Poupée se décrocha et tomba dans un bruit sourd. Quel bruit délectable.

— Qu-qu-quoi ? Drew, mais qu'est-ce que tu racontes ? Et pis, c'est qui cette pétasse, d'abord ?

Mon frère se redressa d'un bloc, et même sans le voir, je savais que son visage était devenu un masque dur et impénétrable. Du granite à l'état brut.

— Fais très, très attention à la manière dont tu parles d'Anna ! Maintenant, casse-toi ! Je veux plus te voir.

— Mais, Drew…

— Casse-toi, j'ai dit ! À trois, vaudrait mieux que tu sois partie. Un...
— Drew...
— Deux...
— Mais...
— Tro...

Poupée ne le laissa pas terminer et partit en courant, sans demander son reste. Choix judicieux, à mon humble avis. En la voyant fuir, je pris conscience que le couloir était désert. Incroyable ! Ils étaient tous partis, et je ne le remarquai que maintenant. Mais quelle bande de lâches !

Je me tournai vers Andy pour lui lancer un regard narquois.

— Toi et les filles, Andy... Sérieusement...

Mon frère fronça les sourcils et me donna une chiquenaude sur le nez.

— Sale gamine, surveille un peu ton langage ! Je te signale que tu en as fait fuir une nouvelle !

Je pris un air faussement effaré.

— Mon Dieu, je suis complètement, totalement, irrémédiablement désolée. Si tu savais comme je m'en veux de t'avoir fait perdre une poupée de plus. Tu veux que j'aille t'en acheter une autre ? Une vraie de vraie, pour me faire pardonner ? Gonflable et malléable, promis ! Et surtout... silencieuse...

Andy éclata de rire, avant de me serrer fort dans ses bras, au point de m'étouffer. Mais j'étais tellement heureuse de le retrouver que je n'y attachai aucune importance. Nous étions réunis, enfin, et c'était tout ce qui comptait vraiment.

— Comme c'est bon de te revoir, souris ! Si tu savais comme tu m'as manqué !

— Toi aussi, Andy, toi aussi.

Mon frère se recula et il me caressa tendrement la joue. Ses yeux pétillaient de joie.

— Et si maintenant tu me disais ce que tu fais là, exactement ? Et qu'est-ce que tu as fait à tes cheveux, Bon Dieu ? La dernière fois que je t'ai vue, ce qui remonte à un peu plus de quinze jours, tu les avais longs et bruns. Comme ils ont toujours été, d'ailleurs. Et maintenant, ils sont courts et rouges. Mais qu'as-tu fait ?

J'arquai un sourcil, un brin moqueur.

— Un truc incroyable et complètement innovant. Du jamais vu. Tu ne vas pas y croire... Je suis allée chez le coiffeur...

Andy me tira la langue.

— C'est ça, moque-toi, sale gamine. Tu as de la chance que ça t'aille bien, sinon j't'aurais botté l'arrière-train sans état d'âme ! Mais, ça ne me dit toujours pas ce que tu fais là...

Je lui souris malicieusement, en prenant mon air le plus innocent.

— Eh bien, je te fais un gros câlin ? hasardai-je, en haussant les épaules.

Il me fit les gros yeux. Ok, l'heure de la plaisanterie était terminée. *Au temps pour moi.*

— Je voulais te faire une surprise, en réalité. Vois-tu, il se pourrait que je me sois inscrite dans cette université...

Un franc sourire illumina le visage d'Andy.

— Sérieux ?

Je me mordillai la lèvre inférieure en hochant lentement la tête.

— Vi. Surprise !

Je me sentis brusquement soulevée dans les airs et le monde se mit à tournoyer autour de moi. J'éclatai de rire, heureuse comme jamais. Quand il me reposa sur la terre ferme, je lui embrassai la joue.

— Tu m'as tellement manqué, Andy. Tellement manqué.

— Toi aussi, souris. Toi aussi.

La voix que j'avais entendue tantôt, toujours aussi froide et

réfrigérante, s'éleva une nouvelle fois. J'en eus la chair de poule.
— *Andy ?*
Mon frère se détacha de moi et se tourna, m'entraînant dans son mouvement. Je découvris enfin à quoi ressemblait cet homme que je pressentais comme infiniment dangereux.
Et mon cerveau se déconnecta. Comme ça, sans prévenir. Black-out complet.
Cet homme était… *Ouah !* Grand, très grand même (deux têtes de plus que moi, au moins) ; large d'épaules ; biceps impressionnants ; pectoraux saillants ; ventre plat et musclé (tablettes de chocolat garanties… si je ne pouvais pas les voir, je les devinais facilement) ; et une taille fine. Je notai tout ça au premier coup d'œil. Je devais fournir des efforts colossaux pour ne pas me retrouver à baver d'envie. Langue pendante et tutti quanti. Il fallait reconnaître que le débardeur blanc qu'il portait n'aidait en rien, bien au contraire.
Dwayne Johnson. Ce mec avait le physique de Dwayne Johnson.
Merci, mon Dieu, d'avoir conçu une telle perfection !
Son physique très avantageux, du moins c'était mon avis, ne correspondait pas du tout à ce que sa voix glaciale promettait. Une délicieuse surprise. Vraiment délicieuse. Et ça ne s'arrêtait pas là. Oh que non ! Ses cheveux noirs, mi-longs, tombaient harmonieusement autour de son visage, lui donnant un air de mauvais garçon (qu'il était très certainement) absolument irrésistible. Des pommettes saillantes, une barbe de trois jours ainsi que de belles lèvres charnues complétaient cette œuvre d'art. Et cerise sur le gâteau (miam, miam), des iris vert pâle illuminaient merveilleusement ce visage sombre, y ajoutant une touche de couleur bienvenue.
Pour la première fois de ma vie, je donnai une nuance à une couleur. (À noter dans les annales.) Vert menthe. Ses yeux étaient vert menthe.

A, as-tu la moindre idée de ce qu'est exactement la nuance vert menthe ?

Non, aucune. Mais elle doit être ainsi. Pâle, claire, pastel.

Voilà que tu deviens poétique… On aura tout vu !

— Attention, mec, seule Anna a le droit de m'appeler comme ça ! déclara Drew d'un ton amusé, mais dur.

Heureusement pour moi, Andy plaisantait joyeusement avec son pote et n'avait, de ce fait, pas vu que ma langue était en train de faire le remake du tapis rouge. Le summum de la honte. Je tentais de la remettre discrètement dans ma bouche, sans que personne ne s'en aperçoive. Mais vu les mètres qui s'étaient malencontreusement déroulés, ce n'était pas gagné d'avance.

— Vraiment… ? susurra L'œuvre d'art, l'air sardonique, sans me prêter la moindre attention.

Comme c'était vexant ! Alors que moi j'en étais réduite à l'état de carpette ambulante, lui ne m'avait pas jeté le plus petit regard. À croire que j'étais transparente. Je risquai un rapide coup d'œil sur mon corps, histoire de vérifier que j'appartenais toujours au monde des vivants et que, ce faisant, j'étais toujours parfaitement visible. Affirmatif. J'étais encore là. Toutefois, je ne fus pas certaine que c'était vraiment une bonne nouvelle.

— Vraiment.

— Et peut-on savoir pourquoi (il me lança un bref regard. *Enfin !*) Anna a ce privilège ?

Ma langue regagna sa place initiale dans un claquement sec. Le regard qu'il m'avait lancé venait de me glacer le sang. Ainsi que tout le reste. Ce mec était peut-être une véritable œuvre d'art, un canon ambulant, mais la froideur qu'il dégageait refroidirait un volcan en éruption. Aucune chaleur, aucune lueur bienveillante n'illuminait ses iris clairs. Uniquement un froid arctique.

Glacée jusqu'au sang, je frissonnai. Je dus me faire violence pour ne pas reculer.

Je retire ce que j'ai dit précédemment, A, tu es bien une souris grise !

Comme s'il avait senti la peur qui m'avait soudain envahie, il tourna ses yeux de glace vers moi. J'y vis distinctement de la méchanceté à l'état pur. Encore une fois, je fus convaincue que ce mec était dangereux.

Souris grise aux tendances paranoïaques, même…

— Mais parce que c'est ma petite sœur, tout simplement.

La lueur malveillante, qui brillait un instant plutôt dans les prunelles pâles qui me dévisageaient sans ciller, disparut comme par magie. Elle fut remplacée par un éclat de surprise. Ce qui me laissa perplexe.

Mais c'est qui ce mec, exactement ?

— Ta petite sœur ?

— Mmmhmmm.

Andy tourna la tête vers moi et me fit un clin d'œil complice.

— Ly', je te présente officiellement Annabelle, ma petite sœur. Souris, voici Ly', mon meilleur pote.

Un coup de massue ne m'aurait pas laissée plus hébétée. Ly'. Son meilleur pote. Ce mec, à l'aura maléfique, était le meilleur pote de mon frère.

Oh, bon sang !

C'était également le mec envers qui l'on m'avait mise en garde. Un mec plutôt pas commode, au bas mot.

Zut de flûte de crotte de bique !

Noire, journée noire ! Je dois le dire encore une fois ?

Heureusement, je me repris rapidement et adressai un sourire tremblotant à Ly'.

— Salut, Ly'.

— Annabelle…

Sa voix n'avait pas changé d'un iota. Toujours aussi froide. *Génial. Ça promettait…*

— Tout le monde m'appelle Anna, en fait.

Haussement de sourcils et sourire narquois. Ok, ma

remarque ne lui avait visiblement pas plu.

— Je ne suis pas tout le monde.

Okaaaayyyy, d'accord. Je sens qu'on va drôlement bien s'entendre, tous les deux. Comment je le sais ? Oh… mon petit doigt vient de me le souffler…

— Oui, bien sûr. Quoi qu'il en soit, je suis enchantée de faire ta connaissance, Ly', dis-je finalement, faute de mieux, et voulant mettre un terme à notre échange sans être grossière.

Bonne éducation, quand tu nous tiens.

Son sourire s'effaça et ses yeux lancèrent des éclairs. Je venais de dire ce qu'il ne fallait pas apparemment. Ça devenait une détestable habitude…

— Dommage que je ne puisse pas en dire autant… Mec, on se retrouve au parking… Oups ! Je voulais dire, *Andy*…, sifflota Ly' en remontant tranquillement le couloir. (Il empoigna fermement le bras de Mine patibulaire en passant à ses côtés.)

Oh, pétard ! Pourquoi je n'ai pas dit ça, moi, d'abord ??

Peut-être parce que tu as eu peur ?

Même pas vrai !

Mais oui, bien sûr ! Je vais faire comme si je te croyais, OK ?

— Je sens qu'il n'est pas près de me lâcher avec ça ! Mais bon, si c'est le prix à payer pour t'avoir avec moi, ici, je ne vais pas faire le difficile et ronchonner !

L'attitude distante (pour ne pas dire carrément inamicale) de Ly' ne semblait pas perturber mon frère outre mesure. Mais voulant savoir à quoi m'en tenir, histoire d'éviter au maximum de commettre un nouvel impair, je lui adressai un regard en coin qui en disait long.

— Il est un peu… spécial, ton pote, non ?

Andy redevint instantanément sérieux et me lança un regard grave qui m'interpella.

— Il est méfiant et très réservé avec le sexe faible. Comme moi, il a vécu des trucs pas évidents et ça a fait de lui ce qu'il est aujourd'hui. Mais c'est un mec bien et un ami fidèle. Attends de mieux le connaître et tu te forgeras ta propre opinion, d'accord ?

Mouais, perso, j'étais sceptique. Mais comme je ne tenais pas vraiment à me prendre la tête avec mon frère le jour de nos retrouvailles, je gardai mon opinion pour moi. Surtout pas pour un mec un peu… zarbi, comme dirait Kim. Je tâcherais d'éviter Ly' au maximum, comme ça je resterais sagement à distance de problèmes éventuels. Ce mec me donnait froid dans le dos et c'était absolument hors de question que je recherche sa compagnie pour faire connaissance. Meilleur pote de mon frère ou pas !

Et puis, mon petit doigt me disait que Ly' ne tenait pas à me connaître non plus. Garder mes distances était le choix le plus judicieux que je pouvais faire.

— Bon, si l'on allait manger maintenant ? Je ne sais pas toi, souris, mais moi, j'ai une faim de loup.

Connaissant l'appétit d'ogre de mon frère, je n'en doutai pas un instant. Pourtant, j'appréhendais légèrement le moment où Kim et Marj' comprendraient que j'étais la sœur de Drew. J'espérais qu'elles ne le prendraient pas trop mal et qu'elles ne m'en voudraient pas pour cette cachoterie. Ni pour être la sœur d'un des mecs les plus craints du campus.

Si elles ne l'acceptent pas, c'est qu'elles n'auraient jamais pu être de vraies amies pour toi, A.

Mouais, pas faux. Encore une fois, ma voix intérieure visait dans le mille. Combien de filles s'étaient détournées de moi après ce qui s'était passé ? Sachant que j'étais la sœur du terrible et terrifiant Andrew Campbell, on m'avait pointée du doigt et mise à l'écart. Et les rares personnes qui avaient continué à me parler, c'était uniquement pour avoir des choses croustillantes à raconter aux autres. J'y avais mis le temps, mais quand j'avais découvert ça, je n'avais eu aucun scrupule à couper les ponts avec tout le monde. J'étais alors devenue une vraie solitaire.

Mais avoir de vraies copines, ça serait cool. En fait, ça serait carrément cool.

On allait entrer dans la cafétéria quand mon frère se fit interpeller par un mec. Ne voulant pas faire connaissance avec un autre de ses potes, surtout s'il ressemblait aux deux premiers, je lui dis que je l'attendais à l'intérieur. Je repérai immédiatement Kim, qui devait me guetter vu les grands signes qu'elle m'adressait à peine le seuil franchi, et lui montrai le buffet d'un doigt. Elle leva les deux pouces, puis m'indiqua la place libre à leur table. Je hochai la tête en souriant.

Message reçu.

Je me glissai habilement dans la file en prenant un plateau. Comme il faisait chaud, je me contentai d'une simple salade, type César, et d'une petite salade de fruits. Je tendis le bras vers une bouteille d'eau quand une main masculine me devança.

— Toujours en vie, Schtroumpfette aux cheveux rouges ?

Je me tournai vers le mec qui venait de me parler et fronçai les sourcils en reconnaissant Max.

Qu'est-ce qui allait encore m'arriver ?

— Ben oui, comme tu vois.

Il lança la bouteille en l'air, puis la rattrapa.

— Tic-tac, tic-tac, l'heure tourne, ma jolie.

— Un problème ? demanda mon frère en passant un bras autour de mes épaules.

Ce fut avec un plaisir non dissimulé que je vis le sourire narquois de Max se flétrir. Il leva les mains en l'air, après avoir rapidement posé la bouteille sur mon plateau, et secoua vivement la tête.

— Non, non, du tout. Aucun problème, Drew.

— T'es sûr ? Parce que j'ai eu l'impression que tu avais un souci avec Anna, dit-il en me lançant un regard interrogateur. Ce mec te fait chier, souris ?

Je vis les yeux de Max s'écarquiller. Pour une fois, il avait perdu son air supérieur et il ne faisait plus le malin. Son teint avait même viré au blanc.

— Nan, aucun problème, Andy. Mais à cause de l'incident avec Lily, il pensait que tu allais me faire ma fête. Il me mettait en garde, c'est tout.

Ok, ce n'était pas vraiment la vérité, mais bon, je ne voulais pas me mettre à dos la moitié du bahut dès le premier jour. Fallait calmer le jeu. Il y avait déjà assez de personnes qui n'étaient pas franchement contentes de me connaître. Je ne tenais pas à en ajouter de nouvelles. Surtout que Max était un ami de Kim et Marj'.

Andy plissa les yeux, suspicieux, mais n'ajouta rien. Heureusement.

— On va manger, souris ?

Je mordillai ma lèvre inférieure, indécise.

— C'est que… je devais manger avec deux filles que j'ai rencontrées ce matin… Et…

Andy leva les mains et me fit un grand sourire.

— Ok, pas de souci. Va manger avec tes copines. On est dans la même université, maintenant, on peut se voir quand on veut.

Dans la même université, dans la même ville, dans le même État… Ouais, ça allait nous changer !

— C'est clair. On se retrouve à la sortie des cours ?

— Nan, pas ce soir. Je dois ramener Ly' au garage. Mais demain ?

Je retins de justesse une grimace au nom de Ly'.

— Ok. Comme ça, je pourrai te montrer mon meublé.

— Ton meublé ? Maman t'a loué un appart ?

Tout à coup, je fus gênée. Elle n'avait pas fait ça pour lui.

— Euh… ouais, dis-je d'une toute petite voix. Sur Lake Street. C'est à tout juste dix minutes en voiture.

Un muscle tressauta sur sa joue.

— Je vois. Je vais venir le voir demain, alors. Bon, la connaissant je suis certain qu'il est super, mais je préfère m'en assurer moi-même. Si j'avais pu, je serais même venu ce soir. (Il se frotta le menton.) Je peux éventuellement m'arranger avec Ly' et…

— Mais non ! T'inquiète pas. Ça fait trois jours que je suis dedans et je t'assure que je ne risque rien. Ne fais pas ta mère poule, tu veux ?... J'en ai déjà une et c'est bien suffisant…

Il gloussa avant de lever les mains, en signe de défaite.

— Ok, ok. Tu as gagné. Bon, à demain, souris.

Je le suivis des yeux, le sourire aux lèvres. Ce ne fut que lorsque je me tournai pour aller rejoindre Kim, Marj' et le noiraud de ce matin, dont j'ignorais toujours le nom, que je réalisai que Max avait mis les voiles. Tant mieux. Je n'avais pas vraiment envie de m'expliquer avec ce mec.

Mais à peine la table de mes copines atteinte, je dus faire face à leurs mines ébahies.

— C'était quoi, ça ? Drew ne t'a pas tuée ? demanda Marj', sidérée.

— Il t'a même mis un bras autour des épaules ! Ouah ! Il a flashé sur toi ou quoi ?

Je rougis, très embarrassée. C'était l'heure de passer aux aveux.

— Non. En fait, Andrew Campbell est mon frère.

CHAPITRE 3

Le silence qui accueillit la bombe que je venais de lâcher me rendit terriblement nerveuse. J'étais le point de mire de trois paires d'yeux et cela me gênait affreusement. Je n'aimais pas, et je n'avais jamais aimé, être au centre de l'attention. Pourtant, au fil des ans, j'aurais dû m'y habituer. Mais non. Rien n'y avait jamais changé quoi que ce soit. Je n'aimais pas quand plusieurs personnes me regardaient. Ni même une seule. Toutefois, j'aurais quand même dû m'y attendre puisque mon frère était tristement célèbre dans cette université. Comme partout ailleurs, cela dit. Où qu'il passe, il devenait aussi connu que le loup blanc. Affligeant. Mais j'avais eu l'espoir pathétique de passer entre les gouttes. Je m'étais dit que, pour une fois, je pourrais éventuellement être épargnée. Eh non. Depuis le temps, j'aurais dû me douter que ce genre de miracles ne se produisait jamais. Enfin bon, l'espoir faisait vivre.

Je posai rapidement mon plateau sur la table et pris place à côté de Marj'. Je profitai du fait qu'ils ne soient pas encore revenus de leur surprise pour me cacher partiellement derrière mes cheveux rouges. On était dans un de ces moments où je regrettais amèrement de ne pas avoir gardé mes cheveux longs. Bon, je disais ça maintenant, parce que j'étais super gênée, mais en réalité, pour rien au monde je ne changerais mon carré plongeant. J'adorais l'effet que ce dégradé renversé donnait à mon visage. Le seul hic, c'était que les mèches les plus longues n'arrivaient pas tout à fait à masquer mon visage. Un poil trop court pour se planquer efficacement. Je devrais peut-être envisager de les laisser pousser de trois ou quatre centimètres. À réfléchir.

— Ton frère… Drew… Andrew Campbell est ton frère…, souffla Marj', d'une voix rauque.

Eh ouais ! C'est mon frangin. Sinon, vous, ça va ?

— Oh, punaise ! Andrew Campbell est ton frère ? *Ton frère ?* s'écria Kim, en se redressant d'un bloc sur sa chaise.

Son cri avait attiré l'attention de plusieurs personnes, et tous me dévisageaient comme si j'étais un extraterrestre venu tout droit de la planète Mars.

Génial.

Dans moins de dix minutes, tout le campus serait au courant :

— *Hey, tu ne connais pas la dernière ?*
— *Non, quoi ?*
— *Drew a une frangine !*
— *Tu déconnes ?*
— *Non, je t'assure, c'est la schtroumpfette aux cheveux rouges !*

J'allais mourir de honte. Je replaçai machinalement mes longues mèches rouges derrière mes oreilles pour pouvoir manger. Au point où j'en étais, me cacher ne servirait plus à rien. Sauf à salir inutilement mes cheveux.

Beurk.

— Ouais… Andrew Campbell est mon frère…, marmonnai-je en plantant ma fourchette dans une feuille de salade, avant de la mâchouiller lentement.

Que la fête commence !
Ce que tu peux être pessimiste, A, parfois !
Seulement « parfois » ? C'est cool… Mieux que tout le temps, déjà…
Positive attitude !

— Mais c'est trop super, ça !

— Ouais, c'est trop...

Quoi ? Qu'est-ce qu'elle venait de dire là ? C'est trop super ? *C'est trop super !* Je me mis instantanément sur la défensive et lui lançai un regard en coin. Mes instincts de souris grise étaient en alerte rouge.

— Pourquoi tu dis ça ?

Méfiance, ma fille, méfiance...
Qu'est-ce que je disais ? Pessimisme quand tu nous tiens...
Chut ! J'écoute...

Kim leva les yeux au ciel, comme si la réponse coulait de source. Et peut-être que était-ce le cas.

— Ben, il ne risque pas de te tuer pour avoir accidentellement mis Lily K.O. à coups de portière !

Je la fixai un moment, bouche bée, ne sachant pas trop comment réagir. Puis, un sourire étira mes lèvres, avant de se transformer en éclat de rire.

— Ça, c'est sûr !

Si je m'attendais à ça !

Qui avait raison, une fois de plus, A ?

Voyant que les deux autres la regardaient de travers, Kim haussa les sourcils.

— Ben, quoi ? C'est vrai, non ?

Marj' secoua lentement la tête en levant les yeux au ciel.

— T'es complètement barjo comme fille. Complètement barjo. Elle nous annonce qu'elle est la sœur de Drew, et toi, tout ce que tu retiens, c'est qu'il ne va pas la tuer. *Sérieusement ?* Des fois, je me demande pourquoi je suis amie avec toi.

— Ben, c'est un point important quand même, non ? Ça aurait été super dommage qu'il lui arrive des bricoles pour avoir partiellement amoché *Sa Majesté la reine Lily*, non ?

— Mouais, vu sous cet angle, effectivement, je te rejoins. Mais ce n'est quand même pas le point le plus important.

Kim cligna des paupières avant de lui lancer un regard prudent. Je fis de même, à nouveau sur le qui-vive.

Méfiance, ma fille, méf...

Oh, tu ne vas pas recommencer, A !!! Ça suffit maintenant ! Y en a qui écoute...

C'était l'hospice qui se foutait de la charité !!!

— Euhm... alors c'est quoi le plus important selon toi ?

Marj' se tourna vers moi, l'air intrigué.

— Pourquoi tu ne nous as pas dit que Drew était ton frère, quand on t'a donné son nom complet ? Pourquoi nous l'avoir caché ?

Qui est-ce qui avait encore raison ? Hein, hein, hein ???

Je me mordillai la lèvre en déplaçant ma salade avec la pointe de ma fourchette.

— C'est un peu compliqué... mais pour faire court, mon frère ne savait pas que je m'étais inscrite dans cette université. Il pensait que j'allais poursuivre mes études en Virginie. Et je tenais absolument à lui faire la surprise. Je ne voulais pas qu'il apprenne ma présence, ici, par une tierce personne. Ce qui serait inévitablement arrivé si j'en avais parlé. (Réalisant que j'avais commis un impair, et que mes paroles pouvaient prêter à confusion, ou à un malheureux quiproquo, je me hâtai de préciser ma pensée.) Sans vouloir insinuer que vous en auriez parlé à tout le monde, hein ! Mais il y a forcément quelqu'un qui aurait entendu. Surtout après mon arrivée fracassante.

— Pas faux, reconnut Marj' avec un petit sourire en coin. Par contre, si tu avais eu le malheur d'en parler à Kim, tout le monde aurait été averti dans les secondes qui auraient suivi. Cette fille est la pire commère que la terre n'ait jamais connue. Si tu tiens à garder un truc secret, faut surtout pas lui en parler. Même si elle t'implore avec sa petite mine de chien battu.

— Oh ! Mais c'est n'importe quoi ! Même pas vrai ! Ne crois surtout pas cette jalouse, Anna ! C'est une menteuse invétérée !

Je suis muette comme une tombe !

Marj' recracha brusquement la gorgée de Diet Coke qu'elle venait de prendre et manqua de s'étouffer. Je lui tapotai le dos pour l'aider à retrouver son souffle. Elle me remercia d'un sourire avant de foudroyer Kim du regard.

— Regarde ce que tu as fait avec tes conneries ! gronda-t-elle en pointant sa gorge du doigt. J'ai failli m'étouffer par ta faute !

— Mais, genre… Comme si je pouvais être responsable de ça. Pas de ma faute si tu ne sais pas boire, quand même… Ce qu'il faut pas entendre, je te jure.

— Parfaitement que c'est de ta faute ! Jamais entendu un mensonge aussi gros que celui que tu viens de dire. *Aussi muette qu'une tombe.* (Marj' branla la tête tout en essuyant les dégâts qu'elle avait occasionnés sur la table.) Les cimetières risquent d'être particulièrement bruyants ces prochains jours, c'est moi qui vous le dis !

— N'importe quoi !

Kim croisa les bras et prit un air boudeur.

— Si l'on revenait à nos moutons ? Arrêtez de vous comporter comme des gamines toutes justes entrées à la maternelle. Sérieusement, c'est flippant quand vous êtes comme ça, marmonna le noiraud en leur faisant les gros yeux. Donc (il se tourna vers moi), tu es la sœur du grand Andrew Campbell ?

Soudain mal à l'aise devant son regard sombre, je me tortillai sur ma chaise. Ne sachant quelle attitude adopter, je me remis à déplacer mes feuilles de salade du bout de ma fourchette, y cherchant une inspiration qui ne venait pas.

Noir, noir, noir.

— Ouais, acquiesçai-je finalement, faute de mieux.

Il se passa nerveusement une main dans ses cheveux noirs, avant d'adresser une grimace aux filles.

— Max ne va pas aimer ça… mais alors pas du tout. Déjà qu'il a foutu le camp comme s'il avait le diable aux trousses quand Drew lui a mis un bras autour des épaules, je n'ose pas imaginer ce que ce sera quand il saura qu'en plus c'est sa frangine.

— Dan, tu n'exagères pas la moindre, là ? demanda Marj', en triturant sa canette de Diet Coke.

Il secoua la tête.

— Oh que non ! Pas la moindre. Max déteste foncièrement Ly'. Et tout ce qui s'y rapproche, de près ou de loin. Et la demoiselle, là (il me pointa du doigt), c'est la sœur de son meilleur pote. Plus proche que ça, tu meurs.

Sceptique, je haussai les sourcils.

— Heuhm-Heuhm... je ne suis pas du tout proche de Ly'. Ni de près ni de loin. Même pas en rêve. Je l'ai croisé tout à l'heure, et je peux vous dire que je compte bien garder mes distances avec ce mec. Il me donne froid dans le dos, dis-je en frissonnant, lorsque deux yeux vert menthe me revinrent en mémoire.

Tu ne sais toujours pas s'ils sont bien vert menthe, A...

Roh ! Lâche-moi la grappe à la fin ! Tu me prends la tête, là... Et pour un détail insignifiant en plus ! Je suis en pleine conversation, je te signale ! Alors, va voir ailleurs si j'y suis !!!

Tu ne peux pas être ailleurs puisque tu es là... Genre...

!!!

— Ly' est quelqu'un de dangereux. Du genre qu'il vaut mieux ne pas chercher, approuva Kim, en entamant son yaourt de bon cœur. Il peut discuter tranquillement avec quelqu'un et le flinguer, métaphoriquement parlant, l'instant d'après. Il est dangereux et imprévisible.

Je ne m'en serais jamais doutée, tiens. Quelle surprise !

— Ce que toi tu penses, en l'occurrence, c'est pas ce qui compte vraiment, reprit Dan, imperturbable. Même si tu gardes soigneusement tes distances avec lui, ça n'y changera rien. Parce que lui ne va pas le faire. Du moins, pas dans le sens où tu l'entends. Vous ne serez certainement jamais proche, mais il aura un œil sur toi. Parce que tu es la petite sœur de Drew. Et c'est tout ce que Max va voir. Comme le reste du campus, soit dit en passant. T'approcher, ça en reviendrait à s'approcher de Ly'. Et il ne le fera jamais.

Ok. Visiblement, il y avait quantité de choses qui m'échappaient pour le moment. De plus, Max et Ly' semblaient avoir un contentieux. Plutôt chargé, je dirais, s'il réagissait de la sorte pour un truc aussi anodin. J'étais curieuse de connaître lequel.

Ah, la curiosité, quel vilain défaut !

— Et c'est quoi le malaise entre Max et Ly' ? Histoire que je ne saute pas à pieds joints dans le plat ?

La question sortit toute seule, sans que je puisse la retenir.

Curiosité, quand tu nous tiens...

— L'ex de Max l'a plaqué pour Ly'. Et il en était très amoureux.

Ma bouche s'ouvrit en grand.

Ouah. *Ouah.*

— Ly' a une copine ? Oh, bon sang ! Je n'aurais jamais imaginé qu'une fille soit assez folle pour sortir avec ce mec. On dirait un tueur professionnel !

Dan secoua la tête avec un petit sourire en coin.

— Nan. T'y es pas du tout. Ly' n'a pas de *meuf*. (Il appuya bien sur ce mot, soulignant ainsi mon nouvel impair.) Il n'en a jamais eu et il n'en aura certainement jamais. Les meufs, c'est pas trop sa came, tu vois. Lui, c'est les plans cul. Vite fait bien fait, dans les toilettes. Et rarement deux fois la même meuf. En fait, je crois même que c'est jamais arrivé...

Okaaaayyyy, d'accord. *Charmant.* Il me plaisait de plus en plus ce garçon, dit donc. Aurais-je employé un ton ironique ? Naaaaan, juste un chouïa.

— Nell était une pouffiasse qui voulait se faire sauter par le mec le plus dangereux du coin. Point barre. Max l'a échappé belle. Sauf que lui, malheureusement, il ne voit pas trop la chose comme ça. Sans le vouloir, Ly' lui a finalement rendu service, marmonna Kim, en raclant les bords de son yaourt.

Quand je vis qu'elle commençait à carrément le lécher, je lui lançai un regard par en dessous, ébahie. Je me raclai la gorge, gênée.

— Euh, tu sais, Kim, si tu as encore faim, tu peux certainement aller te chercher un autre yaourt…

Marj' et Dan pouffèrent alors que Kim me foudroyait du regard.

— Non mais oh ! Tu ne vas pas t'y mettre toi aussi ! Je nettoie, c'est tout ! On voit que tu n'as pas connu la guerre, toi.

Oh, pétard ! Celle-là je ne l'avais jamais entendue. Le vocabulaire de Kim, ainsi que ses expressions, était pour le moins… intéressant.

— Parce que toi tu l'as connue, peut-être ?

Kim leva les yeux au ciel.

— Évidemment ! (Elle fit une courte pause avant de poursuivre.) Dans une vie antérieure…

Folle, cette fille était complètement folle. J'adorais. J'allais vraiment bien m'entendre avec elle, je le sentais. En guise de représailles, je lui tirai la langue.

— Et après, c'est moi qui suis zarbi… Ce qu'il faut pas entendre, sérieux.

— Mouais, je suis d'accord avec toi, c'est moche.

L'alarme de mon smartphone se mit soudain à sonner.

Je le sortis rapidement de mon sac pour y jetai un coup d'œil. Mon prochain cours était dans quarante-cinq minutes et j'avais trente minutes de trajet. J'allais devoir y aller.

— Bon, ce n'est pas que je m'ennuie avec vous, jeunes gens, mais je dois y aller. J'ai cours de littérature anglaise dans le bâtiment ouest.

— Ah, la poisse !
— Nan, la poisse c'est que je dois revenir ici pour la philo.
Kim bondit sur ses pieds et tapa dans ses mains.
— Gé-nial !!!
Je lui fis les gros yeux.
— Pardon ?
— Nan, c'est pas génial que tu doives te taper deux fois le trajet, ce qui est génial c'est que tu aies la philo. Moi aussi ! On sera ensemble ! (Tout ça d'une traite, sans s'arrêter.)
Un grand sourire fendit mon visage.
— Ah, ouais. Ça, c'est cool ! On se retrouve devant la classe ?
Kim fit le signe ok avec sa main droite. Je branlai la tête. Cette fille, c'était quelque chose. Je les saluai rapidement avant de partir. Mieux valait ne pas trop traîner si je ne voulais pas être un retard. Je posai rapidement mon plateau sur un des charriots prévus à cet effet, et je sortis du réfectoire, le pas léger.

Le cours de littérature anglaise avait été relativement intéressant. Cependant, je n'étais pas vraiment certaine que cette matière soit faite pour moi. J'adorais la littérature, c'était un fait avéré, mais *étudier* la littérature... ce n'était pas tout à fait pareil.
Non, c'est vrai ça, A ? Heureusement que tu me le dis, sinon je ne m'en serais jamais douté !
Tiens, t'es de retour, toi ? Je croyais que j'avais enfin trouvé le moyen de te déconnecter.
Eh oui, je suis toujours là ! Faudra te faire une raison un jour, A, je ne partirai jamais. En fait, j'écoutais le prof ! Super intéressant ce cours !
Mouais, mouais... C'est ça.
Condamnée à parler avec ma voix intérieure. Voilà la triste réalité de ma vie quotidienne. C'était sans doute pour cela que je cherchais désespérément à avoir des amis. J'avais peur de

devenir folle à force me parler à moi-même comme ça, en continu. Car si à une époque cela m'avait été indispensable, depuis quelque temps, j'en avais marre de cette voix intérieure qui me prenait la tête pour un « oui » ou pour un « non ». Mais en même temps, elle faisait tellement partie de moi que je n'étais pas certaine d'être capable de m'en débarrasser un jour. Diminuer nos échanges, par contre, ça serait un bon début.

Évidemment, pour aujourd'hui ce n'était pas vraiment gagné.

Noire, noire, noire ! Aujourd'hui est une journée noire ! L'aurais-tu déjà oublié ?

Ah. Oui. En effet. J'avais un peu oublié. Mais ça me revenait gentiment. La journée était noire.

Et pour couronner le tout, mon cours de philo commençait dans trente-cinq minutes. *Génial.* Je devais donc marcher d'un bon pas si je ne voulais pas arriver en retard. J'avais horreur de ne pas être à l'heure. Horreur.

Ha ! Si je connaissais le con qui avait fait mon horaire, j'irais lui dire ma façon de penser. Sur le papier, c'était bien joli d'estimer les trajets d'un bâtiment à un autre, mais concrètement, ce n'était pas aussi simple. Il pouvait y avoir plein de variables à prendre en compte. Là, on était la fin de l'été, donc techniquement ça devrait le faire, mais quand l'hiver arriverait, accompagné de la neige, bien sûr, ça ne serait plus aussi facile. À moins de se déplacer en voiture. Mais bon, l'essence n'était pas gratuite ! Prendre ma bagnole pour un trajet aussi court, sérieusement, ça serait juste de la grande flemmardise. Très peu pour moi. Je serais en retard, voilà tout.

T'es sûre, A ? Ça ne te dérangera pas d'être en retard ? De voir tous les regards de tes petits camarades se river sur toi, ne te fera absolument rien ? T'en es bien certaine ?

Je ne pus retenir un grincement de dents à cette pensée. Non, ça ne le ferait pas. Même pas en rêve ! Devenir le centre de l'attention en toute connaissance de cause ? Jamais !!! Plutôt mourir…

Tout en marchant à vive allure, je lançai des regards circulaires autour de moi et je constatai, réconfortée, que je n'étais pas la seule à me déplacer à pied.

Ouf.

Durant un instant, j'avais bien cru que ce sport était proscrit dans cet État. Quel soulagement de constater qu'il n'en était rien.

Tu es encore ironique, A.

Sans déc' ?

Je vis clairement ma voix intérieure me tirer la langue et je ne pus m'empêcher de glousser. Heureusement que, pour une fois, personne ne faisait vraiment attention à moi, sinon ils auraient pu croire que je m'étais échappée d'un asile psychiatrique, à me bidonner toute seule en marchant.

…parce que ce n'est pas le cas ?

Gnagnagna…

Ayant atteint le pont, purement décoratif, qui menait à la zone centrale de l'université, je poussai un soupir de soulagement. Encore cinq minutes, et j'y serais. Je regardai ma montre en vitesse, pour être sûre d'être dans les temps. Il me restait treize minutes. Héhé, j'avais réussi à en grappiller trois. Avec de l'entraînement, je pourrais faire le trajet en vingt minutes.

Trop balèze !

Ou pas. Parce que, pour info, tu transpires comme un bœuf, A. Et tout ça pour quoi ? Trois petites minutes de rien du tout ? Pfff…

J'allais l'étrangler. C'était certain, j'allais le faire. Dès qu'on m'aurait greffé un nouveau poumon, promis, je me chargerais de son cas. En attendant, je ferais comme d'habitude, je prendrais calmement mon mal en patience.

Du noir, du noir et encore du noir !!! Quel changement…

Malheureusement pour moi, une fois encore, ma voix

intérieure était dans le vrai. Je suais comme un bœuf et devais sentir aussi bon qu'un putois. Et tout ça pourquoi ? Pour trois misérables minutes ? Enfin, non, pas tout à fait. Aujourd'hui, c'était pour être certaine d'arriver à l'heure. Avec de l'entraînement, je transpirerais certainement moins.

Ça m'étonnerait beaucoup, A… Mais bon, l'espoir fait vivre !

Saloperie de foutue voix intérieure de mes deux !

Quelle vulgarité, A ! Ce n'est pas très joli…

Un peu comme toi, donc ?

Une exclamation horrifiée me fit piler net, avant que je n'entame la montée des marches du bâtiment que je venais d'atteindre. Cela mit également fin à mon débat intérieur. (Enfin un point positif !)

— Saperlipopette, Anna ! Mais qu'est-ce que tu as foutu ? Tu t'entraînes pour le marathon ou quoi ?

Saperlipopette ? Sérieux ? *Ouah !* Ça faisait longtemps que je n'avais pas entendu cette expression, moi. Je fixai Kim avec de grands yeux tout ronds.

— Ouah ! Tu dis *saperlipopette*, toi ? Sans déc' ?

Kim m'attrapa fermement par le bras et me tira sans ménagement à sa suite.

— Ouais, sans déc'. Ça remplace : putain, chier, saloperie… enfin, tous ces mots-là, quoi. La dernière fois que j'en ai dit un, ma mère m'a lavé la bouche avec du savon. (J'éclatai de rire, ce qui me valut un regard noir de Kim.) Si tu continues à te foutre de moi, je te promets que je te fais la même chose, et je t'assure que ce n'est pas du tout agréable. Mais alors pas du tout ! (Je levai immédiatement les mains, en signe de reddition.) Et ne change pas de sujet pour ne pas répondre à ma question. Tu es aussi rouge qu'un homard bien cuit. Mais qu'est-ce que tu as foutu ?

On venait d'entrer dans les toilettes des filles et Kim me lâcha devant un lavabo. Je lui adressai un grand sourire, avant de me rafraîchir le visage. Exactement ce qu'il me fallait.

Dieu que c'était bon !

— Tu es la meilleure, Kim. J'avais exactement besoin de ça, dis-je, en soupirant d'aise.

— Je sais, je sais. À part ça, tu comptes me répondre un jour ?

— J'ai l'habitude de marcher d'un bon pas… Mais là, j'ai peut-être un peu forcé l'allure… pour être certaine de ne pas arriver en retard, tu vois… (Ou pas…)

Mais oui, bien sûr… Un peu forcé l'allure… On va y croire, A.

— Okaaaayyyy. Alors, écoute, je vais te donner un conseil, après tu en fais ce que tu veux, c'est ta vie après tout, mais bon, moi, à ta place, je le suivrais. (De nouveau d'une traite. Comment faisait-elle pour pondre des phrases aussi longues sans s'arrêter pour reprendre son souffle ? Hallucinant… Et flippant, aussi.) Donc, voici mon conseil : marche plus lentement et arrive en retard. Sinon, à la place de t'appeler « Schtroumpfette aux cheveux rouges », on va t'appeler « Homard bien cuit ». Et franchement, ça craint.

J'l'aurais pas mieux formulé, A ! Ça craint grave.

Je fermai brièvement les yeux en imaginant la honte que ça serait si je me faisais appeler comme ça. OK, mieux valait arriver en retard, en effet.

Youpi !!!

— D'a-cco-rd, approuvai-je d'une voix lente, en détachant exagérément chaque syllabe. Je vais lever le pied.

— Super. Bon, on y va ? Sinon on va vraiment être en retard.

Nous ressortîmes des toilettes et prîmes le chemin de la philo, légèrement à la bourre pour le coup. Si Kim ne semblait pas s'en soucier plus que cela, pour ma part, il n'en allait malheureusement pas de même. Rien qu'à l'idée d'être les dernières, une sueur froide m'envahit et coula lentement le long de mon dos. Ça n'augurait rien de bon pour la suite. Mais alors

vraiment rien.
	Misère… pauvre de moi…

Chapitre 4

Les cours étant terminés pour aujourd'hui, je repris tranquillement le chemin du retour, après avoir salué Kim. J'avais retrouvé mon frère, je m'étais fait deux copines ; somme toute, la journée ne s'était finalement pas si mal passée que ça. Demain serait certainement plus facile. Et ainsi de suite.

À moins que tu ne renvoies ta portière dans la tête d'une autre fille demain, A.

Évidemment, quand j'étais optimiste, ma voix intérieure était pessimiste. Et vice-versa. Comment voir la vie d'une autre manière qu'en noir et blanc quand c'était ainsi ? Impossible, c'était impossible. Comme je l'avais déjà expliqué des centaines de fois à ma mère, je ne pouvais pas voir la vie autrement qu'en noir et blanc. C'était tout bonnement impossible. Mais bien sûr, elle ne me croyait pas et m'accusait de fabuler. *« Tout était une question de volonté »*, me disait-elle tout le temps. On voyait bien qu'elle n'avait pas de voix intérieure comme la mienne !

Avec ma mère, tout était toujours si simple. Si tu voulais quelque chose très fort, il suffisait de te donner les moyens de l'obtenir. L'échec n'était pas une excuse acceptable. Et petite, j'y croyais dur comme fer. Après tout, c'était ma maman qui me le disait, et les mamans avaient toujours raison, n'est-ce pas ? Quelle désillusion ce fut, quand je me rendis compte que ce n'était pas vrai du tout ! On n'obtenait pas toujours ce qu'on voulait, même si l'on faisait tout pour. Parfois, la vie en décidait autrement et nous étions impuissants, simples spectateurs de ce qui se déroulait autour de nous. Sans aucune possibilité d'altérer le cours des choses. J'avais alors compris que ma mère ne me disait pas toujours la vérité. Elle me disait *sa* vérité, celle en laquelle elle croyait, mais pas *la* vérité.

C'était à cette époque que ma mère et moi nous étions gentiment éloignées l'une de l'autre. Ou plus exactement que moi j'avais pris mes distances. J'avais compris que la vie était, soit noire, soit blanche. Certains jours sont noirs, et d'autres blancs. Mais rarement, très rarement, les deux à la fois.

Je posai mon sac sur le siège passager de ma petite Mini Cooper. (Cadeau de mes dix-huit ans.) Puis je poussai un soupir de dépit en me rappelant que je devais justement appeler ma mère.

Quand on parle du loup…

Moi qui avais cru pouvoir m'émanciper en partant loin d'elle, je déchantais progressivement. Cela faisait à peine trois jours que j'étais arrivée et elle m'avait déjà appelée deux fois, en me précisant bien que je devais absolument lui téléphoner après mon premier jour de cours.

Respire, A, respire.

Avait-elle bien compris que j'avais dix-neuf ans et que je pouvais me débrouiller toute seule ? Rien de moins sûr.

Tu resteras toujours son bébé d'amour, A.

Mouais, elle croira toute sa vie que je suis encore à la maternelle, c'est ça ?

Euh… Ouais, ça se pourrait bien.

Génial…

Je mis le contact et décidai de faire un saut à la supérette que j'avais repérée samedi, histoire de m'acheter un petit remontant. Une glace, à la vanille et aux pépites de chocolat, était clairement indiquée pour l'épreuve qui m'attendait. Rien ne valait une bonne glace dans ces cas-là.

Après m'être trompée de route deux ou trois fois, je n'avais pas vraiment le sens de l'orientation, je finis par arriver à bon port. Une fois parquée, bien dans les lignes et non pas n'importe comment comme le 4x4 d'à côté, je trottinai joyeusement vers le rayon surgelé. C'était incroyable comme une simple glace pouvait vous remonter le moral et vous faire oublier les soucis qui vous pourrissaient la vie. Que du bonheur !

Une fois l'objet de mes désirs trouvé, je tendis la main pour ouvrir la porte du congélateur, prête à m'en saisir. Une voix, que je commençai à reconnaître et à craindre, s'éleva alors dans mon dos, me coupant dans mon élan.

— Annabelle…

Oh, pétard !!!

Je fermai brièvement les yeux avant de me tourner lentement, très lentement vers mon interlocuteur.

— Ly'.

Bon sang ! Ce mec avait beau être aussi froid qu'une banquise perdue au beau milieu de l'Arctique, et aussi dangereux qu'un tigre du Bengale, il n'en restait pas moins le mec le plus canon que je n'avais jamais vu. J'échangerais volontiers ma glace à la vanille et aux pépites de chocolat contre son corps. Je mourrais d'envie de caresser toute cette chair qui s'offrait à mes yeux gourmands. Et d'y passer la pointe de ma langue. Miam, miam.

Non, mais tu déconnes, là, A ? Ce mec est dangereux ! Mortellement dangereux ! Pas touche !

Je retins de justesse un gémissement de désespoir. Ma voix intérieure avait raison, une fois de plus ! Et elle venait de flinguer mon fantasme, par la même occasion. Quelle grincheuse, celle-ci… Mais bon, rien n'interdisait de mater un peu, non ?

— C'est bon, tu as fini ?

Devant l'air narquois de Ly', je compris qu'il m'avait surprise en flagrant délit. Je sentis mes joues chauffer et virer au rouge pour la énième fois de la journée. Morte de honte, je priai le sol de bien vouloir s'ouvrir sous mes pieds et de m'engloutir.

Oh, bon sang…

— Mais tu veux peut-être que j'enlève une couche ? continua-t-il, impitoyable. Le débardeur a l'air d'être en trop, pour toi…

— Non, non, c'est bon. (*Mais qu'est-ce que tu attends, bon sang de bois ? Vire-le, ce foutu débardeur !!!*) Je… Euhm… Je… Ça va aller, merci.

Je bafouillai comme une collégienne qui croisait un mec pour la première fois de sa vie, et qui avait du mal à faire la différence entre fantasme et réalité.

En même temps, A, ce n'est pas complètement faux…

Mais ferme ta bouche, toi !!! Mets-la en veilleuse un moment, ça me fera des vacances !

— Tant mieux. J'aurais pas voulu devoir être méchant avec toi, *souris*.

En l'entendant employer le petit nom que me donnait Andy, et sur un ton moqueur qui plus est, je sursautai et relevai les yeux pour le foudroyer du regard.

Non mai oh ! Il se prenait pour qui ce mec ? Dieu le père ? Imbécile… (Imbécile super canon, cela dit.)

— Il n'y a que mon frère qui a le droit de m'appeler comme ça !

Il haussa un sourcil.

— Tu préfères vraiment « Schtroumpfette aux cheveux rouges » ?

Je serrai les dents et détournai brièvement les yeux.

— Ni l'un ni l'autre. « Anna », c'est très bien.

Il eut une petite grimace.

— Pourtant, l'histoire n'a pas été tendre avec les « Anna ».

Beaucoup ont connu un sort tragique. Il serait dommage qu'il t'arrive la même chose, tu ne crois pas ?

— Tu me menaces ?

Son visage devint un masque de glace, et ses iris vert menthe (*no comment*) se mirent à briller d'une lueur qui me fit reculer d'un pas.

Trouillarde…

— T'es la petite sœur de Drew. La seule que je toucherais jamais. (Il avança jusqu'à ce que son nez frôle le mien. Façon de parler, bien sûr, puisqu'il faisait deux têtes de plus que moi. Il me dominait de toute sa haute taille, et je me sentis encore plus petite que d'habitude.) Mais ça ne veut pas dire que je vais t'apprécier.

Le souffle court, je le fixai sans pouvoir répondre. Il me faisait peur. Vraiment peur. Je fermai les yeux, comme si le fait de ne plus le voir pouvait le faire disparaître.

Va-t'en, va-t'en, va-t'en ! Laisse-moi tranquille ! Casse-toi !

Je sentis son haleine mentholée venir titiller le bout de mon nez lorsqu'il baissa la tête en direction de la mienne. Je commençais à paniquer et à me demander ce qu'il allait me faire. J'avais beau baver sur son physique de rêve, là, je voulais juste qu'il reparte et qu'il me laisse tranquille. Ce mec était flippant et il me filait la frousse. Je n'avais plus qu'une seule envie : partir en courant et aller me réfugier chez moi. Telle une gamine apeurée par un monstre imaginaire, tapi dans le noir à guetter le moindre faux pas de sa proie. Carrément flippant.

Je croyais que tu voulais lécher son corps de rêve, A ?

Simple fantasme stupide… Sorti de je ne sais où…

Vraiment ? T'es sûre ?

Certaine ! J'ai un instinct de conservation quand même, oh !

Si tu le dis, A, si tu le dis…

— À la revoyure, *souris*.

Je clignai frénétiquement des paupières, avant d'avoir le

courage d'ouvrir franchement les yeux. Il était parti. Aussi simplement que ça.

Je me mordillai la lèvre en lançant des regards effarés tout autour de moi. Mais non, j'étais bien toute seule. Le rayon surgelé était désert. Ly' avait tout simplement disparu.

Moi je dis : bon débarras !

+ 1 !

C'est quoi, ça « + 1 » ?

Ça veut dire que je suis d'accord avec toi… Langage de geek, *quoi…*

Depuis quand tu parles « geek *», A ? Tu sais même pas jouer à la Nintendo !*

N'importe quoi…

Sans me poser plus de questions, et dédaignant ma voix intérieure, j'empoignai fermement mon pot de glace et pris la direction de la caisse. Aussi vite que je le pouvais. Je payai en deux temps trois mouvements et je courus jusqu'à ma voiture. Une fois à l'intérieur, je posai mes mains tremblantes sur le volant et pris de profondes inspirations.

Inspire. Expire. Inspire. Expire. Inspire. Expire.

Quand je me sentis suffisamment calmée pour pouvoir conduire, je mis le contact et pris le chemin de mon meublé.

Heureusement, le petit appartement que ma mère me louait était trois rues plus loin. Je fus donc rapidement chez moi, bien à l'abri, lovée dans mon canapé à dévorer ma glace à coups de cuillère à soupe. *Miam-miam !* Trop bon !

Et mes pensées revinrent, bien malgré moi, sur Ly'.

Franchement, A !

Ce mec était flippant, vraiment flippant. Je me demandais bien ce que mon frère pouvait foutre avec un mec pareil. Il transpirait le danger et la méchanceté par tous les pores de la peau.

Moins je le verrais, mieux je me porterais.

Je ne te le fais pas dire, A.

Alors pourquoi j'avais l'intuition que je le croiserais souvent ? Il avait senti que j'avais peur de lui, voilà pourquoi. Et comme tous prédateurs qui se respectaient, il avait certainement adoré ça. Il allait revenir et en redemander. Encore et encore. Il ne me toucherait pas, ça, je voulais bien le croire, mais il n'allait pas se priver de me ficher la frousse chaque fois qu'il le pourrait.

Et ça sera pas franchement difficile, A, vue que tu as peur de ton ombre.

Évidemment, je pourrais en toucher deux mots à mon frère et il y mettrait certainement bon ordre. Mais… après tout ce qu'il avait déjà fait pour moi par le passé, je ne voulais pas qu'il se brouillât avec son meilleur pote parce que celui-ci adorait me faire peur. J'allais simplement devoir apprendre à maîtriser ma peur.

Facile à dire.

Ouais, ça, c'était clair. Bien plus facile à dire qu'à faire. Du moins pour une trouillarde comme moi. La plupart du temps, comme l'avait souligné ma voix intérieure, de manière fort délicate, j'avais peur de mon ombre, alors de Ly' ! Fallait pas non plus oublier ce que m'avait dit mes copines concernant Ly'. Il pouvait rire avec un mec et lui envoyer un coup de poing l'instant d'après. Bon, elles exagéraient certainement, mais il n'y avait jamais de fumée sans feu. J'allais garder mes distances avec lui, c'était pour le mieux. Il ne restait plus qu'à espérer qu'il partagerait mon point de vue.

Donc tes chances sont proches du niveau zéro, A.

Clairement…

La chanson de Love Spit Love, *How Soon Is Now*, résonna soudain dans la pièce. Je tendis machinalement la main vers mon iPhone, sachant d'avance qui m'appelait. Le seul point positif de cet appel, c'était de pouvoir entendre une chanson que j'adorais. Du coup, je laissai sonner un petit peu plus longtemps que prévu. Autant en profiter au maximum, ça ne durerait pas.

Zut de flûte de crotte de bique !

Résignée, je finis par prendre l'appel. Sans quoi ma mère serait capable de prévenir la police, en disant que j'avais disparu. Désespérant…

— Salut, m'an.

— *Anna ! J'étais morte d'inquiétude ! Tu devais m'appeler en rentrant des cours ! Et ça fait bien trois quarts d'heure qu'ils sont terminés ! Tu sais que je me fais énormément de souci pour toi et que te savoir à l'autre bout du pays ne me plaît pas du tout ! Il pourrait t'arriver n'importe quoi et personne ne le saurait !*

Je levai les yeux au ciel devant le ton dramatique de ma mère. À l'entendre, on croirait que j'avais déménagé dans un pays étranger, au beau milieu de nulle part et à des kilomètres de toute civilisation, et non pas dans le Wisconsin. Ok, dans une petite ville jusque-là inconnue, mais je n'étais pas non plus en pleine cambrouse.

Oh, pétard ! Ma mère allait me rendre chèvre…

— M'an, arrête un peu avec ça. Je ne suis pas à l'autre bout du pays, et tu sais très bien que le quartier où j'habite est sûr et pas très loin de l'université…

C'était elle qui l'avait minutieusement choisi, après avoir fait une étude approfondie de la ville, de la situation de l'université et des quartiers les plus sûrs.

Ça lui avait allégrement pris trois mois.

Elle m'avait même donné un itinéraire à suivre impérativement, de mon meublé à la fac. Bien sûr, une fois le cocon familial derrière moi, je m'étais empressée de bazarder ce fichu itinéraire. Je n'étais plus à la maternelle, bon sang !

—… Je ne risque absolument rien et tu le sais parfaitement, alors arrête de t'inventer des scénarios plus sordides les uns que les autres.

— *Si tu m'avais appelée comme je te l'avais demandé, rien de tout cela ne serait arrivé ! Ce n'est quand même pas la mer à boire que d'appeler sa*

mère de temps à autre, non ?
— De temps à autre ? *De temps à autre ?* Mais laissez-moi rire. Si je l'écoutais, je devrais l'appeler toutes les heures. On n'avait décidément pas la même notion de l'expression « de temps à autre ».
— M'an, je t'avais dit que je t'appellerais une fois rentrée. Or je viens à peine de rentrer. Et ne t'avise surtout pas de me demander pourquoi je suis rentrée si tard, parce que je risque de m'énerver. J'ai dix-neuf ans, m'an, dix-neuf ans ! J'ai passé l'âge d'avoir un couvre-feu et de devoir tenir ma mère informée de tous mes faits et gestes, non ?

Le ton montait, car je n'arrivais tout simplement plus à masquer mon agacement. J'avais l'impression d'étouffer. Il était temps que cela changeât. Et le plus vite serait le mieux. Pour tout le monde. (Enfin, surtout pour moi !)

Il y eut un court moment de silence. J'imaginais parfaitement ma mère en train de déglutir, se demandant comment sortir de cette impasse. À savoir : obtenir une réponse de ma part quant à la raison de cette rentrée tardive, sans toutefois continuer dans sa lancée. Elle savait parfaitement que j'appréciais de moins en moins qu'elle s'immisçât dans ma vie de cette manière. Je voulais mon indépendance et je le lui avais dit à plusieurs reprises. En vain. Elle avait été contrainte d'accepter lorsque je l'avais mise devant le fait accompli. M'inscrire dans cette université, sans lui en parler, avait été une brillante idée. Cela ne voulait pas dire qu'elle l'avait acceptée de bon cœur pour autant. Ce qui l'avait fait flancher, c'était de savoir qu'Andy serait là pour veiller sur moi. Même si cette idée ne l'enchantait pas plus que ça. Et encore, je restais polie. Ma mère détestait foncièrement l'idée de nous savoir à nouveau réunis, elle qui avait tout fait, ou presque, pour éviter cela.

— *D'accord, ma puce. Excuse-moi. Je sais parfaitement que tu es une grande fille, mais j'ai de la peine à reconnaître que mon oisillon a grandi et* qu'il est maintenant capable de voler de ses propres ailes. (Les fameuses métaphores loufoques étaient visiblement de retour.) *À part ça, ta journée s'est bien passée ? Tu as fait des rencontres intéressantes ? Un garçon, peut-être ?*

Exit la mère surprotectrice, bonjour la future grande mère ! Ma mère avait l'art de sauter du coq à l'âne de manière stupéfiante. C'en était inquiétant, parfois.

— Ma journée s'est très bien passée. Aucun souci. (Pieux mensonge.) Je me suis fait deux copines et j'ai retrouvé Andy. Il était trop content de me revoir. Il en revenait pas que je sois dans la même université que lui. Il a adoré ma surprise.

En parlant de mon frère adoré, je devins volubile et faillis envoyer valser mon pot de glace. Heureusement, la catastrophe fut évitée juste à temps.

Ouf !

— *Je n'en doute pas.*

La voix morne de ma mère me fit comprendre que cette nouvelle ne la réjouissait pas particulièrement (quelle surprise…), mais cela m'indifférait au plus haut point. Moi, j'étais ravie d'avoir enfin retrouvé mon grand frère. Il me manquait trop, depuis trop longtemps, pour que je laisse ma mère me gâcher mon plaisir.

Bien dit, A !

— Ouais, c'est trop cool. Il a prévu de venir voir le meublé demain, après les cours. Il veut être sûr que je suis bien installée, et tout, et tout.

— *Super. Et sinon, tu as rencontré un garçon ?*

Mes lèvres se pincèrent et je sentis une déception familière m'envahir. Elle ne demandait pas de ses nouvelles. Comme toujours. Quand il rentrait, pendant les vacances, elle tolérait sa présence sous son toit pour me faire plaisir. Et parce que je ne lui avais jamais laissé le choix. Mais elle ne lui posait jamais de questions sur sa vie. Jamais. Andy ne disait rien, mais je savais que cette attitude le blessait profondément. Depuis ce fameux soir, sept ans plus tôt, elle faisait comme s'il était une vague, très vague connaissance, et non son fils. Je détestais cela. Et je la détestais pour la peine qu'elle faisait à Andy en agissant de la sorte. J'aurais tellement voulu qu'elle fût différente. Qu'elle acceptât enfin d'ouvrir les yeux et de voir…

— Tu ne me demandes pas de ses nouvelles ? Tu ne veux pas savoir comme va mon frère ?

Ton fils…

Je ne pus m'empêcher de poser la question. Pas plus que je ne pus retenir le ton mordant qui l'accompagnait.

— *Il t'a retrouvée, il est donc heureux. Et pis, je l'ai vu pendant les vacances. Je sais qu'il va bien.*

— Moi, je suis partie depuis à peine trois jours et tu m'as déjà appelée trois fois pour savoir comment j'allais. Alors pourquoi pas Andy ?

— *Andrew est un grand garçon qui a quitté la maison depuis deux ans, déjà. Il a l'habitude. Ne compare pas ce qui n'est pas comparable.*

Sous-entendu : ne compare pas ton grand frère, que je ne peux pas voir en peinture ; et ma petite princesse adorée, que je vénère. J'exagérais un poil, mais le fond était vrai. Elle ne l'aimait pas, tout simplement. Du coup, sa vie ne l'intéressait pas le moins du monde. Au bout de sept ans, j'aurais dû y être habituée et ne plus sourciller.

Que dalle ! Ça faisait toujours aussi mal.

Je dus me mordre la langue pour ne pas être méchante et dire des choses que je pourrais éventuellement regretter plus tard. Après tout, j'avais promis. J'avais promis à Andy de ne jamais reprocher ouvertement à ma mère son attitude. C'était entre elle et lui. Mais cela n'arrêtait pas la souffrance que je ressentais. Ni la colère.

Noire, cette foutue journée est définitivement noire. Vivement que j'aille me coucher pour qu'elle se termine enfin !

Et prie pour que la journée de demain soit blanche, A.
Voix intérieure : un million ; Anna : un, tout nu !
— *Mais tu n'as pas répondu à ma question, ma puce. Tu as rencontré un garçon ?*

L'image de Ly' me traversa rapidement l'esprit. Oh oui, j'avais effectivement fait connaissance avec un garçon, bien que cette appellation ne lui allât pas du tout. Un homme. Un mec pur et dur. J'avais rencontré un mec avec un « M » majuscule. Mais si ma mère découvrait l'existence de ce mec-là, elle me ferait rentrer dare-dare en Virginie ! Donc, il était absolument hors de question de lui en parler.

En plus, ce n'est pas comme s'il y avait quelque chose de spécial à dire à son sujet…

Je fronçai les sourcils, cherchant à savoir si c'était du lard ou du cochon. Avec ma voix intérieure, mieux valait être prudent.

Ok, on rembobine ma petite sortie et on fait comme si je n'avais rien dit.

Ha, je préférais ça. Nettement, même.

— M'an, je viens d'arriver, je te rappelle. Comment voudrais-tu que j'aie déjà rencontré un garçon ? (Mensonge, mensonge, mensonge. À ce rythme, j'allais finir comme Pinocchio.)

— *Mais le plus simplement du monde, ma puce. De la même manière que tu t'es déjà fait deux copines. Il n'y a pas un seul garçon qui t'a tapé dans l'œil ? L'université en est généralement remplie ! Il faut être particulièrement difficile pour ne pas trouver chaussure à son pied dans un endroit pareil !*

— Ouais, bon, en même temps j'ai commencé aujourd'hui. Et j'avais plutôt la tête visée à mon plan, si tu vois ce que je veux dire. Pis, niveau mec, j'ai le temps, m'an.

J'entendis son soupir, mais heureusement elle n'insista pas.

— *D'accord, d'accord, je n'insiste pas. Tu as eu une longue journée, ma puce, je vais te laisser. Tu dois aller au lit tôt pour être en forme demain.*

— M'an !

Mais ça n'était pas possible ! Elle n'allait pas recommencer, quand même.

— *Je dis ça pour ton bien, ma puce. On s'appelle demain, d'accord ?*

Ouais, on allait faire… Quoi ???

Alors là, même pas en rêve ! Je lui dis que je suis grande et qu'elle doit me lâcher un peu et elle répond quoi ? « Oui, oui, je sais. À demain. »

Alors là, pas d'accord du tout. Mais alors pas du tout !

— Non. Demain, Andy passe à l'appart, je te l'ai dit. Et il va sûrement rester dîner. Je n'aurai pas le temps.

Court silence.

— *C'est vrai, j'avais oublié. Après-demain, alors ?*

— Non plus. Je sors avec mes copines. (Mensonge, mensonge, mensonge.)

Autre silence.

— *Ma puce, est-ce vraiment raisonnable de sortir en semaine ? Tu pourrais les voir vendredi, plutôt ?*

— Oh ! Mais on va aussi se voir vendredi. (Mensonge, mensonge, mensonge !) En fait, le plus simple, c'est que je t'appelle quand j'ai un moment, ok ? Ouais, on va faire comme ça.

— *Mais, ma puce, tu sais bien…*

Je la coupai sans lui laisser le temps de finir. Trop, c'était trop. Fallait pas pousser mémé dans les orties, non plus.

— Je te laisse, m'an. Ma glace est en train de fondre. Je te rappelle quand j'ai un moment. À plus. Bisous, bisous.

Et je raccrochai avant qu'elle ne puisse placer un mot de plus. Mais j'imaginais parfaitement sa réaction. « Manger une glace ? À cette heure-ci ? Mais, ma puce, est-ce bien raisonnable ? »

Oui, je mangeais une glace.

Parfaitement, à cette heure-ci.

Eh oui, c'était raisonnable, parce que j'en avais besoin.

Je baissai les yeux sur la glace en question et grimaçai de

dépit. Fondu ! Ma glace avait fondu !

Oh, pétard !

Zut de flûte de crotte de bique !

Je me levai rageusement et je me dirigeai au pas de charge dans la cuisine. J'ouvris le congélateur et lançai ma glace dedans.

— Fais chier ! criai-je à voix haute.

Noire, noire, noire ! Foutue journée noire !

Chapitre 5

— Ouah, Anna, quel changement par rapport à hier, dit donc ! s'exclama Kim dès qu'elle me vit arriver.

Elle et Marj' étaient dehors, adossées au bâtiment central, en train de fumer tranquillement une clope.

— C'est clair, t'es bien plus sexy aujourd'hui ! ajouta Marj', en me détaillant de la tête au pied.

Comme il fallait s'y attendre, mes joues chauffèrent et ne tardèrent pas à virer au rouge. Seigneur ! Qu'est-ce que je détestais être au centre de l'attention… Et tout ça parce que j'avais viré mon jean et mon petit pull stretch au profit d'une petite jupe noire et d'un top mauve moulant. Si j'avais su, j'y aurais pensé à deux fois en choisissant mes habits…

— Ouais, bon, c'est juste une jupe et top. Pas de quoi en faire un fromage, non plus…, marmonnai-je en fixant la pointe de mes ballerines.

— Hey, Anna, c'était juste une remarque comme ça. Un compliment, quoi… Tu sais, quand on apprécie quelque chose et qu'on fait une remarque positive. Un compliment.

Je foudroyai Kim de mes prunelles bleu foncé et lui tirai la langue.

— Fous-toi de ma gueule, vas-y, ne te gêne surtout pas, bougonnai-je d'un ton mordant.

Elle poussa aussitôt un petit cri et leva les mains en signe d'innocence tout en secouant vivement la tête.

— Oh, non, oh, non, surtout pas ! Jamais de la vie je me moquerais de toi, Anna. Promis, juré !

— Ouais, c'est ça. Je vais faire comme si je te crois, tiens.

— Genre... Ton manque de confiance est blessant, Anna. Vraiment, blessant..., ronchonna Kim en écrasant sa cigarette.

Marj' leva les yeux au ciel et me prit à partie.

— Cette meuf, je te jure, faut se la farcir. Ça fait cinq ans que je me la coltine. Je sais de quoi je parle.

Je lui adressai un petit sourire moqueur.

— Tu as l'air de t'en être plutôt bien sortie, jusque-là.

— Ne te fie pas aux apparences, Anna. Là, à l'intérieur (elle pointa son ventre de son index), je commence à sentir les signes d'infection. Elle m'a corrompue. Avant la fin de l'année, je serais comme elle. Son double. Son sosie. Et là... là, tu vas comprendre ton erreur, Anna.

J'éclatai de rire devant la mine sérieuse de Marj'. Ces deux filles étaient complètement givrées. Il n'y en avait pas une pour rattraper l'autre.

Le côté positif de la chose, A, c'est que tu ne feras pas tache dans le lot. Eh, merde... Tu es réveillée, toi ? Je pensais que tu étais entrée en hibernation. Quelle déception...

Ah.Ah.Ah. Très drôle. Tu as mangé un clown au petit-déj' ou quoi ?

Euhm... Je dirais... ou quoi !

Je levai la main droite pour glisser une mèche de mes cheveux derrière mon oreille, passablement frustrée par le retour intempestif de ma voix intérieure. Que n'aurais-je pas donné pour une journée de silence.

— Avec un peu de chance, elle m'aura déjà contaminée à ce moment-là, et on sera toutes les trois à la même, m'exclamai-je joyeusement, bien décidée à ignorer cette empêcheuse de tourner en rond. Comme ça, pas de jalouse !

Marj' grimaça avant de littéralement bondir en avant. Sur

moi. Elle m'attrapa par le poignet et fit pivoter mon bras, de sorte que l'intérieur de mon coude fût bien visible. Le geste avait été brusque et rapide, mais doux. Heureusement. Il n'aurait plus manqué qu'elle me cassât le bras.

La journée aurait été noire…
À qui le dis-tu !

— Oh. Mon. Dieu ! Tu as un tatouage ! Sur l'intérieur de ton avant-bras ! Trop. La. Classe ! Mate ça, Kim !

Elle avait à peine terminé sa phrase que Kim s'approchait pour regarder attentivement l'aile qui s'étalait sur mon avant-bras. De l'intérieur de mon coude au creux de mon poignet. L'aile était noire, avec des arabesques blanches à l'intérieur. Un véritable chef-d'œuvre. Bon, bien sûr, comme c'était mon tatouage et que je l'avais choisi avec soin, je ne pouvais que le trouver beau. J'étais un peu parti pris, sur ce coup-là.

— C'est une aile, hein ? Elle est juste magnifique ! souffla Kim, en la caressant du bout des doigts.

Je leur adressai un petit sourire en coin, creusant une fossette dans ma joue droite.

— Ouais, c'est bien ça. Une aile d'ange.

Marj' fronça les sourcils et me lança un regard perplexe.

— Pourquoi ne pas avoir carrément fait un ange ? Je veux dire, pas un petit ange en culotte courte avec une lolette et une auréole, mais un ange adulte. On peut avoir des trucs vachement bien, maintenant.

Je haussai les épaules.

— Trop cliché. Je trouve l'aile plus classe, plus originale. Ça me ressemble plus.

— Tu as raison. Perso, j'aime bien. Tu en as d'autres ? demanda Kim, surexcitée.

Cette fille était aussi curieuse que moi. Incroyable.

Affligeant, ouais…
Rabat-joie !!!

— Pas encore, mais bientôt. Je voudrais avoir une petite fée, mais je ne sais pas encore où. Je change d'avis trop souvent. J'attends d'être sûre.

— T'as raison, un tatou c'est pour la vie. Faut pas le faire n'importe où. Moi, j'aimerais bien en faire un, mais j'ai trop peur des aiguilles ! Peut-être que j'irai un soir où je serai trop bourrée pour avoir peur !

Je me mordillai la lèvre, hésitant à dire ce que je pensais. Je ne voulais surtout pas vexer Kim.

— Euhm… Tu sais que c'est le meilleur moyen pour te retrouver avec une rose sur les fesses ? dis-je finalement, l'air pince-sans-rire.

Kim ouvrit de grands yeux et me lança un regard en coin.

— Pourquoi tu dis ça ?

— Ben, parce que généralement, quand on est bourré, on dit des conneries. On est un peu à l'ouest, dans le meilleur des cas, et du coup, ce qui sort, c'est la première ânerie qui nous passe par la tête. En voyant comment tu es sobre, ben, je te vois bien finir avec une rose sur les fesses si tu es bourrée…

Marj' explosa de rire. *Super !* La moitié du campus, au moins, avait les yeux rivés sur nous.

Zut de flûte de crotte de bique.

Je croisai malencontreusement des iris vert menthe qui me dévisageaient sans ciller. De la sueur froide envahit mon dos.

Eh, merde !

A, je me permets de souligner que les yeux, certes fascinants, de Ly' ne sont pas vert menthe. Définitivement pas. Tu as regardé hier soir sur le net, tu n'es donc pas sans le savoir…

Pfff, n'importe quoi ! Je te rappelle que lorsque j'ai tapé « vert menthe » dans Google, les résultats étaient incroyablement nombreux et variés. Et souvent incohérent. Le nombre de nuances différentes pour la couleur « vert menthe » est tout bonnement effarant. Voilà précisément pourquoi je ne vois pas la nécessité de toutes les connaître !

Certes. Mais le résultat final demeure le même. Ses yeux ne sont pas vert menthe !
Et pourquoi donc ?
Ils sont trop clairs, nom d'une pipe en bois ! Ne fais pas ta bornée, A !
N'importe quoi…
Le sourire moqueur de Ly' me tira brusquement de mon débat intérieur. Je l'avais fixé tout du long !
Oh, bon sang ! La loose…
Pourvu qu'il passe son chemin et qu'il ne vienne pas ici. Pour une fois, ma prière fut exaucée. Ce bad-boy par excellence continua sa route. Non sans m'avoir lancé un bref regard noir au passage.
Ouf !
Sauvée !
Je n'avais vraiment aucune envie de me retrouver face à lui.
Surtout après avoir été surprise à baver devant lui, une nouvelle fois…
N'importe quoi !
— Comment Anna t'a déjà trop bien cernée, Kim ! Parce que, honnêtement, ça serait exactement ça.
— Je sais. C'est bien pour ça que j'ai pas encore tenté l'expérience, qu'est-ce que tu crois ? Je n'ai pas envie de me retrouver avec une rose sur les fesses… ou pire !
— Oh, oui ! Une petite tête de mort entourée de cœurs ! Ça serait trop mignon !
Je pouffai avec Marj', imaginant parfaitement la scène.
— C'est quand qu'on la saoule et qu'on la traîne dans un salon de tatouages ? proposai-je à Marj', en ignorant sciemment le regard glacial que me lançait Kim.
— Vendredi, on fait ça vendredi !
— Ça marche !
On se tapa dans la main en riant comme des gamines.
Souris grise, hein ? Tu parles !
— Vous me faites vraiment pitié. Je vous laisse, je me casse.

Ciao !
Kim ramassa son sac et partit au pas de charge.
— Euh… On l'a vraiment vexée, là ? voulus-je savoir, soudain plus très fière de moi.
— Nan. Elle boude. Tu verras, à midi, elle aura déjà tout oublié. On se retrouve au réfectoire pour le déjeuner ?
Je poussai un soupir, soulagée de savoir que Kim n'était pas vraiment fâchée. Il ne manquerait plus que je sois déjà en froid avec une de mes nouvelles copines.
Copines tout court, A, parce que le terme « nouvelle » sous-entendrait que…
Je sais, je sais ! Pas besoin de le préciser ! 'bécile !
Oh ! Reste polie, A !!!
— Ok. Ça marche. À tout !
— À plus, Anna.
En regardant Marj' partir, je réalisai brusquement que j'avais plaisanté avec elle et Kim comme je le faisais avec Andy. Naturellement et sans complexes. In-cro-ya-ble.
Mais où était donc passée ma légendaire timidité ?
Le sourire aux lèvres, je pris silencieusement le chemin des cours. La journée démarrait sous le signe du blanc. Un blanc éclatant de blancheur. C'était… rafraîchissant.

La journée, qui avait pourtant commencé sous les meilleurs auspices, aurait dû être à l'antipode de celle de la veille.
Oui, elle aurait dû. Et aurait pu…
Il s'en était fallu de cinq minutes. De cinq petites minutes pour que cette journée soit blanche. Parfaite. Sans accrocs.
Mais visiblement, il devait y avoir un problème avec mon karma. Et de taille ! Aucune autre explication n'était plausible. Mon karma merdait grave et m'attirait toutes les foudres inimaginables. J'avais la poisse, tout simplement.

Pourtant, à l'heure du déjeuner, j'y croyais encore. Tranquillement assise à une table, en train de bavarder avec Marj', Kim et Dan, devant une succulente, mais oh combien graisseuse, portion de frites, je pensais que j'étais dans un jour blanc. Pas un seul nuage à l'horizon. Le calme plat.
Du rire, des potes, du fun !
Toi, tu as trop regardé la pub « Oasis » !
Chute devant... Hein, mais ça va pas non ?... Mais non, pas chut, chute devant... ouaaaahhhhhhaaaaaa.
Okaaaayyyy, d'accord.
Ma voix intérieure et moi, ça n'allait pas mieux. Je ne savais pas qui, d'elle ou moi, était le cas le plus désespéré. Mais elle, très certainement...
Ben, non, c'est toi, bien sûr, A.
Euh, non... ça, je ne crois pas...
Qu'est-ce que je disais ? Gravement atteinte. J'étais gravement atteinte.

Pour en revenir à ma journée, tout se passait pour le mieux. Du moins, jusqu'à la fin du déjeuner. Au moment de quitter la cafétéria, pour retourner en cours, mon frère m'avait interpellée. Il venait toujours voir mon appart le soir même, ça, ça n'avait pas changé, mais comme Ly' était sans moyen de transport jusqu'à la fin de la semaine, il serait des nôtres pour le dîner. Et bien sûr, pour la visite de mon nouveau chez moi. Andy avait toutefois eu la délicatesse de me demander si cela me dérangeait. La tentation de répondre un grand « oui » avait été grande, très très grande. Mais, évidemment, je n'en avais rien fait. Sous le poids des prunelles vert menthe (!!!) qui ne m'avaient pas lâchée un instant, je n'avais pas eu le courage de dire : « Oui, ça me dérange, Andy. Et plutôt deux fois qu'une ! »

De plus, mon frère avait eu l'air tellement content que nous eussions l'occasion de faire plus ample connaissance, Ly' et moi, que je n'avais pas eu le cœur de lui dire ce que je pensais déjà de son meilleur pote. Honnêtement, je doutais de changer d'opinion un jour. Ly' était un mec dangereux et je comptais bien faire le maximum pour l'éviter. Je n'avais pas changé d'avis sur ce point. Oh que non ! Même si j'avais été trop lâche pour le dire à mon frère.

Voilà pourquoi, une fois de retour dans mon appart, j'attendais leur arrivée avec une certaine fébrilité. Ainsi qu'une crainte grandissante. Moi qui voulais tout faire pour éviter Ly', j'allais le recevoir chez moi. *Chez moi, bon sang de bois !* La situation pouvait-elle être pire ?

Le seul point positif était qu'ils s'occupaient d'amener de quoi manger. Ly' n'étant pas prévu à la base, ils ne voulaient pas me donner une surcharge de travail en m'obligeant à aller faire des courses de dernières minutes. Et comme moi je ne tenais pas spécialement à cuisiner pour Ly', entendant d'ici les remarques désobligeantes qui suinteraient, cette solution m'avait bien arrangée. Aussi je m'étais empressée d'accepter.

La sonnette de la porte d'entrée me fit presque bondir du canapé.

Moi ? Nerveuse ? Oh, si peu…

Souris grise : ON *!*

— Hello, dis-je une fois la porte grande ouverte. Bienvenue chez moi !

Andy m'attira contre lui pour me faire un câlin, puis me tendit un pack de bières. Ouah. *Ouah.* Ouah !!! Mon frère m'apportait de la bière… *De la bière !* Dans quelle dimension avais-je atterri ???

— Tiens, souris, je pense que tu n'as pas ce genre d'articles chez toi. Je me trompe ? (Je secouai la tête car, effectivement, je n'avais pas de bières. Ceci expliquait cela. Ouf, j'avais eu un coup de chaud.) Tu peux les mettre au frais, s'te plaît ? Comme ça, tu en auras en réserve quand je viendrai te trouver !

Je pris les bières et m'écartai machinalement pour le laisser entrer. Ce fut là que je le vis. Ly'. Il portait un cabas qui semblait sur le point de craquer, tant il était rempli. Avait-il dévalisé un magasin en croyant que nous serions vingt à dîner ?

— La cuisine ?

Okaaaayyyy, d'accord. Salut à toi aussi, Ly'. Ça me fait plaisir de te recevoir chez moi... crétin !

Je fis volte-face en lui faisant signe de me suivre. J'en profitai pour me mordre la langue et contenir le flot de gentillesses qui menaçait de sortir. La présence rassurante d'Andy aurait pu me rendre téméraire. Ou suicidaire.

— Viens, c'est par là.

Le salon était le point central de mon meublé. L'endroit qu'on devait systématiquement traverser pour changer de pièces ou pour sortir. Nous passâmes donc par le salon pour aller dans la cuisine. Petite et fonctionnelle, elle convenait parfaitement à une personne seule. Par contre à deux, on se bousculait la moindre.

Je posai le pack de bières sur la petite table d'appoint que j'avais trouvé chez Ikea.

— Tu peux poser ton cabas, là.

Évidemment, Ly' n'avait pas attendu mon autorisation pour le faire, ce qui me valut un regard narquois. Décidément, je marquai des points avec lui... À ce rythme-là, je serais bientôt à moins cent mille ! Et sans me forcer...

— Non, sans déc' ? Moi qui croyais que la table était juste un ornement. Hallucinant...

Je pinçai les lèvres, m'abstenant ainsi de répondre. À la place, je glissai rapidement les bières dans le frigo. Enfin, j'en mis quatre, faute de place.

Pressée de retrouver Andy, je frôlai accidentellement Ly' en sortant de la cuisine. Un frisson me parcourut. Je refusai catégoriquement de me laisser troubler par ce frisson. Cet horrible hurluberlu en profiterait pour se moquer une nouvelle fois de moi. Non, merci. J'avais déjà donné la veille.

Andy, les bras croisés sur sa poitrine, se tenait au centre du salon. Sourcils froncés, il détaillait minutieusement mon nouvel environnement.

— Alors, comment tu trouves ? demandai-je d'un ton joyeux, qui pourtant sonnait faux.

— Petit, lâcha-t-il sèchement. Ly' ?

Je me raidis en entendant la voix de ce dernier s'élever dans mon dos. Je le croyais toujours dans la cuisine. Erreur.

— La cuisine est minuscule. Il y a juste deux petites plaques et un four pour lilliputien. Je ne vois pas comment ta sœur peut se faire correctement à manger là-dedans.

Okaaaayyyy, d'accord. Parle comme si je n'étais pas là, ça ne me dérange absolument pas.

— Je suis là, je te signale…

Mais ma bravade ne fit pas long feu face aux iris pâles qui me dévisageaient intensément. *Ouah.* Je me sentis blêmir.

— Je sais.

Sur cette réponse laconique, Ly' retourna dans la cuisine. Des bruits de placards qui se fermaient et d'ustensiles qui s'entrechoquaient se firent rapidement entendre.

Je me tournai vers mon frère et l'interrogeai du regard.

— Ly' cuisine comme un as. Avant la fin de la soirée, tu nous supplieras de te laisser vivre avec nous pour pouvoir y goûter tous les soirs.

Je faillis m'étouffer devant cette odieuse affirmation. Alors là, hors de question. Plutôt mourir que de vivre sous le même toit que cet ogre !

Même pas en rêve !

— L'important c'est d'y croire, répondis-je succinctement.

— Attends d'y goûter avant de faire ta crâneuse. Je te promets que tu feras moins la maligne après. Bon, tu me montres le reste ?

Préférant ne pas débattre sur les talents culinaires de Ly', je ne relevai pas la provocation de mon frère. À la place, je fis ce qu'il me demandait. Je lui montrai d'abord la salle de bains : petite, comme le reste, avec une simple douche, un lavabo et une toilette.

— Mais c'est minuscule !
— Pas du tout ! C'est parfait pour une personne seule, Andy. Je t'assure que je suis très bien, ici.

La moue de mon frère montrait qu'il était dubitatif et qu'il n'y croyait guère. Pourtant, c'était la vérité vraie. Je me sentais vraiment chez moi, ici. C'était petit et cosy. Juste ce qu'il me fallait.

Nous allâmes ensuite dans ma chambre, qui se trouvait juste à côté de la salle de bains. Mon frère survola mon lit et ma table de chevet, lança un regard discret et rapide vers mon petit dressing, puis secoua la tête. Mais, heureusement, il ne dit rien de plus.

Une fois de retour dans le salon, nous nous installâmes sur le canapé. Il jeta un nouveau regard circulaire à cette pièce. Qui était de loin la plus grande. Malheureusement, avec le canapé, la table basse, le meuble télé et la bibliothèque, elle semblait un peu… surchargée. Et plus petite qu'elle ne l'était réellement.

— Tu es certaine que tu te plais dans ce mouchoir de poche ?

Je levai les yeux au ciel, m'exhortant à la patience.

— Oui, je suis sûre et certaine de me plaire ici.
— Ok. Si tu es sûre de toi, je n'insisterai pas, dit-il, avant de se lever. Je vais prendre une bière, tu en veux une ?

J'écarquillai les yeux, estomaquée. C'était bien la première fois que mon frère me proposait de l'alcool. Cette fois, c'était sûr, j'étais dans la quatrième dimension.

— Euh, non, merci, bafouillai-je lamentablement, sous le choc.

— Comme tu veux.

Il fit un rapide aller-retour à la cuisine et se rassit tranquillement.

Je me mordillai la lèvre inférieure en jetant un regard nerveux, et gêné, en direction de la cuisine. Je devrais peut-être aller proposer mon aide à Ly'. Bien que ce ne fût pas vraiment l'envie qui me motivait. Plutôt le sens de l'hospitalité que m'avait enseigné ma mère.

Ah, les bonnes manières… C'était une qualité rare de nos jours…

Je frottai nerveusement mes mains contre le jean que j'avais passé en rentrant et me levai pour faire ma « B.A. » du mois.

Andy m'attrapa vivement par le poignet en secouant la tête.

— Mauvaise idée. Quand Ly' est aux fourneaux, il ne veut personne dans ses pattes. S'il a besoin d'aide, il le dira. Ne t'inquiète pas pour lui. Il n'a pas sa langue dans sa poche, comme tu as déjà pu le constater.

Ça, c'était la litote du siècle !

— Ok. Je voulais juste être polie, c'est tout, répondis-je en me rasseyant, profondément soulagée. Et sinon, toi, ça va ? Tu as pu remplacer ta poupée, ou pas encore ?

La pointe de moquerie dans ma voix n'échappa pas à mon frère. Et cela me valut un regard de tueur.

— Je t'interdis de te moquer. Mais, plus sérieusement, tu m'as fourni l'excuse parfaite pour rompre sans être un gros salaud.

J'arquai un sourcil.

— Parce que cela t'aurait retenu, peut-être ?
— Nan, je n'ai jamais dit ça. Juste dit que grâce à toi, je ne suis pas un immonde salaud, pour une fois. Ça change.
— Tu m'étonnes, tiens.

Andy pointa le goulot de sa bouteille vers mon avant-bras.

— Il est magnifique, souris. Encore plus que dans mon

souvenir. (Je caressai amoureusement mon aile d'ange du bout des doigts, la chérissant autant que les souvenirs qui s'y rattachaient.) Tu as fait la fée ou pas encore ?

   Je secouai lentement la tête, sans quitter mon tatouage des yeux.

   — Non, pas encore. J'hésite trop sur l'emplacement.

   Mon frère inclina le buste en signe d'approbation. Puis, il enroula lentement la manche de son pull, dévoilant son avant-bras gauche et le tatouage qui s'y étalait. Une exacte réplique du mien.

   Un sourire tremblotant étira mes lèvres et deux larmes solitaires roulèrent le long de mes joues.

   Nous restâmes ainsi un long moment, en silence.

   Andy remit son pull en place et se cala dans le canapé, l'air serein. Il prit une gorgée de bière en me scrutant attentivement. Son regard d'aigle cherchait à lire entre les lignes.

   Quoi, exactement ? Aucune idée.

   Puis, une soudaine lueur dans ses yeux fit jour en moi, et je compris que nous allions arriver sur *LE* sujet.

   Oh, misère…

   — Alors comme ça, maman t'a laissée partir. Je n'aurais jamais cru que ce jour arriverait. En tout cas, pas avant tes trente ans. Et encore moins pour partir dans un autre État. *Surtout pas pour venir me rejoindre. Comment t'y es-tu prise pour réussir ce tour de force ?*

   Je baissai les yeux et tirai sur un fil qui dépassait d'une couture, sur le canapé.

   — Je ne lui ai pas vraiment laissé le choix, pour tout te dire. Je savais bien que si je lui demandais l'autorisation, je ne l'obtiendrais jamais. Je l'ai donc mise devant le fait accompli, en quelque sorte.

   — *En quelque sorte… ?*

   — Ouais… (Je me grattai distraitement la joue, en me

tortillant sur place.) J'ai envoyé mon dossier de candidature sans lui en parler. Quand j'ai reçu le courrier disant que j'étais acceptée, je le lui ai donné. Et là, ben… tu la connais, quoi. Elle a piqué une crise, m'a dit qu'elle ne me laisserait jamais y aller, et tout, et tout.

Andy avança une main et me caressa doucement la joue.

— Visiblement, cela n'a pas suffi.

J'eus un petit sourire sans joie.

— Non, ça n'a pas suffi. Soit je venais faire mes études ici, vers toi, soit je n'en faisais pas. Le choix a été vite fait. Ensuite, tout s'est mis en branle très rapidement et maman a absolument tenu à ce que j'ai un logement à moi. Me connaissant, moi et ma timidité légendaire, elle ne voulait pas que je partage la chambre de quelqu'un d'autre. Elle voulait que je me sente à l'aise. Que j'aie un endroit à moi. Je crois qu'elle avait peur que je fasse une crise de panique. Que tout cela fasse trop pour moi. L'université, des gens inconnus, dans une ville inconnue…

— Mouais, en gros, elle flippait mille fois plus que toi, quoi. Comme d'hab.

— Ouais, c'est ça.

Ly' sortit de la cuisine en portant trois assiettes, dont une en équilibre sur son avant-bras. Notre discussion en resta donc là, tout du moins pour l'instant.

— L'entrée est servie. On mange sur la table basse du salon, je présume, vu qu'il n'y en a pas d'autres ? demanda-t-il, avant de poser les assiettes sur la table en question, sans attendre de réponse. Annabelle, il nous faudrait des services et des verres.

Ce n'était pas clairement un ordre, mais ça y ressemblait grandement. Je pris toutefois sur moi et j'allai chercher ce qu'il fallait en silence. J'en profitai pour attraper un pull qui traînait sur une chaise. Soudain, j'avais froid. (Allez savoir pourquoi…)

— Vous voulez boire quoi ? À part la bière que vous avez apportée, j'ai de l'eau, du jus de fruits ou du Sprite, criai-je depuis la cuisine.

— Jus de fruit, répondirent-ils en même temps.

Le repas avait été excellent. Et comme l'avait prédit mon frère, j'étais devenue accro.

D'abord, l'entrée : carpaccio de saumon sur lit de mangues et d'avocats, avec une vinaigrette citronnée. Le tout servi en petite portion. Juste ce qu'il fallait pour ne pas être écœurant. Trop, trop bon. D'habitude, je n'étais pas spécialement fan du poisson, mais là, rien à redire. Mise à part : encore !

Ensuite, le plat principal : spaghetti carbonara avec fromage râpé. Un grand classique. Et pourtant. Jamais une sauce carbonara n'avait été aussi bonne. Un vrai régal. Au point de regretter de ne pas avoir de pain à saucer !

Et pour le désert : glace à la vanille et aux pépites de chocolat. Andy s'était souvenu que j'en raffolais. La grande classe.

Repus, nous sirotions tranquillement une tasse de café en parlant de choses et d'autres, sans réelles importances.

Soudain, Andy reposa sa tasse et se leva.

— Je vais vidanger et on mettra les voiles.

Charmant. Le vocabulaire de mon frère ne s'était pas amélioré avec le temps. Comme quoi certaines choses ne changeraient jamais.

À peine la porte de la salle de bains refermée, Ly' se pencha vers moi.

— Ça ne te gêne pas d'avoir un petit appart pour toi toute seule, sans avoir un centime à débourser parce que c'est môman qui paie, alors que Drew a toujours dû se démerder tout seul ?

L'attaque, que je n'avais pas vue venir, me prit à contre-pied. Je virai au rouge, une fois de plus, face à cette accusation injuste.

— Oui, bien sûr que ça me gêne, pour qui tu me prends ?

— Pour une petite fille pourrie gâtée, peut-être ?
Connard…
Je serrai les dents, mais refusai d'entrer dans son jeu.
— Ce n'est pas de ma faute à moi si ma mère a insisté pour me payer cet appart.
— Tu pouvais toujours refuser.
— Si j'avais refusé, ma mère n'aurait jamais été d'accord pour que je vienne étudier ici. Je n'ai pas vraiment eu le choix.
Ly' m'adressa un sourire sardonique.
— Bien sûr… Sauf que tu oublies un petit truc. On a toujours le choix, *souris*. Toujours. Tu pouvais dire « non ».
Cette simple phrase me renvoya sept ans plus tôt. Dans une situation que je n'avais pas cherchée, pas provoquée, et où l'on ne m'avait pas laissé le choix, justement. J'avais dit « non », encore et encore. Je l'avais murmuré, je l'avais crié, supplié. Rien n'y avait fait. Je n'avais pas eu le choix. On ne l'avait pas toujours. Ce que Ly' disait, c'était un mensonge. Comme ma mère, il disait des mensonges. Il prenait ses croyances pour la réalité, en ne se basant que sur ce que lui pensait. Il ne disait pas la vérité. Il disait *sa* vérité.
Comme m'an. Pareil.
Pâle comme la mort, je me levai et pris les tasses à café vides.
— Pas toujours. Pas toujours, murmurai-je d'une voix d'outre-tombe, en partant vers la cuisine.
Je sentis le regard de Ly' sur moi, mais heureusement, il ne rajouta rien. Pas un mot. Il semblait respecter mon désir de solitude et pour cela, je lui en fus reconnaissante.
Après ce qu'il t'a dit, tu lui es reconnaissante ? Non, mais t'es grave, toi, tu sais ça ? Tu le sais, A ?
Je serrai les dents à me les briser, mais ne réagis pas aux provocations de ma voix intérieure. Non. Pas cette fois-ci. J'avais déjà suffisamment à faire avec mes souvenirs. Noirs, sales, invasifs. Ils se faufilaient à travers mes faibles défenses, les

réduisant une à une en poussière.

Une terreur glacée planta ses griffes acérées dans mon crâne et un cri silencieux se fraya un passage dans ma gorge. Le bord de mon champ de vision devint flou et je sentis les flashbacks affluer.

Les poings serrés, je me préparai à l'inévitable. *Encore...*

— Bon, nous, on y va, souris. On se voit demain au bahut, ok ?

La voix d'Andy me fit sursauter et me ramena immédiatement au présent. Sauvée ! Je chassai les nuages qui recouvraient mon visage en quatrième vitesse, avant de me retourner. Je lui adressai un grand sourire.

— Ça marche. Merci d'être venu, c'était cool. Je suis vraiment trop contente d'être de nouveau auprès de toi, Andy. (Un demi-mensonge et une vérité.)

Je me jetai dans ses bras et lui fis un câlin. Un gros câlin. Il m'avait tellement manqué, tellement manqué. Que c'était bon de le retrouver ! Lui, mon grand pourfendeur de dragons, mon sauveur, mon héros.

Il se recula et je les raccompagnai jusqu'à la porte.

— Bonne nuit, Annabelle, me dit froidement Ly' en sortant.

— Bonne rentrée, Ly'. Soyez prudents sur la route, ajoutai-je en me tournant vers mon frère.

— T'inquiète. On maîtrise.

Je pouffai.

— Je n'en doute pas une seconde.

Une fois mes invités sortis, je refermai la porte et m'y adossai. Tremblante, je vérifiai rapidement que mes défenses étaient à nouveau en place et parfaitement opérationnelles. Done. Une bonne chose de faite. Il ne restait plus qu'à espérer que ma prison de glace réussît à les contenir. Cela faisait cinq ans qu'ils y étaient et il n'y avait aucune raison pour que cela changeât. Aucune.

Le souvenir du beau gosse qui venait de quitter mon appart vint alors me narguer. *Eh, merde !* Il fallait vraiment trouver un moyen pour éviter Ly'. Ça devenait vital. Ce mec avait l'art de me mettre dans des états pas possibles. D'une tristesse sans pareille à une excitation sans nom. Cela faisait à peine deux jours et déjà je n'en pouvais plus. Cela devait cesser. Immédiatement.

Chapitre 6

— Allez, viens avec nous ! Tu verras, on va passer une bonne soirée !

Kim me fixait avec une mine de chien battu, qui avait très certainement dû faire céder plus d'un mec. Et qui n'était pas loin de me faire craquer moi aussi.

Marj' me lança un regard moqueur.

— Je t'avais dit que quand elle faisait cette mine-là, on ne pouvait pas lui résister.

C'était vrai. Elle m'avait même prévenue le premier jour. Honnêtement, je n'y avais pas trop cru. Je pensais que c'était une plaisanterie. J'étais apparemment dans l'erreur.

Non, tu crois ?

— Okay, Okay, d'accooooord, capitulai-je en levant les mains. Je vais venir.

T'es sérieuse ? Toi, tu vas sortir un vendredi soir ? Pour de vrai ?

Au moment même où j'acceptai, je me demandai si je ne venais pas de commettre une grosse erreur. Ça faisait tellement longtemps que je n'étais pas sortie avec des copines, que je ne savais pas ce qu'il convenait de faire. J'étais complètement larguée, mais je n'osai pas pour autant revenir sur ma décision. Une sortie entre filles, ce n'était pas la mer à boire quand même. Enfin…

Ça sera certainement plus sympa, et moins pire, qu'une énième discussion avec ta mère, A.

Pas faux. Car évidemment, ma mère n'avait pas attendu mon appel. Normal, puisqu'il était prévu pour dimanche. Ma mère n'avait pas la patience d'attendre aussi longtemps... Elle m'avait donc téléphoné mercredi soir, bien que je lui aie dit que je serais avec des copines. (Bon, c'était un petit mensonge, mais ça elle ne pouvait pas le savoir.) Ainsi que hier soir. J'étais prête à parier qu'elle allait également m'appeler ce soir. Finalement, le seul soir où elle m'avait laissée tranquille, c'était mardi. Quand Andy était à l'appart avec moi.

Si tu ne te montres pas plus ferme avec elle, elle ne te lâchera jamais. La honte, quand même, à dix-neuf ans, avoir sa mère qui téléphone tous les soirs.

Tu crois que tu m'apprends quelque chose ? Je sais, tout ça.

Alors qu'est-ce que tu attends pour agir, A ?

Fichue voix intérieure ! Comme si je ne savais pas que j'allais devoir avoir une franche discussion avec ma mère. Incessamment sous peu, d'ailleurs.

Et tu penses honnêtement que ça suffira ? Qu'elle va bien gentiment t'écouter et faire ce que tu lui demandes ? Comme pour mercredi, par exemple ?

Grrrrrrr.

Bouton « OFF », il me fallait absolument un bouton « OFF ». Ça devenait une priorité. Une question de vie ou de mort, même.

— Euh... Anna ? Tu es partie où, là ?

Je sursautai violemment en entendant la voix de Kim.

Eh, merde !

Mes copines m'avaient certainement parlé, mais moi, occupée à discuter avec ma voix intérieure (la grosse malade), je n'avais rien entendu. Cette fois-ci, aucun doute, j'étais bonne à enfermer. Et plutôt deux fois qu'une...

Bon, je n'allais pas non plus crier sur les toits que je parlais avec ma voix intérieure. *Comment me sortir de cette impasse… ?*

Dis simplement que tu pensais à ta mère… Elles pourront peut-être t'aider…

Mais oui, bien sûr ! Pourquoi n'y avais-je pas pensé toute seule ? Fichue voix intérieure de mes deux !!

— Oh, euh, désolée… J'étais perdue dans mes pensées, dis-je piteusement, en passant une main embarrassée dans mes courtes mèches rouges.

— Oh… oh ! s'exclama bruyamment Marj'. Et il s'appelle comment ?

Hein ? Elle me parle de quoi là ?

— Anna, tu as rencontré un mec et tu ne nous as rien dit ?! s'écria, à son tour, Kim.

Oh, bon sang. La honte !

Elles croyaient que je pensais à un mec. Parler de ma mère maintenant allait jeter un froid.

J'eus une grimace dégoûtée.

— Si seulement ! Rien d'aussi glamour, malheureusement… Navrée de vous casser dans votre élan, les filles, mais, je ne pensais absolument pas à un mec. Oh que non. En fait, c'est à… à ma mère que je pensais.

La tête que tirèrent mes copines valait son pesant d'or ! Quelle déception pour elles de passer d'un mec potentiel à une mère poule… Je compatissais. Sincèrement.

Tu es sûr, A. ?

Évidemment ! Genre…

Mouais… Bizarrement, je sais pas trop pourquoi, je te crois pas !

N'importe quoi…

— Oh, merde ! lâcha Marj', avant de sortir son paquet de clopes de sa poche. Faut que je m'en fume une pour pouvoir me remettre. Le choc, tu comprends…

— Ça, c'est clair que ça casse un peu notre délire. T'es pas cool, Anna, renchérit Kim en branlant la tête, une moue

écœurée au bout des lèvres.
Désolée…
Faux-cul !!!
Mais genre…
— Je n'ai jamais dit que j'étais quelqu'un de cool, Kim…
Elle me tira la langue, avant de lever les yeux au ciel.
— Bon… Donc, tu pensais à ta mère… Je crois que je ne m'en remettrai jamais, mais bon, passons. Tu veux nous en parler ?
Je me retins de justesse de bondir sur place.
— Oh, oui !
— Eh, merde… J'espérais que tu dirais non…, marmonna Marj', avant de me faire un clin d'œil. Tu viens de te faire une amie pour la vie, là, Anna, ajouta-t-elle en pointant Kim du pouce. Kim *adore* qu'on lui demande conseil. Le truc, c'est qu'on risque d'en avoir pour trois heures. Facile.
— Ce qu'il faut pas entendre ! N'écoute pas cette jalouse, Anna. Et dis-moi tout.
Marj' leva une main tout en écrasant sa cigarette à peine entamée
— On peut aller s'asseoir à l'ombre, avant de commencer cette discussion, les filles ? On sera mieux et bien plus au calme pour parler.
C'était vrai que discuter de tout ça debout, à deux pas de l'entrée principale, au cœur des allées et venues, ce n'était pas vraiment l'idéal.
— Ok. Allons nous asseoir.
Nous nous installâmes confortablement à l'ombre d'un arbre, dans le parc qui entourait la faculté. Loin des oreilles indiscrètes, nous serions tranquilles pour bavarder. Et puis, nous avions le temps, pour une fois que nos horaires respectifs coïncidaient à la perfection. Nous avions toutes les trois deux périodes creuses. En profiter pour discuter était une bonne manière de passer le

temps. Ça en valait une autre, en tout cas.

— Donc, ta mère…, commença Kim, désireuse d'en savoir plus.

Oh la vilaine curieuse !
Comme si ça t'arrangeait pas, A…

— Ouais, ma mère. (Gros soupir.) Elle a toujours été du genre mère poule, du moins avec moi. Je présume que c'est parce que je suis une fille, et la petite dernière, vu que mon frère n'a jamais eu ce genre de problème. Si j'ai réussi à obtenir une certaine liberté en Virginie, depuis que je suis dans le Wisconsin, c'est un véritable calvaire. Elle m'appelle tous les jours, pour savoir comment c'est passé ma journée, si j'ai rencontré un gentil garçon — et la réponse est non, avant que vous le demandiez — si je mange correctement, mes cours, mes devoirs, etc, etc. Je lui ai dit à plusieurs reprises que je voulais qu'elle me lâche, que j'avais dix-neuf ans, que j'étais plus une gamine, et que j'étais parfaitement capable de me débrouiller toute seule. Et si j'y arrive dans pas mal de domaines, celui de faire entendre raison à mère, je dois avouer que… c'est un échec complet et cuisant. Je sais plus quoi faire, à part l'envoyer bouler. Mais bon, c'est ma mère, je ne peux quand même pas faire ça... J'ai même songé à couper mon téléphone dès que je passe le seuil de ma porte d'entrée. Mais je sais que si je le fais, elle risque d'appeler les flics. Ou pire, de débarquer le lendemain ! (Je poussai un nouveau soupir, lourd de sous-entendus, en me passant nerveusement les mains dans les cheveux.) Je ne sais plus quoi faire pour qu'elle arrête de m'appeler tout le temps. Ça me tape sur les nerfs, vous ne pouvez pas imaginer à quel point…

Et encore, je restai polie. J'avais l'impression d'être un oisillon, frétillant à l'idée de prendre son envol pour la toute première fois, à qui l'on venait brutalement de couper les ailes. Si je n'y prenais pas garde, la rancœur pourrait bien prendre naissance en mon sein. Et elle serait alimentée par des années de frustrations. Les conséquences seraient terribles. Pour ma mère, pour Andy... et pour moi.

— J'imagine parfaitement, je te rassure, me dit Kim. Moi, c'est mon père qui était un peu comme ça. Sauf que lui, il venait me chercher tous les jours au lycée. Et il foudroyait du regard tous les mecs qui m'approchaient à moins de cent mètres. C'était hyper gênant.

Finalement, ma mère n'était pas la pire. Si elle avait méticuleusement surveillé mes allées et venues, elle n'avait jamais été jusqu'à venir me chercher, ou m'amener, au lycée. Heureusement.

J'adressai un sourire compatissant à Kim.

— Effectivement, ça ne devait pas être une partie de plaisir.

— À qui le dis-tu !

— Et tu as fait quoi pour qu'il arrête ?

Kim pouffa en sortant une pomme de son sac.

— Je lui ai dit qu'il m'étouffait et que s'il continuait comme ça, j'irais finir mes études dans un autre État. Comme ma mère était d'accord avec moi, il n'a pas eu le choix, il a dû s'incliner. Tu devrais peut-être demander de l'aide à ton père ?

Tout le sang de mon visage se retira d'un coup et je devins blanche comme neige.

Mon père...

Je fermai les yeux pour endiguer les émotions qui commençaient à naître en moi. Je ne parlais jamais de mon père, jamais ! Pour la seconde fois cette semaine, mes défenses se mirent à vaciller sous l'afflux de souvenirs aussi déplaisants qu'indésirables. Je refusais d'y penser. Je ne voulais plus laisser cette ordure avoir la moindre emprise sur moi. *Hors de question.* Il ne méritait rien de moi. Rien ! Et c'était aussi valable pour les souvenirs que pour les émotions. Il ne méritait absolument rien. Pas même ma haine. Uniquement mon indifférence.

Inspire, expire. Inspire, expire. Inspire, expire.

Malheureusement, une fois la boîte de Pandore ouverte, il n'était pas aisé de la refermer. Chasser mon père de mes pensées était bien plus facile à dire qu'à faire. Maintenant que mes souvenirs flottaient à la lisière de ma mémoire, les repousser derrière les remparts de glace, dans l'oubli, n'était pas chose facile. Bien au contraire. Durant tout ce laps de temps, les images se télescopèrent derrière mes paupières closes.

Plus j'essayai de fermer mon esprit, plus les images devenaient nettes et précises. Intenses.

C'était horrible. *Horrible.*

Je ne voulais pas. Non, je ne voulais pas revoir tout cela. Je l'avais bien assez vu. Bien assez revécu. Je ne voulais pas. Je ne voulais pas penser à lui. J'avais un seul et unique désir : le chasser de ma mémoire. Pour toujours.

— Anna… ? Anna !

Le cri de Kim me sortit violemment de l'ouragan dévastateur qui s'était emparé de moi. Je rouvris les yeux et la regardai, l'air hébété. Il me fallut de longues minutes pour comprendre que j'étais ici, dans le Wisconsin, auprès d'Andy, et non sept ans plus tôt, en Virginie, seule face au monstre hideux qui peuplait mes cauchemars.

Le corps parcouru de tremblements, incapable de parler et d'aligner deux pensées cohérentes, je sentis des larmes rouler silencieusement le long de mes joues.

Après de lentes et profondes inspirations, je fus enfin capable de parler. Quoique le mot « parler » ne fût pas vraiment le terme adéquat. « Cafouiller » conviendrait mieux. Même si « ânonner » était sans doute le plus proche de la réalité.

— Mon père est mort. Je n'en parle pas. Jamais, soufflai-je d'une voix rauque, brisant ainsi définitivement les brumes du cauchemar dont j'avais été victime. Jamais…

Elles pensaient certainement que j'éprouvai de la tristesse et

que c'était pour cela que j'étais dans tous mes états. C'était très bien ainsi. Elles ne soupçonneraient pas la vérité. Mon secret demeurerait en sécurité. Elles croiraient que je pleurais encore la mort de mon père. Si seulement elles savaient…
Personne ne doit savoir. Jamais. C'est mon secret…
…et celui d'Andy.

Alors que je me préparais pour ma sortie avec les filles, je réfléchis aux conseils que m'avait donnés Kim.

Premièrement : ne pas répondre au téléphone ce soir. Ma mère savait que je sortais avec mes copines, je l'avais prévenue, il était donc normal que je ne fusse pas atteignable. Je devais impérativement cesser de me plier à ses moindres caprices.

Bien sûr, comme je ne voulais pas que la police (ou pire, ma mère) débarque chez moi, si elle essayait de me joindre (ce qui ne saurait tarder, vue l'heure), je lui enverrais un message, lui rappelant que j'étais de sortie avec mes copines.

Deuxièmement : lors de son prochain appel (demain matin aux aurores, certainement), je lui dirais fermement qu'elle devait cesser de me harceler de la sorte. *Je* lui téléphonerais le dimanche soir et ce serait tout. Le reste de la semaine, silence radio. Pas d'appels.

Bon, connaissant ma mère comme je la connaissais, je savais que ce petit discours ne serait pas suffisant. Le plus difficile serait de mettre tout cela en pratique, parce que j'avais vraiment peur qu'elle débarquât ici sans prévenir. Ça serait la honte de ma vie, et je n'étais pas sûre de pouvoir le lui pardonner.

En entendant *How Soon Is Now,* je me figeai. Mon mascara à un millimètre de mes cils.

Soit forte, A, ne bouge pas. Continue à te préparer, comme si de rien n'était. Ignore la sonnerie. Elle n'existe pas. La cuillère n'existe pas.

Très juste, la cuillère… Hein ? La cuillère ? Quelle cuillère ?

Qu'est-ce que ma voix intérieure avait encore bu ? Une bouteille de Mojito ?

Oups, pardon ! Je me suis un peu emportée… Désolée, A.

Hallucinant… Voilà que j'avais droit à un remake pourri de *Matrix*. Genre…

Oh, c'est bon, là ! J'ai dit « pardon » !!!

Soupirant et levant les yeux au ciel, je pinçai les lèvres et repris là où j'en étais restée.

— C'est facile, Anna. Très facile. Tu ignores la sonnerie. Tu l'ignores, marmonnai-je, en fixant mon reflet dans le miroir. Tu ignores la sonnerie, et non la cuillère… (Pfff…)

Je vis briller une lueur de détermination dans mes prunelles bleu foncé. Oui, j'étais capable de le faire. J'allais y arriver.

C'est bien, A, continue comme ça. Tout est dans le mental. Reste concentrée sur ton objectif.

Nom d'une pipe en bois ! Voilà que ma voix intérieure me coachait maintenant. C'était le monde à l'envers…

À ton service, A, comme toujours.

Ouais, c'est ça… Ça se saurait si tu étais à mon service. Ce qu'il faut pas entendre, je vous jure…

Ne jure pas, A, c'est vulgaire.

Ah ! Là je reconnaissais bien ma voix intérieure. Ce côté moralisateur à deux balles m'était plus familier. J'étais en terrain connu. Et cela me permit d'occulter, du moins partiellement, la sonnerie insistante de mon portable.

Quand celle-ci cessa enfin, je sentis de la sueur froide couler le long de mon dos. Et je dus me faire violence pour ne pas bondir sur mon iPhone et envoyer immédiatement un message à ma mère.

Je pris une profonde inspiration et luttai contre ce besoin instinctif. Et mal venu.

Résiste, A, sois forte ! Tu peux le faire. Tout est dans le mental. Si tu veux, tu peux…

À la place, je me reculai et admirai le résultat. Parfait. L'ombre bleu clair sur mes paupières intensifiait mon regard. Je m'adressai un petit sourire satisfait quand on sonna à la porte.

Je regardai une dernière fois ma tenue, afin d'être certaine de ne rien avoir oublié. Jean slim bleu délavé, *done* ; tee-shirt noir avec une tête de mort argentée (clin d'œil pour le tatou imaginaire de Kim) et décolleté en V, *done* ; ballerine noire, *done* ; veste en jean et sac à main, *not done*.

Je me hâtai d'aller chercher ce qu'il me manquait, en attrapant mon smartphone au passage.

— Voilà, je suis prête, dis-je en ouvrant la porte à mes copines.

Kim ouvrit la bouche et cligna des yeux en fixant mon tee-shirt.

— Anna, je vais te tuer !

Je pris mon air le plus innocent.

— Ben, quoi ? Si tu bois trop et que tu te sens d'attaque pour ton tatou, autant avoir un modèle potable, non ?

Marj' éclata de rire, ce qui lui valut un regard noir de la part de Kim.

— Ne l'encourage pas, Marj'.

J'allais répondre quand mon iPhone sonna une nouvelle fois. Ma mère. Encore.

Je grimaçai.

— Ta mère ? demandèrent en cœur mes copines.

— Ouais…

Kim hocha la tête et m'attrapa par le bras.

— Viens, laisse sonner. On écrira le message dans la voiture.

Comme j'habitais au deuxième, nous fûmes rapidement dehors. Du coup, mon portable sonnait encore quand nous nous installâmes dans la voiture de Marj'.

Dès que la sonnerie cessa, je me mis à taper le message que me dictait Kim.

Moi : Je ne peux pas répondre au téléphone, m'an, je suis au resto avec mes copines. Je t'appelle demain. Bisous, bisous.

Court. Clair. Concis.

Pourvu que cela suffise.

— Et sinon, on va manger où ?

— *Chez Daemon.* C'est la meilleure pizzeria de la région. Une fois qu'on y a goûté, on ne peut plus s'en passer.

Ça me rappelait quelque chose, ça. Andy avait dit exactement la même phrase concernant la cuisine de Ly'. Et il avait eu entièrement raison.

Ne pense pas à Ly', A ! Il est nocif.

Très juste ! Ly' était la personne à éviter par excellence…

Et pour le moment, on s'en sort plutôt bien, je dois dire…

On ? Ma voix intérieure et moi-même formions une équipe maintenant ? C'était nouveau, ça…

— Et ensuite, il y a une petite fête organisée par la fraternité de Dan.

Kim pouffa en se tournant vers moi.

— Une petite fête, ce qu'il faut pas entendre. Non, c'est une grande fête. Une méga fête, même ! Quasiment tout le campus y sera. J'ai hâte d'y être.

Moi, nettement moins. J'avais quel âge lorsque j'avais été à ma dernière fête ? Douze ans ? Et c'était sans doute une boum… On ne jouait pas dans la même catégorie ! Dire que j'étais angoissée à l'idée d'y aller n'était pas peu dire. J'étais même terrorisée.

Alors, dis-leur que tu ne veux pas y aller…

Et passer pour une poule mouillée ? Non, merci ! Sans façon. Ça ne devait pas être si terrible que cela. C'était juste une fête, après tout. Non ?

Okay, d'accord. J'avais commis une énorme erreur en acceptant de venir à cette fête.

— C'est cool, hein ? me cria Kim, pour se faire entendre par-dessus le bruit infernal de la musique. Viens, on va au bar pour prendre une bière.

Oh. Mon. Dieu… *Oh. Mon. Dieu* !!!

Rouge, de la tête aux pieds, je me laissai entraîner par Kim et Marj'. Je priai ardemment le ciel pour que le sol s'ouvrît sous mes pieds et m'avalât.

Pitié…

Je t'avais dit de refuser, A.

Effectivement, j'aurais dû écouter ma voix intérieure. Ce genre de fête n'était absolument pas pour moi. Je regardai les gens se frotter les uns contre les autres, à moitié nus, en faisant de mon mieux pour masquer mon dégoût. J'avais l'impression d'être en pleine orgie.

Ce n'est peut-être pas une impression, d'ailleurs…

La réputation désastreuse des fêtes de fraternité n'était pas surfaite. Au contraire. Elle était amplement méritée. La soirée ne faisait pourtant que commencer, et déjà, les filles étaient en sous-vêtements. Certainement plus très sobres aussi, non plus…

Oh, Seigneur ! *Sauvez-moi* !!!

En regardant ce spectacle, pour le moins affligeant, je me sentais incroyablement vieille. Et coincée également. La sagesse de ma tenue me donnait l'impression d'être une bonne sœur. Pourtant, mon jean slim me moulait comme une seconde peau et mon décolleté mettait habilement en valeur la naissance de mes seins. Une bonne sœur ne s'habillerait jamais ainsi. Ça en disait long sur ce que les autres portaient, ou plutôt sur ce qu'ils ne portaient pas !

Sortez-moi de là, pitié !

— Tiens !

Kim me tendit un gobelet et je fus bien obligée de l'accepter.

Hors de question que je passe pour une chiffe molle. *Bonne sœur était déjà bien assez affligeant ! Merci bien !* Mais la prochaine fois, je m'inventerais une excuse pour ne pas venir.

— Hey, c'est pas Lily, là-bas, vers Ly' ? demanda soudain Marj', en pointant du doigt un coin de la pièce.

Kim et moi tournâmes la tête dans la direction indiquée.

Je fus soulagée de découvrir une zone où les gens étaient vêtus et où la danse du ventre n'était pas de rigueur. Cette fête ne serait peut-être pas si mal après tout. Il suffisait de se déplacer là-bas. Le prix à payer serait d'être proche de Ly', certes, mais des deux maux, je choisissais le moindre.

Ly', un moindre mal... on aura tout entendu !

— Ah, ouais. Cette fille n'a vraiment aucune fierté. Passer de Drew à Ly' comme ça, sans sourciller. C'est répugnant.

Ly' était adossé contre un mur, portant l'un de ses traditionnels débardeurs. (À croire qu'il n'avait rien d'autre.) Les bras croisés, il fixait Lily d'un air impassible. La jeune femme, dans une toute petite robe rouge « baisez-moi », lui parlait en faisant la moue.

— C'est affligeant, déclara Marj', sans pour autant quitter le couple des yeux.

Moi, ce que je trouvais affligeant, ce n'était pas vraiment l'attitude de Lily, ni sa tenue vestimentaire, même s'il y avait quantité de choses à dire sur le sujet. (Du moins, de mon point de vue. Et tant pis si je faisais « bonne sœur ». Un peu de décence, que diable !) Non, ce qui me choquait, c'était qu'une fille pût s'approcher, à dessein, de Ly'. Ok, ce mec était une bombe atomique, il fallait bien appeler un chat : un chat. Mais c'était bien sa seule et unique qualité. Pour le reste, il était aussi froid qu'un iceberg et aussi aimable qu'une porte de grange. Certes, ce n'était pas des défauts rédhibitoires pour baiser, mais bon, attendre un minimum de délicatesse de la part de son amant, ce n'était pas du luxe.

Attention, la vierge A nous donne des conseils pour prendre un bon amant. On aura tout entendu. Depuis quand tu t'y connais ? Désolée de briser ton rêve, A, mais il y a un monde entre tes livres et la réalité.
Mais tu vas me lâcher, toi, à la fin ? Dégage de ma tête !

Distraite par ma voix intérieure, je pris une gorgée de bière et faillis m'étrangler face au spectacle qui se déroulait sous mes yeux. Finalement, l'idée de changer de place me sembla aussi attirante que de tailler une bavette avec un requin. Hautement improbable, mais carrément flippant.

Lily venait de s'agenouiller devant Ly'.

— Oh, bon sang ! Mais elle fout quoi ?

Kim tourna brièvement les yeux vers moi.

— Elle le supplie.

— Elle *quoi* ?

— Elle le supplie, répéta tranquillement Kim. Si une ex de Drew veut se faire sauter par Ly', elle doit le supplier.

Oh. Mon. Dieu !

— Tu déconnes ? Elle doit le supplier pour qu'il daigne la baiser ?

— Ouep, approuva Marj', qui semblait boire du petit lait. Mais, attention, ça ne suffit pas toujours.

— Hein ?

Mais c'était quoi cette histoire ?! Il les forçait à le supplier et ça ne suffisait pas forcément ? Fallait être malade pour se prêter à ce genre de jeux.

J'eus l'envie folle, et farfelue, de traverser la pièce pour aller secouer Lily-la-poupée et lui dire de se réveiller. Un peu de fierté, nom d'une pipe !

— Là, tu vois, ça ne suffit pas, déclara Kim, au moment où Ly' renversait son verre sur Lily.

Oh. Mon. Dieu !

Dites-moi que je rêve !

Si ça peut te rendre service… Tu rêves, A.

Poisseuse, et honteuse, Lily se releva vivement et partit en courant, sous le ricanement des autres.

— Mais quel connard !

Alors que ces mots m'échappaient, des iris vert menthe se vrillèrent sur moi. Je déglutis péniblement et perdis de ma superbe. Une fois encore, je ne faisais pas le poids. *Oh, misère.* Tigre contre Souris : victoire par *one shot*.

Eh, merde !

Heureusement, il ne pouvait pas m'avoir entendu. Par contre, l'expression de mon visage devait parler pour moi. Et vue le regard glacial qu'il me lança, il avait parfaitement deviné ce que je pensais de lui et de son attitude.

Il est temps de lever l'ancre, A.

J'allais le dire !

— Euh, les filles. Je crois que je vais rentrer, annonçai-je, en faisant brusquement volte-face.

Chapitre 7

Sans attendre de réponses, je posai mon verre quasi intact et me dirigeai vers la sortie. Cela avait vraiment été une erreur de venir ici. J'aurais eu meilleur temps de me contenter du resto et de prétendre que j'étais fatiguée, ou n'importe quoi de ce goût-là, plutôt que de n'avoir rien osé dire.

Je te l'avais dit, A…

Gnagnagna…

Ce genre de fêtes, où une fille se retrouvait à genoux devant un mec pour se faire renverser de la bière dessus, ce n'était vraiment pas ma came, comme on disait. Je préférais nettement rester tranquille chez moi à bouquiner. *Et plutôt deux fois qu'une !* Peut-être que ça faisait casanier, ouais ça le faisait sûrement, mais au moins je savais à quoi m'attendre. De plus, ce qui comptait vraiment, c'était d'être bien et honnête avec soi-même. Essayer de changer pour plaire aux autres, ça ne marchait jamais. À un moment ou à un autre, il y avait toujours le retour du boomerang. Et généralement, ce n'était pas spécialement agréable. Ni joli à voir…

Oh que non !

Je me faufilai habilement entre deux couples, sans quitter la sortie des yeux. Encore un petit effort et je serais enfin dehors. Je réfléchirais à ce moment-là au meilleur moyen de rentrer chez moi. Un taxi allait me coûter une blinde, mais bon, ça serait mieux que de prendre le risque de se faire agresser dans la rue.

Je devenais aussi parano que ma mère, ma parole. Seigneur, elle déteignait méchamment sur moi. Il allait vraiment falloir y remédier.

C'est rien de le dire, A…

Mais chaque chose en son temps… et un temps pour chaque chose. Priorité numéro un : sortir d'ici au plus vite.

Alors qu'il ne restait plus qu'un tout petit mètre entre la porte et moi, quelqu'un vint se mettre en travers de ma route.

Super… c'est bien ma chance !

Je fermai brièvement les yeux en priant pour que ce ne soit ni Ly' ni un ivrogne qui voulait tirer un coup.

Pitié…

— Putain, mais qu'est-ce que tu fous là, toi ? Qui t'a invitée ?

Point positif : ce n'était ni Ly', ni un ivrogne en manque de sexe. Point négatif : c'était Max. Peut-être aurait-il mieux valu que ce fût l'option numéro un, finalement.

Non, tu crois ?

— Salut, Max. Ne t'inquiète pas, j'étais sur le point de partir. Ce que je ferais sans tarder dès que tu m'auras laissé passer, dis-je, d'un ton faussement jovial.

Pourvu qu'il ne me cherchât pas de noises et me laissât partir sans problèmes. J'avais eu mon lot d'emmerdes pour l'année !

Sa mâchoire se contracta.

— En plus d'être conne, t'es sourde ? Sympa…, lâcha-t-il nonchalamment, ce qui fit rire deux des trois mecs qui étaient avec lui.

Celui qui ne riait pas me lança un regard nerveux.

— Arrête, Max. C'est la sœur de Drew…, marmonna-t-il, mal à l'aise.

— Et alors ? Ça l'empêche pas d'être conne.

— Je ne veux pas d'emmerdes avec eux…, continua-t-il, en se dandinant d'un pied sur l'autre.

Max se tourna à demi vers lui, en haussant les sourcils.

— Tu as la frousse ?

— C'est ça, moque-toi. Tu as peut-être oublié ce qui t'est arrivé la dernière fois que tu t'en es pris à Ly', mais moi non. Et j'ai pas envie de me retrouver avec la tronche que tu avais eue. Faites comme vous voulez, les mecs, mais moi je ne mange pas de ce pain-là.

Max le regarda partir, impassible. Ces deux autres potes, par contre, devinrent nerveux et lancèrent des regards soudains inquiets derrière moi ; ils ne prirent pas la poudre d'escampette pour autant.

Bon sang, c'était bien ma veine !

Noire, noire, noire… semaine noire !

— Paraît qu'il est là ce soir, Max. Joue pas au con. Laisse-la partir.

— Vous êtes tous que des froussards. Et pis, je lui cherche pas de noises, à cette connasse, je veux simplement savoir ce qu'elle fout ici. Je suis sûr que personne ne l'a invitée. C'est vrai, quoi. Qui inviterait une schtroumpfette aux cheveux rouges ? se moqua-t-il, en me regardant de la tête aux pieds.

Je serrai les dents, mais ne répondis rien. Je savais que dans ces cas-là, le plus sage, était de ne pas réagir. Il finirait par se lasser. Du moins, je l'espérais sincèrement.

Max passa sa langue sur ses lèvres en continuant à me fixer. Ou plutôt, en fixant mon décolleté comme un vulgaire vicelard.

Pervers…

— Quoique… T'as l'air d'avoir de jolis nichons… Soulève un peu ton tee-shirt qu'on voit mieux.

Un frisson de dégoût me parcourut et je fis instinctivement un pas en arrière. Tout ce qu'il ne fallait pas faire ! Le sourire de Max s'agrandit et son regard devint noir de désir.

Eh, merde ! Non, non, non ! Pas ça, pas ça…

A, ça serait peut-être le moment de…

Un dos immense, recouvert de noir, me bloqua soudain la vue. Un véritable colosse.

Mais, qu'est-ce que…

Ouah. *Ouah. Ouah* ! Le noir venait de disparaître, dévoilant à ma vue ébahie un dos fort et musclé.

Oh. Mon. Dieu.

Un dragon en plein vol, crachant du feu, emplit mon champ de vision. Les ailes déployées du dragon parcouraient toute la largeur, ainsi que la hauteur, des omoplates de mon sauveur. Son corps semblait suivre sa colonne vertébrale et sa queue disparaissait sous la ceinture de son jean.

Oh. Mon. Dieu.

Le soin apporté aux plus petits détails, comme les écailles des ailes ou le relief du feu, rendait ce tatouage très réaliste. On aurait pu croire qu'un vrai dragon était emprisonné sous cette peau. Son corps ondulait aux moindres mouvements du colosse.

Oh. Mon. Dieu.

Mes mains me démangèrent soudain, avides de parcourir ce dos musclé et recouvert de noir. Une envie inopinée de redessiner ce tatouage du bout de ma langue me prit par surprise. *Oh, misère* ! Le contraste entre le noir du dragon et le caramel de la peau était saisissant. Splendide. Magnifique.

Miam, miam.

Toute à ma fascination, je faillis manquer la discussion qui faisait rage entre le mystérieux inconnu au dragon et Max.

— Alors, la vue te plaît ? Mes nichons sont à la hauteur de tes espérances ?

Cette voix. *Oh, non, cette voix* ! Basse, froide, menaçante. Je ne la connaissais que trop. Tellement réfrigérante qu'elle pouvait éteindre un volcan en éruption.

Oh, Bon Dieu ! Mais pourquoi vous acharnez-vous ainsi sur moi ? Qu'est-ce que je vous ai fait ? Seigneur… mais qu'est-ce que je vous ai fait pour mériter ça ?

— Ly'… c'est pas du tout ce que tu crois… vraiment pas…, bredouilla Max, d'une voix hachée.

— Oh, vraiment ? Tu ne voulais pas voir mes nichons, alors ?

Un silence gêné suivit.

— Non, bien sûr que non…, bafouilla le blond, visiblement à deux doigts de l'infarctus.

Je contournai Ly', pour voir ce qu'il se passait, et surtout, *surtout*, pour ne plus être tentée par ce maudit dragon qui m'appelait aussi certainement qu'un chant de sirènes envoûtait les marins égarés.

Ly' pivota immédiatement vers moi, les sourcils froncés.

— Mais non, bien sûr, susurra-t-il d'une voix mielleuse. Ce ne sont pas mes nichons qui t'intéressent… ce sont ceux d'Annabelle. (Ly' haussa un sourcil, en me détaillant de la tête aux pieds.) Et bien, *souris*, as-tu envie de satisfaire sa demande ?

Je blêmis en entendant sa question. Je secouai frénétiquement la tête, prise de panique. Ly' allait-il se joindre à Max ?

Les iris vert menthe lancèrent des éclairs. L'orage semblait être sur le point d'éclater. Mais contre qui exactement serait-il dirigé ? Max… ou moi ?

Eh, merde ! C'était bien ma veine ! *Noir, noir, noir.*

— Je crois que ça veut dire non, Max. Tu n'es pas d'accord ? demanda-t-il en tournant la tête vers lui. Tu allais quelque part, Max ? ajouta-t-il, quand il vit que ce dernier avait commencé à se diriger discrètement vers la sortie.

Max devint pâle, très très pâle, et suait à grosses gouttes. Je n'étais pas la seule à trembler devant le terrible prédateur qui se tenait devant nous. Rassurant.

En même temps, qui faisait le poids face à un tigre du Bengale ?

Très juste, A.

— Non, non. Nulle part. Je n'allais nulle part, Ly'. Et évidemment, j'ai bien compris que cela voulait dire « non ».
— Hmmmhmmmm. Et que faisons-nous à ce sujet, alors ?
Max écarquilla les yeux, sidéré.
— Hein ? Qu'est-ce qu'on fait… ?
— Eh ben, oui. Tu veux voir les nichons d'Annabelle ou pas ?
Le ton glacial de Ly' me fit peur. (Encore plus que d'habitude.) Il représentait un danger létal que Max n'égalerait jamais. Il était LE prédateur par excellence. Et j'étais dans sa ligne de mire… *Eh, merde !* Mais à quoi jouait-il, bon sang ? Je croyais qu'il était le meilleur pote d'Andy. Cela sous-entendait qu'il ne devait pas me faire de mal, non ? C'était d'ailleurs ce qu'il avait dit lundi à la supérette. Que je ne risquais rien avec lui ! Avait-il menti ?
Et pourquoi ne l'aurait-il pas fait, A ?
Pas faux…
Les yeux de Max se mirent à briller de convoitise.
— Tu es sérieux ? Ou tu te fous de moi, là ?
Ly' croisa les bras sur son torse nu. Si je n'avais pas eu aussi peur, je me serais peut-être attardée pour admirer cette œuvre d'art mise à nu. Mais là, je n'avais vraiment, mais alors vraiment pas la tête à ça.
Une grande première…
La ferme !!!
Les nerfs à fleur de peau, je n'étais vraiment pas d'humeur à endurer les sarcasmes de ma foutue voix intérieure. Mais alors, vraiment pas !
— Est-ce que j'ai l'air de plaisanter, Max ? Je les verrais bien moi aussi ses nichons…, ajouta-t-il, en me dévorant des yeux à son tour.
Je commençai à reculer, terrifiée, les mains levées ; protection bien dérisoire. Comme si cela pouvait suffire à le repousser. On

ne se battait pas contre un tigre à mains nues. Encore moins quand on était une souris grise…

En deux pas, il m'avait rejointe. Il m'attira contre lui et me ramena d'autorité vers Max, indifférent à mes pathétiques tentatives de défense.

— Non, lâche-moi ! Lâche-moi, Ly', me mis-je à crier.

Je lançai des regards désespérés autour de moi et vis que, si beaucoup nous regardaient, personne ne semblait prêt à intervenir. J'allais me retrouver topless au milieu de tous ces gens et je ne pouvais rien faire pour empêcher ça.

Ly' agrippa le bas de mon tee-shirt et lança un regard interrogateur à Max.

Ce dernier se lécha les lèvres et hocha lentement la tête en fixant mes seins.

Non, non, non ! Pitié, non !

Ly' plongea ses yeux dans les miens. Vert contre bleu. Et le temps sembla s'arrêter un bref instant. Je n'avais plus conscience que du magnifique vert menthe de ses prunelles. Je constatai alors que le tour extérieur de ses iris était plus foncé, d'un vert presque noir (alors que le reste était d'un vert incroyablement clair, pour ainsi dire transparent), chose que je n'avais pas remarquée jusque-là. Ses yeux étaient vraiment superbes… envoûtants… ensorcelants… Ce cercle vert foncé accentuait encore plus la pâleur de ses iris. Un spectacle splendide, vraiment, et qui me coupa momentanément le souffle.

J'en oubliai où j'étais et dans quelle posture je me trouvais. Il n'y avait plus que Ly' et ses incroyables prunelles vert menthe. Je n'avais jamais rien vu d'aussi beau…

Une lueur de rage se mit à flamboyer dans ces deux lacs verts, les assombrissant dangereusement. Le retour sur la terre ferme fut pour le moins brutal. Une dégringolade plutôt désagréable…

Je voulus fermer les yeux pour ne pas voir ce qui allait suivre, mais je ne fus pas assez rapide.

Vive comme l'éclair, la main droite de Ly' se leva…

…et alla s'écraser contre la mâchoire de Max.

Les yeux écarquillés, je vis ce dernier basculer en arrière.

— Tu pensais vraiment que j'allais dénuder la sœur de Drew ? gronda Ly' d'une voix rageuse. (Tigre du Bengale dans toute sa splendeur.)

Il s'écarta de moi et regarda Max avec un dégoût non dissimulé.

— T'es vraiment un pauvre type, Max. Un pauvre type. Pour ta propre santé, je te conseille vivement de te tenir éloigné d'Annabelle. Sinon, toi et moi, on aura des choses à se dire. (Il fit craquer les phalanges de ses doigts.) Et la discussion sera assez courte.

Il agrippa fermement mon bras et m'entraîna à sa suite, vers la porte d'entrée. Une fois dehors, il me lança un regard peu amène.

— Tu mériterais une bonne fessée, *souris*, pour avoir douté de moi. Je ne suis peut-être pas un enfant de chœur, mais je t'ai déjà dit que je ne te ferais jamais de mal. Tu es la sœur de Drew. La sœur de mon meilleur pote, bordel de merde ! Tu crois que ça ne signifie rien pour moi ? Tu me prends pour qui, exactement ? Le pire des salauds ? Incapable d'être loyal ?

Okaaaayyyy, d'accooooord. Il est sérieux, là ?

Apparemment oui, il était sérieux. Et vu le regard qu'il me lançait, il était même très sérieux.

— Je ne te connais pas. Et on ne peut pas vraiment dire que tu es très amical avec moi, donc oui, j'ai cru que tu allais vraiment le faire. Et je ne vois pas trop en quoi c'est vraiment surprenant…, marmonnai-je dans ma barbe, en fixant la pointe de mes ballerines. Pis, après le spectacle auquel j'ai assisté, ouais, je te prends pour un salaud. (*Ouah ! J'ai vraiment dit ça ??*) Quant à ta loyauté et ton amitié pour mon frère, je n'en sais rien de ce que ça représente pour toi. Je ne te connais pas. Comment je pourrais savoir quoi que ce soit te concernant ? Je…

Il me coupa sans ménagement.

— Tu ne me connais pas, mais ça ne t'empêche pas de me juger, apparemment. En te basant sur une scène dont tu ne sais rien. Tu as vu ? La belle affaire ! Comme si voir c'était savoir.

Le ton vif et vindicatif de sa voix me fit frissonner.

— Je n'ai pas dit ça, protestai-je faiblement, voulant mettre un terme à cette discussion qui menaçait de s'envenimer. (Ou pire.) C'est juste que je ne te connais pas et que j'ai eu une réaction instinctive de repli. J'ai eu peur…, avouai-je piteusement, tout en continuant à admirer mes jolies ballerines noires. (Qu'elles étaient belles !)

L'ironie ne te sied guère, A…

Ce mec était vraiment très intimidant. Mais ce n'était pas pour cela que je refusais de le regarder. Oh, non. (Enfin, pas uniquement…) Mon problème demeurait toujours le même. Aussi terrifiant fût-il, il était beaucoup trop… parfait. Sa plastique était la tentation faite homme. Et comme il n'avait toujours pas remis son débardeur, le regarder me donnerait certainement des bouffées de chaleur. Surtout depuis que la terreur qui m'avait envahie avait déserté mon corps. Entre ses pectoraux saillants, qui se contractaient à intervalle régulier, et ses tablettes de chocolat, parfaitement dessinées, je ne savais plus où donner de la tête. Ma langue était sur le point de se dérouler une fois de plus.

Deux c'est assez, trois c'est trop !

— T'es la sœur de Drew, répéta-t-il d'un ton cassant. Je te l'ai déjà dit, mais vu que tu n'as pas l'air d'avoir compris, je vais le redire encore une fois. Tu n'as rien à craindre de moi. T'es la sœur de mon meilleur pote et, pour ça, je ne te toucherai jamais. C'est la seule chose qui importe vraiment.

J'entendis un froissement de vêtement et je poussai un discret soupir de soulagement. D'un rapide coup d'œil, je vis qu'il avait effectivement remis son débardeur.

Ouf, sauvée d'une nouvelle humiliation !

— Ne bouge pas de là, je reviens, m'ordonna-t-il avant de retourner à l'intérieur. Et, dans ton intérêt, vaudrait mieux que je te retrouve exactement là où tu es en ce moment, précisa-t-il avant de disparaître de ma vue.

Je levai les yeux au ciel et pris une profonde inspiration. Ce mec allait me rendre chèvre. (Entre autres…)

Pour la énième fois de la soirée, je me demandai ce qui avait bien pu me passer par la tête lorsque j'avais accepté d'accompagner Kim et Marj' à cette maudite fête.

Ce fut comme si penser à elles suffit à les faire apparaître devant moi. Je clignai des paupières, croyant rêver. Mais non, elles étaient bien là, à me regarder avec de grands yeux inquiets. *Génial…*

— Anna, ça va ? On a entendu dire que Max a voulu te déshabiller et que Ly' lui a filé une raclée, avant de te traîner dehors. C'est vrai ? demanda Kim, passablement troublée. (Encore une fois, elle avait débité tout cela d'une seule traite.)

Incapable de prononcer le moindre mot, je me contentai de hocher piteusement la tête. Je savais que Max était leur ami et j'avais peur qu'elles prennent parti contre moi. Après tout, notre amitié était toute récente. Et Ly' pas vraiment populaire. Du moins, pas dans le bon sens du terme.

Noir, noir, noir…

— Oh, merde ! Anna, je suis tellement, tellement désolée ! C'était mon idée de venir à cette fête et voilà que pour notre première sortie entre filles, il t'arrive un truc horrible. Et en plus, on n'était même pas là pour t'aider. J'ai honte. Si tu savais comme j'ai honte, s'exclama Marj' en me prenant dans ses bras.

Oh, la vache ! Si je m'attendais à ça…

Je sentis mes yeux se mettre à piquer et je me fis violence pour ne pas fondre en larmes devant tant de gentillesse. Moi qui avais cru qu'elles me laisseraient tomber et qu'elles me tourneraient le dos, je n'avais pas imaginé une seconde qu'elles s'en voudraient pour ce qui m'était arrivé.

— Ce n'est rien, Marj'. Finalement, ça s'est plutôt bien terminé, tentai-je de minimiser.

— Ouais, mais pas grâce à nous, souligna Kim en se joignant à notre étreinte. C'est nous qui aurions dû être là pour te filer un coup de main. Je n'ose pas imaginer ce qui se serait produit si Ly' n'avait pas été dans le coin. Marj' a raison. C'est honteux de t'avoir laissée partir comme ça. Surtout que tu ne connais presque personne. Je ne serais pas surprise si à l'avenir tu refusais de ressortir avec nous.

Euhm... Non, effectivement, ça ne faisait pas partie de mes futurs projets. Mais alors, vraiment pas.

— Disons que je ne suis pas prête de remettre les pieds dans une soirée pareille, effectivement. Mais ça, ça n'a rien à voir avec vous. C'est juste que... ça (je pointai le bâtiment derrière nous du pouce), ça n'est pas ma came. Encore, si la moitié des participants étaient habillés, on pourrait en discuter, mais là... Non, ce n'est pas pour moi.

Marj' et Kim échangèrent un regard.

— Il nous avait bien semblé que tu n'étais pas à l'aise. On aurait dû en tenir compte. On s'était dit que ça ne durerait pas, que c'était le choc de la nouveauté, tu vois. Mais bref, quoi qu'il en soit, rassure-toi, toutes les fêtes ne sont pas comme celle-ci. Dans certaines, tout le monde est habillé. Promis !

Je pouffai devant cette marque d'humour. C'était ce dont j'avais besoin en ce moment. Décompresser.

— Ok. Alors si tout le monde est vêtu, on pourra éventuellement en discuter. D'ici quatre, cinq mois...

Kim s'étrangla avec sa salive.

— Tu déconnes, là ?

J'eus un sourire malicieux.

— Peut-être que oui, peut-être que non. Tu verras bien.

Kim me tira la langue, avant de brusquement reprendre son sérieux.

— Pour en revenir à ce qui s'est passé (elle indiqua le bâtiment de la fraternité d'un mouvement de la tête), sache que je vais personnellement m'occuper de Max. Il ne va pas s'en tirer comme ça.

J'allais répondre quand une voix sèche me fit sursauter.

— Annabelle, on y va !

Kim et Marj' me libérèrent et se reculèrent rapidement.

Je pivotai pour faire face à Ly'.

À peine tournée, je vis une boule noire arriver droit sur moi, à vive allure. Je poussai un cri et levai vivement les mains, plus par réflexe qu'autre chose, et attrapai de justesse la boule noire... Qui s'avéra ne pas être une boule du tout : c'était un casque.

Je levai un regard incrédule vers Ly'.

— Qu'est-ce que…

Il eut un geste impatient de la main, avant de me faire signe de le suivre.

— On y va, j'ai dit, ma souris.

J'entendis clairement Marj' chuchoter le mot « souris » dans mon dos. Je fis volteface pour les regarder, mais elles affichèrent une mine innocente. *Trop* innocente pour être honnête.

— Euhm… Tu devrais peut-être y aller, Anna, proposa Kim, en suivant Ly' des yeux.

— Ouais, tu devrais y aller, approuva Marj'. On s'appelle demain.

Je fronçai les sourcils, suspicieuse. Je finis néanmoins par hocher la tête.

— Ok. J'y vais. À demain… Bonne fin de soirée !

Je me dépêchai de rejoindre Ly', qui m'attendait un peu plus loin sans cacher son mécontentement.

— Ha ! Quand même ! (*Gnagnagna… Connard.*) Je sais ce que tu penses, ma souris. Mais rappelle-toi que sans moi, tu serais dans une situation peu enviable en ce moment…

Mais comment pouvait-il savoir ce que je pensais ? … Ok, en fait, ce n'était pas vraiment important. Après tout, ma mère m'avait toujours dit que mon visage était un livre ouvert. Mon regard avait certainement parlé pour moi. Encore…

Ce qui était vraiment important, dans ce que Ly' venait de me dire, c'était que sans lui, effectivement, je serais dans une situation difficile. Très difficile.

Surtout avec ton passé, A.

Inutile de me le rappeler. Ce n'était pas une chose que je risquais d'oublier un jour. Même si oublier était mon plus cher désir. (Doux euphémisme.)

— C'est vrai… J'ai complètement oublié de te remercier pour ça…

Ly' me coupa brusquement la parole et ne me laissa pas finir.

— Inutile de me remercier. Si tu n'étais pas la sœur de Drew, je n'aurais pas levé le petit doigt.

Charmant. Vraiment charmant…

Je regardai le casque que je tenais encore entre mes mains et me demandai pourquoi j'avais accepté de rentrer avec lui.

Parce que tu as trop peur de lui pour refuser, que tu viens de vivre une situation particulièrement pénible, et tu ne tiens pas forcément à la renouveler…

Ça devait être pour ça, en effet. Mais pourquoi ma voix intérieure avait-elle toujours raison ? Pourquoi ?

Mais pour mieux t'aider, mon enfant…

Fichue voix intérieure de mes deux !

Quand je vis le moyen de transport de Ly', j'en restai coite. *Ouah…*

Putain de bordel de merde !

A, c'est vulgaire de jurer pareillement !

Obnubilée par ma découverte, je ne pris pas garde aux propos de ma voix intérieure. Elle devint un vague bruit de fond.

Une Ducati Desmosedici RR. *Ouah !* Si j'avais déjà eu l'occasion d'en voir quelques-unes en rouge et blanc, c'était la première fois que j'en voyais une noire. Avec un dragon peint en blanc sur l'aile droite.

Ouah. *Ouah.* Ouah !!!

Je me trouvais nez à nez avec mon rêve. Mon ultime fantasme. *Ouah !*

Quel vocabulaire…

— Ferme la bouche, ta langue commence à pendre… Ça devient gênant.

Je clignai des paupières et lançai un regard hébété à Ly'.

— Quoi ?

Un petit sourire étira lentement ses lèvres. Il leva une main et fit mine d'essuyer le coin de sa bouche.

— Tu baves, juste là.

Je rougis violemment et détournai les yeux, pour regarder la pointe de mes ballerines. Quel changement !

Ce mec est une bombe ambulante, et en plus, *il a la moto de tes rêves. Quel dommage qu'il soit ce qu'il est !*

C'était clair, le monde était injuste. Visiblement, j'étais de nouveau dans une période noire. Fichu karma.

— Tu penses grimper un jour ? Ou tu veux rester là toute la nuit ? marmonna-t-il, après avoir enfourché sa bécane.

Je me mordillai la lèvre, gênée de m'être fait rappeler à l'ordre. À croire que je faisais tout de travers dès que ce mec était dans les parages. Navrant…

— Euh, tu ne mets pas de casque ?

— Difficile vu que je te l'ai prêté. (Soupir agacé.) Et bêtement, j'ai oublié d'en prendre un deuxième.

Son ton narquois me hérissa le poil.

— Tiens, reprends-le, je vais rentrer à pied, dis-je en le lui tendant.

Il l'attrapa et me le vissa sur la tête dans le même mouvement. Je ne pus rien faire, cela se déroula trop rapidement. Et tout ça en maintenant sa moto en équilibre entre ses cuisses.

Qu'est-ce que je ne donnerais pas pour être à sa place...
A !
Je parlais de Ly'... Tu pensais à quoi ?
No comment.
Perverse !

— Ne me fais pas chier, Annabelle, je ne suis pas d'humeur. Maintenant, tu montes et je te ramène. Eh oui, c'est toi qui as le casque. Si Drew apprend que je t'ai prise avec moi sans m'assurer de ta sécurité, je suis un homme mort. Et bizarrement, j'aime plutôt la vie. Alors grimpe et ferme-la. Tu me rendrais service, pour une fois.

Les lèvres pincées, je m'exécutai en silence. Évidemment, ce n'était pas l'envie de l'envoyer bouler qui me manquait, mais plutôt la fatigue qui commençait à se faire sentir. J'étais vannée et je ne rêvais plus que d'une chose : aller me coucher. De plus, je savais que discuter avec Ly' serait le moyen le plus sûr pour retarder ce moment. En prime, je gagnerais une dispute dont je me passerais bien.

Et puis, une virée en Ducati, ça ne se refusait pas.

Dis surtout que tu crèves d'envie de faire un tour sur sa bécane, accrochée à lui !
Rêve !
Mouais, l'important c'est d'y croire, comme on dit.
N'importe quoi !

Je fis donc contre mauvaise fortune, bon cœur.

Laisse-moi rire...

— Bien. Maintenant accroche-toi, on y va.

Je passai mes bras autour de sa taille et me collai contre son dos. J'aurais peut-être dû maintenir une distance entre nous, mais je ne souhaitais vraiment pas tomber.

Bien sûr, bien sûr… ça doit être ça…

Il posa l'une de ses mains sur les miennes et me tira encore plus contre lui. J'étais littéralement incrustée dans son dos. C'était gênant. Et excitant.

Enfin un peu de sincérité… C'est rafraîchissant !

Je fermai les yeux et le laissai me ramener chez moi. Même si c'était un connard sans nom, et qu'il me terrorisait les trois quarts du temps, être collée à lui me fit du bien. Un bien fou, même…

Tu m'étonnes ! Vu comment tu le manges des yeux… on dirait une groupie.

Que répondre à cela ? Une part de vérité s'y cachait. Malheureusement…

Honte à moi !

Chapitre 8

Le réveil du samedi matin avait été plutôt rude. Comme je l'avais escompté, ma mère m'avait appelée aux aurores en disant qu'elle n'aimait pas me savoir de sortie le soir dans une ville inconnue. La discussion avait été longue, et pas réellement constructive. Car si ma mère m'avait assurée qu'elle comprenait mon désir d'indépendance et qu'elle ferait des efforts avec ses appels téléphoniques, je savais, moi, que ça ne serait pas aussi simple que cela. (Et j'avais eu raison, car le dimanche, elle me rappelait déjà...)

Quand j'avais enfin réussi à me débarrasser de ma mère, soit une bonne demi-heure plus tard, je ne rêvais plus que d'une chose : retourner sous la couette et dormir jusqu'à midi. Au minimum. Malheureusement, ce rêve était justement resté à ce qu'il était : un rêve.

Je venais tout juste de me recoucher quand j'entendis tambouriner à ma porte. Je m'étais péniblement traînée jusqu'à cette dernière, prête à dire ma façon de penser à l'importun. Mais devant la mine débraillée de mon frère, j'en étais restée coite. Heureusement pour lui, il n'était pas venu les mains vides : *Chai Tea Latte* et muffin aux noix de pecans du Starbucks. Face à ces merveilleux présents, mon mécontentement n'avait pas fait long feu. Il avait même fondu comme neige au soleil.

C'en était suivi une autre longue discussion. Mon frère

m'avait fait la morale comme à une enfant de cinq ans :

— *Est-ce que tu as seulement la moindre idée de ce qui aurait pu t'arriver si Ly' n'avait pas été là ? Bordel de merde, Anna ! Rien que d'y penser, j'en deviens fou !* m'avait-il dit, le regard débordant d'inquiétude.

Je lui avais donc promis de faire extrêmement attention et de ne plus sortir sans lui dire où j'allais. Par ailleurs, lui-même avait été à cette soirée, mais il était reparti environ dix minutes avant que nous arrivions, mes copines et moi. S'il avait su que je devais venir, il serait resté. Pas pour me fliquer, mais pour s'assurer qu'il ne m'arriverait rien.

Que répondre à cela ? Surtout avec un passif comme le nôtre. Évidemment, j'avais donné ma parole. Mais je n'avais pas eu besoin de sa leçon de morale pour savoir que j'avais fait une connerie. Je m'en étais rendue compte toute seule, lorsque je m'étais trouvée face au regard lubrique de Max.

Rien que d'y penser, j'en frissonnais encore. *Brrrr…*

Allégrement deux heures plus tard, Andy était enfin reparti. Là, j'avais vraiment cru que je pourrais m'allonger pépère sur mon canapé et bouquiner tranquillement.

Nouvelle erreur.

À peine mon livre entamé, ma sonnerie par défaut, *NCIS Los Angeles Theme Song*, s'était mise à retentir dans le calme de mon appart. (Seule ma mère avait une chanson spécialement attribuée, afin que je sache immédiatement si j'avais affaire à elle, ou non. Préparation psychologique obligeait.) C'était Kim qui venait aux nouvelles et qui voulait être sûre que j'étais bien arrivée à bon port. Elle en avait profité pour s'excuser une nouvelle fois de m'avoir abandonnée la veille.

Après de longues minutes d'explications, ça avait été au tour de Marj' de téléphoner. Et rebelote.

Voilà comment mon samedi, qui devait être pénard, s'était transformé en une véritable cacophonie. Heureusement, ça c'était arrêté après l'appel de Marj'. Ensuite, j'avais pu profiter calmement de mon week-end. Ou du moins, de ce qu'il en restait...

Cours de littérature anglaise obligeant, j'avais commencé à lire *Le Maire de Casterbridge* de Thomas Hardy. Notre professeur avait choisi de débuter l'année avec ce célèbre écrivain. Personnellement, j'aurais préféré qu'on étudiât Jane Austen ou carrément William Shakespeare. Parce que Thomas Hardy... Personnellement, je n'étais pas fan. Après avoir pris connaissance du résumé, je n'avais déjà pas très envie de lire ce livre ; au bout d'une trentaine de pages, j'avais carrément déclaré forfait. Trop noir pour moi. Beaucoup trop noir.

Ironique, quand on y pense, A, puisque tu vois la vie en noir et blanc...

Gnagnagna...

Bref, j'avais mis de côté ce maudit bouquin et je ne l'avais pas retouché du week-end. Le noir, c'était bon, j'avais donné ces derniers temps. Bien plus souvent qu'à mon tour, d'ailleurs... Maintenant, ce que je voulais moi, c'était du blanc. (Histoire de changer...) Un blanc éclatant de pureté. Ça serait juste parfait.

Mais visiblement, ça ne serait pas pour aujourd'hui.

Tu aurais dû lire le bouquin, A. Tu serais moins larguée, si tu l'avais lu...

Encore une fois, ma voix intérieure était dans le vrai. Si j'avais lu ce fichu bouquin, je saurais peut-être mieux de quoi le prof était en train de débattre. Mais comme ça n'était pas le cas, j'étais paumée. Complètement paumée...

Super ! Après seulement une petite semaine, j'en avais déjà ma claque de cette branche. Ça promettait pour la suite...

Pour tromper un peu mon ennui, je sortis discrètement mon iPhone de mon sac, et je me mis à pianoter rapidement sur l'écran tactile.

Moi : L.A. version T.H. = mort agonisante. Lente et

suffocante. Le calvaire. Argl.
Kim : Répétez la question ! Moi, pas avoir compris...
Ok. Les abréviations, ce n'était pas le fort de Kim apparemment. Je notai l'info dans un coin, pour ne pas refaire la même erreur.
Moi : Littérature anglaise version Thomas Hardy = mort agonisante.
Marj' : E.M.C.W !!!
J'écarquillai les yeux, la bouche entrouverte. *What the fuck ?*
Kim : C'est net !
Okaaaayyyy, d'accord.
Moi : Traduction, S.V.P. !!!
Kim : Je croyais que tu t'y connaissais en abréviations ?
Petite maligne.
Moi : Naaaaaaan. Alors ?
Marj' : Elémentaire mon cher Watson !
Moi : Looooooool !
Je levai machinalement les yeux vers l'angle supérieur droit de mon portable et je vis qu'il ne restait plus que dix minutes avant la fin du cours. *Aïe.* Je ne m'étais pas rendue compte que le cours touchait déjà à sa fin. Et je n'avais rien noté. Absolument rien... *Oh, misère !*
Moi : Bon, j'y retourne, le cours est quasiment terminé et j'ai pris zéro note ! ()_()
Kim : Vois le bon côté des choses, au moins tu as évité une morte agonisante. :p
Effectivement, vu sous cet angle.
Marj' : Mate du côté de ton voisin. Pour les notes... Et pour le reste aussi... :x
Je levai les yeux au ciel. Classique...
Kim : Mais ce que tu es futée, Marj' ! Je suis impressionnée.
Marj' : Tu peux, tu peux. En même temps, je

comprends que tu ne sois pas habituée... Tout le monde ne peut pas posséder mon intelligence... \o/
    Kim : Salope !
    Marj' : Moi aussi je t'aime ! >o<
    Folles, ces filles étaient complètement folles. Je kiffai grave !
    Moi : Bon, je vous laisse ! À tout, Kim !
    Marj': ++
    Kim : Essaye de ne pas piquer un sprint après ton cours, cette fois-ci... petit homard ! :p
    Évidemment, elle n'avait pas pu s'en empêcher. Cette fille, mais cette fille... Je secouai la tête en rangeant mon portable dans mon sac.
    J'allais y songer. Mais la simple idée d'être en retard me filait des sueurs froides. Ce n'était donc pas gagné...
    Bien décidée à mettre en pratique le judicieux conseil de Marj', je lançai un regard en coin à mon voisin, pour voir le genre de notes qu'il avait prises.
    Okay, d'accord. Il était en train de caricaturer M. Lightmann. (Notre prof.) Mauvaise pioche.
    Je me penchai pour mieux voir, oubliant totalement la discrétion qui était de mise. *Ouah*. Il était plutôt doué.
    — C'est ressemblant, hein ? chuchota-t-il, tout en continuant son dessin.
    Je pouffai aussi discrètement que possible.
    — Ouais, plutôt.
    Il tourna la tête vers moi et me fit un clin d'œil complice. Avant de baisser les yeux sur mes notes.
    — Je vois que tu es aussi passionnée par ce cours que moi.
    — Tu n'as pas idée !
    Il me sourit avant de revenir à sa caricature.
    — Alors, qu'est-ce que tu fais là, si tu n'aimes pas spécialement la littérature anglaise ? demanda-t-il, après un moment de silence.

Je haussai un sourcil.

— Je pourrais te retourner la question.

— Effectivement, tu pourrais, approuva-t-il en acquiesçant lentement. Mais j'ai posé la question en premier.

Je gloussai en secouant mes boucles rouges. *Rusé, le renard.*

— J'adore lire. Que ce soit des romans modernes ou plus anciens. Des *Cinquante nuances de Grey* à *Roméo et Juliette*. Donc, par déduction, je me suis dit que j'adorerais étudier la littérature anglaise. Après tout, il y a énormément de grands romanciers qui sont anglophones. Seulement… je réalise que… (Je me mordillai la lèvre en détournant le regard.)… en fait, j'aime pouvoir choisir moi-même mes lectures. Thomas Hardy (je soulevai mon livre et le secouai devant moi), c'est trop sombre pour moi. Tu vas me dire que ça fait cliché et nunuche, mais je préfère nettement Jane Austen.

— *Orgueil et préjugés* ? hasarda-t-il en me scrutant attentivement.

Je rougis sous l'intensité de son regard doré et me dandinai sur mon siège, mal à l'aise.

— J'avoue.

— Tu as honte ?

Son ton sec me fit sursauter et je le dévisageai longuement, surprise.

— Non, pas du tout. Pourquoi ?

Il haussa les épaules.

— Je ne sais pas, tu es toute rouge.

Okaaaayyyy, d'accord ! La subtilité, ce n'est visiblement pas ton fort, à toi, hein ?

En même temps, il a raison, A. Tu es aussi rouge qu'un homard.

Génial. Deux contre un. Très fair-play.

— Je rougis facilement, c'est tout, grommelai-je entre mes dents serrées, avant de reporter mon attention sur le prof.

Autant écouter la fin du cours plutôt que de laisser ce mec se moquer de moi comme ça. Sérieusement, mais quel crétin ! Est-ce que ça se faisait de dire à une fille qu'elle était toute rouge ? Bien sûr que non ! Sauf si l'on voulait la mettre encore plus mal à l'aise qu'elle ne l'était déjà. Vraiment, les mecs... Niveau délicatesse et subtilité, ils étaient à chier.

— Hey, ce n'était pas une critique, juste une constatation.

— C'est ça, ouais. Et la marmotte, elle met le chocolat, dans le papier d'alu ! C'est bien connu.

Abruti sans cervelle...

Comme le cours était fini, je bondis de ma chaise et me précipitai vers la sortie, afin de ne pas lui laisser l'occasion de me répondre. Je me faufilai habilement entre mes camarades et fus l'une des premières à sortir.

Je pivotai pour prendre le chemin de la faculté quand un sifflement aigu me figea sur place. Je tournai la tête, plus par réflexe qu'autre chose, en plaignant la pauvre fille qui se faisait siffler de la sorte.

Oh... merde !

Je fermai les yeux, refusant catégoriquement de croire que ce que je venais de voir était bien réel. C'était impossible... tout bonnement impossible.

J'allais compter jusqu'à trois, et alors, je me réveillerais. Ainsi le cauchemar serait terminé. Fini. De l'histoire ancienne.

Un...

Deux...

Trois.

Je rouvris les yeux et ne pus retenir une grimace de dépit. Non seulement il n'avait pas disparu, mais en plus il s'était rapproché. Il était à deux pas de moi. *À deux pas !*

Oh, misère...

— Tu pensais me faire disparaître en fermant les yeux, Annabelle ? me demanda-t-il d'un ton moqueur.

Grillée.

— Euhm… Ouais, un truc dans le genre, avouai-je piteusement.

Euh, Dieu ? Ça serait cool si le sol pouvait s'ouvrir sous mes pieds, là, maintenant… J'apprécierais énormément, vraiment. Et en signe de reconnaissance, je te promets que je viendrais à la messe tous les dimanches. Promis.

Si ce genre de supplications pouvait marcher, cela se saurait. Mais bon… ça ne coûtait rien d'essayer.

— Tu es certaine d'avoir dix-neuf ans, ma souris ? Parce que, quand je te regarde, là, et surtout quand je t'écoute parler, j'ai l'impression que tu en as tout juste cinq…

Le ton narquois de Ly', autant que ses paroles, me fit grincer des dents. Mais qu'est-ce que j'avais fait au Bon Dieu pour mériter ça ? Plus je tentais d'éviter ce diable de mec, plus je le voyais. C'était à n'y rien comprendre.

— Annabelle ! Annabelle, attends ! Je suis vraiment désolé pour tout à l'heure. Je ne voulais pas te mettre mal à l'aise, je t'assure.

Et zut ! Il manquait plus que lui… Décidément, mon karma ne s'arrangeait pas. Je dirais même que c'était plutôt le contraire qui était en train de se produire. Ça allait de mal en pis.

Attends une seconde, A. Il t'a appelée par ton prénom ? Comment il le connaît ?

C'est vrai ça, comment il peut savoir comment je m'appelle ?

Les sourcils froncés, je fixai le blondinet qui venait de nous rejoindre.

— Je ne me rappelle pas t'avoir donné mon nom… Comment… ?

Il eut un geste désinvolte de la main.

— Tout le monde connaît Drew. Et tout le monde sait que sa petite sœur, Annabelle, est une fille aux cheveux rouges. Et qu'elle est de taille… Euhm… plutôt petite, sans vouloir te vexer.

Okay, d'accord. Il venait tout juste de me traiter de naine. Pourtant, je n'étais pas si petite que ça. Je faisais quand même un bon mètre soixante !... Bon, d'accord. J'étais petite.

— Okaaaayyyy. C'est bizarre, je croyais qu'on disait de moi que j'étais une schtroumpfette aux cheveux rouges. Ça a changé ? soulignai-je, en me tapotant la lèvre de l'index.

Alors que je faisais mine de réfléchir, ce fut lui qui rougit légèrement.

— Euhm... Ouais... J'ai entendu ça aussi... mais après la bourde que j'ai faite avant, je voulais un peu calmer le jeu. Ça a marché ?

Devant sa mine contrite et ses yeux dorés remplis d'espoir, je dus m'avouer vaincue. Il avait l'air sincère. Avoir un copain pour le cours de littérature anglaise pourrait être sympa. Cela m'aiderait certainement à supporter Hardy...

— Ouais, on va dire ça. Mais si tu me cherches une nouvelle fois, tu risques de me trouver, dis-je pour plaisanter.

Alors que nous riions ensemble, Ly', dont j'avais complètement oublié la présence, me saisit brusquement par le bras.

— Désolé d'interrompre ce délicieux moment, mais on doit y aller, décréta-t-il d'une voix froide, avant de me tirer à sa suite.

Je trébuchai et me remis sur pieds de justesse. Quelle délicatesse, vraiment... J'adressai un petit signe de la main au blondinet, avant de trottiner derrière Ly'.

— Bon sang ! Mais qu'est-ce qui cloche avec toi ? Pourquoi tu me traînes comme ça ? Et pis, d'abord, tu m'emmènes où ? Je ne me rappelle pas qu'on avait rendez-vous, toi et moi...

Ly' me répondit sans se retourner ni s'arrêter. Tout en marchant d'un bon pas en direction du parking, qui jouxtait le bâtiment, il lâcha ses réponses, coup sur coup, d'une voix sèche.

— Rien ne cloche chez moi, je te rassure. Navré de ne pas pouvoir en dire autant pour toi. Je ne te traîne pas derrière moi, je te tiens le bras, nuance. Je t'emmène au parking, et, quand on y pense, c'est assez logique. Toi et moi n'avons pas rendez-vous. Si ça avait été le cas, crois-moi, tu t'en serais souvenue. Mais il ne faut pas prendre tes désirs pour des réalités, ma souris.

Ce mec était vraiment le plus gros connard que la terre ait jamais connu. Et il avait un égo surdimensionné !

Dis-moi, A, depuis quand Ly' a-t-il arrêté d'être ironique et moqueur ?

Hein ? *Hein ?* Mais de quoi elle parlait là, au juste ? Ly' était *toujours* narquois et sarcastique. Toujours.

Nan, tu n'as pas compris ma question, A.

Okay, d'accord. Si ma voix intérieure s'y mettait aussi, ça promettait de devenir chaud. Très chaud.

Aurais-tu l'extrême obligeance de développer ? Moi pas avoir compris question.

Je l'entendis distinctement pousser un soupir de désespoir. Bienvenue au club ! Je serais la présidente, et toi la secrétaire, d'accord ? Super !

Depuis quand Ly' t'appelle-t-il « ma souris » et non plus simplement « souris » ? Sans moquerie ni ironie qui plus est ?

Arrêt sur image.

On rembobine et on recommence.

Quoi ? *Quoi ?*

Soit plus attentive, A, s'te plaît ! Ça devient lassant. Écoute attentivement la prochaine fois, et on en reparle, je crois que c'est plus simple.

Ok. On allait faire ça. Excellente idée.

Il y eut un blanc, car je ne me rappelais pas du tout où j'en étais dans ma discussion avec Ly'. Ma voix intérieure m'avait complètement perturbée. Enfin, si l'on pouvait dire que Ly' et moi avions une « discussion ». Ce dont, personnellement, je doutais fort.

Heureusement, notre échange me revint. Ouf, sauvée. Mais de justesse cette fois-ci. J'étais passée à un cheveu de l'asile psychiatrique. La honte.

— Okaaaayyyy. Dans ce cas, pourrais-tu avoir l'extrême amabilité de m'expliquer ce que tu fais là ? Parce que j'ai beau chercher, je ne vois pas. Mais c'est peut-être parce que je suis une gamine à la mentalité de cinq ans !

— Si ça ne tenait qu'à moi, je serais à des lieux à la ronde, crois-moi.

Ce n'était pas vraiment une réponse, ça. Il se foutait de moi, en plus.

Je me mis à freiner des quatre fers pour le forcer à s'arrêter. Autant essayer de faire bouger un tracteur en le tirant à mains nues !

— Alors, pourquoi tu es là ?

Il s'arrêta net. Comme je ne le vis pas tout de suite, je le percutai de plein fouet.

— On m'a dit que tu avais eu des difficultés avec le trajet du retour, lundi passé. Je crois me rappeler le mot « homard », ou quelque chose de ce goût-là. Certains ont même cru que tu allais tomber raide morte. (J'étais mortifiée. Comment pouvait-il être au courant de ça ?) Comme Drew a cours, en ce moment, alors que moi j'ai un créneau, je me suis dévoué. Ça serait vraiment trop moche que tu clamses pour une connerie pareille, conclut-il en secouant la tête.

Alors qu'il recommençait à avancer, je tirai sur mon bras pour me libérer.

— Je ne t'ai rien demandé. Et honnêtement, je préfère prendre le risque de refaire le trajet à pied. Même si c'est pour clamser, comme tu dis.

Ly' m'attira vivement contre lui.

— Tu es sûre ? demanda-t-il d'une voix rauque, qui me fila des bouffées de chaleur. (Il eut un sourire narquois qui en disait long. Ce salaud savait parfaitement l'effet qu'il me faisait, ainsi collé contre mon corps.) C'est que je ne suis pas venu seul, ma souris.

Tu vois ? Qu'est-ce que je te disais ? « ma souris » et plus « souris ». Ni sarcasme, ni moquerie, ni rien d'autres. Juste « ma souris ».

Il s'écarta lentement pour me laisser voir ce qui se cachait dans son dos. Ma voix intérieure devint un faible murmure en arrière-fond, alors qu'un mauvais pressentiment m'envahissait. Nooooooon, il n'aurait pas osé. Il n'aurait pas... Eh si. Il l'avait fait. Ah, le salopard ! L'immonde salopard...

Là, sagement garée sur le parking, se tenait sa magnifique Ducati Desmosedici RR. Les rayons du soleil se reflétaient sur la carrosserie, la faisant étinceler de mille feux. Je l'avais déjà trouvée superbe de nuit, mais là, j'en restai sans voix. Une pure merveille.

— Tu ne joues pas fair-play, Ly', soufflai-je à mi-voix.

Son ton sec me fit tressaillir.

— C'est normal, je ne joue pas, Annabelle. Allez, grimpe.

Blême, et refusant de céder après la manière dont il m'avait traînée derrière lui, je commençai à reculer.

— Non, Ly'. Je ne viendrai pas avec toi.

Il haussa un sourcil, moqueur.

— Vraiment ?

D'un mouvement leste, que je n'avais pas vu venir, il m'agrippa le poignet. Il m'attira vers lui et me coinça contre la moto. Si je tentais de me débattre, elle tomberait. Inenvisageable.

Et ce salaud le sait !

— Allons, ma souris, ne te fais pas prier. Je sais que tu meurs d'envie de la chevaucher... encore. (Une nouvelle bouffée de chaleur m'envahit et je sentis mes joues chauffer.) Tu as adoré l'avoir entre tes cuisses l'autre soir. (Il se pencha jusqu'à ce que son souffle frôlât mon cou. Un frisson me parcourut, et il le sentit. Cela le fit sourire.) Tout comme tu as adoré te retrouver collée à moi, susurra-t-il, tout contre mon oreille. Je sais parfaitement l'effet que nous te faisons, elle et moi. Alors, pourquoi résister, ma souris ? Je sais que tu en meurs d'envie.

Non, c'était faux. Je n'avais pas la moindre envie de me retrouver sur sa Ducati, collée contre son dos. C'était des bêtises tout ça. Ce mec m'horripilait. Je le détestais. Il était odieux et insultant à tout bout de champ. Je ne recherchais en rien sa compagnie. Ducati ou pas.

Vraiment, A ? Alors pourquoi ton cœur s'affole rien qu'en sentant son souffle contre ta peau ? Pourquoi tu trembles entre ses bras ? Pourquoi tu commences à serrer les cuisses ? Moi je crois qu'au contraire tu adores être avec lui. Tout connard qu'il soit.

Mensonges ! Tout ça, c'était des mensonges. Je ne céderais pas. Je n'irais pas avec lui. Dès qu'il se reculerait, je partirais. Sans un regard en arrière. Je devrais certainement courir tout du long pour ne pas arriver en retard, mais ça, c'était un détail. Un foutu détail. Le plus important, c'était de m'éloigner de lui. Et vite.

Ly' tendit un bras et attrapa l'un des casques qui se balançaient sur le guidon de la Ducati. Le blanc. Il me le mit sans dire un mot. Puis il se saisit de l'autre, le noir, pour lui.

— C'est l'heure. (Il enjamba habilement sa bécane, avant de tourner la tête vers moi.) Tu es prête ?

Non. Ne monte pas. Anna, ne monte pas. Recule. Recule.

J'avais beau me répéter ses paroles en boucle, ça ne fit aucune différence. Je grippai derrière Ly'.

Pathétique. Affligeant. Irrécupérable.

— Accroche-toi bien, ma souris. C'est parti.

Il fit rugir le moteur et la Ducati bondit en avant.

Je m'agrippai fermement à sa taille et me serrai contre lui le plus possible.

En dépit de tout bon sens, j'étais montée sur la moto. Avec lui. Après la manière horrible dont il m'avait traitée, j'étais quand même montée avec lui. J'aurais dû être plus forte. J'aurais dû dire « non ». En acceptant, je l'encourageais à continuer à me traiter de la sorte. C'était inacceptable. Le fait qu'il soit le meilleur pote d'Andy, et paradoxalement l'un des mecs les plus dangereux du campus, ne lui donnait pas le droit de me parler comme ça. Ni de me traîner à sa suite comme il l'avait fait. J'avais droit au respect. Tout le monde avait droit au respect.

Je poussai un discret soupir. Tout ça, c'était bien joli. Mais ce n'était que de belles paroles. Je me connaissais suffisamment pour savoir que je n'oserais jamais affronter Ly' de front. Dans ma tête, ça oui, je lui mettais un K.O. debout, et sans effort. Mais concrètement, je demeurais ce que j'étais vraiment. Une petite souris grise affreusement timide. Face à un tigre du Bengale horriblement intimidant. Une souris contre un tigre, les jeux étaient faits d'avance. Et ils n'étaient pas du tout en ma faveur.

Mon seul espoir résidait dans le fait que Ly' finît par se lasser. Je ne comprenais d'ailleurs pas pourquoi il insistait de la sorte. Il ne m'aimait pas et n'en faisait pas mystère. Alors pourquoi veillait-il ainsi sur moi ?

Ly', mais qui es-tu vraiment ? Un bad-boy ou un ange gardien ?

Chapitre 9

— Alors ?
Je clignai des yeux et levai un regard perdu vers Marj', qui venait de me rejoindre à notre table habituelle, à la cafétéria.

— Alors, quoi ? demandai-je un peu bêtement.

Marj' haussa un sourcil et me lança un regard dubitatif.

— T'es sérieuse, là ? (Comme je hochai la tête, elle poussa un long soupir.) J'hallucine ! Elle ne voit pas de quoi je parle... C'est le monde à l'envers !

Elle attrapa sa canette de Diet Coke et l'ouvrit. Elle me lança un regard de biais avant d'en prendre une gorgée.

— Je n'ai jamais compris pourquoi les gens prenaient du Diet Coke à la place d'un bon vieux Coke, tout simplement. Tu penses sincèrement que c'est plus sain pour la santé de prendre un Diet ?

Marj' ouvrit la bouche avant de la refermer.

— Je rêve. Cette fille est aussi folle que Kim. Mais qu'est-ce que j'ai fait pour mériter ça, Bon Dieu ? se lamenta-t-elle, en fermant les yeux.

Je gloussai, amusée par son ton dramatique.

— Ben, quoi ? C'est vrai, non ? Le Diet c'est plus psychologique qu'autre chose...

— Bien sûr que non ! s'écria-t-elle, scandalisée. Le Diet Coke a un taux de sucre beaucoup plus faible que le Coke. C'est prouvé.

— Ohhhoooohhhhh, alors si c'est prouvé… c'est que ça doit être vrai, acquiesçai-je en fronçant les sourcils.

Marj' plissa les yeux et me jeta un regard méfiant.

— Tu te fous de moi ?

Je me mordis la lèvre pour ne pas éclater de rire.

— Mais non, pas du tout. Si c'est prouvé, c'est forcément vrai. Si, si, je t'assure. Tu as raison.

Je commençais à avoir des crampes à force de me retenir de rire. Les muscles de mon visage étaient tellement contractés qu'ils devenaient progressivement douloureux. Quand mes yeux se mirent à piquer, je déclarai forfait.

— Connasse, maugréa-t-elle quand j'éclatai de rire.

Coupable.

Qu'est-ce que c'était agréable de pouvoir plaisanter avec une copine ! Cela faisait tellement longtemps que ça ne m'était plus arrivé, que j'en avais oublié le plaisir que cela pouvait procurer.

Cette nonchalance, cette insouciance, c'était rafraîchissant. Ça revenait à trouver une oasis en plein désert. Un véritable miracle.

On dirait bien que tu commences à te réconcilier avec ton karma, A.

Ouais, c'est effectivement ce qu'on dirait. Pourvu que ça dure.

— Bon, maintenant que tu as fini de te foutre de ma gueule, on peut peut-être revenir sur le sujet de départ ?

Je levai les mains en signe d'apaisement. Un sourire malicieux flottait encore sur mes lèvres, vestige du fou rire que je venais d'avoir.

— Okay, d'accord. Revenons sur le sujet de départ. Si mes souvenirs sont exacts, tu étais sur le point de m'expliquer la signification de ce « Alors » que tu m'as lancé en arrivant. Et tu semblais choquée que je n'aie pas compris d'entrée de quoi il retournait.

Marj' secoua la tête avant de prendre une bouchée de petits pois.

— Je vois que t'es en forme toi, aujourd'hui...

— J'avoue.

Que pouvais-je faire d'autre ? Je me sentais effectivement en pleine forme. Et j'en savourais chaque instant.

Journée blanche, journée blanche, journée blanche.

— Visiblement, faire des virées en moto avec Ly' te réussit..., dit-elle en me scrutant attentivement, avant de poursuivre d'une voix mielleuse. *Ma souris...*

Je piquai un fard, horrifiée qu'elle en ait entendu parler.

— Q-q-quoi ? hoquetai-je, avant de plonger le nez dans mon assiette.

Merde, merde, merde...

Journée blanche, tu disais ? Pas sûr, vraiment pas sûr...

Comment allais-je pouvoir me sortir de là, sans dommages collatéraux ? Moi qui pensais, naïvement, que ma virée de la veille était passée inaperçue et que celle de vendredi soir était oubliée... C'en était pour ma pomme !

Je me serais collée des baffes.

Idiote, idiote, idiote !

— Ne te fais pas plus niaise que tu ne l'es, Anna. Tu sais très bien ce que je veux dire. Alors maintenant, c'est l'heure de passer à table. Je veux tout savoir. Et dans les moindres détails. Raconte !

Je cherchais désespérément une issue de secours quand Kim arriva. *Sauvée !*

— Désolée pour le retard, les filles. Le prof était en plein dans son délire et il ne voulait pas nous lâcher. Peterson est vraiment un gros boulet. (Elle s'installa à côté de Marj' et prit une cuillerée de purée dans la foulée avant de relever les yeux vers nous.) Sinon, qu'est-ce que j'ai raté ?

Je la fixai, les yeux écarquillés, bouche bée.

— Depuis quand tu portes des lunettes, Kim ?

C'était la première fois que je la voyais en porter. De formes rectangulaires, les verres étaient surmontés de jolies branches orange. Flashy au possible. Cent pour cent Kim. Et ça lui allait bien. Ça lui donnait un petit côté « intello délurée » absolument sexy.

— Ne m'en parles pas, s'te plaît, c'est un sujet tabou.

— Mais pourquoi ? Je trouve que ça te va bien.

Kim poussa un soupir et enleva ses lunettes pour les poser à côté de son plateau.

— Je déteste devoir porter ces trucs. Elles sont tout le temps en train de glisser et elles diminuent vachement mon champ de vision. Si je pouvais m'en débarrasser et les jeter à la poubelle, je le ferais !

— Si elles glissent, c'est qu'elles sont mal réglées, tout simplement. Tu devrais retourner où tu les as achetées et demander qu'ils te les règlent.

— Merci pour le conseil, *Professeur Campbell*.

Je lui adressai un petit sourire en coin.

— Je t'en prie. C'est avec plaisir. Et c'est gratuit ! ajoutai-je en lui faisant un clin d'œil.

— Mais ça ne sera pas utile, vu que je pourrai aller récupérer mes nouvelles lentilles de contact jeudi. Et avec un peu de chance, il se passera des années avant que je ne sois forcée de remettre ces horreurs.

Je branlai la tête en pouffant.

— C'est dommage, moi je trouve que ça te va bien.

Kim me tira la langue et se remit à manger. En la voyant, comme ça, on aurait pu facilement croire que ça faisait des jours et des jours qu'elle ne s'était pas sustentée. Cette fille avait l'appétit d'un ogre. (Encore pire que mon frère ! C'était dire…) Et le physique d'une sirène. De quoi rendre folles toutes les filles.

Marj' se mit à tapoter la table du bout de ses doigts en me lançant un regard irrité.

Aïe ! C'est mauvais pour tes fesses, A.
Mais non, mais non. Aujourd'hui est une journée blanche. Blanche. B-L-A-N-C-H-E.
Si tu le dis… L'important c'est d'y croire, n'est-ce pas ?
Gnagnagna. Fichue voix intérieure.

— Ne penses pas t'en tirer comme ça, Anna. (Elle se tourna vers Kim.) Elle était sur le point de me dire comment se passaient ses virées en moto.

— Génial ! Je m'en serais voulu de rater ça ! Vas-y, Anna, racontes-nous tout.

Oh, bon sang !

Deux contre une maintenant. Je commençais à me demander si mon karma ne m'avait pas complètement abandonné finalement. Peut-être était-il parti se dorer la pilule au soleil ? Ça ne m'étonnerait même pas !

Mais non, mais non. Positive attitude. Après tout, cette journée était sous le signe du blanc. *Du blanc.*
Je répète : allo !? allo !? Cette journée est sous le signe du blanc.

N'ayant guère le choix, je me mis à table.

— Ly' est simplement venu me chercher après le cours de littérature anglaise. Il a entendu dire que je n'avais pas très bien supporté le trajet à pied la semaine dernière, et il ne voulait pas qu'Andy s'inquiète pour moi à ce sujet. C'est tout. Rien de plus. Il n'y a pas de quoi fouetter un chat.

Même à mes propres oreilles, mes explications sonnaient faux et paraissaient bancales.

— Ouais, ouais, c'est ça.

— On va te croire, renchérit Kim en me jetant un regard moqueur. *Ma souris…*

Je me crispai et levai les mains au ciel.

— Ah, non ! Vous n'allez pas vous y mettre vous aussi ! (Mes deux copines sursautèrent, surprises par ma véhémence.) « Souris » est le petit nom affectueux que m'a donné mon frère. Et si Ly' l'utilise, c'est seulement pour se moquer de moi. Je vous assure que dans sa bouche, ça n'a rien d'affectueux, bien au contraire. Et j'ai eu le malheur de le reprendre la première fois qu'il l'a dit, et depuis, il l'utilise à tout bout de champ, simplement pour m'agacer. Alors, soyez sympas, ne vous y mettez pas vous aussi. J'ai déjà bien assez à faire avec lui. (Évidemment, je passais sous silence le fait que Ly', depuis peu, avait ajouté une forme de possession dont mon frère n'avait jamais fait usage. Inutile d'ajouter de l'huile sur le feu.)

Le front plissé, Marj' semblait perplexe.

— Je suis désolée, Anna. J'avais l'impression qu'il t'aimait bien. Genre, vraiment bien. (Elle tritura sa canette, signe de nervosité chez elle.) Tu es la première personne qu'il prend en moto. Même ton frère, je ne l'ai jamais vu dessus. Du coup, ben, j'ai cru qu'il se passait un truc entre vous.

Je sentis ma mâchoire se décrocher et tomber dans un bruit sourd. Je levai un doigt pour l'interrompre.

— Attends ! Faut que je récupère ma mâchoire, elle vient de tomber. (Je fais mine de me baisser et de la ramasser.) Voilà. (Je la fais bouger comme si je venais de la remettre en place.) Donc, tu pensais qu'il se passait un truc entre Ly' et moi ? *Oh. Mon. Dieu !* Non mais ça ne va pas la tête !? Tu me vois me mettre à genoux devant lui pour le supplier de daigner m'accorder une seconde ou deux ? *Oh. Mon. Dieu !*

Kim gloussa.

— Non, je ne te vois pas du tout te mettre à genoux pour le supplier. Mais... (elle haussa les épaules et me lança un regard désolé) jusqu'à ce que tu débarques, je ne le voyais pas non plus aller chercher une fille en moto à la sortie des cours. Ni où que ce soit d'autres, cela dit. Ly' n'est pas le genre de mec à faire ce genre de choses... Encore moins pour une personne qu'il n'apprécie même pas, comme tu dis. (Son scepticisme transparaissait aussi bien dans ses paroles que dans ses mimiques. *Génial !*) J'ai de la peine à croire qu'il ne se passe absolument rien entre vous… En tout cas de son côté… Ça lui ressemble trop pas de faire tout ça… Il y a anguille sous roche.

Je fermai les yeux et me pinçai l'arête du nez. *Anguille sous roche…* ce qu'il fallait pas entendre !

— Il fait ça parce que je suis la petite sœur d'Andy. Et uniquement parce que je suis sa petite sœur. Il me l'a dit texto plusieurs fois. La première, c'était vendredi, juste avant qu'il me ramène. Il m'a bien précisé que si je n'avais pas été la sœur d'Andy, il ne serait pas intervenu et qu'il m'aurait laissé me démerder toute seule. Avec Max, je veux dire.

— Sérieux ?

Marj' avait l'air complètement soufflée. Et Kim ne valait guère mieux ; sa fourchette figée à un cheveu de sa bouche, elle semblait statufiée. Mes deux copines étaient en état de choc. (La chute était rude… *Ouais, je sais… c'est moche la vie.*)

— Ouais, sérieux. Et la seconde fois, c'était hier, quand il est venu me chercher après le cours de littérature. Il fait tout ça par amitié pour Andy. Rien de plus. Et puis, s'il le faisait pour autre chose, honnêtement, ça ne changerait rien de mon côté. Ce mec est aussi froid qu'une banquise et aussi terrifiant qu'un tigre du Bengale. Okay, physiquement, il n'y a rien à redire. (Faudrait avoir un sérieux problème pour prétendre le contraire.) Mais le physique ne fait pas tout. S'il était différent, je pourrais, et je souligne bien le mot « pourrais », être tentée. Mais étant donné ce qu'il est… très peu pour moi. Je le laisse volontiers aux autres.

J'eus une grimace de dégoût.

De plus, un coup « vite en vitesse dans les toilettes » sincèrement, fallait être désespérée pour accepter. Je laissai ma place de bon cœur. Et plutôt deux fois qu'une.

T'es sûre, A ? Parce que ce n'est pas l'impression que j'ai eue, hier, quand tu te collais à son dos.

N'importe quoi ! C'était juste pour éviter de tomber...

Si tu le dis...

Kim hocha la tête, les yeux dans le vague, avant de se remettre à manger.

Mais comment faisait-elle pour manger autant et ne pas prendre un gramme ? C'était incroyable. Et rageant.

— C'est du Ly' tout craché ça, dit-elle finalement, remise du choc que je lui avais infligé bien malgré moi. Pourtant, je suis surprise qu'il soit comme ça avec toi aussi. Après tout, tu es la sœur de Drew. Tu devrais logiquement passer entre les gouttes.

Si seulement.

— Tu en as parlé à ton frère, Anna ?

Je me tournai vers Marj' en secouant la tête.

— Pour lui dire quoi ? Que son meilleur pote n'est pas gentil avec moi ? Alors qu'il m'a tiré d'embarras vendredi soir, et que tout le monde le sait. Pour ensuite venir, très gentiment, me chercher à la sortie des cours ? Même vous, vous pensiez qu'il se passait un truc. Pourquoi Drew croirait-il autre chose ?

— Parce que tu le lui dirais.

J'eus un sourire triste.

— Non. J'ai passé l'âge d'aller pleurer dans les jupes de ma mère. Je refuse de dresser mon frère contre son meilleur pote. Ly' est un abruti profond à l'ego surdimensionné, c'est comme ça, mais Andy l'adore. Je ne peux pas lui faire ça.

Pas après tout ce qu'il avait fait, tout ce qu'il avait sacrifié pour moi. Je lui devais bien ça. Supporter Ly' était un moindre mal. Du moins pour le moment. Je ne l'avais pas revu depuis qu'il m'avait déposé la veille, en me disant de garder le casque blanc et de le prendre tous les lundis. Je savais que j'aurais dû protester, m'insurger. Mais je n'en avais rien fait.

Une souris contre un tigre. L'issue du combat était flagrante.

— C'est toi qui vois. Mais si les choses s'enveniment, je te conseille d'en toucher un mot à ton frère. Sans forcément entrer dans les détails. Juste demander que Ly' te lâche.

— Je suis d'accord avec Marj'. Si ça empire, parles-en à ton frère. (J'acquiesçai en souriant doucement. Que c'était bon d'avoir des copines!) Et sinon, en parlant de ta mère. Ça va mieux ? Elle a compris ce que tu lui as réexpliqué dimanche ou pas trop ?

Ma grimace parla pour moi.

— Pas trop vu qu'elle m'a déjà rappelée hier. Mais cette fois-ci, je n'ai pas décroché. Je lui ai envoyé un message pour lui dire que j'étais en plein dans une dissertation et que je n'avais pas le temps de parler. J'ai bien reprécisé que je l'appellerai, moi, dimanche. Mais je suis sûre qu'elle va me retéléphoner ce soir.

— Ta mère a de la peine à couper le cordon, on dirait. Faut vraiment que tu restes ferme. Si tu cèdes maintenant, tu vas tout devoir rependre depuis le début. Ok, les résultats pourraient laisser penser que tu n'as pas beaucoup avancé, mais si tu recules maintenant, je t'assure que ça ne va pas te rendre service. Ce soir, quand ta mère t'appellera, tu ne réponds pas. Et cette fois-ci, tu ne lui envoies même pas de message. Rien du tout.

Si je faisais ça, ma mère allait être en panique totale. Et elle risquait de débarquer ici. Ça serait vraiment la honte.

— Tu es sûre ?

— Certaine, affirma Kim. Ta mère doit comprendre que tu n'es plus un bébé. Tu as dix-neuf ans. Tu es assez grande pour te prendre en charge toute seule. Surtout maintenant que tu es à la fac. (Kim jeta un coup d'œil à sa montre.) Tu ne prends aucun appel de ta mère. Et dimanche, quand *toi* tu lui téléphoneras, joue l'innocente. Étonnes-toi si elle te reproche de ne pas avoir pris ses appels. Joue là : gentille, naïve. Tu vois le genre ?

Je pouffai en prenant mon plateau.

— Ouais, je vois le genre, comme tu dis.

— Parfait. Bon, les filles, j'ai juste le temps d'aller en fumer une, annonça Kim, en attrapant son sac et son plateau.

— Je viens avec toi, enchaîna Marj' en la suivant, ses clopes déjà en main.

J'allais leur emboîter le pas quand je vis que mon frère me faisait signe depuis sa table.

— Je vous rejoins, Andy m'appelle.

Je posai mon plateau sur le premier charriot venu. Je fis mine de chercher quelque chose dans mon sac tout en m'approchant de lui, et profitai de la diversion pour lancer un regard par en dessous à sa tablée. *Ouf.* Ly' n'était pas là.

Blanche, blanche, blanche. Journée blanche !

Ma voix intérieure chantonnait à tue-tête. Une fois n'étant pas coutume, elle et moi étions sur la même longueur d'onde. C'était un changement des plus agréables.

— Salut, Andy ! gazouillai-je en lui donnant un bisou sur la joue. Que puis-je faire pour toi ?

Mon frère m'adressa un grand sourire, dévoilant ainsi de belles dents blanches.

Je me raidis immédiatement. Ce sourire de loup, je le connaissais bien. Généralement, il était annonciateur de malheur.

Blanche, blanche, blanche.

— Bien le bonjour à toi aussi, souris. Dimanche, midi, tu viens déjeuner à la maison.

Ma voix intérieure se tut brusquement.

— Q-q-quoi ? bégayai-je. (Décidément, c'était la journée des bégaiements.) Qu'est-ce que tu viens de dire ?

Andy éclata de rire et se renversa sur sa chaise.

— T'en fais une tête, souris ! Je t'ai juste annoncé que dimanche, tu déjeunais à la maison, avec nous. Et c'est Ly' qui cuisine, bien sûr.

— Bien sûr…, répétai-je piteusement.

Cette fois, c'était sûr et certain, mon karma m'avait complètement abandonnée. C'était même pire que cela. Je devais être maudite. Forcément. Sinon, qu'est-ce qui pourrait justifier que le sort s'acharnât sur moi de la sorte ?

— Et qu'est-ce que tu lui as répondu ? croassa Marj', avant de tousser bruyamment pour chasser le chat qu'elle avait dans la gorge. Pardon.

Je balayai son excuse de la main.

— Qu'est-ce que tu voulais que je réponde ? Je ne peux quand même pas refuser l'invitation de mon frère sous prétexte que son meilleur pote sera présent. Surtout que j'ai bien envie de voir où il habite. (Et que Ly' cuisine comme un Dieu.) Il m'a dit que c'était la maison du grand-père de Ly' et que ce dernier en avait hérité l'année dernière. Il m'a dit juste ce qu'il fallait pour titiller ma curiosité. Et je sens que je vais crever de jalousie.

Mon frère me connaissait bien. Trop bien même. Il lui avait suffi de sous-entendre que la maison en question ressemblait énormément au manoir des sœurs Halliwell. Les célèbres sorcières de *Charmed*. Ma série télévisée préférée. Même si elle était terminée depuis de nombreuses années. Encore maintenant, il m'arriverait régulièrement de sortir mes DVD et de me faire une semaine intensive « *Charmed* ». Donc, évidemment, je brûlais de savoir si Andy avait dit la vérité ou non.

Une vraie gamine brûlante de curiosité…

Pour en arriver à occulter Ly', c'est clair ! J'espère juste que tu ne le regretteras pas, A…

Une petite phrase. Une toute petite phrase de rien du tout, et mes réticences en avaient été nettement amoindries. Certes, elles n'avaient pas complètement disparu, mais c'était tout comme.

Faible, si faible…

Voilà que ma voix intérieure me jouait le remake de Lord Voldemort ! (Le grand méchant dans *Harry Potter*...) Bon sang de bois, je ne me rappelais pas que c'était journée ciné, aujourd'hui... Si j'avais su, j'aurais emporté du popcorn.

Zut de flûte de crotte de bique.

— D'un autre côté, si vous êtes uniquement tous les trois, Ly' peut difficilement s'en prendre à toi sans que ton frère l'entende, temporisa Marj', en tapotant son bloc note avec la pointe de son stylo.

Le souvenir de ce qui s'était passé dans mon propre appartement me fit grimacer. Mon frère ne serait pas tout le temps à mes côtés, et si Ly' était décidé à s'acharner sur moi, comme il avait coutume de le faire, je n'y couperais pas. D'autant plus que, ce soir-là, ses paroles m'avaient fait un mal de chien. Il s'en était fallu de peu que je craque devant lui. Ou devant mon frère.

Mais quand tu es allée te réfugier dans la cuisine, il ne t'a pas suivie. Il t'a laissée t'isoler.

C'était vrai. Mais, nous avions été sur mon territoire. En serait-il de même sur le sien ?

Tu penses sincèrement qu'un type comme Ly' s'embarrasse de ce genre de détails ?

Sans doute pas, effectivement.

Depuis le temps, tu devrais le savoir, A. J'ai toujours raison. Toujours.

Ouais, surtout quand tu as tort, hein ?

Pfff. Jalouse !

— Tu sais, je pense que si Ly' souhaite me dire quelque chose, que mon frère soit là ou non, ça n'y changera rien. Il le dira. Point barre. Maintenant, si ma présence, chez lui, lui pose problème, il s'arrangera pour me le faire savoir avant dimanche. Enfin, je crois. (Ou du moins, je l'espérais.)

Marj' me lança un regard en coin.

— Tu veux une réponse sincère ?

— Oui, bien sûr.
Mauvais, ça sentait mauvais ça…
Je me raidis instinctivement.
— D'accord. Alors, voilà ce que je pense. Si tu n'étais pas la sœur de Drew, je te dirais que t'es complètement dans l'erreur. Au contraire, si ta présence dérangeait Ly', il ne te dirait rien. Pour mieux pouvoir t'humilier une fois sur place. C'est déjà arrivé une fois avec une ex de ton frère. Et j'ai entendu dire que la pauvre fille était repartie en pleurs de chez eux. (Je déglutis péniblement, soudain plus très sûre de moi.) Ly' n'a pas son pareil pour frapper là où ça fait mal. Que ce soit avec ses poings ou avec ses mots. Maintenant, ce que j'en dis, c'est que t'es la sœur de Drew. Te lancer des piques et des vacheries, par-ci par-là, c'est une chose. Et Drew le lui pardonnera sans doute aisément. Mais t'humilier sciemment, c'en est une autre. Et là, ton frère pourrait bien ne pas être aussi tolérant. Tu ne crois pas ?

Effectivement, mon frère ne pardonnerait pas si jamais on me faisait du mal à dessein. Le pauvre Max l'avait d'ailleurs appris à ses dépens. Non content d'avoir eu la mâchoire fracturée par Ly', il avait maintenant les deux yeux pochés. Inutile de préciser à qui il devait cela.

Soudain soulagée, je pus respirer plus librement.
Faible, si faible…
— C'est vrai, tu as raison. Je m'angoisse pour rien. Au pire, j'aurai droit à quelques remarques assassines, mais sans doute rien de plus.

En soit, rien d'insurmontable…
T'es sûre, A ? Même s'il te reparle comme à l'appart ? Même s'il libère à nouveau tes pires démons ?

Je serrai les dents à me les briser. Ma foutue voix intérieure allait me porter la poisse avec ses insinuations ! Comme si j'avais besoin de ça…

Ce qu'il faut pas entendre ! Comme si ça pourrait être de ma faute !

Oh, mais tu peux virer le conditionnel : ça sera de ta faute !

Genre…

— Ça ne veut pas dire que ça sera une partie de plaisir, pour autant. Tu peux toujours dire à ton frère que tu préfèrerais passer un moment seul à seul avec lui.

Je secouai lentement la tête.

— Non, je ne peux vraiment pas faire ça. Ce ne serait pas correct pour lui. Et je lui dois déjà tellement.

Cette dernière phrase m'avait échappée. Mais elle n'échappa malheureusement pas à Marj'.

Eh, merde…

Me scrutant attentivement, elle finit par froncer les sourcils. Elle se pencha vers moi, afin d'être sûre que personne ne pourrait entendre ce qu'elle allait me dire.

— Qu'est-ce que tu veux dire par là ? chuchota-t-elle dans un filet de voix.

J'eus un petit rire nerveux et je haussai les épaules.

— Rien de spécial.

— Ça a un rapport avec… la maison de redressement ? souffla-t-elle d'une voix basse, et hésitante.

Un frisson glacial me traversa et je me mis à trembler. Je ne souhaitais pas parler de ça. Avec personne. Jamais. Tout ça, ça appartenait au passé. À un passé mort et enterré depuis longtemps. Ça ne concernait qu'Andy et moi. Et nous n'en avions plus parlé depuis des années. Les choses devaient rester telles quelles.

Malheureusement, les paroles qui franchirent la barrière de mes lèvres n'étaient pas celles que j'avais voulu prononcer.

— Qu'est-ce que tu sais à ce sujet ?

— Pas grand-chose. Enfin, ce qui se dit surtout. Que Drew a été en maison de redressement, il y a plusieurs années, et que c'est là-bas qu'ils se sont connus, Ly' et lui, chuchota-t-elle dans le creux de mon oreille. Mais, je comprends que tu n'aies pas envie d'en parler. Excuses-moi d'avoir abordé le sujet. Surtout comme ça. C'était très indélicat de ma part. Je suis vraiment désolée. Parfois, je parle sans réfléchir à la portée de mes paroles.

Cela expliquait bien des choses. Des choses qui jusque-là m'étaient inconnues et incompréhensibles. Voilà pourquoi Andy avait voulu venir faire ses études supérieures ici. À River Falls. Pour retrouver Ly', tout simplement.

— Je ne t'en veux pas, t'inquiètes. Mais je ne souhaite pas en parler. C'est trop personnel. Désolée, murmurai-je d'une toute petite voix.

Marj' se redressa et me fit un petit sourire.

— Pas de souci, je comprends. Moi non plus je ne me dévoile pas facilement.

Alors que nous reportions notre attention sur le cours d'astronomie, une nouvelle question vint me trotter dans la tête.

Qu'avait fait Ly' pour se retrouver en maison de redressement avec mon frère ? Connaissant le personnage, je m'attendais au pire.

Chapitre 10

Bien au chaud sous ma couette, je bâillai bruyamment en m'étirant, avant de me rouler en boule, comme un chaton. J'ouvris paresseusement un œil. 10 h 30. Je refermai mon œil et bâillai une nouvelle fois. La nuit avait été courte. M'étant couchée à trois heures du matin, je n'avais pas eu mes dix heures de sommeil. Et le week-end, mes dix heures, c'était le minimum. Elles étaient sacrées et j'y tenais. Ça me permettait de rattraper mes horaires irréguliers de la semaine.

Tout en m'enfonçant plus profondément encore entre mes draps, je me dis que je pouvais dormir encore une petite heure. Ensuite, j'appellerais ma mère. N'ayant répondu à aucun de ses appels, durant toute la semaine, je ne me sentais pas la force d'attendre jusqu'au soir pour lui téléphoner. Car si la journée d'aujourd'hui ressemblait à celle d'hier, mon téléphone risquait de sonner non-stop. Une fois avait été largement suffisante. Au point que j'envisageais très sérieusement de vendre mon iPhone et de devenir une paria parmi ma génération : vivre sans portable. Le cauchemar des jeunes. Mais si je devais choisir entre ça et le harcèlement maternel, mon choix serait vite fait.

Ces sombres pensées commencèrent à chasser les brumes de sommeil qui m'enveloppaient encore. Je crispai les paupières et tentai de me replonger dans cet état, semi-cotonneux, que j'affectionnais tant. Entre le rêve et la réalité. Le mélange parfait.

On était dimanche, après tout, le jour idéal pour traînasser au lit. Enfin, c'était une question de point de vue, bien sûr. Mais pour moi, un bon dimanche était un dimanche…

Stop, stop, stop ! Dimanche ? On était dimanche ?

Zut de flûte de crotte de bique !

Je bondis hors de mon lit, m'emmêlai les pieds dans la couette et…

BAM !

Je m'affalai de tout mon long.

— Aïe !

Je me relevai en vitesse, en me frottant le genou. Bon sang, ça faisait un mal de chien. Bon, il fallait voir le côté positif : autant le genou que la tête. Même si la mienne était particulièrement dure.

Cesse de tergiverser, A, tu n'es pas en avance. Je dirais même qu'à ce rythme, tu ne vas pas tarder à être en retard.

Déjà réveillée ? Zut alors ! Moi qui croyais que le dimanche, tu étais encore plus flemmarde que moi.

J'ai été réveillée par un tremblement de terre. Ça te rappelle quelque chose ? Genre, comme si un mammouth avait percuté ma maison. Tu vois ce que je veux dire ?

Saloperie de voix intérieure de mes deux ! Mais quelle garce celle-là. Le mieux que j'avais à faire, c'était encore de l'ignorer. Surtout que, comme elle venait de le souligner de manière si aimable, je n'étais pas spécialement en avance. J'avais rendez-vous chez Andy à 11 h 30. Il me restait donc une heure pour me doucher, m'habiller, me maquiller et me rendre sur place.

Un coup d'œil machinal à mon réveil m'apprit que je faisais erreur. Il ne me restait plus que cinquante minutes. Tant pis pour le maquillage.

Je courus à la salle de bains et pris la douche la plus rapide de ma vie. Moi qui, généralement, aimais rester sous l'eau chaude, je n'eus pas ce luxe. Huit minutes plus tard, j'étais de retour dans ma chambre. Mes cheveux étaient encore humides, mais je n'avais vraiment pas le temps de les sécher. Ni de les lisser. (Ils ne bouclaient pas, à proprement parler, mais faisaient plutôt une sorte de vague, comme disait ma coiffeuse. En gros : ils n'étaient ni lisses ni bouclés… ils étaient… euh… autre chose, voilà, autre chose.) C'était dommage, car je préférais nettement ma coupe avec des cheveux lisses, mais je n'allais pas arriver en retard pour ça. Je n'étais pas ce genre de filles. Je pouvais sortir de chez moi sans être parfaite.

Surtout pour aller déjeuner chez mon frère.

Et Ly'…

Je serrai les dents et ignorai le sous-entendu grotesque de ma voix intérieure. Ridicule. Je n'allais pas me mettre sur mon trente-et-un pour Ly'.

Alors pourquoi tu as choisi ce petit short en jean qui te moule le cul comme une seconde peau ?

N'importe quoi… Ce short ne me moulait pas du tout le… ah, si, quand même…

Comme si tu ne le savais pas !!!

Pfff, de toute façon ce n'est pas pour ça que je l'ai choisi.

Ah bon ? Alors pourquoi ?

Parce qu'il fait chaud et que je l'aime bien.

Mmmmhmmmm. Et le dos nu ?

Idem.

Et dire que vendredi dernier tu trouvais que la tenue de Lily-la-poupée avait un air de « baisez-moi ».

Je piquai un fard à ce souvenir et eus le bon goût d'être gênée.

Ma tenue n'est pas aussi provocante que la sienne l'était !

Que tu dis, A, que tu dis…

Mais pourquoi je perdais mon temps à lui répondre ? Je savais, moi, que je n'avais pas du tout choisi ces fringues pour séduire Ly'.

Oui, oui. On fera comme si on y croyait.
Je m'en fiche de ce que tu penses, moi je sais que j'ai choisi ces habits parce que je les aime bien. Point.
Ouais, ouais. On y croit, on y croit.
Bien décidée à l'ignorer pour de bon, j'attrapai ma veste en jean et mon sac. Juste avant d'ouvrir la porte, je me souvins que j'avais mis mon smartphone à charger la veille. Je fis donc volte-face et retournai dans ma chambre pour aller le prendre.
Mince ! Il était resté éteint. Je le rallumai tout en rebroussant chemin. Sans lever les yeux de mon écran, j'ouvris la porte d'entrée et…
VLAN !
Je venais de percuter un mur. Je me sentis chanceler et basculer en arrière. Dans mes souvenirs, il n'y avait aucun mur aussi près de ma porte. Soit j'étais vraiment dans la lune et j'avais traversé le couloir sans m'en rendre compte, soit ce mur n'en était pas un.
Un bras s'enroula autour de ma taille, m'évitant ainsi une nouvelle chute. (Une par jour, c'était amplement suffisant.) Je me retrouvai plaquer contre un corps dur et musclé. Pas étonnant que j'aie eu l'impression de percuter un mur.
Ma main, qui tenait toujours mon portable, était maintenant écrasée entre mes seins. (Et ce n'était pas vraiment très agréable.) L'autre était posée nonchalamment contre un ventre d'acier. Je déglutis péniblement et dus fournir un effort colossal pour ne pas la laisser vagabonder. Ma paume brûlait d'en découvrir plus.
Oh, bon sang !
Jusque-là, une seule personne avait provoqué de telles envies en moi. Une personne détestable et absolument pas recommandable. Un vrai bad-boy avec un « B » majuscule. Et maintenant, voilà qu'un inconnu aux muscles d'acier me mettait dans tous mes états. Un inconnu incroyablement grand, puisque

mes yeux étaient à hauteur de ses pectoraux. Pectoraux parfaitement mis en valeur par le tissu moulant qui les recouvrait. Miam, miam.

Je suis en train de devenir une véritable obsédée !

Je fermai les yeux et pris de lentes et profondes inspirations. Il fallait impérativement que je me calme la moindre avant de pouvoir lever les yeux vers ce mur ambulant. Sinon, je risquais de perdre pied et de faire une grosse, une énorme bêtise.

Inspire, expire. Inspire, expire. Inspire, expire.

— Annabelle, je croyais t'avoir déjà dit que fermer les yeux ne me ferait pas disparaître…, susurra soudain Mur ambulant.

Oh non, oh non, oh non !!!

Bouche bée, je levai la tête, comme au ralenti, jusqu'à rencontrer des prunelles vert menthe par trop familières. Incrédule, je fus incapable de prononcer le moindre mot. Je restai là, bras ballants, à ne rien pouvoir faire d'autre que de le fixer. Il avait vraiment les yeux les plus fascinants que j'aie jamais vus. D'un vert si clair qu'il semblait flamboyer en permanence. Comme illuminé de l'intérieur. Le vert sombre qui les encerclait ne faisait qu'accentuer cette impression. Un spectacle vraiment envoûtant.

Il glissa un doigt sous mon menton et referma doucement ma bouche.

— Merci, balbutiai-je, complètement à l'ouest.

Un sourire amusé étira ses lèvres, creusant d'adorables fossettes dans ses joues. Tiens, il avait des fossettes. Je ne l'avais jamais remarqué.

En même temps, tu ne l'avais jamais vu sourire, A.

Évidemment ! Voilà l'explication. Logique.

— Je t'en prie, ma souris.

Sa voix, légèrement rauque, intensifia encore ma confusion. Jamais il ne m'avait parlé sur un ton aussi doux.

Oh. Mon. Dieu ! Il était encore plus craquant que d'habitude.

Que le ciel me vienne en aide !

Combien de temps fûmes-nous ainsi, simplement les yeux dans les yeux, sans parler ? Je ne saurais le dire. Mais cela me parut durer une éternité. J'étais incapable de faire autre chose. Je n'arrivais pas à détourner les yeux, je n'en avais même aucune envie. Me reculer ? Pourquoi donc ? J'étais si bien dans ses bras. En fait, je ne désirais plus qu'une seule chose : que ce moment ne s'arrêtât jamais.

J'entendis vaguement ma voix intérieure, en bruit de fond, mais j'étais totalement incapable de comprendre un traitre mot de ce qu'elle disait. Comme c'était agréable. Pour une fois, j'étais seule. Pas de foutue voix intérieure pour parasiter cet instant magique.

Le paradis sur terre.

Mais, toutes les bonnes choses avaient une fin. Celle-ci aussi, malheureusement. Et cette fin arriva bien trop tôt à mon goût.

— On y va, ma souris ?

— Oui…, approuvai-je, le souffle court et erratique. (J'étais prête à lui suivre où il voulait.)

Il se pencha vers moi et je sentis son souffle contre mes lèvres. Mes yeux se fermèrent d'eux-mêmes. Je n'étais plus qu'attente et désir. Sans volonté face à son puissant magnétisme.

— Alors, va chercher ton casque…

Oui, j'allais… Hein ?

Je rouvris brusquement les yeux et vis la lueur moqueuse qui scintillait dans les lagons verts rivés sur moi. Cela me fit l'effet d'une douche froide.

Oh. Mon. Dieu.

J'avais espéré… j'aurais voulu… et je ne l'aurais pas arrêté…

Rouge de honte, je me reculai vivement. Enfin, je reculai de cinq centimètres, grand maximum. Car avec le bras qui ceinturait ma taille, c'était impossible de m'éloigner davantage.

— Tu veux bien me lâcher, ordonnai-je sèchement.

— Oh, oh ! Serions-nous de mauvaise humeur ? (Il m'attira une nouvelle fois contre lui et laissa sa main glisser jusqu'au creux de mes reins. Je ne pus m'empêcher de frissonner.) Aimerais-tu un baiser, Annabelle ? Peut-être que c'est cela que tu espérais, et que tu es terriblement déçue de ne pas avoir eu ce que tu désirais si ardemment…?

Cette fois, c'était certain, j'allais mourir de honte. Que c'était gênant de se retrouver dans une telle situation ! J'en fus profondément mortifiée. Comment diable avais-je pu espérer, attendu, qu'il m'embrassât ?

— N'importe quoi, hoquetai-je en baissant la tête. Je me suis levée il y a tout juste une demi-heure. Je ne suis pas encore bien réveillée. J'ai eu un moment d'absence, c'est tout.

Mais oui, bien sûr, A. On y croit !

— Ah, Annabelle, si seulement nous avions le temps… Je te prouverais à quel point tu es une piètre menteuse… Malheureusement, Drew nous attend. Mais, peut-être plus tard…?

Je me libérai d'un geste sec et le foudroyai du regard. Et savoir que, s'il n'avait pas daigné me laisser partir, je serais toujours dans ses bras, n'améliora en rien mon humeur. Ce type était vraiment détestable. Comment pouvait-il être ami avec Andy ? Cela dépassait l'entendement !

— Et si tu me disais ce que tu fais là, exactement ? aboyai-je, d'un ton mordant.

Il fronça les sourcils et pencha la tête sur le côté.

— Est-ce que tu es sûre que tout va bien, Annabelle ? Tu as peut-être de la fièvre ? Autre que sexuelle, je veux dire…

Je faillis m'étouffer de rage. Quel culot, vraiment ! Ce n'était pas la modestie qui l'étouffait !

En même temps, il n'a pas tout tort… Tu brûles de désir pour lui, A.

Même pas vrai !

Même que vrai !

Non !
Si !
Un de ces jours, j'allais me la faire. J'allais vraiment me la faire. Malheureusement, pas aujourd'hui. Aujourd'hui, j'affrontais déjà un tigre du Bengale. C'était amplement suffisant. (Surtout pour une souris grise.) Mais bientôt, très bientôt, je m'occuperais de son cas.
Ouhouh… j'ai peur…
— Je vais très bien, je te remercie. Et non, je n'ai pas de fièvre. Ni sexuelle, ni… (Je fis un rapide moulinet avec ma main droite, et faillis envoyer valdinguer mon iPhone.) Bref, tu vois, quoi. Mais ça ne répond pas à ma question. Qu'est-ce que tu fais là ?
Ly' attrapa vivement mon poignet et le fit pivoter jusqu'à dévoiler entièrement mon avant-bras. Il caressa mon tatouage du bout des doigts, perplexe.
— Je n'aurais jamais cru que tu étais du genre à avoir un tatouage, ma souris…
Sourcils froncés, je me dégageai avec une certaine brusquerie, comme si ce simple contact me brûlait. Voir ses longs doigts glisser sur les plumes de mon aile me troublait plus que de raison.
— Je ne vois pas en quoi ça te regarde ! rétorquai-je, froidement.
Ly' eut un sourire narquois en coin.
— Toi, tu n'es pas du matin… Ou alors tu es terriblement frustrée… aux choix. (Je le foudroyai du regard.) Tu en as d'autres ?
— Ça ne te regarde pas ! Maintenant, pourrais-tu me dire ce que tu fous là ? demandai-je, non sans bravoure.
Il se frotta distraitement le menton, sans quitter mon tatouage des yeux. Ses prunelles vertes luisaient tant et si bien qu'on aurait dit qu'elles entraient en fusion. *Superbe.*

— Cette aile me rappelle quelque chose... Je suis sûr de l'avoir vue quelque part...

Je croisai les bras et arquai un sourcil, agacée.

— Andy a le même. Bon, tu vas me répondre ?

Il claqua des doigts.

— Je le savais !

Facile, une fois qu'on avait soufflé la réponse.

— Qu'est-ce que tu fais là, Ly' ? soupirai-je d'une voix lasse, pour la cinquième fois. (Minimum !)

Il souleva lentement son bras droit et je vis son casque se balancer doucement au bout de son index.

— Ça me semble évident. Je suis venu te chercher.

J'ouvris la bouche avant de la refermer. Deux fois.

— Pourquoi ? finis-je par demander.

Il leva les yeux au ciel.

— Parce que Drew m'a dit que tu étais capable de te perdre dans un centre commercial. Alors je n'ose pas imaginer ce qui pourrait se produire si on te laissait traverser River Falls toute seule. Peut-être que t'auras finalement trouvé la maison... l'année prochaine, susurra-t-il méchamment.

Abruti écervelé ! Crétin arrogant ! Butor !

Butor ? Sérieux, A ? Pfffff, faut arrêter de lire des romances historiques, ça te chamboule le ciboulot !

Je pinçai les lèvres et fus persuadée que de la fumée devait s'échapper de mes narines, tant j'étais furieuse. À la fois contre Ly', *le gros butor*, et contre ma fichue voix intérieure, *cette sale garce*.

Quel vocabulaire, A ! Ce n'est pas très joli tout ça...

Je te l'ai déjà dit : exactement comme toi !

— Je suis parfaitement capable de trouver mon chemin toute seule. Merci. Je n'ai pas besoin d'aide.

— L'important c'est d'y croire, comme on dit. Bon, tu prends ton casque, qu'on puisse y aller ? Parce qu'on est un poil à la bourre, là, ma souris.

Je serrai les poings et secouai fermement la tête.

Non, non, non. *Hors de question.*

— Je viens de te le dire, je peux parfaitement me débrouiller toute seule.

Il plissa les yeux.

— Prends ton casque, Annabelle. On y va. Maintenant. Ensemble.

Non, non et non. Trois fois non. Je n'irais pas avec lui.

— Non.

Il prit une vive inspiration.

— Qu'est-ce que tu viens de dire ? gronda-t-il de sa voix glaciale.

Je me sentis blêmir et je fis instinctivement un pas en arrière. Son regard de fauve en chasse était aussi froid qu'une pierre tombale.

Je déglutis, en sentant la peur m'envahir progressivement.

Le tigre du Bengale ne va faire qu'une bouchée de toi, petite souris grise.

— N-n-n-no-no-no-non, cafouillai-je, d'une voix à peine plus forte qu'un murmure.

Lamentable.

Il fit un pas en avant. Puis un second. Et encore un autre. Ly' me força ainsi à reculer jusqu'à ce qu'il fût dans mon meublé. Il pivota sur sa gauche et se pencha pour prendre le casque blanc qui était posé sur le sol. Il se redressa lentement et me le tendit.

Je le pris d'une main tremblante.

Faible, faible, faible. Tu es si faible, A.

J'en avais honte, mais c'était l'affreuse vérité. J'étais faible et lâche dès qu'il s'agissait de lui. Je pourrais mettre cela sur le dos de mon passé, et tout, mais j'étais suffisamment honnête avec moi-même pour reconnaître qu'il n'en était rien. Je n'avais pas peur de tous les hommes. (Et heureusement, d'ailleurs.) J'en avais même repoussé quelques-uns. Mais face à lui, je n'étais tout simplement pas de taille.

Aussi, quand il m'agrippa le bras, je le suivis sans résister.

Mon frère disait souvent que pour gagner la guerre, il fallait parfois savoir se replier et attendre le moment propice. Alors, c'était exactement ce que j'allais faire : attendre le bon moment.

Et vu ton courage légendaire, ça risque de prendre quelques années.

Avais-je déjà dit à quel point ma voix intérieure était pénible quand elle avait raison ?

Mon frère s'était bien moqué de moi. La maison de Ly' ne ressemblait pas du tout au manoir des sœurs Halliwell. La seule similitude était la couleur : rouge. Mais ça s'arrêtait là. Pour le reste, c'était une maison standard. Bon, peut-être un peu plus grande que la moyenne, mais somme toute assez banale.

« *Tu verras, on dirait le manoir des trois sorcières que tu regardais tout le temps...* »

Genre... Andy avait besoin de lunettes.

Ou de jumelles...

Ouais, ou bien de jumelles...

Le manoir Halliwell... Franchement !

Entourée d'un jardin, de taille plus qu'acceptable, la maison s'élevait sur deux étages. Techniquement trois, vu qu'elle était entièrement excavée, mais ça, il fallait le savoir. Un garage suffisamment grand pour contenir trois voitures était annexé à la baraque. Évidemment, c'était un luxe que peu de gens pouvaient se payer, dans le coin. En effet, beaucoup n'en avaient tout simplement pas et parquaient leurs voitures dans l'allée.

La grande classe !

— Souris ! Enfin ! Je commençais à croire que Ly' était arrivé trop tard et qu'il t'avait raté, s'exclama Andy, à peine entré dans le garage.

J'enlevai mon casque et secouai la tête pour aérer un peu mes cheveux. Je n'osai pas imaginer à quoi je devais ressembler, vu que ces derniers étaient encore humides quand je l'avais mis. Sûrement à une savante folle. Je grimaçai à cette triste pensée.

Mon frère me souleva dans ses bras et me fit tournoyer.

— Si tu savais comme je suis content que tu passes ton dimanche avec nous. (Il se tourna vers Ly' et lui fit un clin d'œil.) Merci d'avoir été la chercher, mec. Je te dois une fière chandelle.

Ly' haussa les épaules et déposa son casque sur l'établi qui occupait le mur du fond. Il tendit la main et je lui donnai le mien.

— Le barbecue est prêt ?

Andy se mit au garde-à-vous et mima le salut militaire.

— Chef, oui, chef !

Ly' leva les yeux au ciel et se passa une main dans les cheveux pour les rassembler et les nouer à la nuque.

Ouah. *Ouah.*

Cette nouvelle coiffure accentuait les angles de son visage, le rendant encore plus sexy. Qui l'eût cru ?

Soudain, un éclat doré attira mon attention sur son oreille droite. Ly' portait des boucles tout le long de l'oreille. Du lobe au sommet du cartilage. Incroyable ! C'était la première fois que je les voyais. D'ordinaire, ces cheveux les masquaient. Cela lui allait bien. Et ça accentuait son côté mauvais garçon.

Parce qu'il a seulement un côté mauvais garçon ?

Mouais, pas faux… Mais quel canon !

— Mais qu'est-ce que je fous avec un tas de nœuds comme toi ?

Andy le bourra gentiment avant de se cacher derrière moi. Un vrai gamin.

— Je te manquerais, si je n'étais pas là.

Ly' grommela dans sa barbe et se dirigea vers la porte, d'où était sorti mon frère.

— Je te laisse lui faire les honneurs de la maison, j'ai assez perdu de temps comme ça.

Et il disparut à l'intérieur.

Toujours aussi charmant, celui-là. Et dire qu'il y avait à peine quinze minutes, j'avais espéré qu'il m'embrasserait. Quelle folle j'avais été de désirer un baiser d'un tel mec. Il fallait impérativement que je me reprenne. Cette attirance déplacée devait cesser. Et dans les plus brefs délais.

Bien dit, A ! Mais sauras-tu t'y tenir ?

Espérons-le !

— Prête pour la visite ?

Choisissant d'ignorer l'attitude méprisante de Ly', ne voulant pas le laisser gâcher cette journée, je hochai la tête en souriant.

— Chef, oui, chef ! le singeai-je. Chef, prête, chef !

Andy pouffa en m'entraînant à sa suite.

— Au moins, toi, tu comprends mon humour !

Nous pénétrâmes dans une sorte de petit vestibule. Un meuble à chaussures s'étendait sur la partie droite, alors qu'une tringle traversait la partie gauche. Simple et pratique.

— J'aime beaucoup, dis-je lorsque nous traversâmes la pièce.

— J'étais certain que ça te plairait.

— Tu me connais bien.

— Normal, je suis ton frère, proclama Andy, en me faisant un clin d'œil complice.

Nous arrivâmes ensuite dans la cuisine. Qui était bien plus spacieuse que la mienne.

— Pas étonnant que Ly' se soit trouvé à l'étroit dans la mienne…, marmonnai-je en tournant sur moi-même, impressionnée malgré moi.

Soudain, je clignai des paupières, croyant rêver. Non seulement cette pièce devait faire facilement cinq à six fois la taille de la mienne, mais en plus elle était équipée comme une cuisine de professionnel. Il y avait trois fours, six plaques de cuisson, deux lavabos et un réfrigérateur (d'une taille qui défiait tout ce que j'avais vu jusque-là). Je reportai mon regard sur les fours. Trois fours. Sérieusement ? Mais qui avait besoin de *trois* fours ?

— Viens, allons voir la suite. Ici, c'est le domaine de Ly' et il ne va pas tarder à y venir. Mieux vaut avoir mis les voiles avant son retour. Sinon, ça risque de chauffer.

Je suivis mon frère, encore sous le choc de ma découverte. Je n'avais jamais vu une cuisine aussi grande. Du moins, pas une cuisine de privé. De professionnel, à la rigueur, mais dans une maison ? Avait-on vraiment besoin d'autant d'espace ? Et tous ces fours. Je n'en revenais toujours pas. Parce que, attention, ce n'était pas des petits fours comme le mien. Ça non ! Ils faisaient facilement le double, voire le triple du mien. Ha-llu-ci-nant !

Cette histoire de fours me travailla tellement que je passai la salle à manger et le séjour sans y prendre vraiment garde. J'étais tellement perdue dans mes pensées que je faillis me prendre la gamelle du siècle en arrivant au pied des escaliers.

Je me frottai les yeux et lançai un regard circulaire autour de moi. J'avais traversé presque toute la maison sans m'en rendre compte. La honte.

— En bas, y'a la salle de jeux, expliqua mon frère, en me montrant l'escalier qui descendait. Billard, baby-foot, Xbox, PlayStation. Et un coin-bar. C'est là qu'on reçoit, en général. Je ne te montre pas, parce qu'on a eu du monde hier soir… et c'est un peu le bordel. Pis, ça pue l'alcool et la clope. Pas le top avant le déjeuner.

Je grimaçai.

— Non, effectivement, ça ne me tente pas plus que ça.

Nous montâmes donc à l'étage.

— Là, c'est la chambre de Ly' et sa salle de bains. (Il pointa du doigt deux portes consécutives. La première en face des escaliers, la seconde sur la gauche.) Et là, c'est la mienne. (On prit sur la droite.) Ma salle de bains est juste en face. Et la porte, là-bas, c'est une chambre d'amis.

Je jetai un rapide coup d'œil à sa chambre, mais ne fit pas un pas à l'intérieur. Le bazar qui y régnait était tout simplement repoussant. Je me demandai comment mon frère faisait pour y entrer sans écraser quoi que ce soit. Une vraie gageuse…

— Toujours aussi bordélique, à ce que je vois. Si maman voyait ça…

Au moment où je prononçai cette phrase, je me rendis compte de mon erreur.

— Aucun risque, affirma-t-il froidement, le visage soudain fermé.

Prise de remords, je posai une main sur son bras.

— Je suis désolée, Andy. C'est sorti tout seul. Je n'ai pas réfléchi. Je…

Il posa un doigt en travers de mes lèvres et m'adressa un triste sourire.

— Ce n'est pas ta faute, souris.

— Non, mais…

— Chut. Ne parlons pas d'elle, d'accord ? Tu n'y peux rien si elle ne m'aime plus.

Les larmes aux yeux, je ne savais pas quoi dire pour apaiser la peine de mon frère. À défaut de pouvoir faire mieux, je le pris dans mes bras et le serrai fort contre mon cœur. (Manière de parler, bien sûr, vu qu'il était presque aussi grand que Ly'. Ce fut plutôt moi qui me retrouvai tout contre son cœur.) Il me rendit mon étreinte, m'étouffant presque.

— Peu importe ce qu'elle pense, Andy, moi je sais que tu n'es pas ainsi. Tu es une personne merveilleuse et je t'aime. Je suis fière d'être ta sœur. Tellement fière.

Andy se recula légèrement et essuya du pouce les larmes qui avaient débordé de mes yeux. Il me sourit, les yeux brillants.

— C'est moi qui suis chanceux, Anna. Tu es la meilleure

petite sœur du monde. Z't'aime auzzi, franzine, zozota-t-il.

Oh le vilain !

— Je t'interdis de te moquer de moi ainsi, Andrew Campbell !

— Bah, quoi ? Z'est faux, peut-être, zœurette ?

— Arrête ! Ce n'est pas drôle !

J'avais zozoté durant trois ans, et n'en avais pas gardé de bons souvenirs. Oh que non ! Pourtant, alors que je gourmandais gentiment mon frère, un sourire étirait le coin de mes lèvres.

— Sinon, quoi ? Tu vas le dire à maman ? ricana-t-il, redevenant un enfant chamailleur.

Mon sourire s'effaça et mon regard fut ampli de nuages sombres.

— Non, bien sûr que non…, soufflai-je du bout des lèvres.

Je levai la main et lui caressai tendrement la joue, le cœur débordant d'amour. En cet instant, j'en voulus terriblement à ma mère de lui faire subir tout cela. Oh oui ! Je lui en voulus énormément.

— Arrête, Anna. Ne te prends pas la tête avec ça.

— Si seulement c'était aussi simple, Andy. Mais je n'y peux rien, c'est plus fort que moi. Je lui en veux de…

— Non, me coupa-t-il en se reculant et en croisant les bras, le regard froid. Je ne veux plus rien entendre à ce sujet. Je suis sérieux, Anna.

Bien que je ne partageais pas son opinion sur cet épineux sujet, je finis par me ranger de son côté. Nous passions le dimanche en famille (si l'on omettait la présence perturbante de Ly') et je ne voulais pas me disputer avec lui aujourd'hui. Surtout pas pour ça.

— C'est prêt, on peut passer à table.

L'ordre claqua dans le silence qui venait de s'installer et me fit tressaillir. Par réflexe, je tournai la tête vers Ly'. Je le regrettai immédiatement. Son regard insondable et le pli méprisant de ses lèvres m'apprirent qu'il avait suivi une partie de notre discussion. Visiblement, il me jugeait responsable, du moins en partie, des malheurs de mon frère.

Comment lui en vouloir ou lui en tenir rigueur, quand c'était vrai ? Sans moi, rien de tout cela ne serait jamais arrivé…

Chapitre 11

Le repas fut, une fois encore, un vrai régal. Des gambas au paprika grillées au barbecue, puis flambées au cognac. Une salade verte et une poêlée de légumes en accompagnement. Évidemment, vu les talents culinaires de Ly', la « big » cuisine était justifiée. (Bien que mon opinion à ce sujet fût restée la même. Cuisine excessivement grande. Et luxueuse.)

Pour le dessert, nous eûmes droit à une salade de fruits. Comme le repas fut plus que copieux, cela me suffit largement. Je n'en pris d'ailleurs qu'une petite portion. Mon ventre était déjà tellement plein que j'avais l'impression que j'allais exploser sous peu.

La gourmandise est un vilain défaut, A.

Le sarcasme également, pourtant tu en abuses quotidiennement...

Et PAN dans les dents !

Voix intérieure : zéro pointé ; Anna : un !

Ah.Ah.Ah. Je suis morte de rire...

Et moi donc !

— Café ? me proposa Andy en se levant.

Je secouai la tête.

— Non, merci. Pas pour moi. Je ne peux plus rien avaler. Pas même une tasse de café.

Je me frottai le ventre pour appuyer mes dires. Qui avait dit qu'on avait toujours de la place pour un café ? Je me ferais un plaisir de lui expliquer son erreur.

J'adorerais voir ça, tiens ! A, la souris grise, en train d'expliquer à un parfait inconnu qu'il a tort ! Le spectacle vaudra son pesant d'or !

Voix intérieure : un ; Anna : un. Égalité parfaite. *Mesdames, faîtes vos jeux...*

Sainte Marie, mère de Dieu, voilà qu'elle se croit au poker ! A, ça ne s'arrange pas dans ta tête...

— Je passe mon tour également, déclina Ly', quand mon frère se tourna vers lui.

Andy fronça les sourcils, mais ne dit rien.

J'eus soudain peur de me retrouver toute seule avec Ly'. Depuis le regard qu'il m'avait lancé, lorsqu'il était venu nous chercher à l'étage, j'avais eu peur que ce moment arrivât.

Andy, ne me laisse pas seule avec lui. S'il te plaît, ne me laisse pas seule.

Comme si mon frère avait entendu ma prière, il haussa les épaules et se rassit.

— Si personne n'en veut, je ne vais pas faire un voyage dans le vide.

Ly' plissa les yeux et échangea un regard intense avec Andy. Ce regard ne dura pas plus de trente secondes, pourtant, cela suffit pour que l'air crépite entre eux deux. Je ne saisis pas vraiment ce qui se passait, mais l'image de deux duellistes en train de croiser le fer me traversa l'esprit. Quelle ne fut pas ma surprise de voir Ly' baisser les yeux ! Je n'aurais jamais cru assister à une telle scène un jour. Ly' venait de s'incliner face à mon frère. In-cro-ya-ble !

Andy se tourna vers moi et me fit un clin d'œil.

— Alors, souris, que penses-tu de la maison ? Elle est plutôt cool, non ?

Je me tournai vers la baraque en question et plissai le nez.

— Il faudrait être diablement difficile pour trouver quelque chose à y redire. (Mis à part la cuisine, bien sûr. Mais titiller le tigre, alors qu'il venait de subir une défaite, n'était pas ce qu'on appelait une idée lumineuse. Je me tins donc coite.) Tu as beaucoup de chance, Ly', d'avoir hérité d'une telle merveille. Tu as dû faire bon nombre d'envieux dans ta famille.

— Tu n'as pas idée, susurra-t-il froidement.

Interloquée, je lui adressai un regard prudent.

— J'ai dit quelque chose qu'il ne fallait pas ?

Ly' croisa les bras et se contenta de me fixer, sans répondre. Andy se racla la gorge.

— Ly' n'est pas en bon terme avec sa famille, dit-il, en cherchant visiblement ses mots.

— La litote du siècle ! se moqua ce dernier.

Andy et lui échangèrent un nouveau regard, lourd de sous-entendus, aussi je choisis de ne pas insister. Le terrain était visiblement miné. Et avec la chance qui était la mienne en ce moment, j'allais marcher sur une mine, à tous les coups ! Bonjour l'explosion ! Très peu pour moi.

Trouillarde.

Nan, survivante. Ce n'est pas tout à fait pareil. On s'excuse…

Je fermai les yeux et tendis mon visage vers le soleil, afin de profiter au maximum de ses rayons chauds. S'il y avait eu une chaise longue sur leur terrasse, je serais déjà avachie dessus ! J'adorais lézarder au soleil…

— Tu vas griller, souris, fanfaronna Andy.

J'ouvris paresseusement un œil.

— C'est pour ça que j'ai pensé à prendre de la crème solaire.

Je me penchai pour ramasser mon sac et fouillai dedans, à la recherche de l'objet convoité. Je sortis mon portable et le posai sur la table. J'y jetai machinalement un coup d'œil et faillis m'évanouir en voyant que ma mère m'avait appelée vingt-cinq fois.

Vingt-cinq fois !

Je fus tellement choquée que j'en oubliai ma crème solaire.

Mon sac s'échappa de mes doigts engourdis et tomba bruyamment sur le sol.

— Anna ? Tout va bien ?

Je tournai les yeux vers mon frère et le fixai, bouche bée.

— C'est maman, murmurai-je faiblement.

Andy pinça les lèvres et fronça les sourcils.

— Quoi « maman » ?

— Elle m'a appelée vingt-cinq fois.

Andy en resta comme deux ronds de flan. Il ouvrit la bouche, mais aucun son n'en sortit.

— Vingt-cinq fois…, répétai-je, complètement hébétée.

Ly' attrapa mon portable et le déverrouilla.

— Ça fait depuis hier soir qu'elle essaie de te joindre. Tu devrais la rappeler. Il lui est peut-être arrivé quelque chose. (Son ton sarcastique contredisait ses paroles. Il ne pensait visiblement pas un mot de ce qu'il venait de dire. Étrange…)

Je ne peux que secouer négativement la tête.

— Non quoi, Annabelle ? demanda-t-il sèchement. Non, tu ne veux pas rappeler ta mère ou, non, il ne lui est rien arrivé ?

Je rassemblai péniblement mes pensées et tentai de former une phrase cohérente. Un travail titanesque.

— Non aux deux.

Je ne pus aller plus loin dans mon explication, car mon iPhone se mit à vibrer. Ah oui, je m'en souvenais maintenant. J'avais coupé la sonnerie hier soir, pour ne plus l'entendre. Jusqu'à ce qu'il se déchargeât et s'éteignît. Voilà pourquoi je n'avais pas entendu ses innombrables appels.

Cela aurait-il changé quelque chose, A ?

Sans doute pas, non…

Ly' me tendit mon smartphone, mais je ne fis pas mine de le prendre.

— Tu ne veux pas répondre à ta mère ? s'énerva-t-il, en balançant mon portable au bout de ses doigts.

Sa phrase me fit l'effet d'une décharge électrique. Je me ressaisis immédiatement et lui lançai un regard noir. Non mais pour qui il se prenait lui ? Est-ce que moi je me mêlais de ses affaires ? Non ! *Alors qu'il se tienne à distance des miennes !*
Mouais, j'attends de voir ça. On risque de bien se marrer. Souris grise contre tigre du Bengale, acte II.

— Si je répondais à ma mère chaque fois qu'elle m'appelait, je passerais ma vie au téléphone. (Vérité vraie !)

— Pourquoi ne pas simplement lui dire d'arrêter de t'appeler, dans ce cas ?

Je grinçai des dents devant son air supérieur et son ton sarcastique.

— Oh, ciel ! Pourquoi n'y ai-je pas pensé plus tôt ? m'écriai-je, en tournant mes mains, paumes vers le haut. Oh, mais tiens ! J'y pense... Je le lui ai déjà dit. Plusieurs fois, même. En fait, je le fais tous les jours depuis que je suis arrivée ici. Mais bizarrement, ça ne marche pas. Peut-être auras-tu un conseil judicieux à me donner, *Einstein* ?

Je venais de l'agresser verbalement et cela me valut un regard glacial. *Même pas peur !* J'étais tellement fâchée que je n'y pris pas vraiment garde. Par contre, son sourire mielleux me donna froid dans le dos et me fit immédiatement redescendre sur terre.

Aïe.

— Ly', attends, qu'est-ce que...

Je m'arrêtai nette lorsqu'il porta mon iPhone à son oreille. Il mit un doigt devant sa bouche, et je le vis, impuissante, répondre à ma mère.

Oh. Mon. Dieu.

C'était la pire catastrophe qu'il pouvait m'arriver !

Merde, merde, merde !!!

Je lançai un regard implorant à mon frère, mais Andy se contenta de hausser les épaules, un sourire en coin.

Oh, bon sang !

— Laisse le faire, articula-t-il silencieusement.

Il était sérieux, là ?

Zut de flûte de crotte de bique !

Même mon frère venait de me lâcher. J'étais foutue. Je fermai les yeux, ne voulant pas assister à ce désastre. Si la journée avait été blanche, tout cela ne serait bien évidemment jamais arrivé. Si elle avait été sur le point de devenir blanche, le sol se serait ouvert sous mes pieds et la terre m'aurait engloutie, me sauvant d'un sort pire que la mort. Mais, comme ça n'était pas le cas, le noir étant une fois encore en vedette, rien ne vint me sauver.

Sur sa tombe on écrira : une souris grise qui rêvait de voir la vie en blanc... mais qui, malheureusement, n'a connu que le noir.

Le soutien de ma voix intérieure m'allait droit au cœur, comme toujours.

À ton service, A.

— Ly', l'entendis-je dire d'un ton sec.

Un bref silence s'en suivit, puis un cri perçant s'éleva du téléphone.

— *Mais qui êtes-vous ?*

Je rouvris les yeux en entendant la voix de ma mère. Ly' devait avoir augmenté le volume et mis le haut-parleur pour que nous puissions assister à la conversation *Trop généreux de sa part...* Ses prunelles vertes étaient rivées sur moi. Comme toujours, l'intensité de son regard me mit mal à l'aise. Je me tortillai sur place, en évitant toutefois de faire du bruit. Il ne manquerait plus que ma mère m'entendît !

— Je viens de vous le dire, je suis Ly', répéta-t-il, sans chaleur.

— *Mais qu'est-ce que... Pourquoi répondez-vous au téléphone de ma fille ?* s'énerva ma mère, impérieuse jusqu'au bout des ongles.

Un lent sourire étira ses lèvres charnues.

Ce n'est vraiment pas le moment de fixer ses lèvres, A, un peu de concentration, que diable ! Il est en train de parler avec ta mère !

Merde ! C'est vrai. J'ai failli oublier...
Je commence à m'inquiéter pour ta santé mentale.
Moi aussi...
Je croyais que tu voulais mettre un terme à cette toquade déplacée ?
Ah, bon sang ! C'est juste...
Pourquoi, quand je le regardais, j'en oubliais mes bonnes résolutions ?
Faible, si faible...
— Oh, vous êtes la mère d'Annabelle. Ravi de faire votre connaissance, Madame Campbell. (Son ton glacial démentait ses propos. Sans grande surprise. Depuis le début, j'avais la sensation qu'il détestait ma mère. Enfin, encore plus qu'il ne me détestait *moi*.) Je me suis permis de répondre au portable de votre fille car il n'arrêtait pas de sonner, et j'ai eu peur que ce ne soit une urgence. Y'a-t-il un problème, Madame Campbell ? Vous êtes peut-être blessée ou... malade ? (La voix de Ly' dégoulinait de fausse sollicitude.)

Le silence qui s'en suivit démontrait que ma mère était prise de court. Une grande première.

— *Ça ne me dit toujours pas qui vous êtes, et pourquoi vous répondez au natel de ma fille. Où est-elle ? Je veux lui parler. Immédiatement.*

Je gémis devant le ton autoritaire de ma mère. Si Ly' avait été mon petit ami... euhm, je voulais dire mon mec... il aurait été en droit de se sentir insulté devant l'attitude méprisante dont elle faisait preuve. Mais, connaissant Ly' comme je commençais à le connaître, il n'allait certainement pas se laisser faire. Petit ami ou non. Je voulais dire mec ou non. Mon mec ou non. Enfin, bref. Le pire était à craindre.

Tu patauges, A... tu patauges grave !
M'en parle pas !

— Je suis le meilleur pote de votre fils et un ami... proche de votre fille. (Je faillis m'étouffer en entendant ça. Un *ami* proche de *moi* ? La bonne blague !) Très proche, même. (Là, je frôlai l'infarctus.) Et si je réponds à son téléphone, c'est tout simplement parce qu'elle est chez nous en ce moment. Chez Drew et moi, je veux dire. (La situation empirait de minute en minute.) Là, elle est aux toilettes. Vous voulez lui laisser un message ? À moins que vous ne souhaitiez parler à Drew ?

Le venin qui suintait dans sa dernière phrase ne nous échappa pas. Il n'avait sans doute nullement échappé à ma mère non plus. Ly' ne l'aimait pas et ne le cachait pas. En réalité, il le déclarait même ouvertement, tout en veillant à rester courtois. Surprenant...

Drew avait la mâchoire crispée et il regardait fixement un point devant lui. Je tendis le bras et emprisonnai sa main dans la mienne. Nous échangeâmes un long regard, rempli d'émotions. Pas toutes belles. Ce fut lui qui baissa les yeux. Un muscle tressautait dans le creux de sa joue, preuve s'il en fallait que cela lui était pénible. Georgiana Campbell demeurait un sujet sensible. Même après tout ce temps. Mais quel enfant pourrait oublier que sa mère l'avait renié ? Aucun. C'était une douleur marquée au fer rouge, là, juste sous le cœur. Pareil au plus virulent des poisons, cette marque continuait à distiller son venin, jour après jour. Les années n'y changeraient rien : cette marque resterait à jamais gravée dans sa chair.

Tout comme la mienne.

Je me levai de ma chaise et allai m'asseoir sur les genoux d'Andy. Parfois, même un pourfendeur de dragons avait besoin de la présence chaleureuse d'un être aimé. Il me serra fort contre lui, mais ne dit rien. Mon soutien silencieux lui suffisait.

— *Dîtes-lui de me rappeler le plus vite possible. Merci.*

— Pourquoi ça ne m'étonne pas ? susurra-t-il d'un ton mielleux, avant de lui raccrocher au nez. Cette bonne femme est une vraie garce ! Aussi froide et insensible qu'un iceberg, cracha-t-il, en reposant rudement mon smartphone sur la table. (Cette description me rappelait quelqu'un...)

Il le reprit presque aussitôt et commença à pianoter dessus.
— Hey, qu'est-ce que tu fais ?
— Je transfère ses appels sur mon portable.
— Quoi ?
Ly' me jeta à peine un regard et continua à pianoter.
— J'ai dit que je renvoyais automatiquement ses appels sur mon portable. Je te garantis qu'elle arrêtera de t'appeler avant la fin de la semaine.
Andy fronça les sourcils, visiblement peu convaincu.
Enfin une réaction raisonnable ! *Merci mon Dieu !*
— L'insulter ne sera pas le meilleur moyen pour s'en débarrasser. Bien au contraire.
Ly' se figea et leva ses magnifiques iris vert menthe vers nous.
— Est-ce que je l'ai insultée ?
Je me mordillai la lèvre, ne sachant quel parti prendre.
— Non, on ne peut pas dire que tu l'aies insultée… Mais tu n'as pas été des plus aimables avec elle…
Ma voix mourut sous son regard noir. Je déglutis péniblement.
— Parce qu'elle a été aimable avec moi, elle ?
— Non, mais…
— Si j'avais été ton mec, hein ? Tu aurais toléré qu'elle me parle de la sorte ?
— Non, mais…
— Mais je ne suis pas ton mec, donc tu t'en fous si elle me parle mal, c'est ça ?
Je bondis sur mes pieds.
— Non ! Tu n'y es pas du tout ! Je me demande seulement si c'est vraiment sage que tu répondes systématiquement à ma mère quand elle appelle, c'est tout. Elle va finir par croire que… enfin… toi et moi…, cafouillai-je en nous pointant successivement de l'index. (Deux fois.)

175

Un sourire de renard étira ses lèvres.

— Je n'y avais pas pensé, mais ça pourrait être une bonne idée… Peut-être plus tard, si elle insiste. Mais rassure-toi, je ne compte pas répondre à tous ses appels. Seulement à suffisamment…

Je fronçai les sourcils.

— Suffisamment pour faire quoi ?

— Pour qu'elle comprenne qu'elle doit te lâcher la grappe. C'est bien ce que tu veux, n'est-ce pas ?

De nouveau accrochée à Ly', nous filions à toute allure dans les rues de River Falls, dans le soleil couchant. L'ivresse et la liberté que procurait la moto étaient inégalables. C'était comme chevaucher le vent. Grisant. Enivrant. Envoûtant. Plus Ly' accélérait, plus j'aimais ça. La vitesse fouettait mon sang et me faisait me sentir incroyablement vivante. Je ne connaissais rien d'autre qui puisse égaler cette sensation d'euphorie que me procurait la moto. Je rêvais de posséder la mienne, un jour. Être aux commandes. Cela serait certainement… le paradis sur terre.

Je poussai un discret soupir de déception lorsque nous arrivâmes. Le trajet avait été trop court. Il m'avait pourtant paru bien plus long à l'aller. Dommage…

Je descendis sagement de la Ducati et enlevai mon casque en me mordillant la lèvre.

— Eh bien, merci de…

— Je te raccompagne à ta porte, me coupa-t-il, en descendant à son tour.

Un bref instant, j'envisageai la possibilité de protester. Mais pourquoi gâcher une belle journée par une vaine dispute ? Ly' s'était jusque-là assez bien comporté, même quand Andy nous avait laissés seuls quelques minutes. À ma plus grande surprise, cela dit…

Il faut se méfier de l'eau qui dort, A.
Mouais. Effectivement. Mais c'était l'histoire de cinq minutes. L'eau ne pouvait quand même pas se transformer en tsunami en cinq petites minutes. Si ?
Je hochai la tête et nous montâmes les deux étages qui menaient à mon appartement. Arrivés devant ma porte, je l'ouvris et me tournai vers lui.
— Merci de m'avoir ramenée. Et d'être venu me chercher. Je me serais sûrement égarée quatre ou cinq fois sinon, me sentis-je obligée d'avouer.
— C'était avec plaisir, ma souris.
Je me mordillai la lèvre, gênée. J'attendais qu'il partît, mais il ne semblait pas décidé à le faire.
En désespoir de cause, je me raclai la gorge avant d'entamer un mouvement de repli.
— Bon, ben, je vais te laisser rentrer chez…
Il bougea si vite que je ne le vis pas venir. Un instant, nous étions à quatre pas l'un de l'autre, et le suivant, j'étais tout contre lui. Son bras était enroulé autour de ma taille et son visage juste en dessus du mien.
Comment m'étais-je retrouvée dans cette situation ?
J'ouvris la bouche pour protester, mais aucun son n'en sortit. Le souffle coupé, j'étais devenue muette.
Il enveloppa mon menton de sa main libre et me fit délicatement basculer la tête en arrière.
Les yeux écarquillés, je le vis s'approcher lentement de moi, sans pouvoir faire le moindre geste. J'étais prisonnière de ses prunelles vert menthe. Exactement comme ce matin. Son regard me tenait captive et je ne pouvais rien faire pour m'y soustraire. Le voulais-je seulement ?
Ses lèvres s'arrêtèrent à un cheveu de ma bouche.
— Tu pensais vraiment t'en tirer ainsi ? Je t'avais promis de te montrer, ma souris. Et je tiens toujours mes promesses.

Toujours, souffla-t-il d'une voix hachée.

C'était la seconde fois que j'entendais une émotion, autre que sa froideur habituelle, transparaître dans le son de sa voix. J'en fus toute retournée.

Une puissante vague de chaleur m'envahit et je sentis mon corps se crisper. Mes paupières se fermèrent au moment où ses lèvres frôlèrent les miennes. Son baiser ne ressemblait en rien à l'idée que je m'en étais faite. (Eh oui, j'y avais pensé. Plus d'une fois.) J'avais cru qu'il serait impatient, un peu brutal peut-être, et extrêmement dominant. Or il n'était rien de tout cela. Il était à l'antipode de ce qu'il était au quotidien. Doux, délicat, attentionné.

Ses lèvres cajolaient les miennes, les goûtant paresseusement. Comme on se délectait d'un savoureux dessert, il prenait son temps. Il se recula légèrement, avant de revenir, joueur. Puis ses lèvres s'écartèrent, et sa langue entra dans la danse. J'en sentis la pointe tracer le contour de ma bouche. Ce fut d'abord un simple effleurement, aussi léger qu'une aile de papillon. Progressivement, la caresse devint plus appuyée, plus intime.

J'en frissonnai de plaisir et me collai plus étroitement contre Ly'. J'en voulais plus, mais je ne savais pas comment le lui faire comprendre. À défaut de trouver mieux, je me dressai sur la pointe des pieds.

Ce fut comme un signal, dont j'ignorais la signification, mais que lui connaissait très bien. C'était comme s'il l'avait attendu.

Sa main quitta mon menton et glissa le long de ma gorge, avant de s'ancrer à ma nuque. Sa langue devint plus insistante, caressant franchement mes lèvres. Les balayant, pour mieux les redessiner ensuite. Je les écartai dans un soupir de volupté.

Une fois de plus, Ly' me prit par surprise. Au lieu de s'engouffrer dans le passage que je venais de libérer, il resta sagement aux abords. Toujours aussi patient, aussi doux. C'était une véritable torture.

Timidement, je sortis le bout de ma langue et allai à la rencontre de la sienne. Je le sentis se raidir contre moi. Puis sa langue répondit à la caresse hésitante de la mienne. Une valse lente et langoureuse s'en suivit.

Prenant naissance à la jonction de mes cuisses, une nouvelle bouffée de chaleur me submergea. Ne sachant comment apaiser le feu qui me consumait, je me mis à les frotter l'une contre l'autre.

Sentant mon trouble, Ly' se redressa et plongea ses iris verts, plus sombres que d'habitude et embrumés de désir, dans les miens. Il se pencha une dernière fois, caressa mes lèvres des siennes et fit glisser son pouce sur ma lèvre inférieure.

Cette simple caresse me fit frémir. Je n'aurais jamais pensé qu'un geste aussi anodin pût être aussi hautement érotique. Mes orteils se recroquevillèrent de plaisir.

— Délicieuse…, chuchota-t-il avant de se reculer.

Il sortit à reculons de chez moi, sans me quitter des yeux. Ses pupilles étaient tellement dilatées que ses iris étaient devenus presque noirs. J'identifiai cela comme le signe de la passion. Magnifique.

Eh bien, eh bien, voilà que tu commences à t'y connaître en couleurs, A… Un nouveau hobby, peut-être ? Après le vert menthe, qui n'est pas vraiment vert menthe, voici venir le vert passion. À quand la suite ?

Ma voix intérieure vint parasiter ce moment de pure volupté. Quelle garce !

La ferme !

Pour quelqu'un qui ne voit la vie qu'en noir et blanc, je trouve que tu es plutôt douée pour inventer de nouvelles variations de couleurs… Moi qui croyais justement que ce n'était pas ton fort… Quelle erreur !

Saleté de voix intérieure ! Pourquoi appuyait-elle toujours là où il ne fallait pas ? Et avec une précision diabolique, en plus. La barbe !

Sans prévenir, et indifférent à mon perpétuel combat

intérieur, Ly' pivota sur ses talons et partit sans un mot d'adieu.

Je restai là, stupéfaite, à l'entrée de mon appart, les yeux rivés sur le mur d'en face, incapable de bouger. J'avais de la peine à réaliser ce qui venait de se passer.

Ly' m'avait embrassé ? Mais genre, vraiment embrassé ?

Oh bon sang !

Et j'avais aimé ça ?

Oh, oui. J'ai vraiment aimé ça.

Et il était parti sans mot dire ?

Hélas, oui, il est bel et bien parti. Et dans un silence sépulcral.

Encore frémissante de désir, je ne pouvais que regretter que ce délicieux moment fût terminé. J'aurais aimé qu'il durât éternellement.

Pathétique…

Je le crains…

Tu sais qu'il s'agit de Ly' ?

Eh oui…

Doublement pathétique !

Doublement d'accord…

Une souris grise éprise d'un tigre… On aura tout vu !

Le « ding » annonçant l'arrivée d'un nouveau message me tira de mon hébétude. Dans un état seconde, je refermai ma porte et sortit mon smartphone de mon sac. Qui pouvait bien m'écrire un dimanche à 17 h 53 ?

Numéro inconnu : Appelle ta mère.

Le message n'était pas signé, mais ce n'était pas vraiment nécessaire. Ce qu'il contenait me disait tout ce que je devais avoir.

Ly'.

Comment pouvait-il se montrer aussi froid après le baiser que nous venions de partager ?

Ce baiser ne lui a sûrement pas fait l'effet qu'il t'a fait à toi…

Je fronçai les sourcils et réfléchis sincèrement à ce que venait de me dire ma voix intérieure. Je finis par secouer la tête. Non, ses yeux brûlaient de désir. (Ses beaux yeux noirs passion… *no comment !*) Et la bosse que j'avais sentie contre mon ventre parlait d'elle-même. Il avait aimé autant que moi, j'en étais persuadée.

Alors pourquoi est-il parti comme un voleur ?

Bonne question. Mais un problème à la fois. Celui qui m'attendait s'annonçait suffisamment cornélien.

Je raffermis ma prise sur mon iPhone et pris une profonde inspiration.

Sans audace, pas de gloire !

On décrocha à la deuxième sonnerie.

— Salut, m'an.

Chapitre 12

Affalée sur mon canapé, la tête renversée en arrière, je songeai à la discussion que je venais d'avoir avec ma mère. Dire qu'elle avait été scandalisée que je ne prenne aucun de ses appels était bien en dessous de la réalité. On pouvait même dire qu'elle en était verte de rage. Au point de jurer qu'elle ne me rappellerait pas de sitôt. Pour ne pas dire jamais. Pieux mensonge.

— *Puisque tu le prends ainsi, ma fille, sache que je ne te rappellerais pas ! Parfaitement ! Et tu auras beau m'implorer, je ne céderai pas !* s'était-elle écriée, avant de raccrocher rageusement.

Si seulement ! Mais cela me paraissait trop beau pour être vrai. J'étais même prête à parier que, demain, elle aurait tout oublié. Mais cela ne faisait aucune différence : je l'appellerais dimanche prochain, point. Hors de question que je cède maintenant. Et moi, contrairement à elle, je saurais tenir parole.

Une fois n'étant pas coutume, je veux bien te croire, A.

Merci.

Je me mordis la lèvre, pour me retenir de pouffer de rire, en me rappelant le plus gros mensonge que j'aie jamais proféré :

— *Oh non, m'an, pas du tout ! Ly' m'a dit qu'il t'avait trouvée absolument charmante. Il a même beaucoup insisté pour que je te rappelle le plus vite possible. Il ne tarissait pas d'éloges à ton égard…*, lui avais-je assuré, lorsqu'elle m'avait demandé ce que m'avait dit le jeune homme qui lui avait parlé.

Croix de bois, croix de fer, si je mens, je vais en enfer !

A, je suis navrée de te le dire, mais… tu es mal barrée !

Je secouai la tête en riant toute seule. Si ma mère avait gobé ça, je voulais bien être sacrée bonne sœur de l'année ! Toutefois, sa seule réaction avait été un petit reniflement méprisant. Avant de reprendre ses jérémiades. Encore et toujours la même rengaine. « Tu ne prends pas mes appels… tu pourrais m'appeler plus souvent… etc, etc… »

C'en devenait désespérant ! Il m'arrivait de me demander sérieusement qui, d'elle ou de moi, était la plus immature. Moi, en faisant la sourde oreille ou elle, en se plaignant tout le temps ?

Ce qui est certain, A, c'est que toi tu es passablement immature.

Le contraire m'aurait étonné…

Tu n'en rates jamais une, toi, ce n'est pas croyable !

Merci !

Ce n'est pas un compliment, bedoume !

Ma joue était rouge et chaude ; la marque de mon téléphone devait certainement y être imprimée. Quant à mon oreille, j'avais la sensation qu'elle était bouchée. Quoi de plus normal après avoir passé plus d'une heure au téléphone ? Je n'étais pas mécontente que cet appel fût enfin terminé !

Je me souvins qu'il me restait un solde de glace à la vanille et aux pépites de chocolat. Exactement ce dont j'avais besoin. Mais avant…

Est-ce vraiment une bonne idée, A ? Ne devrais-tu pas plutôt t'abstenir ?

Effectivement, ça serait sans doute plus sage. Malheureusement, j'étais incapable de m'en empêcher. Cette idée me trottait dans la tête depuis que j'avais composé le numéro de ma mère. Plus le temps passait, plus j'y pensais. Au point que ça devînt une sorte d'obsession. D'expérience, je savais que je n'en serais pas débarrassée tant que je ne l'aurais pas fait.

Ouais, mais dès que ce sera fait, tu le regretteras. Je te connais, A.

Mouais, mouais… Peut-être, on verra bien.

J'attrapai fébrilement mon iPhone et je me mis à pianoter à toute vitesse.

Moi : C'est fait.

Dès le message envoyé, je blêmis et me pris la tête entre les mains.

Oh, putain de bordel de merde ! Mais qu'est-ce que je viens de faire ?

Je te l'avais dit, A.

Je posai mon natel le plus loin possible de moi, comme si cela pouvait changer quoi que ce soit. Je me levai d'un bond et me dirigeai au pas de charge vers la cuisine. J'ouvris un tiroir, pris une cuillère à soupe et sortis ma glace du congélateur. De retour au salon, je posai le tout sur la table basse, et repris mon smartphone. C'était plus fort que moi, je ne pouvais pas m'en empêcher. Il fallait que je sache.

Pas de message.

Bon, en même temps, c'était normal. Je venais à peine de lui envoyer le message. Je reposai mon iPhone et ouvris ma glace. À chaque cuillerée, je jetai un coup d'œil nerveux à mon natel.

Oh, mon Dieu ! On dirait une ado qui court après son premier petit ami ! C'est affligeant, A.

Je pris une profonde inspiration et m'appliquai à ne pas réagir. Ma voix intérieure finirait par disparaître si je ne réagissais pas. Enfin… peut-être. Je repris une nouvelle cuillerée avant de lancer un rapide coup d'œil sur la droite. Toujours rien.

Oh, mais j'y pense ! C'est vrai que tu n'as jamais eu de petit ami, A ! C'est tout nouveau pour toi, tout ça. Je comprends mieux pourquoi tu es excitée comme une puce, et tout et tout.

Je serrai les dents et fermai les yeux pour ignorer les paroles moqueuses, et blessantes, de ma maudite voix intérieure.

Sauf qu'il y a un petit souci, A. Un petit souci de rien du tout, mais un souci quand même.
Inspiration, expiration. Inspiration, expiration. Inspiration, expiration.
Ly' n'est pas ton petit ami. Et les petites amies, ce n'est pas son truc, tu te souviens ?
Ma voix intérieure avait raison, je le savais bien, mais je ne pouvais pas m'empêcher d'espérer que le baiser que nous avions partagé pût signifier plus. (Mon premier baiser.)
« Ding »
Je sursautai, et manquai de laisser tout tomber pour me jeter sur mon portable. Je me retins de justesse, à la dernière seconde. Je posai calmement le tout sur la table et pris mon natel, les mains tremblantes. Je déverrouillai mon iPhone, le cœur battant à deux cents à l'heure. Et…
…le monde s'écroula. Mon portable m'échappa des mains, et je ne fis rien pour le retenir, complètement sonnée. Il rebondit sur la moquette et glissa sous la table basse. Je ne fis pas un geste pour le reprendre. La bouche entrouverte, les yeux soudain embués de larmes, la main toujours levée devant mon visage, je restai figée sur place.
Avant de me plier en deux, sous le coup d'une vive douleur dans le bas ventre. Il me fallut plusieurs minutes pour comprendre ce qui m'arrivait. Mon cerveau était engourdi, et il n'arrivait pas à mettre des mots sur le mal qui me frappait aussi soudainement, avec la puissance d'un TGV lancé en pleine vitesse.
Je glissai du canapé et tombai à genoux, en me rattrapant, comme je le pouvais, à ma table basse. Un geste instinctif. La mâchoire crispée à bloc, les doigts recourbés contre la surface lisse de la table, je tentai de juguler la douleur qui me traversait. Comment avais-je pu oublier que cela arriverait aujourd'hui ? Comment avais-je pu faire une telle erreur ? J'en payais

maintenant le prix. Le prix fort…

Une fois la douleur momentanément calmée, je me levai en quatrième vitesse et me précipitai en courant dans ma salle de bains. J'ouvris ma pharmacie à la volée et cherchai le médicament qu'il me fallait avec une sorte de désespoir. Je savais que je ne disposais pas de beaucoup de temps avant que ce mal ne revînt. Et j'avais raison. À peine avais-je mis la main sur ce qui m'intéressait, qu'un nouveau coup de poignard me transperça.

Courbée en deux, je sortis frénétiquement une gélule de son emballage, tout en sachant qu'il était déjà trop tard. Il faudrait attendre plusieurs heures avant que l'analgésique fût vraiment effet. Et je devrais en reprendre un à mon réveil, demain.

Deux semaines après ton arrivée, tu vas déjà sécher les cours… Joli, A, joli !

LA FERME ! Si je dois souffrir, que je puisse au moins le faire en silence !

La gélule avalée, je me traînai vers mon lit. Ainsi cramponnée au mur, je me fis l'effet d'une ivrogne. Si seulement… Une fois le lit atteint, je me laissai tomber dessus… et une nouvelle vague de douleurs me traversa. La nuit s'annonçait longue et inconfortable. Pour ne pas dire carrément insupportable.

Roulée en boule, dans la position du fœtus, je me mordais la lèvre au sang pour ne pas crier de douleur. Mes règles n'avaient jamais été une partie de plaisir (comme pour toutes les femmes), mais depuis trois ans, c'était devenu un véritable calvaire. Si je ne prenais pas l'analgésique, qui m'avait été prescrit par mon médecin traitant, le jour où elles devaient arriver, mais *avant* leur arrivée, je souffrais le martyre durant un jour entier. Dans le meilleur des cas. Ce qui voulait dire qu'avec un peu de chance, je serais de nouveau opérationnel demain soir.

Tu es sûre de ne rien avoir oublié, A ?

Je fronçai les sourcils et réfléchis à toute allure. Qu'est-ce que j'aurais bien pu oublier ? J'avais beau chercher, je ne voyais pas. À moins que…

Zut de flûte de crotte de bique ! J'avais complètement zappé le tampon ! Quelle idiote !

A, dis merci à ta merveilleuse voix intérieure.

Je levai les yeux au ciel avant de m'extirper, tant bien que mal, de mon lit et de retourner, tout aussi péniblement, dans ma salle de bains. Une fois dûment protégée, je me dépêchai de retourner m'allonger. Je poussai un soupir de soulagement quand ce fut chose faite.

À force de me replier sur moi-même, mon menton se retrouva pris en sandwich entre mes genoux. La position était hautement inconfortable, mais au moins elle soulageait quelque peu ma douleur. Malheureusement, je ne tiendrais pas longtemps. Je sentais déjà des élancements dans mes épaules et dans ma nuque.

C'est sûr, la nuit va être longue…
Bonne nuit, A, fais de beaux rêves…

Fichue voix intérieure de mes deux !... Quelle garce, celle-là !!!

Une douleur continue, dans mon bas ventre, me tira progressivement du sommeil dans lequel j'avais finalement sombré, aux alentours de quatre heures du matin. Le réveil fut donc particulièrement pénible. Surtout quand je vis qu'il était tout juste sept heures. À quelques minutes près.

Je me traînai jusqu'à la salle de bains, pour prendre une nouvelle gélule, et accessoirement changer ma protection.

Je titubai jusqu'à la cuisine, en m'arrêtant brièvement au salon, le temps de récupérer mon iPhone, resté sous la table basse. Je sortis une bouteille de jus de fruits et l'embarquai dans ma chambre. Je savais que je serais incapable d'avaler quoi que ce soit avant le soir, et que le jus de fruits me ferait du bien. Ce n'était déjà pas si mal.

Après avoir goulûment bu une longue gorgée de ce délicieux jus, qui me fit le plus grand bien, je me rallongeai dans mon lit.

J'écrivis rapidement un message à Marj' et à Kim pour les prévenir que j'étais malade. « *Un truc de filles particulièrement désagréable* » précisai-je, afin de ne pas les inquiéter. Puis je coupai la sonnerie, afin de ne pas être dérangée.

Comme la douleur était toujours aussi vive, je me résignai à prendre un somnifère. Je détestais ces machins, qui laissaient un goût pâteux dans la bouche ainsi qu'une sensation de planer au réveil. Je ne les prenais qu'en dernier recours. Et là, je n'en pouvais plus. Fallait absolument que je dorme.

Ce fut ce que je fis. Je dormis jusqu'à quatorze heures, d'une traite.

Je clignai des paupières et mis un certain temps à raffermir ma vision. Je voyais trouble et j'avais l'impression d'avoir la tête à l'envers.

Vive les somnifères !

Hey, ça rime, en plus, A ! La tête à l'envers, les somnifères... Ouah, t'es en forme !

La... ferme... putain... de... voix... intérieure... de... merdeeeeee...

Ouah, t'as l'air complètement bourrée ! Essaie de ne pas tomber en te levant du lit, cette fois, A.

Je grimaçai et fermai fort les paupières, comme si cela suffirait à chasser cette voix agaçante, et particulièrement chiante, qui résonnait dans ma tête. On ne pouvait pas être malade en paix ? Qu'est-ce que je ne donnerais pas pour quelques instants de silence !

Je me levai lentement, et prudemment, mais cela ne suffit malheureusement pas. Le monde se mit à tanguer autour de moi.

— Ouah..., m'exclamai-je à haute voix, avant de me

retrouver assise sur mon lit.

    Ce n'était pas vraiment ce qui était prévu. Si cela n'avait tenu qu'à moi, je me serais immédiatement recouchée. Mais la sensation d'être une fontaine trop pleine, qui débordait de tous les côtés, me força finalement à me relever. Il fallait impérativement que j'aille à la salle de bains pour changer mon tampon. Tout en priant pour qu'il ne fût pas trop tard.

    Pour une fois, la chance fut de mon côté. C'était limite, mais les dommages n'étaient pas irréparables. Mon lit devait s'en être sorti indemne. *Ouf!* Il n'aurait plus manqué que je doive changer les draps dans l'état où j'étais. Ça aurait été une combine à finir étalée par terre, la tête à l'envers. Pour de vrai, cette fois.

    Dégoulinante de sueur et puant le bouc, je me décidai de prendre une douche. Tant pis pour la douleur. Si elle revenait, je m'assoirais. J'avais trop besoin de me rafraîchir. *Advienne que pourra…*

    L'eau froide coulant le long de mon corps me fit un bien fou. Et l'absence de douleurs était très appréciable. Je restai bien plus longtemps que prévu sous le jet d'eau et en profitai pour me laver les cheveux. Normalement, j'évitais de les laver deux jours de suite car c'était le meilleur moyen pour qu'ils deviennent gras. (Beurk, quelle horreur !) Mais là, avec tout ce que j'avais transpiré, ce n'était pas du luxe et je décidai de faire une exception.

    Une fois propre comme un sou neuf, je m'enveloppai dans mon peignoir et me dirigeai vers la cuisine. Un petit encas serait plus que bienvenue ! Il fallait avouer que j'avais les crocs, n'ayant rien avalé depuis la veille au soir. J'étais même carrément affamée. Mais n'ayant pas le courage de me mettre aux fourneaux, je me contentai d'un frugal sandwich.

    Je venais tout juste de le terminer lorsque je me mis à bâiller. Un autre inconvénient des somnifères : une fatigue prolongée. Avant de me remettre au lit, j'enfilai rapidement un slip et un tee-shirt. Si d'habitude j'aimais dormir nue, j'évitais de le faire quand j'avais mes règles. On n'était jamais à l'abri d'une fuite, et je préférais nettement devoir changer de slip que de draps. À chacun ses petites manies.

Certains en ont plus que d'autres…

Gnagnagna…

Il me semblait que je venais tout juste de me rendormir quand j'entendis mon natel vibrer. Je grommelai dans ma barbe et me tournai de l'autre côté. Malheureusement, les vibrations continues et persistantes de mon iPhone commencèrent à me sortir de force de ma torpeur. En désespoir de cause, je mis mon oreiller sur ma tête. (C'était généralement ce qu'ils faisaient dans les films.) Sauf que cela n'y changea rien : les vibrations se firent toujours entendre.

Je sortis péniblement un bras de sous ma couette et tâtonnai sur ma table de chevet pour attraper ce fichu portable.

BAM !

Eh, merde.

Je venais de le faire tomber. Je rampai au bord du lit pour aller le récupérer. Étant donné qu'il était face contre terre, je ne vis pas qui était l'importun en le ramassant. Les yeux fermés, je me réinstallai correctement dans mon lit tout en portant mon natel à mon oreille.

— Bon sang de bois, m'an ! On s'est parlé hier et je t'ai dit que je te rappellerai dimanche. Alors, pour une fois dans ta vie, sois gentille et fais ce qu'on te demande ! Merde à la fin ! criai-je, après avoir déverrouillé mon iPhone.

J'étais de mauvais poil, après avoir passé une nuit particulièrement pourrie, et je n'étais vraiment pas d'humeur à faire des ronds de jambe à ma mère. Mais alors vraiment pas.

C'est ça, A ! Vas-y ! Te laisse pas faire !

Je prenais une profonde inspiration, dans l'intention de poursuivre ma tirade, quand mon interlocuteur me coupa l'herbe sous les pieds, pour ainsi dire :

— *Bordel, t'es où, Annabelle ?*

Je fronçai les sourcils et tentai de reprendre mes esprits. Visiblement, ce n'était pas ma mère au bout du fil. Elle ne m'appelait jamais « Annabelle ». Ou alors, elle enchaînait avec « Mary Katherine ». *Annabelle Mary Katherine.* Avait-on idée de donner un nom pareil à sa fille ? Heureusement qu'elle ne l'utilisait que pour me faire la morale. Comme hier.

De plus, la voix qui venait de résonner dans mon oreille était trop grave pour être celle de ma mère. Et trop froide. Une voix masculine, assurément.

— T'es pô ma môman, répondis-je bêtement, en me demandant pourquoi cette voix m'était familière.

— *Brillante déduction, Annabelle. Tu l'as trouvée toute seule ou on te l'a soufflée ?*

Mais c'était qui ce mec qui se payait ma tête comme ça ? Et comment il avait eu mon numéro de natel ? Et pis, c'était qui bon sang ?

— Je l'ai lu dans un carambar. Pourquoi ? T'es jaloux ? Et pis, pourquoi tu m'appelles d'abord ?

Je voulus ajouter un vulgaire « t'es qui ? », mais je n'en eus pas le temps.

— *D'accord... qu'est-ce qui t'arrive, Annabelle ? T'as bu ou quoi ?*

— Ou quoi...

— *Arrête immédiatement ce petit jeu et dis-moi où tu es !*

Cette voix froide me disait vraiment quelque chose. Mais pourquoi n'arrivais-je pas à mettre un nom dessus ? Et ce sentiment de colère qui m'avait envahie dès que je l'avais entendue me laissait perplexe. Toute cette agressivité... cela ne me ressemblait pas vraiment. D'habitude, j'étais plutôt du genre souris grise. Étrange.

— Devine !

— *Réponds à ma putain de question, Annabelle ! OÙ.ES.TU ?*

— Diiiiiiinnnnnngggggg, dooooonnnnnnng ! Mauvaise réponse ! Merci d'avoir joué avec nous ! Venez retenter votre chance demain…

Et je bouclai. Je ne savais toujours pas qui était ce mec, mais ce que je venais de faire me soulagea.

Je fixai mon plafond, un sourire niais aux lèvres. Décidément, le mélange analgésique-somnifère ne me réussissait toujours pas. Je savais que je regretterais certainement mon geste plus tard, mais pour le moment, c'était le pied.

Nouvelles vibrations.

Je fixai un moment mon natel sans le voir, tout en rageant contre ces gens qui ne pouvaient pas me laisser en paix. Ce n'était pas la mer à boire, tout de même !

— Quoi, encore ? aboyai-je en décrochant.

Il eut un court silence à l'autre bout, suivi d'un hoquet de surprise.

— *Souris ?*

— Andyyyyyyyyyyyyyyyyyyyyy ! Comment ça me fait trop plaisir de t'avoir au téléphone ! Mon grand frère adoré ! Comment que tu vis ?...Euhm, vas ?

Courte pause.

— *Anna, est-ce que tu as bu ?*

La voix soucieuse de mon frère me fit pouffer comme une idiote. *Saleté de médicaments.*

— Mais nan, pô du tout ! Promis, juré, craché !... Oh, merde ! Je viens de cracher sur ma couette ! Fais chier !

Je laissai tomber mon portable, sans autre façon, et attrapai un mouchoir qui traînait sur ma table de chevet. Je frottai énergiquement mes draps tout en jurant contre ma propre stupidité.

— *Anna ?... Anna !... Mais bordel tu fous quoi, Anna ?... Allo ?... T'es là ?... Anna !*

Je repris maladroitement mon iPhone.

— Mais oui, je suis là ! Où voudrais-tu que je sois d'autres, sérieux ? Mais comme je viens de cracher sur ma couette, faut bien que je nettoie, non ? Pfffff, les mecs ! Je vous jure…, ronchonnai-je en me levant pour aller mettre mon mouchoir à la poubelle. (Chose qui aurait dû être faite depuis des jours, vu l'état dudit mouchoir. Beurk.)

— *Ok, cette fois c'est sûr, t'es bourrée. C'est pour ça que tu n'es pas allée en cours, aujourd'hui ?*

Il commençait vraiment à me chauffer à dire que j'étais bourrée alors que ce n'était pas vrai. Je planai juste à cause des effets secondaires des médocs que j'avais pris, nuance.

— Mais je ne suis pas bourrée ! Bordel, Andrew, t'es chiant à insister comme ça.

Nouveau silence.

— *D'accord, Anna, d'accord. Donc, si t'es pas bourrée, qu'est-ce qui se passe ? Pourquoi t'es comme ça ? Et surtout,* surtout, *pourquoi t'es pas en cours ? Sécher n'est pas le meilleur moyen de commencer ton année universitaire…*

Le scoop du siècle ! Mon frère, des fois, il pouvait dire de ces évidences qui n'avaient nullement besoin d'être dites. Genre… Comme si je ne le savais pas.

— Je ne suis pas bourrée, je plane. Ce n'est pas du tout pareil. Je suis comme ça à cause des médocs, effets secondaires particulièrement chiants. Et j'ai mes règles.

J'entendis mon frère s'étouffer avec sa propre salive. J'eus un sourire moqueur. Était-ce le mot « règle » qui lui avait déplu ?

— *Qu'est-ce que tu viens de dire, Anna ?*

Je pris un malin plaisir à lui répondre en détachant bien chaque syllabe :

— J'- ai m-es rè-gl-es.

— *Ok, c'est bien ce qui me semblait avoir compris. Et pourquoi le…* (Il s'interrompit brusquement.) *Non, en fait, je ne veux pas savoir. Mais pourquoi t'as pas dit ça à Ly' quand il t'a appelé ? Il m'a dit que tu l'avais méchamment envoyé bouler…*

Oh ! Nous avions envoyé bouler le pauvre petit Ly'… Quelle méchante fille nous étions !

Assurément, A.

Oh, que oui ! Ly' doit… Ly'… L…

Oh, merde ! Oh, merde ! Oh, merde !

La mémoire me revint brusquement. Le mec que je venais d'envoyer paître, c'était Ly'. Le meilleur pote de mon frère. Le mec qui venait me chercher en moto le lundi après-midi, après le cours de littérature anglaise. Le mec qui m'avait embrassé dimanche, après m'avoir ramenée à la maison. Le mec… qui m'avait envoyé un message disant *« Tu veux une médaille ? »*.

Mes yeux flamboyèrent soudain de rage. Et il avait osé cafter à mon frère ? Alors que moi, je faisais des pieds et des mains pour ne pas lui rapporter son comportement à lui ? Je détestais vraiment ce mec. Vraiment, vraiment, vraiment beaucoup.

Mais tu as aimé son baiser, A. Et tu as été dévastée en recevant ce message, hier soir. Il ne t'est donc pas si indifférent que tu voudrais bien le faire croire…

Un point, un satané maudit point, pour cette fichue voix intérieure. Qu'est-ce que je détestais quand elle avait raison!

Voix intérieure : un million ; Anna : deux ou trois… (Ou plus exactement moins un million !)

Cela étant, ce n'est pas parce que lui est un cafteur, que tu dois forcément en faire autant.

Très juste. Brillant, même.

— Je n'ai pas reconnu sa voix. J'étais encore dans les vapes… complètement même. Et je me suis sentie agressée d'entrée. Du coup… j'ai peut-être un peu déconné. Je ne sais pas. Je ne me rappelle pas trop. (L'excuse pratique de tous les bourrés.) Mais ne t'inquiète pas, je suis à la maison, pépère dans mon lit, et demain ça ira nettement mieux. Je viendrai en cours.

— Ok. Je vais dire à Ly' ce qu'il en est. Il s'inquiétait de ne pas t'avoir vue à la sortie du cours, c'est tout. C'est un mec bien, Anna. Sous ses airs de grand méchant, c'est un mec en or. Je t'assure. T'as bien vu dimanche ?

Oh ça oui ! Pour voir, j'avais vu. Mais ne souhaitant pas vraiment débattre de ce sujet avec mon frère, je me contentai d'acquiescer et de lui souhaiter une bonne fin de journée.

Ly' s'inquiétait pour moi ? La bonne blague.

Après avoir avalé une barre de céréales, je retournai sagement me coucher. Dieu seul savait ce qui pourrait sortir de ma bouche si j'avais le malheur de rester éveillée. Mieux valait ne pas tenter le diable.

Je venais juste de me remettre au lit quand une nouvelle vibration me fit froncer les sourcils. Qu'est-ce qu'on me voulait encore ?! Je pris mon natel et le déverrouillai.

Numéro inconnu : T'es bien une gonzesse ! Chiante jusqu'au bout des ongles pour des conneries. Tu ne pouvais pas simplement me le dire ?

Je blêmis en lisant les doux mots que venait de m'envoyer Ly'. Car ce message ne pouvait venir que de lui. Ma réponse ne se fit pas attendre.

Moi : Et toi, tu es vraiment un connard… Ne m'adresse plus jamais la parole ! Pau've type.

Chapitre 13

Nous étions vendredi et, une fois n'étant pas coutume, j'avais réussi, par je ne savais quel miracle, à éviter Ly' durant quasiment toute la semaine. Je l'avais certes entraperçu mardi et jeudi, mais sans plus. Si lui m'avait vue, il n'en avait rien laissé paraître. De plus, il n'avait pas cherché à venir me parler. Je ne savais pas si je devais m'en réjouir, ou, au contraire, me sentir blessée par tant d'indifférence. Pourtant, après les efforts monstrueux que j'avais faits pour éviter de me retrouver en sa présence, ça serait le comble de l'ironie. Ne devrais-je pas, au contraire, m'estimer heureuse qu'il n'eût pas cherché à m'approcher ? Surtout si c'était pour me couvrir de sarcasmes, comme à son habitude. Moins je le voyais, mieux que je me portais.

Alors, pourquoi tu n'arrêtes pas de penser à lui, A ?

Bonne question. Mais comme je pressentais que la réponse ne serait pas à ma convenance, j'évitai d'y répondre. Le plus simple serait, évidemment, de ne plus penser à lui. Malheureusement pour moi, mon subconscient ne semblait pas partager mon opinion à ce sujet. Il était même d'un avis radicalement différent.

Quand ma voix intérieure, qui me pourrissait la vie au quotidien, et mon subconscient, qui me couvrait d'images de Ly', se liguaient contre moi, je me retrouvais seule et sans défense face à ces deux redoutables adversaires. Et en minorité absolue. La vie n'était vraiment pas juste.

Noire, A, la vie est noire en ce moment.

Ça, c'était la litote du siècle. Peut-être même du millénaire. Car, depuis que j'avais emménagé dans le Wisconsin, je n'avais eu, à ma connaissance, qu'une seule et unique journée blanche. À croire que le sort s'acharnait contre moi. À ce niveau-là, on ne pouvait même plus parler de karma. Et le meilleur pour la fin, la cerise sur le gâteau : ma mère, ma très chère petite maman, continuait à me harceler.

Quoi ? Je ne vous l'avais pas dit ? Suite à mon message, Ly' avait visiblement annulé la déviation qu'il avait programmée. Du coup, c'était bien moi qui recevais les appels de ma mère. Quand je vous disais que la vie n'était pas blanche en ce moment, je ne fabulais pas. Bien au contraire…

Cela pourrait-il être pire ? Oh, que oui ! Je ne voyais pas bien comment, mais je savais que ça pouvait l'être. Ça le pouvait toujours. (C'était la base même de l'emmerdement maximum : on savait quand ça commençait, mais jamais quand ça finissait.) Aussi, j'évitais de trop me pencher sur la question. Le destin n'aimait pas être contrarié. Et, pour ma part, j'en avais eu déjà ma dose. Autant en laisser un peu pour les autres.

Qu'est-ce que tu peux être généreuse, A ! Je suis très impressionnée !

N'est-ce pas ? J'ai toujours dit que j'étais un amour.

Euh… faut pas pousser, non plus.

Ah bon ? Pourtant, si j'attendais que les autres me lancent des fleurs, elles risquaient de mourir desséchées avant que je ne les reçoive… Ne disait-on pas, d'ailleurs, que nous n'étions jamais aussi bien servis que par nous-mêmes ?

Mouais, mais se lancer des compliments, c'est le summum du ridicule, si tu veux mon avis, A.

Tu sais quoi ? Je ne me rappelle pas t'avoir questionnée à ce sujet… Et maintenant que j'y pense, je me demande bien pourquoi…

Silence.

Oh. Mon. Dieu !... Le silence…

Que c'était agréable ! Pour une fois, ma voix intérieure n'avait rien à y redire. J'étais sortie vainqueur ! Quelle délicieuse victoire !

Voix intérieure : zéro ; Anna : un million !!!

Je me retins de justesse de sauter sur place, tant j'étais heureuse d'avoir, pour une fois, remporté une escarmouche contre ma voix intérieure ! La plus délicieuse des premières fois...

Youpi ! Hip, hip, hip, hourra ! Vive moi !

Je me glissai en souriant dans mon siège, très contente de moi. J'étais même à deux doigts de siffloter en sortant mon exemplaire du *Maire de Casterbridge*. Même l'idée d'étudier, encore et toujours, ce maudit bouquin ne parvenait pas à ternir mon humeur.

Malheureusement, le blondinet qui s'assit à mes côtés, par contre, ne fut pas loin d'y parvenir.

Me rappelant juste à temps que j'avais promis de lui accorder une seconde chance, je lui adressai un sourire hésitant au lieu d'un regard assassin.

Allez, A, un petit effort et tu vas y arriver ! Si ça se trouve, vous allez même devenir super pote !

Mais bien sûr…

— Salut, dis-je du bout des lèvres.

Il me fit un grand sourire, dévoilant des dents parfaitement blanches. (Il aurait pu tourner dans une pub de dentifrice sans problèmes.)

A !

Ben, quoi ? C'est vrai…

— Salut, Annabelle. Ça me fait plaisir de te voir. Comme tu n'as pas assisté au cours de lundi, j'ai cru que je t'avais fait fuir et que tu avais décidé d'abandonner cette matière.

Est-ce que moi je t'ai demandé pourquoi tu n'étais pas en cours vendredi dernier ? Non ! Alors ?!?

Eh bien, en voilà un qui n'était pas imbu de lui-même ! J'eus fort à faire pour maintenir mon sourire en place. Une telle arrogance, ça me hérissait le poil.

Pourtant, tu devrais avoir l'habitude, avec Ly'…

Certes. Mais Ly', ce n'était pas tout à fait pareil. Une œuvre d'art ambulante avait de quoi être arrogante, alors que Blondinet, lui, était plutôt du genre classique. Pour ne pas dire banal.

Ah bon ? Moi je le trouve plutôt mignon avec ses yeux bruns et ses cheveux blonds, savamment décoiffés.

Pourquoi ça ne me surprend pas ?

Et pis, avec son beau sourire, il est vraiment craquant. Regarde les belles fossettes que ça lui fait !

Je dus faire un effort titanesque pour ne pas pincer les lèvres et lever les yeux au ciel. Cette voix intérieure, vraiment, quelle emmerdeuse de première classe. Pourquoi était-elle systématiquement en désaccord avec moi ?

Parce que tu as toujours tort, A, tout simplement.

Mais bien sûr… et la marmotte, elle met le chocolat, dans le papier d'alu !

— Eh ben, tu n'es pas du genre modeste, toi. Et non, comme tu vois, mon absence de lundi n'avait rien à voir avec toi. Un simple rhum, rien de grave. (Je n'allais tout de même pas lui dire que j'avais mes règles. Il serait capable de s'imaginer que cela revenait à lui faire des avances.) Je te rassure, celui qui pourra me faire renoncer à une matière, simplement par sa présence, n'est pas encore né. (Enfin, si, mais comme je n'avais jamais cours avec lui, la question ne se posait pas.) Et sinon, tu t'appelles comment ? Je ne crois pas que tu me l'aies déjà dit… (Je n'allais pas continuer à l'appeler « blondinet ». Ça risquait de sortir tout seul, à un moment ou à un autre, et je serais juste super gênée.)

— Vincent. Mais tu peux m'appeler Vince, répondit-il, en me faisant un clin d'œil.

Je haussai les sourcils, intriguée par ce prénom aux consonances francophones.

— C'est un prénom français, non ?

Vince hocha la tête, tout en fouillant dans son sac.

— Ouep, m'zelle. Ma mère est française.

— Cool. Du coup, je présume que tu es déjà allé en Europe ? La France était-elle aussi belle qu'on le dit ?

Il sortit son cahier et se tourna vers moi.

— On y va chaque été. Eh oui, je trouve que la France est un pays magnifique. Et les Françaises très jolies, ajouta-t-il d'un air malicieux.

J'éclatai de rire en secouant la tête. Les mecs étaient décidément tous les mêmes.

— Si tu le dis, je te crois sur parole. Tu es sans aucun doute meilleur juge que moi dans ce domaine.

— J'avoue. Tiens, je t'ai fait une copie de mes notes de lundi. Ça pourrait te servir pour la dissertation qu'on doit rendre la semaine prochaine, annonça-t-il, en me tentant deux feuilles sorties de son cahier.

Je clignai des paupières, prise de court, avant de tendre la main pour les prendre. Je ne m'attendais pas du tout à une telle attention de sa part. C'était… vraiment très gentil.

Je t'avais dit qu'il valait le détour, A. Pourquoi tu ne me crois jamais ? Ce qui est sûr, en tout cas, c'est que jamais Ly' n'aurait eu une telle attention à ton égard.

Ça, je ne pouvais pas le nier.

— M-m-merci, bafouillai-je, affreusement gênée. (Je frémis en sentant mes joues chauffer. *Super !* J'allais de nouveau virer au rouge.) C'est cool de ta part d'y avoir pensé.

Il haussa les épaules, nonchalant.

— Je t'en prie, Annabelle. C'est la moindre des choses.

Je grinçai des dents en l'entendant m'appeler par mon prénom.

— Anna. C'est juste… Anna, précisai-je avec un petit sourire en coin.

— Ok. C'est noté… *Juste Anna*, me taquina-t-il, avant de reporter son attention sur le prof qui venait de prendre la parole, pour commencer son cours.

Je suivis son exemple et tentai, tant bien que mal, d'écouter attentivement ce que le prof nous racontait. Mais j'avais beau faire, pour moi, tout cela n'était qu'un immense charabia, parfaitement incompréhensible. Commencer la journée par un cours de littérature, visiblement, ce n'était pas le must. Ou alors, c'était l'effet Thomas Hardy.

Si tu pars défaitiste, A, forcément que tu n'y arriveras pas. Le préjugé que tu as sur Hardy ne t'est pas bénéfique. Mais alors, pas du tout.

C'était une évidence. Hardy n'était pas ma tasse de thé, et du coup, je ne pouvais pas comprendre ce que je ne *voulais* pas comprendre.

Tu cours à l'échec avec une attitude pareille.

Tu crois que je ne le sais pas ?

Alors, qu'est-ce que tu attends pour changer ?

Je grommelai dans ma barbe, en me redressant, comme si cela pouvait me rendre plus réceptive.

— Un problème, Anna ?

En entendant la question de Vince, je sursautai violemment. J'avais complètement oublié sa présence. Un peu plus et je me serais littéralement couverte de ridicule. J'avais si peu l'habitude d'avoir des gens autour de moi, qui faisaient attention à moi, que j'en oubliais que parler toute seule n'était pas vraiment un signe de normalité. Avoir une voix intérieure, avec qui on conversait couramment, était plutôt un signe de démence.

Non, sans déc' ?

Mais à force d'avoir été seule, sans amis ou amies durant de longues années, peut-être étais-je effectivement devenue un peu folle. Il allait vraiment falloir que je me penche sérieusement sur la question, avant de faire une bourde monumentale qui ferait le tour du campus. Et plutôt deux fois qu'une.

Élémentaire, mon cher Watson !

— Non, non, du tout, marmonnai-je en cherchant une excuse plausible. Je crois qu'Hardy a des effets plutôt… étranges… sur ma personne. Surtout de si bon matin. Et un vendredi, qui plus est…

Vince gloussa, mais, heureusement, n'insista pas.

Tu n'auras pas autant de chance les prochaines fois, A.

Si tu arrêtais de me parler, au moins quand il y a du monde autour de moi, je ne serais plus sujette à de telles boulettes. Non ?

Laisses-moi réfléchir.

Une scène de *l'âge de glace 2* me traversa brièvement l'esprit. Celle où Manny, le mammouth, faisait semblant de réfléchir à une question de Sid, le paresseux. Je dus me mordre la lèvre inférieure pour ne pas pouffer de rire. Quelle idée de penser à cela au beau milieu du cours de littérature ! Et juste après avoir décidé d'être le plus normal possible… Visiblement, j'avais encore du boulot !

C'est bon, j'ai réfléchi. La réponse est non.

Quelle surprise !

Toutefois, ma voix intérieure me laissa en paix jusqu'à la fin du cours. Même si cela ne m'avait pas vraiment aidé à me concentrer, c'était mieux que rien.

— J'ai l'impression qu'Hardy te donne du fil à retordre, lança Vince, lorsque nous nous dirigeâmes vers la sortie.

— Si seulement c'était juste une impression ! m'exclamai-je en secouant la tête.

Il m'adressa un regard compatissant.

— Si tu veux, on pourrait se voir demain, ou dimanche, et je pourrais te filer un coup de main pour la rédaction de ta dissert'.

Je pilai net, avant de pivoter vers lui, abasourdie par ce qu'il venait de me proposer.

— Tu es sérieux ?

— Ben, oui. Pourquoi ? On dirait que ça te surprend.

Et encore, il était loin du compte. J'étais bien plus que surprise. C'était la première fois que quelqu'un se proposait de m'aider pour rédiger un devoir. Autre que ma mère, évidemment. Je dus me faire violence pour ne pas sauter sur place, tant sa proposition m'enchantait.

Génial !

Je te l'avais dit, A, qu'il valait le détour... Qui avait raison, une fois de plus ?

— Eh bien…

— Annabelle n'est pas disponible ce week-end, me coupa froidement Ly', en apparaissant soudainement à nos côtés.

J'en restai comme deux ronds de flan. Ly' avait-il bien dit ce qu'il me semblait avoir entendu ? J'ouvris la bouche pour répondre, mais Vince me devança de justesse.

— Oh, zut. Dommage. Une autre fois, peut-être.

— J'en doute, déclara Ly' d'un ton coupant, avant de m'empoigner fermement par le bras. On y va, Annabelle.

Puis, sans autre forme de procès, il me traîna à sa suite, une fois de plus, sans me laisser d'autres choix que de le suivre.

Moi, qui pensais m'en être débarrassée pour de bon, c'en était pour mes frais. Encore.

Il contourna le bâtiment en me tirant derrière lui, puis me plaqua durement contre la face ouest. Les deux mains posées à plat contre le mur, de chaque côté de ma tête, il se pencha vers moi, m'encerclant complètement.

L'œil noir, il avait la tête des mauvais jours. (Mais avait-il seulement des *bons jours* ? Pas sûr…)

— Je t'interdis de t'approcher de ce mec !

Son ordre fendit brusquement le silence qui s'était installé entre nous. Je me raidis, en me collant le plus possible contre le mur. S'il pouvait m'avaler, et me soustraire à Ly', je lui en serais extrêmement reconnaissante. *Pitié !*
Un dernier sursaut de fierté me fit enfin réagir.
C'est ça, A, résiste ! Ne te laisse pas faire ! Affirme-toi ! Sois forte et intransigeante !
— Tu n'as pas à m'interdire quoi que ce soit ! Si je veux étudier avec Vince, j'en ai…
Un rire froid et grinçant me coupa net dans ma lancée.
— Vince n'a aucune intention d'étudier avec toi, comme tu dis. Ou du moins, pas la littérature.
Je fronçai les sourcils et lui adressai un regard noir.
— Et qu'est-ce qu'il voudrait étudier d'autre, à ton avis ? C'est le seul cours que nous avons en commun ! Enfin… je crois, rétorquai-je, soudain moins sûre de moi.
Non, A, tu dois être forte et intransigeante. Pas d'hésitation ! Ne te laisse pas faire !
— Tu ne peux pas être aussi naïve, quand même ! grommela-t-il entre ses dents serrées. (Je lui lançai un regard perdu, ne voyant pas le rapport.) Il a envie de te baiser, Annabelle. De.te.bai-ser ! beugla-t-il, en détachant soigneusement chaque syllabe.
Deux poings serrés frappèrent le mur, de part et d'autre de ma tête. J'en sursautai de surprise, légèrement (vachement beaucoup) apeurée.
En fait… c'est possible qu'il ait raison, sur ce coup-là, A.
Génial…
Je ne peux rien faire pour t'aider. Désolée.
Désolée… Mes fesses, oui ! Fichue voix intérieure…
Je blêmis, avant de secouer négativement la tête.
— Non. Tu dis n'importe quoi. Il ne m'a même pas draguée.
Ly' leva les yeux au ciel.

— Évidemment. Puisqu'il veut simplement tirer un coup, vite en vitesse.

— Je croyais que c'était ta spécialité à toi, ça ! lançai-je du tac au tac, d'un ton mordant dont je ne me serais jamais cru capable. (Tout du moins pas avec Ly'.)

Ly' se figea. Puis un lent sourire étira le coin de ses lèvres.

Aïe ! Mauvais, mauvais, mauvais…

— Serait-ce pour ça que tu es fâchée contre moi, ma souris ? susurra-t-il, en se collant lentement contre moi. Parce que tu crèves d'envie que je te baise et que je ne l'ai pas encore fait ?

Je tentai de le repousser, mais mes efforts demeurèrent vains. Les muscles d'acier que je sentais sous mes doigts se contractèrent, mais ne bougèrent pas d'un pouce. Je déglutis péniblement, ne sachant comment me sortir du guêpier dans lequel je venais de me fourrer.

— Non, pas du tout.

Tu es sûre, A ?

Certaine !

— Annabelle… je croyais que nous avions réglé cette histoire de mensonge. Tu sais bien que je lis en toi comme dans un livre ouvert, souffla-t-il tout contre mes lèvres.

Je tournai la tête, dans l'espoir d'éviter le baiser qu'il était sur le point de me donner. Quand je sentis ses lèvres contre ma gorge, j'en frémis d'horreur. Cette sensation était encore plus grisante qu'un baiser de lui. J'en frissonnai de plaisir.

— Tu as envie de moi, ma souris, inutile de le nier. Tu as envie que je te baise.

Il posa une main sur mon épaule, avant de la laisser glisser le long de mon bras, jusqu'à ma hanche. Puis de descendre encore. Sa bouche continua de butiner mon cou, m'envoyant des décharges électriques dans tout le corps. Sa main agrippa fermement l'arrière de ma cuisse et la souleva à hauteur de ses reins. Sa bouche remonta le long de ma gorge, pour s'arrêter au creux derrière mon oreille.

— Je pourrais te prendre là, maintenant, si je le voulais, ma souris. Tu as tellement envie de moi que tu n'en as rien à foutre qu'on puisse nous voir. (Sa voix rauque me rendait folle.) Une vraie chatte en chaleur…, lâcha-t-il cruellement, sur un ton froid, en se reculant légèrement.

Sa voix me fit l'effet d'une douche glacée. Cela eut le mérite de me faire redescendre sur terre.

— Lâche-moi. Lâche-moi ! hurlai-je en me débattant violemment.

Voyant qu'il ne bougeait pas d'un cil, je sentis des larmes de rage me monter aux yeux. L'une d'elles s'échappa et roula silencieusement le long de ma joue.

Je vis ses iris vert menthe flamboyer et se verrouiller à cette larme solitaire. Une expression de choc se lut sur son visage. Il s'écarta immédiatement, les poings serrés.

Je bondis instantanément sur le côté et partis en courant, sans demander mon reste. À aucun moment je ne me retournai pour regarder derrière moi. Je ne pensais plus qu'à une seule chose fuir le plus loin possible.

Je ne m'arrêtai qu'une fois le bâtiment central atteint. Hors d'haleine, je pris de longues et profondes inspirations pour me calmer. Appuyée contre un arbre, je me repassai en boucle la scène qui venait d'avoir lieu. Ce qui me frappa le plus, ce ne fut pas ce qui s'était produit, mais plutôt ma réaction à moi. Avec le passé qui était le mien, j'étais persuadée que, lorsqu'un mec essaierait de me toucher, sexuellement parlant, je ressentirais de la peur. Et uniquement de la peur. Du dégoût, à la rigueur. Or, cela n'avait pas été le cas. Bien au contraire. Avant que Ly' ne parlât, et gâchât définitivement ce moment, j'en avais adoré chaque seconde. *Chaque maudite seconde !*

Honte à moi !

Comment pouvais-je désirer un mec aussi détestable que

celui-ci ? Un mec qui passait son temps à m'insulter et à m'humilier ? N'avais-je donc aucune fierté ?

Je me redressai et partis à la recherche de la seule personne qui pourrait m'aider. Il fallait que cela cessât. Si j'étais incapable de lui faire entendre raison moi-même, je connaissais quelqu'un qui pourrait. Je repoussai ce moment depuis trop longtemps. J'avais naïvement cru que je pourrais m'en sortir seule, malheureusement, ce qui venait de se produire prouvait clairement le contraire.

Ce n'est pas trop tôt !

Tu n'en as jamais marre, de me faire la morale à longueur de journée ?

Non, A, jamais. En réalité, j'adore ça !

Tu m'étonnes, tiens !

Connaissant par cœur l'emploi du temps de mon précieux allié, je le trouvai sans aucun problème.

— Andy, il faut qu'on parle.

Mon frère se tourna vers moi, surpris de me trouver là. Il abandonna le mec avec qui il était en train de discuter pour me rejoindre, les sourcils froncés.

— Il y a un problème, souris ?

— Oui, et de taille, tonnai-je en croisant les bras, les jambes légèrement écartées. (Mode « Xena la guerrière » : ON.) Je veux que tu dises à ton ombre maléfique de ne plus m'approcher et de me laisser tranquille !

Andy cligna rapidement des paupières, avant de se gratter le sommet du crâne.

— Mon ombre maléfique… ? Okaaaayyyy ! Et, à tout hasard, est-ce que j'ose te demander à qui tu fais référence ?

Je plissai les yeux et le foudroyai de mon regard bleu foncé, si semblable au sien.

— Comme si tu ne le savais pas ! m'écriai-je en tapant du pied.

Il le fait exprès, je suis sûre qu'il le fait exprès !

Si tu le dis, A.

Mon frère leva les mains en signe d'impuissance.

— Je te jure, Anna, je ne vois pas du tout de qui tu parles. Mais si quelqu'un te fait chier, il te suffit de me donner un nom, et je m'en occuperai personnellement.

Une lueur mauvaise s'alluma soudain dans ses prunelles sombres, presque noires, et me fit prendre conscience que j'avais toute son attention.

Enfin !

— Un grand noiraud, baraqué, aux yeux vert menthe. Ça te rappelle quelqu'un ? décris-je d'un ton sarcastique.

— Aux yeux vert menthe ? articula-t-il lentement, pour être certain d'avoir bien compris.

Depuis le temps que je te dis que les prunelles de Ly' ne sont pas vert menthe… Le comprendras-tu un jour ?

— Oui, vert menthe, affirmai-je en ignorant ma voix intérieure, cette maudite grincheuse.

— Ok. Un grand noiraud, baraqué, aux yeux vert menthe…, répéta-t-il en se frottant distraitement le menton. Mon ombre… (Il s'interrompit brusquement et écarquilla les yeux.) Mon ombre maléfique… Oh putain, Ly' va adorer ça ! s'esclaffa-t-il, en se tapant bruyamment la cuisse.

Je fixai mon frère, les poings serrés le long du corps, et sentis de la fumée s'échapper de mes narines.

— Contente que ça te fasse marrer, sifflai-je, entre mes dents serrées. Moi, par contre, ça ne me fait pas rire du tout. Je veux qu'il me laisse tranquille, Andy. Je suis très sérieuse.

Andy leva une main en signe d'apaisement et me caressa doucement la joue.

— Allons, souris, tu es sûre que tu n'exagères pas, là ?

— Non, je n'exagère pas. Je pensais que tu me connaissais mieux que ça, Andrew Léonard Maximilien Campbell ! (Eh oui, je n'étais pas la seule à avoir eu droit à un nom débile à rallonge.

Heureusement.)

À l'énoncer de son nom complet, Andy arrêta net de rire et me lança un regard prudent. Ce qu'il lut dans le mien dut le convaincre, car il hocha lentement la tête.

— D'accord, Annabelle Mary Katherine Campbell. Je vais lui parler.

Chapitre 14

Le chaud soleil d'été avait cédé sa place au profit des chatoyantes couleurs d'automne. Jaune, orange, rouge, brun. Une véritable symphonie qui se déversait sur nos yeux émerveillés. Quel bonheur de lever la tête et de profiter d'un tel spectacle ! Même moi, qui pourtant ne voyait la vie qu'en noir et blanc, était fascinée par ce festival de couleurs. L'automne avait décidément ma préférence.

Et quand les feuilles des arbres se mirent à tomber, nous pûmes marcher sur un tapis multicolore qui bruissait agréablement sous nos pas. Pas de doute, octobre était maintenant bien installé.

Mais qui disait octobre, disait Halloween. Et bien que l'on fût seulement au milieu du mois, tous ne parlaient plus que de cette fameuse fête. Elle était sur toutes lèvres, à tout instant. Si cela m'avait surprise, au début, j'en avais maintenant compris la raison. C'était, d'une certaine manière, l'événement de l'année. Non pas à cause de la fête elle-même, bien qu'elle fût affreusement populaire, mais plutôt à cause de *qui* l'organisait cette année : Andy et Ly'. Chez eux. Dans leur maison.

Ils avaient invité la moitié du campus, au bas mot. Si, jusque-là, je ne m'étais pas vraiment sentie concernée, n'ayant pas la moindre intention de me rendre à cette fête (surtout après l'échec de la précédente), j'avais dû revoir mon point de vue quand mes copines, mes deux adorables copines, m'avaient sauté dessus à ce sujet. Elles tenaient impérativement à s'y rendre, mais n'ayant aucun contact, de quelques manières que ce fût, avec les deux protagonistes, ne se voyaient pas débarquer là-bas sans moi. Et sans invitation.

C'était, sans aucun doute possible, pour cela qu'elles me harcelaient depuis une bonne heure, maintenant, pour que j'en parle à mon frère. Chose que je refusais catégoriquement de faire. Hors de question de me mettre en danger, en me rendant dans un lieu où Ly' serait. *En état de force, qui plus est.* On ne se rendait pas impunément sur le territoire d'un tel prédateur. Tigre du Bengale contre souris grise : victoire par K.O. en faveur du premier.

Non, non, non ! Hors de question que je cède à ce sujet !

Il ne fallait pas aller titiller le tigre dans sa tanière. Surtout quand ce dernier semblait avoir décidé de me laisser en paix.

Cela faisait maintenant quatre semaines et cinq jours que je n'avais plus été en contact direct avec Ly'. (Non pas que j'avais compté.) Et je ne voulais pas vraiment que cela changeât.

Ah, non ? Alors pourquoi tu le cherches des yeux dès que tu rentres dans le réfectoire ? Ou que tu tournes la tête vers le parking quand tu sors de ton cours de littérature ?

Je grinçai des dents, mais refusai de répondre à ma voix intérieure. Je ne me laisserais pas entraîner dans ce débat une fois de plus. J'avais déjà assez fort à faire avec Kim et Marj'.

— Allez, Anna ! Je suis sûre que ça sera génial ! Bien plus que la dernière fois, en tout cas !

— C'est certain ! Et en plus, on sera chez ton frère, personne ne te cherchera des noises là-bas. Y a zéro risque ! renchérit Kim, en joignant ses mains en prière.

Je poussai un soupir à fendre l'âme.

— Vous oubliez un point important et essentiel, les filles.

Kim arqua un sourcil et croisa les bras.

— Et on peut savoir lequel, je te prie ?
— Ly', sifflai-je à contrecœur, entre mes dents serrées.

Puisqu'il avait visiblement pris l'avertissement que mon frère lui avait donné au sérieux, je ne voyais aucune raison de lui laisser penser que j'avais changé d'avis, et que je voulais devenir une sorte d'amie. Car cela n'arriverait jamais. Nous ne serions jamais des amis. Jamais. Les émotions qu'il faisait naître en moi n'avaient aucun rapport avec de l'amitié. Et faire semblant qu'il en fût autrement me serait tout bonnement impossible. Je n'avais jamais été une bonne comédienne.

— C'est clair que c'est un problème, approuva Marj' en hochant la tête. Avec Ly' dans les parages personne ne t'invitera à danser. Et aller à une fête où on n'a aucune chance de danser, ou plus, avec un mec... (Elle poussa un soupir théâtral en portant sa main gauche à son front.) Quel ennui !

Je gloussai en lui tapant le bras.

— T'es bête ! Comme si c'était là que résidait mon problème !

— Mouais, la présence de ton frère n'aidera pas, de toute manière. Même si Ly' n'était pas là pour décourager tous les mecs susceptibles de t'approcher, Drew s'en chargerait, malheureusement.

Marj' fit claquer ses doigts, avant de bondir sur ses pieds, coupant la parole à Kim.

— Je sais ! Tu n'as qu'à venir avec Vince ! C'est le seul qui ne semble pas intimidé par Ly'.

Je clignai des paupières, en les regardant tour à tour, complètement larguée. Visiblement, nous ne parlions pas du tout de la même chose.

— Attendez, attendez, attendez ! m'exclamai-je, en levant les mains pour les faire taire. Mais de quoi vous parlez, là ? Moi, je vous dis que je ne veux pas aller à cette fichue fête parce que je ne tiens absolument pas à me rappeler au bon souvenir de Ly', qui semble enfin m'avoir oubliée, soit dit en passant, et vous, vous ne pensez qu'à me faire danser avec des mecs. Je suis navrée de vous le dire, les filles, mais c'est hors de question que j'emmène Vince, ou qui que ce soit d'autre, à cette fête, puisque je ne compte pas y aller. Fin de la discussion.

Kim me lança un regard narquois.

— T'es sérieuse, là ?

— Oui, parfaitement. Je n'irai pas à cette fête.

— Non, c'est pas ça que je voulais dire, me corrigea-t-elle, en secouant la tête. Je te demandais si tu étais sérieuse en disant que Ly' semblait t'avoir oubliée ?

Je fronçai les sourcils.

— Ben oui. C'est évident, non ?

Kim ricana en jetant un regard en coin à Marj', qui semblait partager son hilarité.

— La pauvre innocente. Elle croit que Ly' a oublié son existence.

Marj' secoua la tête et prit un air compatissant.

— Devons-nous lui ouvrir les yeux, Kim ?

— Oui, nous le devons, affirma-t-elle, en hochant vigoureusement la tête. C'est notre devoir d'amies, après tout.

Mon regard allait de l'une à l'autre, me laissant de plus en plus perplexe. Mais que me cachaient-elles donc ?

— Vous pouvez m'expliquer en quoi je suis une « pauvre petite innocente » ou vous préférez continuer à vous payer ma tête ?

Elles prirent la pause, parfaitement synchronisées : un index posé sur leur lèvre inférieure, leur tête basculée sur le côté et leurs yeux levés au ciel.

— Hummmmm, dirent-elles en cœur.

Je fermai les yeux et me pinçai l'arête du nez. Pourquoi étais-je amie avec ces deux-là ?

Parce qu'elles sont aussi folles que toi, A.

Ah, oui. C'est juste. J'avais oublié.
À ton service, A, comme toujours.
Ce qu'il fallait pas entendre.
— Je crois qu'on va t'expliquer, hein, Marj' ?
— Oui. On va t'expliquer, ne t'inquiète donc pô, Anna.
Et elles éclatèrent de rire, comme deux gamines.
De mieux en mieux.
Je ne l'aurais pas mieux formulé, A… Mais le pire c'est qu'elles te ressemblent comme trois gouttes d'eau…
Deux gouttes d'eau.
Hein ?
On dit « comme deux gouttes d'eau », pas trois…
Ouais, je sais. Mais ça, c'est pour deux personnes, alors que vous, vous êtes trois. Je développe ou t'as percuté ?
Je fermai brièvement les yeux. Fichue voix intérieure de mes deux !
— Merci, c'est trop aimable de votre part, répondis-je d'un ton coupant, visant aussi bien mes deux copines que ma voix intérieure. (Toutes des chieuses…)
C'est le propre du sexe faible, A.
Peut-être, mais toi, tu remportes la palme ! Et sans te forcer…
Impossible, je suis asexué.
Je faillis m'étouffer avec ma salive. Ce qu'il fallait pas entendre, mais ce qu'il fallait pas entendre !!!
En relevant la tête, je vis quelque chose qui m'avait jusque-là échappé. Nous étions devenues le centre de l'attention du réfectoire. Une fois de plus. *Génial.* Je foudroyai du regard ceux qui avaient le malheur de croiser mes iris bleu foncé. « Foutez-moi la paix ! » Voilà ce que mes yeux leur disaient. Et visiblement, le message passait plutôt bien.
Au moins un truc qui fonctionnait. Rafraîchissant.
— Anna, t'as pas remarqué que les mecs se tiennent à distance de toi ? demanda Kim, en calant son menton dans le

creux de sa paume.

J'ouvris de grands yeux, ne m'attendant pas du tout à cette question. Qu'est-ce que c'était encore que cette histoire ? Et surtout, quel rapport avec Halloween et Ly' ? Je me frottai distraitement les tempes, sentant une migraine poindre.

— Euh…, non, pas spécialement…, avouai-je d'un ton hésitant.

Les mecs ne s'étant jamais approchés de moi par le passé, cela ne m'avait pas du tout frappé. J'étais amie avec Vince, maintenant, et j'entretenais une relation cordiale avec Dan, depuis qu'il était venu s'excuser de l'attitude de Max. Et, accessoirement, de m'avoir évitée durant les deux semaines qui avaient suivi l'altercation entre Max et Ly'. Je ne lui en avais pas tenu rigueur, car je comprenais parfaitement qu'il eût pris le parti de son ami. Même si depuis son opinion à ce sujet semblait avoir considérablement changé. En effet, l'obsession que Max avait pour Ly' lui tapait sérieusement sur les nerfs, et il avait préféré prendre ses distances pour quelque temps, en espérant que son vieil ami finirait par s'apaiser.

Mais, à mon humble avis, cela n'était pas près d'arriver. Surtout si je me basais sur les regards assassins que ce dernier me lançait dès que nos chemins avaient le malheur de se croiser. Heureusement, jusqu'ici, cela n'avait pas été plus loin. Mais Dan m'avait enjoint à la prudence, n'aimant pas les pensées qui avaient habité son ami lorsqu'ils s'étaient parlé pour la dernière fois. Comme une personne avertie en valait deux, je faisais très attention quand Max était dans les parages. Toutefois, je n'en avais pas discuté avec Andy, sachant qu'il serait parfaitement capable de lui tordre le cou pour m'avoir simplement menacée. *Dieu m'en préserve !*

Ah, les grands frères ultra-protecteurs ! Une sensation qui m'avait manquée et que je retrouvais avec plaisir.

— Mais dans quelle planète tu vis, Anna ? Comment t'as pu

louper ça ? Ne pas voir que les mecs t'évitent le plus possible ?
Je me mordillai la lèvre et haussai piteusement les épaules.
La force de l'habitude, tout simplement.
— Dans la planète des bisounours ? hasardai-je, pour détendre l'atmosphère soudain tendue.
— Elle est aussi folle que toi, Kim. Sérieux, c'est impossible d'avoir une discussion cohérente avec elle. Mais qu'est-ce que j'ai fait pour me retrouver avec vous deux ? se plaignit Marj', avant de se taper la tête contre la table.
— On a les amis qu'on mérite, Marj', philosopha Kim, en lui tapotant le dos. C'est ce que nous a expliqué notre prof durant le dernier cours de philo.
J'eus une grimace en me remémorant le discours philosophique de ce dernier à ce sujet.
— Pourquoi crois-tu que je n'ai pas pris la philo ? grommela Marj', en se redressant. Justement pour éviter ce genre de discours bidon. (Elle leva la main pour couper Kim dans son élan de protestation.) Et n'entamons pas de débat à ce sujet, car on va perdre de vue notre objectif, pour le plus grand plaisir d'Anna. Et ce n'est pas ce que nous voulons, n'est-ce pas ?
Je me pris la tête entre les mains, déçue de n'avoir pas pu passer entre les gouttes, pour une fois.
Satané karma !
— Bon, dites-moi ce que vous avez à me dire, qu'on en finisse, soupirai-je, en repoussant mes cheveux en arrière.
Kim leva un doigt.
— Avant, je veux que tu m'expliques comment t'as fait pour ne pas t'apercevoir que les mecs se tenaient à distance de toi. Franchement, c'est juste impossible. Je n'arrive pas à croire que tu n'as rien remarqué.
J'ouvris la bouche, avant de la refermer. Puis je soupirai une nouvelle fois. Elles étaient mes amies depuis presque deux mois et je ne leur avais toujours rien révélé sur mon passé. Pas la plus

petite miette d'information. Il était peut-être temps pour moi de me dévoiler la moindre.

Je pris une profonde inspiration et me mis à table.

Sans audace, pas de gloire !

Que voilà de belles paroles, A ! On dirait que le prof de philo déteint sur toi…

— Au lycée, je n'étais pas vraiment… populaire. Enfin, pas dans le bon sens du terme, en tout cas. J'étais pointée du doigt à cause de… ce qu'Andy avait fait. Les gens m'évitaient le plus possible, même si tous me connaissaient. Et ceux qui m'approchaient, c'était uniquement pour en apprendre plus sur Andy, et sur ce qui s'était réellement passé. Je me suis rapidement retrouvée toute seule. Pas vraiment par choix, mais pas uniquement par contrainte. Un mélange des deux, peut-être. (Je marquai une courte pause, cherchant mes mots.) Bref, je suis tellement habituée à être seule que, forcément, si des gens m'évitent, ou se tiennent à distance, je ne le remarque pas. Cela dit, je ne vois pas non plus quelqu'un qui souhaite se rapprocher de moi. Il m'a fallu du temps avant de comprendre que Vince souhaitait être mon ami. (J'eus une moue narquoise, me moquant de moi-même et de mon manque d'expérience dans les relations humaines.) Et au début, j'ai cru que… vous vous vouliez vous rapprocher de moi pour être proche d'Andy. Ou pour savoir pourquoi il avait été en maison de redressement. (Je leur adressai un petit sourire contrit.) Je suis tellement habituée à ce genre d'attitude, que je ne connais rien d'autre. Enfin, c'était le cas avant d'arriver ici. Pourtant, pas un instant vous ne m'avez donné l'impression de vous servir de moi, de quelques manières que ce soit. C'est une grande première, pour moi ! Vous ne m'avez même jamais posé la moindre question, que ce soit sur Andy ou sur mon passé. Finalement, j'ai compris que vous souhaitiez simplement être mes amies. Et je ne pourrais jamais vous remercier assez pour ce merveilleux cadeau que vous m'avez fait.

J'en avais les larmes aux yeux, et des trémolos dans la voix.

— Oh, la bécasse ! Elle va me faire chialer…, s'exclama Kim, en levant vivement les mains vers ses yeux. (Elle commença à se ventiler, histoire de sécher ses larmes.) Ça ne va pas, de nous faire une déclaration pareille sans avertissement ?! Tu m'imagines, les joues barbouillées de rimmel ? (Elle accompagna ses protestations d'un clin d'œil qui me fit pouffer.) Et maintenant, elle se moque de moi ! Marj', dis quelque chose !

Marj' souriait, les yeux pétillants de malice.

— Je me demandais combien de temps il nous faudrait attendre avant que tu te confies un peu à nous. Je suis ravie, vraiment ravie que tu l'aies fait. Malgré les pitreries de Kim, qui pourraient laisser penser le contraire, on est très touchée par ton geste. Sincèrement. (Elle fronça les sourcils, avant de secouer lentement la tête.) Mais il va falloir que tu ouvres les yeux, ma belle. Et rapidement. Parce que, si tu ne le fais pas, tu risques de passer à côté d'une belle histoire, un jour.

— Mouais, pour autant que Ly' laisse un mec s'approcher d'elle suffisamment près pour ça.

— Les filles, dis-je, en les regardant tour à tour. Ly' ne s'est plus approché de moi depuis cinq semaines, ou presque. Il a compris que je ne voulais plus rien avoir à faire avec lui. Donc, je ne vois pas comment il pourrait effrayer les autres, vu que pour lui je n'existe plus.

Était-ce un pincement au cœur que je venais de ressentir ? Non, bien sûr que non. C'était ce que j'avais voulu. Ne plus avoir à lui parler. Jamais.

L'important, c'est d'y croire, hein, A ?

— Et c'est parce que tu n'existes plus pour lui qu'il ne te quitte pas des yeux dès que tu rentres dans une pièce où lui-même se trouve ? demanda innocemment Kim, d'une seule traite. (Même après tout ce temps, je ne comprenais toujours pas comment elle arrivait à faire des phrases aussi longues, sans s'arrêter, même une fraction de seconde, pour reprendre brièvement son souffle. Un vrai mystère.)

Eh, merde.

Moi qui pensais que mon subconscient me jouait des tours, et qu'il me faisait voir des choses qui n'étaient pas réelles… Pour ma pomme, encore une fois !

Bien sûr, A, et ton petit cœur s'emballe parce que tu viens de voir Christophe Colomb entrer dans la pièce… Non pas parce que tu réalises que Ly' passe son temps à te dévorer des yeux…

— Et c'est parce que tu n'existes plus pour lui qu'il prend à part tous les mecs qui ont eu le malheur de seulement te regarder ces dernières semaines ? Et je ne te parle même pas de ceux qui t'ont adressé la parole !

A ! Ton cœur vient de rater un battement ! Danger, danger, danger…

Bouche bée, je fixai Marj' sans pouvoir croire ce qu'elle venait de dire. Au point que les paroles narquoises de ma voix intérieure devinrent secondaires, un peu comme une radio en bruit de fond.

— Quoi ?

Kim m'adressa un petit sourire.

— Ly' a ordonné à tous les mecs du campus de se tenir à distance de toi, sans quoi ils auraient à faire à lui. Personnellement. Et crois-moi, personne ne veut avoir à faire avec l'âme damnée qu'est Ly'. Personne.

— Sauf Vince, visiblement, contesta Marj', en jouant avec la pointe de ses longs cheveux roux. Mais, honnêtement, j'espère pour lui qu'il se tiendra à carreau avec toi, sinon, je ne donne pas cher de sa peau.

Cette nouvelle me chamboula complètement. Moi qui pensais m'être définitivement débarrassée de Ly', j'apprenais qu'au contraire, dans l'ombre, il continuait à tirer les ficelles. Il ne m'avait jamais laissée tranquille. Jamais. Il avait simplement effectué un repli stratégique. Comme tout bon prédateur, il savait quand traquer sa proie, quand attendre et quand attaquer.

L'ombre maléfique d'Andy... Comme c'était bien choisi, A ! Si proche de la réalité.

Blême de rage, je me redressai lentement sur ma chaise.

Es-tu certaine d'être en colère, A ? Ou bien es-tu simplement vexée de n'avoir rien remarqué toi-même ?

— Je n'arrive pas à croire qu'il ait fait une chose pareille... Mais de quoi je me mêle ?!?

Marj' haussa les sourcils et me lança un regard par en dessous.

— Tu ne t'y attendais vraiment pas ?

— Mais non !

— Pourtant, c'est flagrant depuis le début qu'il s'intéresse à toi, Anna, protesta Kim, en rassemblant ses affaires. Et je ne pense pas qu'il te voit uniquement comme la petite sœur de Drew, contrairement à ce que tu nous as affirmé. Moi, je pense qu'il te voit toi, pour ce que tu es, et que ce qu'il voit lui plaît énormément.

Marj' hocha la tête, visiblement d'accord avec Kim.

— Je pense pareil.

Je secouai vigoureusement la mienne, n'arrivant pas à croire que mes amies puissent soutenir une idée aussi absurde.

Absurde, vraiment, A ? En es-tu bien certaine ?

Fous.Moi.La.Paix !!!

— La seule chose qu'il veuille, c'est me baiser. Il me l'a dit. Et je vous l'ai déjà raconté. Il veut baiser la chatte en chaleur que je suis. Point.

— Alors pourquoi ne l'a-t-il pas fait ?

La question de Kim me prit de court et je ne sus que répondre.

— Eh bien..., lançai-je au bout de quelques minutes de silence. (Nouvelle pause.) Parce que je l'ai repoussé.

Mensonge, mensonge, mensonge !

Je piquai un fard devant la protestation évidente, et vraie, de ma voix intérieure. Si Ly' n'en avait rien fait, ce n'était certainement pas parce que je l'avais rabroué. Vu que je l'avais systématiquement repoussé *après* qu'il eût prononcé des paroles déplaisantes. Et blessantes. S'il ne l'avait pas fait…

Je poussai un soupir, reconnaissant ma défaite.

— Okay, d'accord. Vous avez raison. S'il l'avait vraiment voulu, il aurait pu parvenir à ses fins sans problèmes, reconnus-je, pas très fière de moi. Mais ça n'explique pas pourquoi il ne l'a pas fait, ajoutai-je, les yeux perdus dans le vide.

— Moi, je crois que ça explique beaucoup de choses, au contraire. Et que c'est pour ça que tous les mecs, ou presque, se tiennent à distance de toi.

Je levai les yeux vers Kim et la dévisageai longuement, sidérée.

— Pourquoi ? soufflai-je finalement, d'une voix rauque.

— Anna, s'il voulait te baiser, comme tu dis, il l'aurait fait. Et depuis longtemps. C'est ainsi qu'il agit avec les filles. Il les prend et il les jette. Et s'il n'est pas intéressé, il passe son chemin. C'est aussi simple que ça. Mais avec toi, c'est différent. Ok, t'es la sœur de Drew, et au début cette explication semblait tenir la route. Sauf que, si c'était uniquement pour ça, il ne prendrait pas la peine d'aller trouver tous les mecs qui font mine de s'approcher de toi. Il en parlerait à Drew et le laisserait gérer lui-même la situation. Il ne perdrait pas son temps avec ça. À mon avis, il veut quelque chose de toi. Quelque chose de précis.

— Quoi ?

Kim haussa les épaules.

— Ça, ma belle, ça va être à toi de le découvrir.

Voilà qui n'arrangeait pas vraiment mes affaires. Avais-je seulement envie de résoudre ce mystère ?

Tu sais bien que oui, A ! En réalité, tu en meurs d'envie !

Ouais, fallait pas pousser non plus…

Mais je ne pousse que dalle, A, puisque c'est précisément ce que tu veux faire. Résoudre ce mystère. Savoir si Ly' éprouve quelque chose pour toi… Ou non…

N'importe quoi !

Malheureusement, les battements effrénés de mon cœur démentaient mes belles paroles. Ma voix intérieure avait raison, une fois de plus. Je brûlais de savoir si ce que Kim avait insinué était vrai ou non. Mais étais-je prête à faire face au résultat ? Rien n'était moins sûr.

Ahah ! Qui avait raison, une fois de plus ?

No comment.

— C'est pour ça qu'il faut impérativement qu'on aille à la fête d'Halloween ! s'écria Marj', en tapant du poing sur la table, me faisant sursauter et revenir instantanément à l'instant présent. (Je m'étais égarée dans les méandres de mon esprit tordu.)

Je lui jetai un regard prudent, me remémorant rapidement notre conversation, avant de lever les yeux au ciel.

— Bon sang, toi, quand tu as une idée en tête ! marmonnai-je, sans pour autant donner mon accord.

Je pinaillais par principe, car je savais bien, au fond de moi, que j'étais vaincue. Une fois encore, je me trouvais face à quelqu'un de plus fort que moi. Gagnerais-je une fois une confrontation ?

L'espoir fait vivre, A.

À qui le dis-tu !

Chapitre 15

En entendant Vince se racler la gorge, je levai un regard surpris vers lui.

— Halloween est dans huit jours, dit-il, en faisant tourner son stylo entre ses doigts. (Il était visiblement nerveux.) Tu as prévu quelque chose de spécial… ?

Cette discussion, je m'y étais attendue, et donc préparée, mais je ne pensais pas qu'il aborderait le sujet comme ça, au beau milieu de nos révisions. Nous étions en train de réétudier la biographie (oh combien passionnante) de Thomas Hardy, et cela me demandait une concentration titanesque. Qu'il choisisse d'en parler maintenant montrait que, pour la première fois depuis que je le connaissais, il n'était pas très sûr de lui. C'était peut-être méchant, et indélicat de ma part, voire carrément sadique, mais cela me donna une certaine assurance. Pour une fois, je n'étais pas celle qui se trouvait sur la sellette. Agréable… vraiment très agréable.

— Pitié, ne me parle pas de cette maudite fête ! m'exclamai-je, en basculant contre le dossier de mon fauteuil. Je fais tout ce que je peux pour ne pas y penser, et crois-moi, avec les deux folles qui me servent de copines et qui m'en parlent à tout instant, ce n'est pas évident ! Alors, pitié, ne t'y mets pas toi aussi !

Les mains jointes en prière, une moue de petite fille sur le point de pleurer, et le tour était joué.

Vince éclata de rire. Exactement comme je l'avais escompté. Avec lui, tout était tellement facile. Même si, les trois quarts du temps, je rougissais comme une collégienne et ne savais plus à quel saint me vouer, j'adorais passer du temps avec lui. Contrairement à ce que j'avais cru, c'était un mec génial : simple, drôle, serviable, aimable... En somme, le mec parfait par excellence.

Alors pourquoi mon petit cœur ne bat-il pas plus vite en sa présence ? Pourquoi mon souffle n'était-il pas erratique quand il plonge ses yeux bruns dans les miens ? Pourquoi n'ai-je pas envie qu'il me prenne dans ses bras et qu'il m'enlace ?

Parce que, malheureusement, il n'était pas celui que mon cœur semblait avoir choisi. *Misère.* Cela aurait pourtant été tellement plus simple. Avec Vince, j'aurais su où je mettais les pieds. De plus, j'étais persuadée que lui ne m'aurait jamais fait souffrir intentionnellement. (Contrairement à une autre personne de ma connaissance.) Quel dommage, vraiment, que je reste de marbre face à lui !

Cela ne t'empêche pas d'aller à la fête d'Halloween avec lui, A. Et qui sait, peut-être que dans un cadre plus… festif, avec d'autres filles en train de papillonner autour de lui, tu te rendras compte que tes sentiments ne sont pas forcément ceux que tu crois.

Mouais, peut-être. Pourtant, je restais dubitative à ce sujet. Qui plus est, je n'étais pas sûre que cela fût très juste pour Vince. Je ne voulais surtout pas qu'il crût que je le menais en bateau. Ou pire ! Que je lui faisais des avances ! Il était mon premier ami de sexe masculin, pour ne pas dire le seul, et je ne souhaitais pas le perdre pour une broutille comme la fête d'Halloween.

Mauvais plan, très mauvais plan…

Uniquement si tes sentiments ne changent pas. Moi, je pense que ça vaut le coup.

Eh ben, moi pas. Le risque est trop élevé.
Sans audace, pas de gloire, A. Tu le sais bien, tu le dis tout le temps…
Certes. Mais comme je ne cherche pas la gloire, la question ne se pose pas. Vince est mon ami et c'est très bien comme ça.
Pourtant, ça…
Suffit ! La seule qui soit apte à prendre une telle décision, c'est moi ! Et je l'ai déjà prise. Je ne changerai pas d'avis. Fin de la discussion.

Je claquai mentalement la porte d'accès de ma voix intérieure. Trop, c'était trop ! Fallait pas pousser mémé dans les orties, non plus !

Vince pouffa et se cala plus confortablement contre le dossier de son fauteuil, nettement plus détendu.

Je plissai les yeux, soudain méfiante. Cette nonchalance était suspecte, je n'aimais pas ça.

— J'en déduis que Marj' et Kim tiennent absolument à aller à la fête que donne Ly' et ton frère.

Je fis une grimace, n'aimant vraiment pas le ton mielleux de sa voix. Avant la fin de notre conversation, il aurait rejoint les rangs de Kim et Marj'. J'en mettrais ma main au feu.

— C'est le cas de le dire. Elles y tiennent désespérément. Et bien que j'en aie longuement parlé avec Andy, et qu'il ait donné son accord pour qu'elles y aillent sans moi, elles ne veulent rien entendre. Soit on y va toutes les trois, soit aucune n'y va. Et bien sûr, si je n'y vais pas, elles me le feront payer chèrement. Je n'en doute pas une seule seconde. Je suis ferrée, me lamentai-je, au bord du désespoir.

J'entendis une porte grincer juste avant que ma voix intérieure ne prit la parole. *Bon sang !*

T'en fais un peu trop, là, A… Arrête ton char, ça ne te vas pas du tout !

Je poussai un long soupir avant de me pencher en avant, et de prendre ma tasse de *Chai Tea Latte*. L'avantage, quand on révisait au Starbucks, c'était que je pouvais au moins trouver de la consolation dans ma boisson. Et avec Hardy, j'en avais grandement besoin ! D'autant plus qu'aujourd'hui il était question de cette fichue fête ! Le Starbucks, c'était le minimum pour survivre…

Genre… Mais qu'est-ce que je fiche avec une tête de mule pareille ?
Personne ne te retient, tu peux partir quand tu veux.
Très drôle… franchement hilarant… Si je n'étais plus là, je te manquerais, A.
Que tu dis !

— C'est un terme qu'on utilise généralement quand on a attrapé un gros poisson, Anna.

Je lui lançai un regard étonné.

— Parce que je ne suis pas un gros poisson, selon toi, Vince ?

Oh, seigneur ! Des bouches d'oreilles, vite !!!

Comprenant qu'il avait fait une fausse manœuvre, il s'empressa de mettre la marche arrière.

— Si, bien sûr ! Tu es même un énorme poisson, Anna. Un énorme poisson.

J'arquai un sourcil et penchai la tête sur le côté gauche.

— Tu sous-entends que je suis grosse ?

— …

Je vis des gouttes de sueur perler à son front et je dus faire de gros, de très gros efforts pour ne pas éclater de rire.

— Mais non, pas du tout ! Tu es parfaite, absolument parfaite, telle que tu es, Anna. Je t'assure, tu n'es pas du tout grosse. Ni mince. Tu es… parfaite, bafouilla-t-il, en cherchant frénétiquement une porte de sortie.

— Ha, lâchai-je, d'un ton désinvolte. Je suis parfaite… donc tu as envie de me baiser ?

C'est ta nouvelle obsession, A ? Baiser ? Tu n'as plus que ce mot à la bouche depuis quelque temps… C'est vulgaire et affligeant…

Le ton compassé de ma voix intérieure me fit grincer des

dents, mais j'arrivai, tout du moins à mon avis, à n'en rien laisser paraître. *Damnée grincheuse !*

Vince bondit sur ses pieds et regarda autour de lui, en pleine panique.

— Non mais t'es malade de dire ça, Anna ! Tu veux ma mort ou quoi ?! Imagine que quelqu'un t'entende et aille tout rapporter à Ly' ! Il me tuerait dans les secondes qui suivraient ! Je croyais que tu m'aimais bien ?!?

Je fermai les yeux, incroyablement déçue. Ly'. Encore et toujours Ly'. On en revenait systématiquement à lui. Toujours. Quoi que je dise, quoi que je fasse, il était au centre de tous mes faits et gestes. Continuellement.

C'en était lassant à la fin. Étions-nous obligés de prononcer son nom dans chaque discussion ? Était-il donc un pilier inébranlable de ma vie, pour que tous croient devoir m'en parler à tout bout de champ ? J'avais pensé que Vince était différent.

Moi aussi, A., moi aussi…

Nous nous étions visiblement trompées.

— Je croyais que l'opinion de Ly' t'était indifférente et que tu n'avais pas peur de lui. Sinon, pourquoi continuerais-tu à étudier avec moi, alors qu'il t'en a très certainement touché un mot ou deux ? demandai-je froidement, profondément déçue.

Vince me fixait comme si une seconde tête m'avait poussée.

— Ne pas avoir peur de Ly' ? Anna, il n'y a personne sur cette terre qui n'a pas peur de lui. À part ton frère, peut-être. Il faudrait être malade pour le défier ouvertement. Et dire comme ça, au beau milieu de la conversation et dans un lieu public, que j'ai envie de te baiser, c'est le défier de la pire des manières !

— Parce que c'est vrai ? le coupai-je, en me redressant légèrement.

Obsédée !!!

Mouais, peut-être bien…

Tu peux virer le « peut-être » sans hésitation, A ! Tu es une véritable obsédée. C'est écœurant, à la fin…

Alors, bouche-toi les oreilles…

Ce n'est pas faute d'avoir essayé… mais rien ne marche !

Ah, ah, ah ! Bien fait ! Y'a une justice dans ce monde, finalement…

Vince vira au rouge (*tiens, on dirait un petit homard bien cuit*) et sembla sur le point de s'étouffer.

— Je refuse d'avoir ce genre de conversation, répondit-il d'un ton catégorique, en se rasseyant.

— Mhmmm…

— Qu'est-ce que ça veut dire ce « mhmmm » ?

— Rien. Ça veut juste dire « mhmmm ».

Ça c'est de la réponse, A !

Vince grinça des dents, la mâchoire crispée, mais n'insista pas.

Brave garçon…

— Est-ce qu'on pourrait revenir sur le sujet de base ?

Je hochai la tête en me replongeant dans mes notes. Le soupir excédé de Vince me fit relever les yeux.

— Quoi ? dis-je un peu bêtement.

— Comment ça, « quoi » ? Je te dis qu'on revient sur le sujet de base et tu te plonges dans tes notes. Ce n'est pas très sympa, Anna.

Je fronçai les sourcils, cherchant à savoir où il voulait en venir exactement.

— Ben, le sujet de base, c'est la biographie d'Hardy, non ?

Désespérante… t'es désespérante, A.

Vince se passa nerveusement la main dans les cheveux, finissant de démolir complètement sa coiffure. Ses mèches blondes partaient dans tous les sens et semblaient avoir survécu à un pétard. Quoique de justesse. Quand il était ainsi, il me faisait penser à Marty Deeks, l'un des agents de *NCIS : Los Angeles*. Il avait la même tignasse indisciplinée.

— Comment tes copines font-elles pour te supporter sans

tourner chèvre ? maugréa-t-il dans sa barbe. Nous parlions d'Halloween, Anna. *D'Halloween.*

Jouant avec le bouton de mon stylo, je fis entrer et sortir la mine. Encore et encore.

— Oui… et je crois t'avoir dit que j'étais obligée de me rendre à la fête qu'organisait Andy. À moins de ne plus avoir envie d'avoir de copines. (Ce qui était totalement inenvisageable. J'étais même prête à endurer la présence de Ly' pour ne pas les perdre.) Et bizarrement, ça ne me botte pas plus que ça. Je les aime bien, moi, ces deux folles.

Vince se racla la gorge et se dandina sur son fauteuil.

— Et… tu y vas… avec… quelqu'un ? chuchota-t-il, d'une voix rauque et hésitante.

Sa timidité soudaine me faisait craquer. Bien que sa question me surprît, au vu de ce qu'il avait précédemment déclaré.

— Je croyais que tu ne voulais pas marcher ouvertement sur les plates-bandes de Ly' ?

Faudrait qu'il sache ce qu'il se veut, à la fin !

Je ne l'aurais pas mieux formulé, A.

Il pinça les lèvres et tourna la tête.

— Non, j'ai dit que je ne voulais pas me faire démolir le portrait, parce que tu posais des questions inconsidérées et complètement hors de propos.

— Donc, tu n'as plus peur de Ly' ?

Vince secoua la tête.

— Je n'ai jamais dit ça. Seul un fou n'aurait pas peur de Ly'. Mais je… enfin… je me demandais juste… avec qui tu allais à cette fête… c'est tout…

Comprenant que je n'obtiendrais rien de plus, je décidai d'arrêter de jouer au chat et à la souris. Surtout que, d'un instant à l'autre, je risquais de perdre la main. Et comme pour une fois c'était moi qui l'avais, je ne comptais pas la laisser m'échapper de la sorte. Oh que non ! (Même si être le chat était grisant…)

— Avec Marj' et Kim.

Il me lança un rapide coup d'œil.

— Et elles, elles ne seront pas accompagnées… ?

Je me mordillai la lèvre inférieure en fixant un point sur mon cahier. Je finis par répondre, de mauvaise grâce.

— Kim vient avec Dan. Et Marj' (je haussai les épaules) doit retrouver un mec là-bas, ou un truc du genre.

— Est-ce que… enfin… si tu veux… on pourrait… mais seulement si tu en as envie… on pourrait…

Il cafouillait tellement que je finis par avoir pitié de lui. À ce rythme-là, il ne poserait jamais sa question. Le voir si peu sûr de lui était nouveau, et déconcertant.

— Oui, j'adorerais y aller avec toi.

Oh merde ! Qu'est-ce que je venais de faire ??? Exactement ce que je m'étais jurée de ne pas faire ! Si j'avais pu, je me serais collée des baffes. *Abrutie de stupide bécasse de grosse noob !*

Youpi !!! Hip, hip, hip, hourra ! Vive, A !

Le but d'Halloween étant d'être déguisé, je ne coupai pas au calvaire de devoir trouver un costume qui me conviendrait. Et la tâche était plutôt ardue. Car entre un petit chaperon rouge, à moitié nu sous sa cape, et une Cruella d'enfer, au décolleté plongeant (jusqu'au nombril), je ne savais lequel choisir ! Y'aurait-il du sarcasme dans ma voix ? Oh, si peu…

Évidemment, Kim m'avait également proposé un costume de sirène, pour le moins minimaliste. Voyant que cela ne me plaisait vraiment pas, Marj' avait opté pour le traditionnel fantôme. Super ! J'avais le choix entre être par trop visible (et pratiquement dénudée) ou être carrément invisible (car bien trop vêtue). C'était d'un compliqué !

— Pourquoi doit-on obligatoirement se déguiser ? demandai-je, passablement excédée. C'est les enfants de six ans qui se déguisent pour Halloween. Et encore, c'est pour recevoir un max de bonbons !

Que de mauvaise foi, A.

Nan, j'énonce simplement une vérité, nuance.

Si tu le dis...

— Ne fais pas ta grincheuse, Anna, me réprimanda Kim, en me tendant un nouvel ensemble. Pourquoi pas celui-ci ?

J'ouvris la bouche et fis mine d'y enfoncer mon index, pour me faire vomir.

Moi vivante, jamais !

Dommage... ça changerait de la souris grise...

Ma voix intérieure était vicieuse et pernicieuse... *Pauvre de moi !*

— Le style dominatrice, toute de cuir vêtue, ce n'est pas mon truc, Kim ! Et non, ajoutai-je pour Marj', qui me tendait un costume vert foncé. Je n'ai pas envie de me transformer en fée clochette. Je suis sûre que si j'ai le malheur de me pencher en avant, cette robe va remonter bien en dessus de mes fesses. Et dire bonjour à la lune, ça ne me tente pas trop !

Kim et Marj' éclatèrent de rire, avant de reposer sagement les costumes qu'elles avaient sélectionnés.

— Pourquoi ne pas se concentrer sur vos propres déguisements ? On choisira le mien après..., proposai-je, pleine d'espoir.

Marj' me fixa avec un sourire qui ne me disait rien qui vaille. *Misère.* Et qui n'avait rien à envier au chat de Cheshire.

— Ma belle, on a nos costumes depuis en tout cas trois semaines.

QUOI ???

— Minimum, renchérit Kim, en continuant à farfouiller dans la boutique.

Ma mâchoire se décrocha et pendit lamentablement, dévoilant l'intégralité de ma bouche. Super glamour.

— 'ega'ez, les 'i'es… 'e 'ui 'e mon'e 'e 'anken'ein ! baragouinai-je, sans refermer la bouche.

C'est complètement dégueu ce que tu fais, A. Beurk !

Marj' cligna rapidement les paupières avant de mettre une main devant ses lèvres.

— Hey… pssssttttt, Kim. T'as capté un mot de ce qu'elle vient de dire ? chuchota-t-elle à sa complice, mais suffisamment fort pour que je puisse l'entendre.

Kim secoua vigoureusement la tête en me fixant avec de grands yeux globuleux.

— J'ai dit : « Regardez, les filles… je suis le monstre de Frankenstein ! », répétai-je, en articulant exagérément.

Genre… c'est logique, non ?

Absolument… pas ! T'es gravement atteinte ma fille, gravement atteinte.

Kim ouvrit la bouche, avant de brusquement la refermer.

— Okaaaayyyy. (Elle se tourna vivement vers Marj' et fit mine, à son tour, de chuchoter.) Marj', appelle discrètement une ambulance et dis-leur qu'on a retrouvé la malade mentale qui s'est échappée de l'asile psychiatrique d'Arkham.

Je ricanai en secouant la tête, avant de brusquement sauter sur place en tapant dans mes mains.

— Mais oui ! Kim, tu es un véritable génie ! Tu viens de me donner l'idée du siècle ! Que dis-je ! L'idée du millénaire ! Je sais en quoi je vais me déguiser !

Non, sans déc' ? Tu n'es pas sérieuse, là, A ?

— Batman ? hasarda-t-elle en se cachant les yeux, comme si elle ne pouvait supporter d'imaginer ça.

Marj' sursauta violemment et se signa, histoire de chasser le malin.

— Mais non, grommelai-je en levant les yeux au ciel. Je vais devenir… le célèbre et redoutable, Joker !!!!!!

Oh, non ! Pitié ! Sauvez-moi !!! Je veux sortir de là !

Ne te gêne surtout pas pour moi. La porte est juste là…
Toujours aussi serviable, à ce que je vois, A.
À ton service. Bon, tu dégages ?
— Okaaaayyyy, répéta Kim, avant de faire signe à Marj' de s'éloigner. Appelle l'ambulance, ça devient vraiment urgent.
Et encore, si tu savais que je parle à ma voix intérieure la moitié du temps…
Mon sourire s'effaça et je croisai les bras en signe de protestation.
— Quoi ? aboyai-je méchamment. Quel est le problème avec mon idée ?
Kim se racla la gorge avant de quémander de l'aide à Marj'. Si Kim avait besoin d'aide, c'était que le problème devait être bien plus grave que je ne l'aurais imaginé. *Génial…*
— Anna, commença Marj', d'une voix calme. Le but d'Halloween, c'est de devenir quelqu'un que nous ne sommes pas…
— Tu es en train de me dire que dans la vie de tous les jours, je suis le Joker, c'est ça ? la coupai-je abruptement.
Lui aussi entendait des voix, A.
La ferme !
— Mais non, pas du tout ! Seulement, le but, pour nous, les filles, c'est de devenir quelqu'un de plus sexy, de plus désirable, de plus osé que dans la vie de tous les jours…
— Pour Halloween, enchaîna Kim, en me prenant par les épaules, on peut devenir celle que nous voulons. Il n'y a aucune limite. C'est la nuit de toutes les folies. Alors… choisir de devenir le Joker, c'est… Euhm… dommage. Oui, voilà, c'est dommage. Belle comme tu es, tu pourrais être la fée clochette sans aucun problème. Et si par malheur tu devais dire bonjour à la lune, eh ben, ce n'est pas les mecs qui s'en plaindront ! conclut-elle, avec un clin d'œil complice. Tu vois ce que je veux dire ?

— Ouais, je vois, marmonnai-je en lançant un regard morne à la boutique. Mais, moi, je n'aime pas attirer l'attention sur moi. Vous le savez, les filles, maintenant. Je suis… une petite souris grise. Moins on me remarque, mieux je me porte. Et si je porte ça (je soulevai le costume vert foncé du bout des doigts), on me remarquera forcément. Et du coup, je serais mal à l'aise toute la soirée. Ça sera un véritable cauchemar pour moi.

Marj' se tapota la lèvre et sembla réfléchir à mes paroles. Après un bref regard entendu à l'égard de Kim, elle hocha lentement la tête.

— Ok. Je vois ce que tu veux dire. Maintenant, oublie le magasin dans lequel on se trouve, les déguisements qui nous entourent, et tout et tout. Réfléchis à une seule chose : si tu pouvais être quelqu'un d'autre, le temps d'une soirée, tu voudrais être qui ?

Je fronçai les sourcils et me mis à réfléchir sérieusement à la question. Quitte à choisir un déguisement, autant en prendre un qui me plairait vraiment. Marj' avait raison sur ce point. Pour être à l'aise, tout du moins le plus possible, il fallait effectivement que mon costume me plût vraiment. La réponse m'apparut soudain, aussi claire que de l'eau de roche. À trop chercher, on passait souvent à côté de l'essentiel. Et maintenant que je savais, cela me semblait limpide. Au point que je me demandais pourquoi je n'y avais pas pensé immédiatement.

Moi aussi, A, moi aussi.

Genre…

— Perséphone, annonçai-je d'une voix claire.

— Super ! Va pour Persé…, commença Kim, avant de s'interrompre brutalement et de me lancer regard troublé. Persé-qui ?

Je m'esclaffai en la regardant d'un air narquois.

— Tu ne connais pas la mythologie grecque, Kim ?

Marj' se mordit la lèvre en gloussant.

— Tu sais, la culture générale de Kim est plutôt restreinte. Elle se rappelle à peine ce qu'elle a fait la veille, alors la mythologie, n'y pense même pas ! Beaucoup trop loin dans l'histoire pour elle !

Kim lui tira la langue.

— Gnagnagna ! Moquez-vous, moquez-vous ! Mais vu que Mademoiselle Marjory a l'air d'en connaître un bras sur la mythologie, elle pourra certainement me renseigner et répondre à ma question ?

— Évidemment, souffla cette dernière, hautaine. Perséphone est la déesse de l'amour, bien sûr.

Je faillis m'étouffer avec ma salive.

— Pardon ? m'écriai-je en la fixant, bouche bée. Tu peux répéter ce que tu viens de dire, s'il te plaît ?

Kim chopa un véritable fou rire et finit pliée en deux, au beau milieu de la boutique. Heureusement que nous étions les seules clientes, sans quoi nous serions devenues, une fois encore, le centre de l'attention.

— Trop drôle, hoqueta-t-elle, entre deux éclats de rire. Trop, trop, drôle. Madame « je sais tout » s'est plantée en beauté. Faut le voir pour le croire ! Elle est bien bonne, celle-ci.

Marj' fit la moue, visiblement vexée.

— C'est qui, alors, la déesse de l'amour ? bougonna-t-elle du bout des lèvres.

— C'est Aphrodite.

— Hmmmm... Et Perséphone, c'est la déesse de quoi ?

J'eus un mince sourire, devant la curiosité évidente de Marj', même si elle tentait de le cacher.

— Perséphone est la déesse du monde souterrain. Des enfers, si tu préfères.

Marj' sembla réfléchir avant de poursuivre, d'une voix légèrement hésitante.

— Je croyais que le dieu des enfers, c'était Hadès.

— C'est juste. Hadès est le dieu des enfers. On dit qu'il est tombé sous le charme de Perséphone au premier regard et qu'il l'a enlevée pour en faire sa reine. Ils ont gouverné le monde souterrain ensemble, expliquai-je d'un air rêveur. J'ai toujours beaucoup aimé cette idée. Que le dieu des enfers tombe amoureux. Ça donne une lueur d'espoir. Même le mal n'est pas à l'abri de l'amour. (Je relevai la tête et croisai le regard ébahi de mes copines. Je rougis violemment.) Quoi ?

Kim me sourit.

— Je ne t'aurais jamais cru aussi romantique, Anna.

Je mis un doigt en travers de mes lèvres.

— Chut. Ne le répète à personne, c'est un secret.

Chapitre 16

Je fixai d'une moue dubitative mon reflet dans le miroir. Quelle ironie d'avoir dû, pour le temps d'une soirée, vider une bombonne colorante brune, assez proche de ma couleur naturelle, pour masquer le rouge que j'obtenais grâce à des colorations régulières ! Mais bon, Perséphone avec des cheveux rouges, ça ne l'aurait pas trop fait.

Il faut savoir souffrir pour être belle, A.

Je pinçai les lèvres, bien décidée à ignorer cette agaçante voix intérieure qui me tançait depuis que j'avais commencé à me préparer. Faisant comme si elle n'existait pas, je me tournai sur le côté pour vérifier que tous mes cheveux étaient bien fixés sur mon crâne, et qu'il n'y avait pas quelques irréductibles mèches qui partaient dans tous les sens. Apparemment pas. *Ouf.* Car je devais reconnaître que j'étais à court de petites pinces et que j'aurais été terriblement agacée de devoir tout recommencer une cinquième fois. Oui, une cinquième. Il m'avait fallu cinq essais pour parvenir à un résultat satisfaisant.

Cinq essais et vingt-cinq petites pinces…

Me voir les cheveux relevés me fit un drôle d'effet. Je n'en avais plus trop l'habitude. Ça me faisait plutôt bizarre. Mais le résultat était vraiment sympa. À refaire. Mais avec mes cheveux rouges !

Élémentaire, mon cher Watson !

Je sortis mon maquillage et commençai à appliquer le fard à paupières doré que j'avais acheté pour l'occasion. (Que de dépenses pour une simple soirée ! Mon compte en banque l'avait senti passer…) Un coup de crayon sous les yeux, une pointe de mascara sur les cils et une touche de brillant à lèvres (doré également) plus tard, j'étais prête.

Les sourcils haussés, j'admirai le résultat avec stupéfaction. Mais qui était cette fille dans la glace ?

Ma voix intérieure poussa un soupir à fendre l'âme :

Tu vois bien que c'est toi, non ?

Je lui tirai la langue (très mature) avant de quitter la salle de bains. Hors de question que cette grincheuse me gâchât ma soirée. (Ly' s'y emploierait certainement pour elle…)

Positive attitude, A.

Plus facile à dire qu'à faire !

Je me rendis dans ma chambre pour passer la robe que j'avais finalement trouvée. Après maintes recherches, j'étais tombée sur *la* robe qui collait parfaitement à mon personnage. Dans un style grec ancien, avec de larges bretelles bouffantes, cette dernière était une pure merveille. D'un blanc immaculé, légèrement saupoudrée d'or sur le décolleté et le bas de la jupe, elle représentait l'image même de l'innocence et de l'élégance. (Ce qui convenait parfaitement à Perséphone.) La fine mousseline moulait mon buste comme une seconde peau, avant de tomber en vague autour de mes jambes.

Je me mordillai la lèvre en m'admirant sous toutes les coutures devant le miroir à pied de ma chambre. Le décolleté en V était osé, tout en demeurant extrêmement sage. (*Je sais, c'est contradictoire. Mais tellement vrai !*) Tout ce qui devait être couvert l'était parfaitement. (Même si la pointe du V s'arrêtait bien en dessous de ma poitrine. Osé, tout en demeurant sage.) Innocente, avec juste une pointe de folie. Exactement ce que j'avais voulu. Je ne regrettai absolument pas le prix qu'elle m'avait coûté. Elle était parfaite.

Les yeux brillants de plaisir, je ne cessais de m'admirer dans la glace. Je me trouvais… jolie. Très jolie, même.

T'es en train de prendre racine, A. Tu vas être en retard.

Les dents serrées, je tentais d'ignorer ma maudite voix intérieure. *Enfer et damnation !* Si elle continuait comme ça, elle allait me faire sortir de mes gonds et j'arriverais fâchée à cette fichue soirée. Flop total assuré. Je fermai les yeux et pris une profonde inspiration. Je pouvais être plus forte qu'elle. Je le pouvais.

Ça, je le sais, A. Mais en seras-tu capable ?

Un peu mon neveu !

Je pris la couronne de fleurs et d'épines que j'avais commandée à la fleuriste du quartier et la posai délicatement sur ma tête. Et voilà, le tour était joué.

J'étais maintenant la déesse des enfers.

Je gloussai en secouant la tête, avant d'aller chercher mon petit sac doré et mon manteau. Direction : la maison de Drew et de Ly' ! Nous avions convenu, mes amis et moi, de nous y retrouver. Je préfèrerais y aller par mes propres moyens, cela me permettrait de partir quand je le voudrais.

Et mon petit doigt me disait que je n'y ferais certainement pas long feu…

Vingt bonnes minutes plus tard, j'étais dûment parquée le long de leur rue principale. Il semblait y avoir déjà foule et j'avais eu une chance incroyable de pouvoir me garer sans trop de problèmes. Devinant quatre silhouettes qui attendaient devant l'entrée de la maison, je présumais qu'il s'agissait de mes amis et hâtais le pas.

Bingo !

Enveloppés dans de longs manteaux noirs, assez similaires au mien, Kim, Marj', Dan et Vince me firent de grands signes lorsqu'ils me virent approcher. Comme si je pouvais les louper…

Avec toi, tout est possible, A.

— Quel comité d'accueil ! Il ne manque plus qu'une pancarte avec mon nom écrit en grand et ça serait la totale ! m'exclamai-je joyeusement, en arrivant à leur hauteur.

— On se les caille, ma belle, alors on poursuivra ce concours de sarcasme à l'intérieur, si ça ne te dérange pas. Quand je serai à même d'activer mes fonctions cérébrales, grommela Kim, en dansant d'un pied sur l'autre.

Marj' eut un petit reniflement nasal très peu féminin.

— Tes fonctions cérébrales sont en hibernation depuis ta naissance, Kim. La chaleur étouffante qu'il fait certainement làdedans (elle pointa la maison qui se trouvait derrière elle de son pouce), n'y changera rien du tout.

— Ça risque même de les faire fondre, ricana Dan, en lui donnant un léger coup de coude.

Kim se tourna vers lui, les poings sur les hanches.

— Je croyais que tu étais mon cavalier pour la soirée, Dan !

— Ouais. Ton cavalier, pas ton esclave, Kim…

— Et ce n'est pas la même chose ? Zut alors ! Je me suis encore fait avoir, on dirait…, maugréa-t-elle, avant de m'empoigner fermement par le bras et de me traîner jusqu'à la porte d'entrée. Ouvre cette fichue porte, Anna ! Je me les pèle, sérieux. Si ça continue, je vais me transformer en glaçon, je le sens.

J'arquai un sourcil en lui jetant un regard en coin, dubitative.

— Et pourquoi tu ne l'ouvres pas toi-même ?

— Parce qu'on est chez ton frère ! asséna-t-elle comme si cela coulait de source.

Renonçant à débattre là-dessus, car moi aussi je commençais à sentir le froid traverser mon manteau, j'ouvris la porte et m'écartai pour les laisser passer.

— Les dames d'abord, fanfaronnai-je, en m'inclinant bien

bas.

Marj' me détailla de la tête au pied.

— Parce que tu n'es plus une dame, toi, maintenant ?

Je levai le nez, hautaine.

— Bien sûr que non. Je suis une déesse, répondis-je, avec un brin d'arrogance, sourcil arqué.

Si Dan et Vince en restèrent bouche bée, Marj' et Kim éclatèrent de rire en branlant la tête.

— Complètement folle, déclarèrent-elles en cœur, comme à leur habitude.

Une fois à l'intérieur, je poussai un petit cri de ravissement. La déco avait été complètement refaite, pour s'accorder au thème de la soirée. D'énormes citrouilles, débordantes de bonbons, reposaient sur les divers meubles du couloir. D'autres, plus petites, étaient fixées au plafond et se balançaient doucement. De fausses toiles d'araignées, du moins l'espérais-je, pendaient dans le vide, au-dessus de nos têtes, ou serpentaient le long des murs. De petites araignées y étaient accrochées, pour rendre cela plus réel. Et ça marchait à la perfection puisque j'eus un long frisson d'effroi.

Pitié, faites qu'elles soient toutes fausses !

Il y avait même une sorcière chevauchant un balai !

Ils s'étaient visiblement donnés beaucoup de mal. Je regardai tout cela avec des yeux émerveillés, lorsqu'un mouvement sur ma gauche attira mon attention. Je poussai un véritable hurlement de terreur en voyant l'une de ces horribles bestioles poilues se déplacer le long du mur. Je me plaquai contre la porte, à deux doigts de partir en courant.

En entendant mon hurlement, Kim et Marj' avaient crié de concert en bondissant sur le côté.

Vince se tourna vers moi, les sourcils haussés.

— Putain, mais qu'est-ce qui t'arrive, Anna ?

Je levai un doigt tremblant et pointai la coupable.

— L-l-l-là… s-s-su-su-sur… l-l-le… mu-mu-m-mur…, bégayai-je, en tremblant comme une feuille.

Mes quatre amis regardèrent dans la direction indiquée, avant de pouffer.

— Tu as peur de cette minuscule araignée, Anna ? Sérieusement ? s'esclaffa Dan, en se frappant la cuisse. La petite bête ne va pas manger la grosse…

J'aurais bien voulu le foudroyer du regard, mais je refusais catégoriquement de quitter cette maudite bestiole des yeux. J'avais bien trop peur qu'elle en profitât pour me sauter dessus.

A, que tu la regardes ou non, si elle veut te sauter dessus, elle le fera…

Ta sollicitude me touche à un point que tu ne peux même pas imaginer…

A, les araignées ne sautent pas…

On est jamais trop prudent…

Il ne faut pas confondre prudence et paranoïa !

Je ne suis pas paranoïaque… je suis juste monstre flippée par cette putain de bestiole ! Nuance…

— Arachnophobe, débitai-je d'une voix hachée.

— Hein ?

Je déglutis péniblement, avant de répondre au cri de Kim.

— Je suis arachnophobe, répétai-je sèchement.

— Elle a la phobie des araignées, chuchota Marj'.

J'entendis le bruit d'une claque.

— Ça va, je suis pas débile. J'avais compris, gronda Kim, avant de se placer devant moi. Viens, Anna, le vestiaire est juste là.

Je secouai vigoureusement la tête, refusant de bouger.

J'entendis Vince grommeler dans sa barbe avant qu'il n'aplatît cette pauvre bête avec le plat de sa chaussure. Je me détendis immédiatement et me laissai aller contre la porte dans mon dos.

Un soupir de soulagement m'échappa. *Sauvée…*

— Non, mais ça va pas la tête ! Qu'est-ce qui t'a pris de faire ça ? As-tu la moindre idée de combien coûte un gadget pareil ?

Je blêmis en reconnaissant la voix de Ly'. *Fausse joie, pas sauvée du tout !*

Eh, merde !

Je m'avançai d'un pas, pour lui expliquer que c'était de ma faute. Du moins, était-ce mon intention, mais dès l'instant où je posai mon regard sur lui, je fus incapable de prononcer le moindre mot.

Je le dévorai des yeux. Bouche bée et langue pendante. *Affligeant…*

Tout de noir vêtu, il avait troqué son traditionnel débardeur contre un tee-shirt hyper moulant. Des bracelets argentés étaient fixés à ses poignets et à ses biceps, les rendant encore plus impressionnants qu'à l'ordinaire. Il portait des espèces d'épaulettes argentées, pointues à souhait, sur lesquelles était nouée une cape. Un pantalon en cuir moulait ses puissantes cuisses comme une seconde peau. *Miam, miam.* Ses cheveux noirs, rejetés en arrière et couverts de gel, lui donnaient un air ténébreux et accentuaient la sévérité de son visage. Ses prunelles vert menthe étaient la seule touche de couleur de ce merveilleux tableau. Et elles semblaient scintiller de mille feux.

Puis mes iris se posèrent sur son oreille droite, et je retrouvai avec plaisir les huit petits anneaux d'or qui la parcouraient. Ce bad-boy était vraiment à croquer. *Bon sang !*

Le voyant faire un pas menaçant vers Vince, je sortis de ma torpeur et me forçai à avancer. Son attention se porta immédiatement sur moi. Je passai ma langue sur mes lèvres soudain sèches.

Allez, A, courage ! Tu peux le faire.

— C'est ma faute...

Il pinça les lèvres et me lança un regard peu amène.

— Bizarre. J'aurais pourtant juré que c'était Vince qui avait cogné sa chaussure contre le mur. J'ai visiblement besoin de lunettes…

Je piquai un fard et baissai les yeux.

Souris grise, le retour !

— Non. Il a tué l'araignée parce que… (Un long frisson me parcourut et me fit trembler de la tête aux pieds. Je pris une profonde inspiration avant de poursuivre.) Je suis arachnophobe.

Ly' cligna des paupières puis fixa le mur, perplexe.

— Alors qu'est-ce que tu fous à une fête d'Halloween ?

Je pâlis et eus un mouvement de recul.

— Je suis désolée…

Il leva la main et je me tus immédiatement.

T'es tellement obéissante, A… Qui l'eut cru ?

La.Ferme !

— Le vestiaire est juste là. (Il pointa la pièce qui se trouvait à droite de l'entrée.) Si par malheur je n'ai pas enlevé toutes les araignées mécaniques avant que vous en sortiez, merci de ne pas les bousiller. Ça coûte un bras ces gadgets…

Oh, la honte ! Ce n'était pas une vraie araignée…

Nous avions le choix entre le garage et la salle à manger. Dans le premier, il y avait un traditionnel bière-pong ainsi que divers autres jeux du même genre ; alors que la seconde avait été transformée en piste de dance pour l'occasion. Ly' et mon frère participant au bière-pong, notre choix avait été vite fait. Une soudaine envie de danser nous avait brusquement saisis. Allez savoir pourquoi.

— Cette robe est vraiment magnifique, Anna, me dit Kim en me faisant tournoyer sur moi-même. Tu es radieuse et elle te va comme un gant.

— Évidemment, minaudai-je. Je suis la déesse des enfers,

après tout. Il ne saurait en être autrement.

Marj' secoua la tête, avant de plonger son nez dans son verre de bière.

— Assurément.

Kim et elle échangèrent un regard narquois qui ne m'échappa nullement, même si je choisis de ne pas le relever.

— Tu es très bien aussi, en nymphe des bois, déclarai-je, en pointant du doigt la robe minimaliste que portait Kim.

Mon amie rougit de plaisir. (Si seulement elle savait…)

— Je te remercie, oh grande déesse des enfers, fanfaronna-t-elle en courbant le buste, dans une pseudo-révérence.

Je masquai mon sourire ironique derrière mon verre.

A, t'es pas sérieuse ? Tu vas pas faire ça, hein ?

— Tu sais que les nymphes ont la réputation d'être de vraies salopes ? demandai-je innocemment.

Oh bordel de merde ! Elle l'a fait !!!

Marj' s'étouffa avec sa gorgée de bière, ce qui semblait devenir une fâcheuse habitude, pendant que Kim me transperçait d'un regard noir. Elle ouvrit et ferma la bouche à plusieurs reprises, avant de brusquement faire volte-face, non sans m'avoir fait un doigt d'honneur juste avant de partir. Elle agrippa Dan au passage et l'entraîna à sa suite en direction du garage.

T'es fière de toi, A ?

Plutôt, oui…

J'hallucine !!!

Oh, c'est bon ! Si on ne peut même plus plaisanter…

Tu vas avoir un retour de boomerang… ça va pas être beau à voir !

Si tu le dis…

— Tu vas le regretter, Anna…, gloussa Marj' en suivant Kim des yeux, faisant écho à ma voix intérieure. Elle serait capable d'aller dire à Ly' que tu le cherches partout depuis des heures…

Je tressaillis à ses paroles et lui lançai un regard prudent.

— Tu déconnes ? (À l'expression de son visage, je compris qu'il n'en était rien.) Eh, merde !

Qu'est-ce que j'avais dit ? Bon sang, ce que c'est lassant d'avoir toujours raison !... Pas évident d'être moi...

Je posai mon verre en quatrième vitesse, sur la première surface plate que je trouvai, et me précipitai vers Vince, en ignorant cette maudite vantarde.

— On danse ?

— Vos désirs sont des ordres pour moi, ma chère…, affirma-t-il, en se courbant exagérément devant moi.

Je ricanai en l'entraînant vers le centre de la piste.

— T'es bête…

Il secoua lentement la tête.

— Non. Je suis sous le charme, c'est tout, susurra-t-il en m'enlaçant.

Je réalisai soudain que j'avais peut-être commis une énorme erreur en l'invitant à danser avec moi. (Une de plus !) Voulant à tout prix échapper à Ly', j'avais totalement occulté les sentiments de Vince. Et moi qui m'étais pourtant jurée de ne pas jouer avec eux ! Je me faisais l'effet d'être une bien piètre amie.

Tourne ça à la rigolade, A.

Conseil judicieux. Pour la première fois depuis longtemps, ma voix intérieure semblait me venir en aide à point nommé. C'était agréable. Et fort appréciable… quoique surprenant au vu de ses dernières remarques. Cette mansuétude ne lui ressemblait guère. C'en était suspect. Cela étant, je n'avais pas le temps de me pencher sur cet épineux problème ce soir. Ne souhaitant pas non plus remettre ma bonne fortune à plus tard, je profitai sans vergogne de ses précieux conseils.

Il faut savoir saisir sa chance quand elle est à portée de mains.

— Normal, je suis une déesse, répétai-je en levant le nez, hautaine jusqu'aux bouts des ongles.

Vince me sourit tendrement et caressa ma joue du revers de la main.

Misère…

— Tu sais ce que je veux dire, Anna…

Eh merde !

Je baissai la tête, gênée par la tournure que prenaient les événements. Ce n'était pas du tout ce que j'avais prévu. Mais alors pas du tout.

Peut-être seras-tu agréablement surprise si tu te laisses faire, A.

D'accord. Les sages conseils de ma voix intérieure étaient déjà révolus. Ça n'avait pas duré très longtemps.

— Vince…, commençai-je d'une voix hésitante.

Un doigt posé en travers de mes lèvres m'interrompit net.

— Chut, Anna. Laisse-toi faire…, chuchota-t-il dans le creux de mon oreille.

Je sentis une surface plate contre mon dos et réalisai, un peu tard, qu'il nous avait habilement entraînés à l'écart. J'ouvris la bouche, dans l'intention de protester, mais il ne m'en laissa pas le temps : ses lèvres recouvraient déjà les miennes. Chaudes et douces, elles tentèrent de me persuader de leur ouvrir le passage que j'avais instinctivement refermé. Mais rien n'y fit. Ma bouche resta hermétiquement close.

J'attendis patiemment que Vince se reculât, restant froide à ses tentatives de séduction. Alors que Ly' m'avait immédiatement enflammée, Vince me laissait de marbre. (C'était tout moi, ça… craquer sur le bad-boy et être indifférente face au gentil garçon… La vie était mal faite !) J'aurais pu tenter de pousser plus loin cette expérience, bien sûr, mais cela n'aurait pas été juste pour mon ami. Je ne voulais surtout pas lui donner l'impression que je l'allumais délibérément.

Ses lèvres se séparèrent finalement des miennes. Il me lança un regard déçu qui me mit affreusement mal à l'aise.

— Ça ne t'a rien fait, pas vrai ?

Je fixai la pointe de mes chaussures et répondis du bout des lèvres par la négative. Il poussa un long soupir et s'éloigna de moi.

— Je m'en doutais. J'ai bien vu la manière dont tu le regardes. Mais, je m'étais dit que, peut-être…

— Je suis désolée, Vince…

— Non. Il ne faut pas, m'assura-t-il en me caressant la joue. On ne choisit pas qui nous plaît et qui nous déplaît. Et puis, toi et moi, on est ami. C'est bien aussi, non ?

Je relevai la tête et lui adressai un sourire tremblotant.

— Oui, on est ami. Et c'est *très* bien.

Il me fit un bisou sur la joue avant de s'éloigner. Je le suivis des yeux, avant de me laisser aller contre le mur. Je fixai le plafond sans vraiment le voir. J'avais besoin de me retrouver seule un moment. Du coin de l'œil, je vis que la cuisine était juste à côté. Je ne m'étais pas rendu compte que nous étions sur le passage.

Je rougis et tournai la tête, en me disant qu'un bol d'air frais ne me ferait pas de mal.

Et ce fut là que je croisai un regard vert menthe, flamboyant d'une fureur à peine contenue.

Oh, non !

Sans réfléchir à ce que je faisais, je soulevai le bas de ma robe et fendis la foule qui se déhanchait sur la piste de dance. Ne songeant qu'à fuir, je me rendis dans le seul endroit qui avait été interdit aux invités : l'étage. Je grimpai les marches de l'escalier deux par deux et courus me réfugier dans la chambre d'amis.

Une fois la porte refermée derrière moi, je poussai un long soupir de soulagement. Cela avait été juste. Je m'approchai de la seule fenêtre de la pièce en me frottant distraitement les bras. J'étais glacée jusqu'à la moelle des os. Et pas à cause du froid. Je regardai, comme hypnotisée, les rares feuilles qui restaient sur les arbres se balancer au gré du vent. Tout en admirant cet envoûtant ballet, je faisais de gros efforts, de très gros efforts, pour calmer les battements de mon cœur.

Ly' nous avait vus.

Il avait vu Vince en train de m'embrasser.

Si j'en jugeais par l'expression de son visage, et de la rage qui avait brûlé dans ses yeux, il n'avait pas aimé ça. Mais alors pas du tout. Avec ses poings serrés le long du corps, j'avais cru qu'il allait me réduire en bouillie.

Il y a très peu de chance, pour ne pas dire aucune, qu'il s'en prenne physiquement à toi, A. Et tu le sais parfaitement. Par contre, Vince... C'est une autre paire de manches.

Je poussai un gémissement et me tapai le front contre la vitre. Dans quel guêpier m'étais-je encore fourrée ? Moi qui m'étais pourtant jurée de ne pas titiller le tigre ce soir. J'avais même eu comme objectif de ne pas le croiser du tout. Et mise à part lors de notre arrivée, je l'avais parfaitement atteint. Jusqu'à ce que je me moque de Kim.

Ça m'apprendra à l'ouvrir à tout bout de champ !

Je t'avais dit qu'il y aurait un retour de boomerang... et que ça serait pas beau... mais tu m'écoutes jamais...

Tu m'aides pas en disant ça !

C'était pas le but...

Si Vince se faisait démolir le portrait à cause de moi, je ne me le pardonnerais jamais. Le plus simple, et le plus logique, serait d'aller parler à Ly'. Mais pour lui dire quoi ? Que Vince avait mal interprété mon invitation à danser ? Ça ne ferait qu'empirer les choses, au contraire. Et quelle serait sa réaction si je lui avouais avoir voulu faire une expérience ?

N'oublie pas ce qu'il t'a dit à plusieurs reprises, A.

Quoi, donc ?

Qu'il ne fallait pas lui mentir, car il pouvait lire en toi comme dans un livre ouvert ! En même temps, je dis ça, je dis rien... d'ailleurs, je me demande bien pourquoi je continue de t'aider...

Très juste. Mentir n'était pas une option. Ça ne l'était jamais. Un mensonge finissait toujours par nous revenir en pleine poire, d'une manière ou d'une autre.

Dans ce cas, qu'est-ce que tu vas faire ?

Excellente question. Qu'est-ce que je pourrais bien faire pour sauver la peau de Vince ?

Avouer à Ly' que tu es raide dingue de lui…

Euhm… non, fausse bonne idée !

J'étais dans la panade. Pour une fois que je me laissais aller la moindre, ça me revenait contre avec la puissance d'un boomerang, comme le disait si bien ma voix intérieure. Mais le pire, c'était que je ne savais pas qui allait devoir payer les pots cassés, ni à quel prix.

— Je t'avais dit qu'il voulait te baiser…

Chapitre 17

La voix grave et froide de Ly' résonna dans la pièce et me fit blêmir. Fermant les yeux de dépit, je me demandai comment j'avais pu ne pas l'entendre entrer dans la chambre. J'étais persuadée d'avoir fermé la porte derrière moi. Mais pas à clé, malheureusement.

Idiote, idiote, idiote ! Triple idiote !!!

Refusant catégoriquement de me retourner, je me raidis en le sentant approcher. Les paupières crispées, je restai figée sur place, telle une statue de glace. Ou de marbre, vu la froideur et la rigidité qui m'avaient soudain envahie.

— Tu t'arranges pour détruire une araignée mécanique qui coûte la peau des fesses, à peine le seuil de la porte franchi. (Sa voix était à peine plus haute qu'un murmure.) Puis, tu embrasses un autre mec juste sous mes yeux. (J'entendis distinctement ses dents grincer.) Qu'as-tu prévu d'autre pour me pourrir ma soirée, Annabelle ? Parce que c'est bien pour cela que tu es venue, n'est-ce pas ? Pour te venger de moi…

Froide et coupante, sa dernière phrase me fit tressaillir. Je serrai mes bras autour de mon ventre, comme pour me protéger. Me mordant la lèvre inférieure au sang, je secouai lentement la tête. Non, je n'étais pas venue ici pour me venger ou pour lui pourrir la vie. J'étais venue pour faire plaisir à mes amies. Quelle galère !

— Non quoi, Annabelle ? cracha-t-il en plaquant violemment ses mains contre la fenêtre, de part et d'autre de ma tête. Non, tu n'as rien prévu d'autre ? (Il se pencha jusqu'à ce que je sente son souffle chaud contre ma nuque.) Non, tu n'es pas venue pour me pourrir ma soirée d'Halloween ? Non, tu n'as pas embrassé un autre mec juste sous mes yeux ?

Sa dernière question sonnait comme une menace et la petite souris grise que j'étais le comprit parfaitement. Tremblant de tous mes membres, je secouai une nouvelle fois la tête, incapable de prononcer le moindre mot pour l'instant. Même ma voix intérieure était devenue silencieuse. Comme si elle avait senti qu'il ne fallait surtout pas provoquer le fauve qui était dans mon dos en ce moment. Même en pensée.

Misère...

— Réponds-moi ! ordonna-t-il sèchement, en tapant la vitre du plat de la main.

Je sursautai violemment et me retrouvai plaquée contre son torse. L'un de ses bras s'enroula immédiatement autour de ma taille, me maintenant fermement collée contre lui.

— Non à tout, soufflai-je d'une voix blanche. Non, je n'ai pas délibérément embrassé Vince devant toi. Non, je ne suis pas du tout venue ici pour te pourrir ta soirée, de quelques manières que ce soient. Non, je n'ai absolument rien prévu d'autre..., finis-je par répondre, dans un filet de voix.

Il y eut un moment de silence et l'on entendit plus que nos deux respirations. Lourde et profonde pour Ly', sifflante et haletante pour moi.

— Tu es vraiment arachnophobe, ma souris ? Ou bien c'était une excuse pour sauver la vie de ton chevalier servant ?

La question de Ly' me prit complètement au dépourvu. Si je m'attendais à ça. J'ouvris immédiatement de grands yeux tout ronds et tournai la tête vers lui, pour croiser son regard par-dessus mon épaule. Clair et limpide, sans aucune trace de colère.

Il semblait s'être calmé.

Je demeurai un instant bouche bée, ne sachant que penser de ce brusque revirement de situation. À me retourner dans tous les sens comme une crêpe, il allait finir par me faire perdre le nord.

C'est pas déjà fait, A ?

Une mauvaise nouvelle n'arrivant jamais seule, je ne devrais pas être surprise que ma voix intérieure fût de retour. Et pourtant…

— Je suis arachnophobe. Vraiment, répondis-je enfin, sur mes gardes.

Une souris grise en garde… Trop marrant !

Pas faux…

— Alors, pourquoi venir à une fête d'Halloween ? Tu devais bien te douter qu'il y aurait ce genre de petites bêtes un peu partout dans la maison… C'est le thème de la soirée, après tout…

La tête légèrement penchée sur le côté, il me fixait avec une grande attention. Ma réponse lui importait et il voulait comprendre la raison de ma présence ici, ce soir. Mais à force de le regarder, la tête tournée et levée au maximum, je commençais à avoir des douleurs dans la nuque. *Génial…*

Le problème, avec l'emmerdement maximum, c'est…

On sait, A, on sait !

Ah.

— Parce que mes copines m'ont suppliée de venir. Et honnêtement, je n'ai pas pensé une seconde que vous alliez redécorer la maison avec une multitude de ces horribles bestioles. Ni qu'elles pouvaient bouger. Je ne savais même pas qu'il en existait des mécaniques…

Ly' arqua un sourcil, et un sourire moqueur flotta sur ses lèvres.

— Ce ne sont pas d'horribles bestioles, ma souris, dit-il avant de faire un pas en arrière, me libérant ainsi de son étreinte.

Je tournai brièvement la tête de l'autre côté, pour soulager la douleur de ma nuque, avant de lui faire face.

Il prit ma main et m'entraîna à sa suite.

— Tu m'emmènes où ? demandai-je, en le suivant avec une certaine réticence.

— Je veux te montrer un truc. Essaie de ne pas hurler, d'accord ? Il ne faudrait pas réveiller les morts…, ânonna-t-il, avec une voix d'outre-tombe.

Je me raidis et fus instantanément sur le qui-vive. Qu'est-ce qui allait encore m'arriver ? Je n'aimais pas trop le ton lugubre qu'il venait d'employer.

Il essaie de te faire peur, A.
Eh bien, ça marche drôlement bien !
Trouillarde…

Il ouvrit la porte de sa chambre et m'emmena à l'intérieur, à sa suite. Raide comme un piquet, je franchis tout juste le seuil, avant de piler net. Je n'aimais pas cela du tout. Mais alors, vraiment pas.

— Annabelle, pourrais-tu entrer, s'il te plaît ? Que je puisse fermer la porte…, grommela-t-il en poussant un soupir de frustration.

Alors que j'allais refuser, il m'attira brusquement contre lui. Je m'écrasai contre son torse ferme, et il m'enveloppa une nouvelle fois dans ses bras.

— Ah, ma souris… Si tu savais comme j'aime t'avoir ainsi, tout contre moi…, susurra-t-il dans le creux de mon oreille, avant d'en mordiller doucement le lobe. Mais avant tout chose, je voudrais te présenter deux personnes très chères à mon cœur.

La tête me tournait et il me fallut plusieurs minutes pour comprendre ce qu'il venait de dire.

Je levai un regard perdu vers lui.

— Hein ?

Il me fit un grand sourire qui creusa de belles fossettes dans ses joues. Il n'avait jamais été plus beau. Pourtant, il était magnifique au quotidien… Ça craignait grave.

J'étais tellement envoutée par ce superbe sourire, que je ne vis pas tout de suite qu'il avait fermé la porte.

— Ma souris, je te présente Norbert et Kayla.

D'un geste théâtral de la main, il m'indiqua le fond de la pièce. Comme au ralenti, je tournai lentement la tête dans cette direction. Je vis un bureau avec deux écrans d'ordinateur, une petite bibliothèque, une armoire, un terrarium, un lit…

Stop ! Arrêt sur image.

On rembobine lentement. Très, très lentement.

Un lit, un terrarium, une arm…

Glacée jusqu'au sang, je verrouillai mon regard sur le terrarium. Blanche comme neige, je levai un doigt tremblant dans cette direction.

— Y'a… u-u-une… a-a-arai-gn-ée… là ? bégayai-je en pointant le lieu incriminé.

Ly' posa ses mains sur mes épaules et les massa doucement. De lents gestes circulaires qui m'apaisèrent progressivement et me permirent de reprendre le contrôle de ma voix. À défaut du reste.

— Je t'en supplie, dis-moi que tu n'as pas d'araignées là-dedans !

Ly' pencha la tête sur le côté et m'adressa un petit sourire coquin.

— D'accord. Je ne te le dirai pas.

Oh. Mon. Dieu.

Il avait une araignée. Une vraie araignée. Un long frisson me secoua. Je fis instinctivement un pas en arrière. Puis un second. Jusqu'à me retrouver plaquée contre la porte de sa chambre.

— Hey, calme-toi. Tu ne risques absolument rien, Annabelle. Depuis que Kayla partage le terrarium de Norbert, elle n'a plus tenté de s'échapper. Et quand elle le faisait, c'était uniquement pour rejoindre Norbert.

Et moi qui croyais que je ne pouvais pas me sentir plus mal. Chancelante, je tâtonnai derrière moi à la recherche de la poignée, pressée de quitter cet endroit maudit. Mais l'opération était hasardeuse puisque je refusais de quitter ce fichu terrarium des yeux. Alors que j'étais sur le point de faire volte-face et de m'enfuir comme si j'avais le diable aux trousses, Ly' m'en empêcha. Il me prit promptement dans ses bras et me souleva comme si je ne pesais pas plus lourd qu'une plume. Sans plus de manières, il se dirigea vers son lit. Heureusement, ce dernier se trouvait à l'opposé du monstre poilu et terrifiant qui me tétanisait. C'était déjà ça, même si la consolation était bien maigre.

Ly' s'assit et m'installa sur ses genoux. Je me laissai faire dans un état second, sans quitter le terrarium des yeux.

— Y'en a deux ? croassai-je en clignant rapidement des paupières, mais sans détourner la tête.

J'imaginai déjà les milliers de petites araignées qu'ils allaient pondre et qui ramperaient à toute vitesse vers moi. L'image apparut si distinctement que je me mis à trembler d'effroi. Un long et incessant frisson me parcourait.

Arrête, A, si tu continues à penser à ce genre de choses, tu vas finir par tourner de l'œil. Et tu ne veux pas perdre connaissance dans la même pièce qu'une araignée, quand même ?

Oh, bon sang ! C'était vrai ça. Il fallait absolument que je me ressaisisse. Hors de question que je me retrouve inconsciente en présence de ces bestioles. Je me forçai donc à fermer les yeux et à prendre de profondes inspirations.

Inspirer, expirer. Inspirer, expirer. Inspirer, expirer.

— Non.

Je rouvris les yeux et tournai la tête vers Ly'.

— Non ?

— Non.
D'accord. Donc seule Kayla était une araignée. Bonne nouvelle. Une seule, c'était bien mieux que deux. Vraiment beaucoup mieux. Une, je pouvais gérer. Enfin, peut-être.
Norbert, c'est quoi alors ?
Question judicieuse. Qu'était donc Norbert ? Pour être dans un terrarium, ça pouvait être… quantité de choses, en fait ! Et toutes les options qui me vinrent en tête étaient aussi terrifiantes qu'une araignée.
Alors, qu'est-ce que tu attends pour demander ?
Ah, oui. Heureusement que ma voix intérieure était là pour me rappeler mes priorités.
À ton service, A.
Tiens, donc ! Le contraire eût été étonnant !
— Et, euh, Norbert… c'est quoi, alors ? demandai-je craintivement, car je redoutais vraiment la réponse à cette question.
— Un python.
Okay, d'accord. Ce mec était complètement malade. Cette fois, c'était sûr. Il avait un serpent et une araignée. Il fallait que je me tire d'ici. Le plus vite possible.
— Super…, dis-je faussement enthousiaste. Euh, tu ne crois pas qu'il faudrait qu'on retourne en bas ? Tes potes vont se demander où tu es passé…
Je tentai de me lever, mais les bras de Ly' se resserrèrent brusquement autour de ma taille. Impossible de les faire bouger. De l'acier trempé.
Génial. De mieux en mieux.
— Tu as aussi peur des serpents ?
— Non, pas spécialement. Mais le python est réputé pour être une créature particulièrement dangereuse. Donc je n'en suis pas trop folichonne. (Et je savais de quoi je parlais, vu que j'en avais voulu un pour mes seize ans. L'exposé de ma mère à ce

sujet avait été complet et particulièrement instructif.) On y va ?

Ly' se pencha vers moi, et je tournai la tête pour éviter que son visage ne se retrouvât au-dessus du mien. Trop dangereux.

— Les pythons ne sont certes pas des jouets, mais ils ne sont agressifs que s'ils se sentent menacés. Et je peux t'assurer que Norbert ne m'a jamais attaqué. Ni moi ni personne d'autre. Un chien peut s'avérer tout aussi dangereux qu'un python.

Ça, je le savais aussi. La fille de la voisine s'était fait attaquer par le chiwawa d'une vieille dame qu'elle avait voulu caresser. Depuis, d'horribles cicatrices marquaient son visage. Inutile de préciser qu'après cela, ma mère n'avait plus voulu entendre parler d'avoir un chien. Ni d'un chat, car ils étouffaient les bébés dans leur sommeil. Comme nous n'avions pas de bébé à la maison, je n'avais pas vraiment compris en quoi cela nous concernait, mais ma mère était restée intraitable. Nous aurions éventuellement pu avoir un poisson rouge, si mon frère n'avait pas blagué en disant que je pouvais me noyer dans le bocal, en plongeant la tête dedans. Résultat : pas d'animaux de compagnie à la maison.

— Je sais, les animaux de compagnie sont à l'image de leur maître. On peut y aller, maintenant ? insistai-je en tentant encore de me lever.

— Parce que t'es pressée de rejoindre Vince ?

Coupante, sa voix fendit l'air avec la précision d'un couperet. Je cessai immédiatement de bouger, ne sachant quelle attitude adopter.

T'es dans la merde, A.

Non ? Tu crois ?

— Non, murmurai-je finalement, en baissant la tête pour fixer mes genoux.

Le tigre était de retour, et la petite souris grise brûlait d'aller se terrer dans un trou.

Ly' posa une main possessive sur ma gorge et me força à

relever la tête pour affronter son regard pâle.

— J'ai failli le démolir, Annabelle. Il s'en est fallu de peu, de très peu, pour que je lui refasse le portrait, cracha-t-il, les yeux brûlants de rage. Tu veux savoir pourquoi je ne l'ai finalement pas touché ? (J'avalai difficilement ma salive et hochai légèrement la tête. Autant que sa prise me le permettait.) Parce que t'es restée froide entre ses bras. Tu ne lui as pas rendu son baiser. Tu n'y as même pas répondu. Et quand il s'est écarté, tu n'as pas cherché à le retenir. Ça, ça lui a sauvé la vie. (Il se pencha vers moi, jusqu'à ce que son nez frôlât le mien.) Mais ce n'est pas uniquement pour ça que je l'ai laissé partir sans réagir. S'il avait insisté, s'il avait seulement essayé de te reprendre dans ses bras, je l'aurais pulvérisé. Littéralement. On ne touche pas ce qui m'appartient. Jamais, gronda-t-il, la mâchoire tellement crispée qu'un muscle tressautait au niveau de sa joue. Et toi, Annabelle, tu es à moi. (Ses lèvres frôlèrent les miennes, dans une caresse aussi légère qu'une plume.) Tout comme Perséphone appartenait à Hadès.

Tellement troublée par les effleurements de ses lèvres, je faillis rater sa dernière déclaration. Stupéfaite, j'écarquillai les yeux en cherchant à comprendre où il voulait en venir. Puis la réponse m'apparut dans toute sa splendeur. Ses habits noirs, ses bracelets argentés, sa coiffure. Il avait la beauté d'un dieu. D'un dieu des enfers. L'incarnation du péché ultime. Hadès.

— Comment as-tu su ? voulus-je savoir, le souffle court.

— J'ai des yeux et des oreilles, ma souris, et ils fonctionnent à la perfection, susurra-t-il en frottant son nez contre le mien. Et maintenant, je vais effacer la trace qu'un autre a laissée sur toi. Car c'est inacceptable.

Ses lèvres s'emparèrent des miennes avec douceur et volupté. Mon corps se raidit, puis se tendit instinctivement vers lui. Alors que Vince m'avait laissée de glace, je sentis mon sang entrer en ébullition pour Ly'. Des milliers de papillons prirent leur envol au sein de mon corps, le parcoururent sans relâche, me faisant tressaillir de surprise, puis trembler de désir.

— Si douces, Annabelle, tes lèvres sont si douces… Et elles sont à moi, et à moi seul.

Si ses paroles étaient grisantes, la bouche qui m'embrassait à nouveau l'était bien davantage. Mes paupières se fermèrent d'elles-mêmes et ma tête bascula en arrière, pour lui donner un meilleur accès à mes lèvres. Comprenant l'invitation tacite, Ly' l'accepta et approfondit son baiser. La pointe de sa langue redessina l'ourlet de mes lèvres, avant de plonger entre elles pour partir à la recherche de la mienne. Docile, je me soumis au désir de Ly'. Toute envie de rébellion avait définitivement quitté mon corps.

Je n'étais plus que désir et sensations.

Si son baiser était vorace et affamé, Ly' n'en demeura pas moins doux avec moi. Comme si j'étais une poupée de porcelaine qui menaçait de se briser au moindre mouvement brusque.

Sans décoller ses lèvres des miennes, Ly' pivota doucement sur lui-même et m'allongea progressivement sur son lit. Soutenant le poids de son corps à bout de bras, il mit un terme à notre baiser. Mes paupières papillonnèrent, avant de s'ouvrir en grand. Le désir qui brûlait dans ses iris vert menthe me donna la chair de poule.

— Putain, ce que t'es belle, ma souris, lâcha-t-il d'une voix rauque.

Il me dévora des yeux, balayant mon visage avant de glisser le long de mon corps. Je sentis la pointe de mes seins se dresser en réponse. Un petit sourire en coin me montra que cela ne lui avait pas échappé.

Il s'allongea lentement sur moi, me laissant le temps de protester et d'interrompre ce qu'il avait entamé. Mais je n'en avais pas la moindre envie. Au contraire, je désirais qu'il m'embrassât encore. Toujours.

— Embrasse-moi…, quémandai-je en me tortillant doucement.

— Tu me rends fou, ma souris…

Prenant appui sur ses coudes, il encercla mon visage de ses paumes et caressa mes lèvres de son souffle. J'étais à la torture. J'en voulais plus. Quand je fis mine de lever la tête pour combler la distance qui nous séparait, il se recula en souriant.

— Tsss tsss tsss, pas de ça, Annabelle.

Je grommelai de frustration et le foudroyai du regard. J'étais en feu et j'avais besoin de lui. *Maintenant.*

— Je t'en supplie…, sanglotai-je en tendant mon visage vers le sien.

Son sourire s'effaça brusquement et sa voix redevint glaciale.

— Non. Ne me supplie pas, Annabelle. Jamais.

Perdue, je lui lançai un regard blessé. Allait-il me laisser en plan, une fois de plus ?

— Ne me regarde pas comme ça, ma souris. Je vais te donner ce que tu veux, mais ne me supplies pas. Tu n'en as pas besoin… Jamais…, chuchota-t-il tout contre mes lèvres, le regard doux.

Enfin, il fit ce que j'attendais. Ce que je désespérais d'obtenir.

En dessus de moi, son corps soudé au mien, il m'embrassait à en perdre haleine. J'écartai instinctivement les jambes, cherchant à me rapprocher de lui au maximum. Dans un acte de bravoure, dont je ne me serais jamais crue capable, je levai les mains et les posai sur son dos. D'abord hésitante, je les laissai doucement glisser, suivant la courbe de sa colonne vertébrale, avant de les remonter lentement vers ses épaules. Ses muscles se contractèrent au rythme de ma progression. Puis, prenant peu à peu de l'assurance, je le caressai plus franchement. Pour finalement les glisser sous son tee-shirt noir et toucher sa peau douce et brûlante. Il se crispa légèrement, avant de donner un bref et rapide coup de reins. Si j'en jugeais par ce que je sentais contre mon ventre, mes caresses lui plaisaient. Beaucoup même.

Il se redressa brusquement, sans crier gare, et rompit notre étreinte. Paniquée de ne plus le sentir contre moi, je rouvris les yeux avec l'intention de le supplier de revenir.

Il ne veut pas que tu le supplies, A.

Ah, oui. Très juste. Ne pas supplier.

J'étais sur le point de me relever pour le rejoindre, quand mon cerveau se déconnecta. Black out complet.

Captivée, je fixai les muscles saillants qu'il venait de dévoiler. Sa peau dorée m'attirait comme le miel attirait les abeilles. Aveuglée, je tendis une main tremblante et la posai sur ses abdos parfaitement dessinés. Chauds et durs. Parfait. Je le sentais tressaillir à mon contact et mon cœur se gonfla d'orgueil. C'était moi qui produisais ça chez lui. *Moi.*

Du bout des doigts, j'en suivis méthodiquement chaque ligne.

Son tee-shirt. Il avait enlevé son tee-shirt. Il me fallut du temps pour le comprendre tant j'étais occupée à admirer son corps superbe, et à me glorifier de ses moindres réactions.

Repoussant ma main, il me rejoignit rapidement sur le lit, mettant prématurément un terme à mon exploration. Son front posé contre le mien, la respiration saccadée, il tentait de se maîtriser.

— Si tu me touches encore une fois, je vais perdre le contrôle, ma souris. Je te désire trop... Depuis trop longtemps...

Ces mots enchanteurs me firent l'effet de l'ambroisie. Je m'humectai les lèvres du bout de la langue. Son regard surprit mon geste et des flammes semblèrent jaillir de ses prunelles vert menthe.

— Eh merde, marmonna-t-il avant de se jeter sur ma bouche.

Ses hanches se mirent à rouler contre les miens, dans un rythme lent et sensuel. Je sentis un frisson de plaisir me parcourir et se terminer dans mes orteils, que je recroquevillai instinctivement. Je voulus encercler sa taille de mes jambes, mais la longue jupe de ma robe m'en empêcha. Je me tortillai pour tenter de remédier à cette situation.

Dans un grognement de fauve, il empoigna rudement mes cuisses et les remonta d'un geste brusque. Le bruit d'un tissu qui se déchira me parvint en bruit de fond, mais je n'y pris pas garde. Mes jambes étaient nouées autour de sa taille, le reste n'avait aucune espèce d'importance.

Ses mains, caressant la peau nue de mes jambes, me rendirent folle et je frissonnai de plus belle. Quand le bout de ses doigts frôla le haut de mon arrière-cuisse, je me cambrai d'impatience. Je voulais qu'ils montent encore un peu. Juste un peu. Mais ses doigts prirent le chemin inverse et redescendirent doucement.

Se plaquant plus étroitement encore contre mon mont de Venus, il augmenta la cadence de ses coups de reins. J'étouffai difficilement mes gémissements de plaisir.

Il se recula et me lança un regard brûlant.

— J'aime quand tu bouges comme ça contre moi, chuchota-t-il, les yeux noirs de désir. (J'ondulai derechef des hanches, et un grognement jaillit de la gorge du grand fauve qui me surplombait.) Ça me rend fou. Tu me rends fou, Annabelle.

L'une de ses mains quitta mes cuisses pour serpenter lentement le long de mon corps. Il frôla la pointe de mes seins et je me cambrai immédiatement en réponse.

Un sourire machiavélique étira ses lèvres.

— Oh, ma souris... On dirait que tu aimes bien ce genre de caresses...

Il recommença son manège, me regardant me tortiller dans tous les sens. Incapable de parler, je plongeai mes iris bleu foncé dans les siennes, pour tenter de lui faire comprendre ce que je désirais. Son sourire s'agrandit, et il écarta lentement la mousseline qui recouvrait ma poitrine frémissante. Il tendit la main et suspendit son geste, juste en dessus de mon mamelon fièrement dressé.

Oh, oui ! Oui, oui, oui. Je voulais cela. Dieu comme je le voulais !

VLAN !

— Putain, Ly', tu fous quoi ?! On t'attend pour terminer notre partie de bière-pong ! Drew a dit que tu avais cinq minutes pour...

En entendant la porte s'ouvrir brutalement, Ly' se jeta sur moi, recouvrant mon corps partiellement dévêtu du sien. Il tourna la tête et lança un regard assassin à l'imbécile qui venait d'entrer dans sa chambre.

— Fous le camp ! cria-t-il en montrant les dents.

L'autre s'en alla immédiatement, sans demander son reste. Et franchement, je le comprenais. Le regard de Ly' était tout bonnement terrifiant. Il se tournait vers moi, les sourcils froncés, quand la réalité me percuta de plein fouet. J'étais à moitié nue, allongée dans le lit de Ly', alors que mon frère se trouvait dans la maison, alors qu'il aurait pu nous surprendre à tout instant.

Putain de bordel de merde !

Ton langage ne s'améliore pas, A.

Ça aurait pu être lui qui entrait dans la chambre et qui nous interrompait. Il m'aurait trouvée au lit avec son meilleur pote.

Sentant la panique me saisir, je repoussai frénétiquement Ly' en me tortillant pour lui échapper.

— Laisse-moi ! Laisse-moi me relever ! dis-je d'une voix perchée, à la limite de l'hystérie.

Le visage de Ly' se ferma et il appuya fermement sur mes épaules, me maintenant couchée. Ses yeux lançaient des éclairs, et cette fois, sa cible, c'était moi.

— Pourquoi ? Il y a cinq minutes, tu aurais tout donné pour que je ne m'arrête pas, m'asséna-t-il froidement.

Je blêmis, car il avait entièrement raison. J'avais été à deux doigts de lui donner ma virginité. J'avais été à deux doigts de coucher avec le plus grand baiseur de l'université. Avec un mec qui méprisait les femmes. Qui les prenait pour ensuite les jeter comme de vieux kleenex usagés.

Oh, bon sang de bois !

— Non..., protestai-je plus pour moi-même que pour lui.

Ses lèvres se pincèrent de mécontentement.

— Arrête de raconter des conneries, Annabelle ! Quel est le problème ?

— Le problème ? Ça aurait pu être mon frère, déclarai-je d'une voix blanche. Ça aurait pu être Andy qui venait te chercher... Et il m'aurait trouvée là, à moitié à poil... avec toi...

Ly' se figea. Tel un tigre sur le point de bondir sur sa proie, il demeura parfaitement immobile.

— Tu as honte de moi ? Honte d'être vue avec moi ?

Je détournai les yeux, affreusement gênée.

— Avec une réputation comme la tienne, quelle fille voudrait être surprise dans tes bras par son frère aîné ?

Ly' bondit hors du lit, comme si celui-ci était en feu.

— Dégage. Sors de ma chambre, Annabelle. Tout de suite !

Il n'eut pas besoin de me le dire deux fois.

Chapitre 18

Je passai le reste du week-end enfermée chez moi, refusant de voir qui que ce soit. Après mon départ précipité, c'était le moins qu'on pût dire, de vendredi, où j'avais tout juste salué Marj' et Kim en partant, je ne souhaitais parler à personne. Surtout pas pour devoir expliquer pourquoi la jupe de ma robe était dans un tel état ! Comment pouvait-on justifier une déchirure qui courait sur toute la longueur ? Impossible ! Et puis, j'avais bien trop honte de ce que j'avais fait. M'être laissée séduire par Ly', après la manière dont il m'avait traitée, était le summum de la déchéance. Je n'arrêtais pas de penser à ce qui se serait produit si nous n'avions pas été interrompus.

J'étais tellement mal, j'avais tellement honte, que je finis par ouvrir une des bières que mon frère avait laissées chez moi. La première gorgée, particulièrement amère, me tira une grimace de dégoût. Comment les mecs pouvaient-ils boire ce genre de breuvage à tout bout de champ ? C'était tout simplement infect !

Alors pourquoi tu en prends une deuxième, A ?

Bonne question. Tout en y réfléchissant, je pris machinalement une troisième gorgée. Puis une quatrième. Une cinquième. Une dixième. Et sans m'en rendre compte, j'avais fini la bouteille. Je clignai des paupières en lançant un regard morne à cette dernière. Une moue dubitative sur les lèvres, je me levai pour aller en chercher une autre.

A, tu trouves le goût de la bière affreux, pour rester polie, mais tu en prends une deuxième... Ce n'est sûrement pas la chose à faire...

Effectivement, ça ne l'était pas. Pourtant, ce fut ce que je fis. Je me rendis compte que, plus je buvais, moins je trouvais mon attitude irraisonnable. J'avais succombé au charme de Ly' ? Quoi d'étonnant à cela, dans le fond ? Après tout, je n'étais qu'une simple fille, semblable à tant d'autres. Et non une puissante déesse. Résister à un tel spécimen relevait clairement de l'impossible. Il était bien trop... bien trop... bien trop tout, en fait. Et moi j'étais... juste moi. La vraie question était plutôt de savoir pourquoi il avait jeté son dévolu sur moi, alors qu'il aurait pu avoir tellement mieux...

Un sursaut de fierté me piqua soudain au vif et je me redressai brusquement sur mon canapé, manquant de renverser ma troisième bière. Tout cela, ce n'était que des âneries, des excuses bidon. C'était normal qu'il m'eût trouvée à son goût, car j'étais plutôt bien foutue. Poitrine ronde et ferme, haute perchée ; hanches fines et minces, juste ce qu'il fallait ; longues jambes, légèrement musclées ; et pour couronner le tout, une superbe croupe pommée. Non, non, j'étais plutôt canon dans mon genre, en fin de compte. C'était normal que Ly' eût envie de moi.

Et modeste, avec... La bière ne te réussit pas, A, redescends sur terre. Bientôt, tu vas dire que t'es la déesse que tu incarnais vendredi.

— Mais parfaitement ! Je suis une véritable déesse. Je suis franchement choquée que tu ne le remarques que maintenant ! m'écriai-je à haute voix, en bondissant sur mes pieds, les poings sur les hanches. Excuse-toi immédiatement !

T'es sérieuse, là, A ?

— Je suis très sérieuse, stupide voix intérieure de mes deux !

A, tu te rends compte que tu parles toute seule, là ? Au beau milieu de ton salon, une bière à la main ?

Je levai les yeux au ciel et fronçai les sourcils en voyant que le plafond tournoyait sur lui-même.

In-cro-ya-ble.

Je basculai la tête en arrière pour mieux voir.

— Super ! Regarde ! Le plafond tournoie ! On dirait qu'il valse...

T'es complètement bourrée, A.

Je pinçai le nez, agacée par les paroles négatives de ma voix intérieure.

— Que dalle ! J'ai tout juste bu trois bières. Faut pas être jalouse parce que tu ne l'as pas remarqué la première. Il faut savoir être sport, la voix !

J'entamai une petite dance de la victoire, au beau milieu de mon salon, manquant de justesse d'envoyer valdinguer ma bière. Tellement prise dans mon délire, je n'y pris pas garde et continuai à tourner sur moi-même, en me dandinant du cul.

Je vais me répéter, A... Premièrement : tu es complètement bourrée. Trois bières ou non, ça t'a visiblement suffi. Deuxièmement : cette ridicule parodie de la dance des canards est juste pathétique au possible. Si Ly' te voyait en ce moment, je t'assure que, déesse ou pas, il n'aurait plus la moindre envie de te mettre dans son lit. Et troisièmement : je t'assure que tu parles toute seule, au beau milieu de ton salon !

— Pfffff, même pas vrai, frimai-je en m'arrêtant, le temps d'en prendre une nouvelle gorgée. Finalement, la bière ce n'est pas si mauvais. Faudra que je dise à Andy d'en apporter plus la prochaine fois.

Pourquoi t'en veux plus ? Trois te suffisent amplement. Demain, tu regretteras ton geste, c'est moi qui te le dis !

— N'importe quoi ! Si c'est pour être rabat-joie comme ça, autant que tu la mettes en sourdine, la voix ! Tu m'empêches de me concentrer sur la musique.

Il y eut un bref silence, aussi j'en profitai pour recommencer à me dandiner. J'adorais vraiment cette musique. C'était trop, trop super. Et hop, un pas à droite. Et hop, un pas à gauche. Je me déhanchais exagérément en suivant le rythme de la musique. Je balançais doucement la tête de gauche à droite, faisant voleter mes courtes mèches brunes.

Je fronçai les sourcils et arrêtai net de danser. Je pris une mèche entre mes doigts et la plaquai devant mes yeux. Brun. Pourquoi mes cheveux étaient bruns ? Je les colorais en rouge, maintenant. Mes cheveux devraient être rouges, pas bruns. Comment cela était-il possible ?

Tu t'es vidée une bombonne colorante brune sur la tête pour Halloween. Ça partira au premier lavage. Tu ne t'en souviens pas ?

— Ah, si ! m'exclamai-je en souriant. C'est juste, tu as raison. Faut que je me lave les cheveux pour faire partir le brun. Pourquoi je ne l'ai pas fait hier ?

Parce que t'as passé la journée au lit à te morfondre...

— Pfff ! N'importe quoi ! Je me morfonds jamais !

Si tu le dis... L'important c'est d'y croire, pas vrai ?

— Exactement !

Je pinçai les lèvres et réfléchis à mon dilemme. Soit j'allais me laver les cheveux maintenant, soit je continuais à danser. Et comment j'aimais vraiment cette musique, je haussai les épaules et repris mes tournoiements.

Euh, A ?

— Chut ! Je danse ! protestai-je, avant de m'arrêter net, figée, en équilibre sur un pied. Et voilà ! Tu as vu ce que tu as fait ? La musique s'est arrêtée ! Remets-la !

J'entendis ma voix intérieure pousser un soupir excédé et je me préparai à batailler ferme pour qu'elle remette cette fichue musique. Mais, à ma grande stupéfaction, celle-ci redémarra sans que j'aie besoin de prononcer le moindre mot.

Haussant derechef les épaules et renonçant à réfléchir à la raison de ce miracle, je recommençai à danser, les yeux fermés.

A, ce n'est pas de la musique, c'est ton portable qui sonne.

Je fronçai les sourcils et penchai la tête sur le côté.

— Hein ?

Ton.Putain.De.Portable.Sonne ! On t'appelle… Faut répondre ! Allo !

Les mots pénétrèrent lentement ma conscience et j'ouvris de grands yeux.

— Merde !

Je bondis en avant, me pris les pieds dans le tapis… et m'étalai de tout mon long. D'une habile torsion, je réussis à tomber sur le dos et à sauver ma bière.

Ouf.

J'avais eu chaud. Un peu plus, et j'aurais gaspillé ce précieux breuvage.

Ivrogne…

— Jalouse, sifflai-je entre mes dents, en me relevant péniblement. Bon, il est où ce foutu iPhone ? (Ce fut alors que je le vis, sagement posé sur la table basse du salon.) Ah, là ! (Je l'attrapai vivement. Un peu trop vivement, même, vu qu'il m'échappa des mains et roula sur le canapé.) Putain, fais chier !

Quel langage !

— Oh, toi, la voix ! On ne t'a pas sonné ! m'écriai-je en m'agenouillant devant mon canapé, et en tendant le bras pour récupérer mon portable. Ouais ? marmonnai-je, après avoir pris l'appel.

Il y eut un blanc au bout de la ligne, suivi d'une exclamation scandalisée.

— *Voyons, Anna ! On ne répond pas au téléphone de cette manière ! Surtout à sa mère, enfin… Un peu de tenue !*

Oh, zut de flûte de crotte de bique ! C'était ma mère. Je poussai un long soupir en me laissant retomber contre le canapé, assise par terre.

— Oh, c'est toi, bougonnai-je d'une voix morne, en cherchant ma bière des yeux.

Où diable avais-je posé cette maudite bouteille ? Ah, là, sur la table basse. Je tendis la main pour m'en saisir.

— *Eh bien, je vois que ça te fait plaisir de me parler ! Si je t'embête, n'hésite pas à me le dire, surtout.*

Je haussai les sourcils, agréablement surprise par la proposition de ma mère. Je n'aurais jamais cru qu'elle serait aussi compréhensive un jour. C'était peut-être déjà Noël, en fait…

— Ben, vu que tu en parles, effectivement, tu m'emmerdes… euh, je veux dire, tu m'embêtes ! (Oh, le gros lapsus !) Tu m'embêtes… On s'appelle un de ces jours, alors. Ciao.

Et je bouclai le téléphone.

Un grand sourire illuminait mon visage. Je l'avais fait. J'avais tenu tête à ma mère. Très contente de moi, je levai ma bière bien haute et me portai un toast, amplement mérité. Je renversai la tête en arrière pour boire le solde cul sec. Rien ne vînt. Stupéfaite, je réalisai que ma bouteille était à nouveau vide. Les sourcils froncés, je la tournai à l'envers et tapai énergiquement sur le cul, avant de plonger un œil dedans. Vide de chez vide. Nada. Plus rien.

— Oh, purée ! Le Wisconsin est un lieu maudit ! Il absorbe toute ma bière à ma place ! grimaçai-je, en secouant la tête de dépit. Noir, noir, noir ! C'est un putain de lieu noir ! Vivement l'hiver, qu'il neige et qu'il y ait un peu de blanc dans le coin…, marmonnai-je dans ma barbe. Ça nous changera !

J'allais me relever, pour aller à la cuisine chercher une nouvelle bouteille de bière, lorsque mon natel se remit à sonner. Clignant frénétiquement des paupières pour tenter de déchiffrer les lettres qui s'affichaient sur mon écran, je finis le nez collé dessus. Et ne vis plus rien du tout.

T'es bourrée de chez bourrée, A. Et tu viens d'envoyer bouler ta mère comme jamais. Éteins ton portable, prends une aspirine et va te coucher.

Le conseil était judicieux et c'était exactement ce que j'allais faire. Je me levai et me dirigeai vers la cuisine en titubant.

La pharmacie est dans l'autre direction, A.
— Je sais. Mais j'ai soif.
Je croyais que tu étais d'accord pour prendre une aspirine et aller te coucher.
— Mais je suis d'accord, je t'assure. (Je fis une courte pause le temps d'ouvrir le frigo et de prendre ce que je désirais.) Mais je n'ai jamais dit que je le ferais maintenant. Mouahahahahaha... Je t'ai bien eue, hein ?
Très drôle... hilarant, même... je rigole tellement que j'ai mal au ventre... mort de rire...
Très fière de ma blague, une nouvelle bière à la main, dûment ouverte, je zigzaguai en direction du canapé. Une fois assise, je réalisai, non sans surprise, que mon portable sonnait toujours. Je me mis à dodeliner de la tête, parfaitement en rythme avec la musique. Cette chanson était vraiment trop trop cool.
Je tendis le bras et repris mon iPhone.
— Tu sais quel est le seul point positif quand tu m'appelles, ma petite-maman-d'amour-qui-me-casse-les-pieds-au-quotidien-au-point-que-j'ai-envie-de-la-punaiser-contre-un-mur-et-de-jouer-aux-fléchettes-avec ? (J'entendis un hoquet choqué me répondre. Normal, d'habitude j'étais la gentille fifille à sa maman. Un sourire mauvais étira mes lèvres. Finis tout ça.) C'est que la sonnerie que je t'ai attribuée est juste super géniale. Pour ça que je ne réponds jamais tout de suite, d'ailleurs. J'essaie d'en profiter au maximum. Qu'il y ait au moins un avantage à tes incessants appels.
Visiblement, j'avais amassé pas mal de rancœur contre ma mère. La bière me déliait complètement la langue, me permettant d'exprimer librement mes sentiments. C'était grisant. Pouvoir dire ce qu'on pensait en toute franchise et sans mauvaise conscience. Les vannes de ma rancœur étaient ouvertes et ne semblaient pas prêtes de se refermer. J'allais purifier mon âme. Elle en avait bien besoin. Surtout avec tout ce

noir qui m'entourait.

— *Anna, mais qu'est-ce qui t'arrive, aujourd'hui ? Tu ne m'as encore jamais parlé sur ce ton…*

— Et c'est bien dommage, parce que ça fait longtemps que j'aurais dû le faire. (Je pris une nouvelle lampée de bière.) De toute manière, je ne vois pas pourquoi je perds mon temps à te parler, tu n'écoutes jamais ce que je te dis.

— *Mais c'est faux !*

Je gloussai comme une bécasse.

— Non, c'est vrai ! Je t'ai dit d'arrêter de m'appeler et tu continues à le faire. Encore et toujours. Tu m'appelles tous les jours. Tu veux savoir tout ce que je fais, avec qui je sors, avec qui je parle, avec qui je baise… (Oups, celle-ci, elle n'était pas prévue…) Mais, si j'ai le malheur de te parler d'Andy, tu coupes court à la discussion et tu changes de sujet. Pourtant, il est ton fils ! Ce qu'il fait devrait également t'intéresser. Pourquoi tu ne l'aimes pas ? sanglotai-je brusquement, d'une voix de petite fille, en sautant du coq à l'âne, sans vraiment m'en rendre compte.

— *Oh mon Dieu, Anna ! Est-ce que tu as bu ?*

Typique. Je parlais le plus sérieusement du monde avec ma mère, au sujet d'Andy, et elle partait dans une direction radicalement opposée à la mienne. Classique.

— Évidemment que je bois ! Comme tout un chacun ! Je te rappelle que si l'on ne boit pas, on meurt.

Ma mère avait de ces réflexions des fois.

— *Ma chérie, je t'assure que tu as l'air complètement bourrée. Tu as bu de l'alcool ? Combien ? Tu es où ? Ton frère est avec toi, au moins ?*

Un sourire narquois étira brièvement mes lèvres. Bien sûr, dès que ma vie était en danger, là, elle daignait parler de mon frère. Une larme silencieuse et solitaire roula le long de ma joue.

— Oh ! On parle d'Andy, maintenant ? Quelle surprise, dis-je, sarcastique.

— *Anna ! Ça suffit maintenant ! Réponds à mes questions !*

Je poussai un soupir à fendre l'âme, résignée.

— Je ne suis pas bourrée, j'ai à peine bu six bières !

Quatre. Tu as bu quatre bières, A.

— Oh, toi, la ferme ! Quatre ou six, quelle différence ? Je te dis, à toi et à ma mère, que je ne suis pas bourrée ! (En parlant de ça, j'en pris une nouvelle lampée.) Où j'en étais ? Ah, oui. Donc, je disais : j'ai bu quatre ou six bières. Je sais plus trop. Et t'inquiète, maman *chérie*, je suis tranquille chez moi, tout seule. Personne ne pourra me faire du mal.

— *Oh mon Dieu ! Annabelle Mary Katherine, mais où diable est ton frère ? Et comment as-tu pu te procurer de la bière ?*

Je levai les yeux au ciel... et blêmis en voyant que la valse entamée par le plafond avait gagné en intensité. J'arrivais à peine à en suivre les mouvements. Cela me rendit presque malade. Je fermai les yeux pour ne plus voir cet affligeant spectacle.

— Ben, il est chez lui. Où voudrais-tu qu'il soit d'autre ? Et les bières, c'est lui et Ly' qui les ont apportées la dernière fois qu'ils sont venus. D'ailleurs, il va falloir qu'ils en rapportent. Y en a plus...

Un martèlement dans mes tempes me réveilla, m'arrachant une grimace et un cri de souffrance.

Oh, bon sang de bois !

Je portai vivement les mains à ma tête pour tenter d'atténuer la douleur. On aurait dit qu'un orchestre symphonique, composé de joueurs de maracas, avait élu domicile dans mon crâne. Et ils étaient en train de jouer à celui qui pissait le plus loin. (À savoir, celui qui faisait le plus de bruit.) En tant que membre unilatéral du jury, je pouvais vous assurer qu'il était extrêmement difficile de les départager.

Le visage déformé par une grimace de douleur, je plaçai précautionneusement le bout de mes doigts tremblants sur mes tempes. Je fis des mouvements circulaires dans l'espoir d'atténuer ce martèlement.

Sans grand succès.

— Anna ! Ouvre cette maudite porte !

Je fronçai les sourcils et tressaillis sous le coup d'une vive douleur. Voilà qu'il y avait un chanteur parmi eux.

Super.

Ne savait-il donc pas que, lorsqu'on chantait, on devait le faire en rythme avec les musiciens et éviter au maximum de hurler dans l'oreille des gens ? Cette fois, c'était sûr, le Wisconsin m'avait maudite.

Xxxx ! Suppôt de Satan !

Je fis une croix avec mes deux index, pour conjurer le mauvais sort.

A, c'est juste quelqu'un qui frappe à la porte et qui t'appelle…

Oh.

Oh.

Je relevai péniblement la tête et fixai, éberluée, le battant de ma porte qui tremblait sous les coups qu'on lui assénait. Si je n'allais pas très vite ouvrir à cette personne, quelle qu'elle soit, je serais bonne pour en acheter une nouvelle. Comme si j'avais les moyens de m'en offrir une…

Une grimace peu engageante tordit mon visage.

— Ça va, ça va, j'arrive ! criai-je, en m'extirpant difficilement du canapé.

Mon crâne vrilla et je vis des milliers d'étoiles apparaître devant mes yeux. *Génial.* Crier n'était pas la chose à faire. *Noté.* Je clignai des paupières pour éclaircir ma vision.

À peine debout, la pièce se mit à tourner autour de moi, à une vitesse folle. Un gémissement plaintif m'échappa et je tombai à genoux. Heureusement, je parvins, je ne sus pas bien comment, à éviter de m'éclater le genou gauche, en atterrissant à un cheveu de la table basse. *Ouf.* J'avais eu chaud. Pour finir, ce fut à quatre pattes et suant comme un bœuf, que je me traînai lamentablement vers la porte d'entrée. Le trajet parut durer une éternité. Je saisis la poignée et tirai dessus pour me redresser. Comprenant que je n'arriverais pas à me mettre debout, j'abandonnai cette mauvaise idée. Je fis tourner la clé dans la serrure, avant de m'écrouler contre le mur, juste à côté.

Ayant compris que c'était ouvert, la personne qui se tenait de l'autre côté de la porte l'ouvrit prudemment. Une bordée de jurons me parvint en arrière-fond et je levai la main pour mettre un doigt tremblant en travers de mes lèvres.

Crier n'était toujours pas une bonne idée. Les points lumineux qui rétrécissaient mon champ de vision en étaient la preuve flagrante. Je fermai les yeux dans un gémissement sourd.

— Ccchhhuuuttt. Pitié. Ccchhhuuuttt. Qui que vous soyez, si vous avez la moindre affection pour moi, ccchhhuuuttt, chuchotai-je du bout des lèvres.

Je sentis un courant d'air me caresser le visage, lorsque cette personne s'agenouilla devant moi.

— Ma souris, qu'est-ce que tu as bu, exactement ? me demanda une voix douce et calme, à peine plus haute qu'un murmure.

Un mince sourire étira mes lèvres, et je me laissai complètement aller contre le mur, dans mon dos. J'avais l'intuition que l'homme qui se trouvait devant moi me rattraperait si je venais à tomber. Que c'était bon de pouvoir se reposer sur quelqu'un d'autre.

— De la bière…

— D'accord. De la bière. Tu sais combien ? me questionna une autre voix, tout aussi douce.

Je fronçai les sourcils en réalisant qu'il y avait deux hommes avec moi. Leurs voix m'étaient familières, mais je n'arrivais pas à mettre de noms dessus. Qui étaient-ils ? Peut-être étaient-ils dangereux ? Alors même que je me posais cette question, je la rejetai d'emblée. Je ne me sentais pas du tout menacée par leur présence, bien au contraire. J'étais… soulagée.

Mais ça ne me disait pas qui ils étaient.

— Qui est là ? répondis-je à la place en tentant d'ouvrir les yeux. (Mais l'effort me semblait titanesque, et j'y renonçai très vite.)

— Ne t'inquiète pas, ce n'est que nous, Annabelle.

— Ce n'est que nous…, répétai-je bêtement. D'accord. Et, c'est qui ce « nous » ?

J'entendis un petit gloussement avant de me sentir soulevée dans les airs.

Oh, mauvaise idée, très mauvaise idée ! Bien que j'aie encore les yeux fermés, je sentais que la terre tournoyait sur elle-même. Je me sentis blêmir et de la sueur froide envahi tout mon corps. J'allais rapidement être malade…

L'étreinte des bras qui me portaient se resserra et la chaleur de mon sauveur traversa rapidement la brume de froid qui m'enveloppait comme une seconde peau. Les tremblements cessèrent et la nausée s'apaisa.

J'enfuis mon visage dans le creux de son cou, avide d'avoir encore plus de chaleur. Une délicieuse odeur musquée chassa définitivement ma nausée.

— Tu sens bon…

Un gloussement me répondit.

— Merci, ma souris.

Oh bon sang ! J'avais parlé à haute voix ! J'en rougis de honte.

— Drew et moi, poursuivit mon sauveur, comme si de rien n'était.

Il me fallut quelques instants pour comprendre ce qu'il venait de dire. Drew. Enfin, Andy. Ou plus exactement, Andrew. Mon frère. Oui, je me souvenais que j'avais un frère. Un frère adorable, que j'aimais de tout mon cœur.

Je souris niaisement, ma gêne momentanément oubliée.

— Je t'aime, Andy.

J'entendis un rire clair résonner dans la pièce.

— Je t'aime aussi, petite ivrogne.

Je gloussai, avant de grimacer sous le coup de la douleur lancinante qui me vrillait à nouveau les tempes. Les dents serrées, je tentai d'endiguer les coups de marteau qui me perforait la boîte crânienne. À ce rythme-là, j'aurais succombé avant la fin de la journée. Je frottai mon nez contre la peau douce et chaude de mon sauveur, tel un petit chaton en manque d'affection. La comparaison me fit sourire. Généralement, j'étais plutôt une souris grise…

— Et moi ? me taquina gentiment mon sauveur, en baisant la tête vers moi. Tu m'aimes aussi ?

Je le sentis me déposer dans mon lit et m'accrochai fermement à son cou. Je posai brièvement mes lèvres sur les siennes, avant de me laisser aller contre mon oreiller et de me pelotonner sous ma couette, qu'il avait tirée pour moi.

— Oui, je t'aime aussi, Ly'.

Chapitre 19

Poisseuse de sueur, j'émergeai péniblement du sommeil dans lequel j'étais plongée. Je grimaçai en sentant les veines de mes tempes pulser à un rythme fou. Le martèlement, que je sentais dans l'arrière de mon crâne, n'arrangeait rien à la situation. Je levai une main tremblante vers mon front et tentai d'atténuer la douleur en faisant de petits cercles centriques du bout de mon index. Sans résultat. Mon mal semblait même empirer de seconde en seconde. Ma bouche s'ouvrit dans un cri silencieux, alors que je priais pour ne plus rien ressentir. J'avais l'impression que mon crâne était sur le point de se fissurer en deux.

Je me redressai péniblement, et lançai un regard hagard en direction de ma table de chevet. 20 h 30. Je fronçai les sourcils, ne comprenant pas comment j'avais pu dormir aussi longtemps. La dernière fois que j'avais regardé l'heure, il était tout juste trois heures de l'après-midi. Et j'étais dans le salon, en train de ruminer du noir sur mon canapé.

Clignement de paupières.

Je lançai un regard perdu autour de moi. Je n'étais pas dans le salon.

Nouveau clignement de paupières.

J'étais dans ma chambre. Dans mon lit. Comment étais-je arrivée là ? Je plissai le front et tentai de me rappeler ce que j'avais bien pu faire.

Un violent élancement dans mon crâne, qui se propagea jusqu'à mes yeux, me força à les fermer tant la douleur était vive. Cela mit un terme à ma réflexion. Il fallait impérativement que je calme ce mal de tête avant d'en être réduite à me fracasser le crâne contre un mur.

Je me tournai péniblement sur la droite, prête à sortir du lit et à me traîner jusqu'à mon armoire à pharmacie. Je devais absolument prendre quelque chose pour apaiser ce maudit martèlement. Les dents serrées, je combattais tant bien que mal les larmes de douleur qui envahissaient mes yeux. Dieu que ça faisait mal. Je n'étais pas loin de plonger les doigts dans mes courtes boucles rouges et de les arracher par poignées.

Un verre apparut soudain dans mon champ de vision. Je le fixai longuement sans rien faire, me croyant victime d'un mirage. Je fermai les yeux et levai une main tremblante vers mon visage, pour frotter frénétiquement mes paupières closes. Hésitante, j'ouvris un œil. Le verre était toujours là. Ne cherchant plus à comprendre l'incompréhensible, je le pris et le portai fébrilement à mes lèvres.

Ma langue, pâteuse et gonflée, sembla revivre au toucher de ce doux nectar. Le flot d'eau qui se déversa dans ma gorge me fit un bien fou. Les yeux clos, j'étanchai avidement une soif dont j'avais ignorée l'existence ! La douleur de mon crâne avait été tellement intense, tellement vive, que j'en avais occulté tout le reste.

Un raclement de gorge me fit rouvrir les yeux. Là je vis, sur une paume ouverte (tendue devant mon visage), deux cachets blancs.

— Tu devrais prendre ça avant de finir ton verre d'eau..., chuchota doucement Andy, en me les tendant. Cela soulagera ton mal de crâne.

Je pris les cachets sans protester et les avalai tout aussi

rapidement.

— Comment tu sais que j'ai mal au crâne ? marmonnai-je du bout des lèvres, en levant lentement la tête vers lui pour croiser son regard bleu foncé. Et pis, d'abord, qu'est-ce que tu fais chez moi, Andy ?

Un sourire narquois étira lentement ses lèvres. Il s'agenouilla devant moi, m'évitant ainsi de me déboiter la nuque.

Appréciable, très appréciable.

— Tu as mal au crâne, parce que tu t'es prise la cuite du siècle, Anna. Et je suis dans ton appart, parce que maman m'a sommé de venir voir comment tu allais. Elle était persuadée que t'étais à deux doigts du coma éthylique. Et elle n'avait pas complètement tort, pour une fois. Bon Dieu, souris, qu'est-ce qui t'a pris de boire autant ? Et toute seule chez toi, en plus ? Bordel, Anna ! C'est de l'inconscience, tout ça !

Je fixai mon frère, les yeux écarquillés, sans comprendre un traître mot de ce qu'il disait.

— Hein ?

Brillante réponse, A. Très constructive. T'en as d'autres comme celle-ci en réserve ?

La voix, de ma voix intérieure, sembla résonner dans ma tête. Je sentis littéralement ses paroles rebondir sur chaque paroi de mon crâne. J'avais l'impression de me retrouver au cœur d'un ravin, avec un abruti qui s'amusait à faire de l'écho.

Écho… écho… écho… écho… éch… éc… é…

Très drôle. Vraiment hilarant. Je constatai que le sens de l'humour de ma voix intérieure n'avait pas changé d'un poil. Gueule de bois ou non.

Je ris tellement que j'ai mal au ventre, tiens donc !
À ton service, A, comme toujours.
Crève, charogne !

— De quoi te rappelles-tu exactement, Anna ?

La voix de mon frère mit fin à mon débat intérieur. Je lui en fus extrêmement reconnaissante.

— Je me souviens que j'étais dans le salon... assise sur le canapé... et je...

Je m'interrompis nette en me rappelant à quoi j'avais pensé à ce moment-là. La soirée d'Halloween me revint instantanément en mémoire. Ainsi que ce que Ly' et moi avions fait. Et avions été sur le point de faire. Hors de question que je parle de cela à mon frère. Il serait fou de rage s'il savait que son meilleur pote m'avait séduite. Et que je m'étais laissée faire. Il ne devait jamais l'apprendre. Jamais.

Croix de bois, croix de fer, si je mens, je vais en enfer.

Oh bon sang !

Si seulement je pouvais couper la langue de ma voix intérieure. Ses paroles, qui résonnaient encore et encore dans mon crâne, allaient creuser ma propre tombe ! Et de manière hautement prématurée.

— Oui ? Qu'est-ce que tu as fait ensuite ?

Je me gardai bien de détromper mon frère. Après tout, il voulait savoir ce que j'avais fait, pas ce que j'avais pensé.

Tu joues sur les mots, A.

Et alors ? C'est interdit ?

— Je... je ne sais plus, avouai-je piteusement.

Y'a de quoi ! Tu devrais avoir honte, A !

J'ai honte...

Ben ça se voit pas !

Andy, le front plissé, me fixa un moment sans rien dire.

— Anna. On a trouvé quatre cadavres de bière dans le salon. Tu t'es saoulée. Ici. Toute seule. Il s'est forcément passé quelque chose pour que tu te mettes à boire. Je te connais, petite sœur, ce genre de comportement ça ne te ressemble pas du tout. (Il s'interrompit un court instant.) Il s'est passé quelque chose à la soirée, vendredi ? Tu t'es disputée avec tes copines ? Un mec... (il serra les dents et détourna le visage) t'a fait quelque chose ?

On m'a dit que Vince t'avait embrassée…

Je blêmis devant l'expression meurtrière de mon frère.

— Non, non, non ! Rien de tout ça ! Je te jure ! Il ne s'est rien passé de spécial !

Andy se pencha brusquement vers moi et plaqua ses deux mains contre le lit, de chaque côté de mes hanches. Il plongea ses yeux bleus dans les miens. Il y cherchait visiblement la vérité.

Ça craint…
Mais non !
Ly' dit que t'es un livre ouvert, je te rappelle, A !
Les paroles de Ly' ne font pas office d'évangile, que je sache !
Quand ton frère découvrira que tu mens…
Je ne mens pas ! Je ne me rappelle de rien !!!
Faux ! Tu te souviens avoir longuement cogité sur ce que Ly' et toi avez fait vendredi !
Sa question était…
Ne joue pas sur les mots avec moi !
Tu m'énerves !
Toi aussi !
Parfait.
Parfait.

— Anna, tu sais que tu peux tout me dire, n'est-ce pas ? Je suis ton frère. Je ne te jugerai jamais, quoiqu'il arrive. Tu peux me faire confiance, tu le sais, n'est-ce pas ?

Je baissai la tête, honteuse. Je n'avais jamais menti à mon frère. Jamais. À ma mère, oui. Souvent. Mais à mon grand frère, jamais. Il était mon confident, celui à qui je racontais tout. Et ce depuis toujours. Mais aujourd'hui, je n'y arrivais pas. J'avais trop peur de sa réaction. Car pour une fois, il ne s'agissait pas d'un inconnu, de quelqu'un qu'il ne connaissait pas. Il s'agissait de son meilleur pote. Qu'il considérait comme son propre frère !

J'eus l'impression de me retrouver sept ans plus tôt. Cette nuit-là aussi, il m'avait parlé de cette manière. Douce et attentive. Mais ses questions avaient été plus perspicaces. Plus précises aussi. Car il connaissait déjà l'essentiel. Ce qu'il avait souhaité savoir, à l'époque, c'était jusqu'où tout cela avait été. Et pour rien au monde, je ne voulais revivre une scène similaire.

Alors, pour la première fois de ma vie, je mentis à la personne que j'aimais le plus au monde. Je mentis à mon héros de toujours. Et je n'en fus pas particulièrement fière.

Techniquement, c'est pas la première fois que tu lui mens puisque tu l'as fait y'a trente secondes, mais bon, on va pas chipoter sur les détails, pas vrai ?

Tu ne vas pas recommencer avec ça ?!

Pourquoi pas ?

Grrr...

— Je sais, Andy. Je sais. Mais, je t'assure, il ne s'est rien passé de spécial vendredi. Absolument rien.

Ma voix tremblante me trahit, j'en fus persuadée. Je fermai les yeux, rouge de honte.

Andy prit une vive inspiration et se recula brusquement.

— Je n'aurais jamais cru que ce jour arriverait. Si on me l'avait demandé, j'aurais même été jusqu'à dire que cela était impossible. Impensable, hoqueta-t-il, incrédule.

Je pâlis et lui lançai un regard prudent. Il était blême.

— De quoi tu parles, Andy ? demandai-je d'une petite voix.

Son expression se durcit et sa voix devint coupante.

— Du jour où ma petite sœur me mentirait !

J'eus un mouvement de recul instinctif.

Qui avait encore raison ?

— Qu'est-ce que... qu'est-ce que tu veux dire, Andy ?

Mais mon frère ne me répondit pas. Il se releva et me tourna le dos.

— Tu devrais aller prendre une douche, Anna. On parlera après, déclara-t-il avant de sortir de ma chambre au pas de charge. (Il revint cinq secondes plus tard, mais ne franchit pas le seuil de la pièce.) Chinois ou pizza ?

Vu les loopings que mon estomac commençait tout juste à faire, le chinois me semblait un choix plus judicieux. Et je le dis à mon frère, avant de le regarder me tourner le dos, impuissante. Qu'avais-je fait ?

Après avoir passé un moment particulièrement désagréable, la tête plongée dans les toilettes, où j'avais très sincèrement cru que ma dernière heure était arrivée, la douche conseillée par mon frère me fit le plus grand bien. Évidemment, dans l'état de faiblesse qui était le mien, après avoir vomi tripes et boyaux, je la pris assise, mais ça, c'était un détail. L'important, c'était de la prendre, de pouvoir sentir l'eau tiède couler sur mon corps et chasser la sueur qui me recouvrait. Beurk. Je devais sentir aussi bon qu'un bouc. Je me hâtai donc de me laver, sagement assise dans ma cabine de douche. Comme mon estomac avait visiblement fini de danser la samba, je pus en profiter pleinement. J'eus toutes les peines du monde à en ressortir, tant je m'y trouvais bien.

Et je ne tardai pas à le regretter amèrement.

À peine sortie de la salle de bains, propre comme un sou neuf, l'odeur de la nourriture chinoise percuta mes narines de plein fouet. Saisie de haut-le-cœur, je blêmis à vue d'œil. De la sueur froide perla sur mon front. *Génial.* Je fis brusquement volte-face, sous le regard ébahi d'Andy, et me précipitai dare-dare aux toilettes. Juste à temps, pour le second round.

Ce fut ainsi que, tremblante et sans force, je me retrouvai coincée dans ma salle de bains. La froideur du carrelage, dans mon dos et sous mes fesses, ne m'aidait en rien, mais je n'avais pas l'énergie nécessaire pour me relever. Je savais, qu'à un moment ou à un autre, il me faudrait ravaler ma fierté et appeler Andy à l'aide. Pourtant, je n'avais pas encore pu me résoudre à le faire.

C'était clair, la vie m'en voulait à mort. Entre ce qui s'était passé vendredi avec Ly' et ce qui se produisait maintenant, j'étais carrément maudite. Si le moindre doute avait persisté dans mon esprit, cela aurait suffi à en avoir raison.

Je t'avais prévenue, A. Je t'avais dit que tu serais encore plus mal après…

J'étais à deux doigts de me fracasser le crâne contre la cuvette des toilettes, pour ne plus me rappeler ce que j'avais fait. Car, pendant que je me vidais littéralement, la mémoire m'était revenue. Enfin, une partie de ma mémoire. Je me souvenais parfaitement avoir été chercher une bière. Puis une seconde. Une troisième. Et finalement une quatrième. Je me rappelais également avoir dansé comme une dinde au milieu de mon salon et d'avoir longuement débattu, à haute voix, avec ma voix intérieure. (Le summum de la déchéance. J'étais bonne pour l'asile psychiatrique cette fois-ci.) Mais le pire (et c'était ce qui m'affligeait le plus), c'était d'avoir dit des choses particulièrement blessantes à ma mère.

Mais pas complètement fausses.

Eh non. C'était là que le bât blessait. Je pensais vraiment tout ce que j'avais dit. Je pourrais m'excuser, évidemment, et prétendre que j'étais saoule et que je ne me rappelais plus ce que je lui avais dit. Mais le fait était que je l'avais dit. Le mal était fait. Et plutôt bien fait, même. Les conséquences seraient terribles et immédiates. J'étais d'ailleurs surprise que ma mère ne fût pas déjà là, à me faire la morale et à me ramener de force en Virginie. Loin de l'influence néfaste, et négative, de mon frère. Car il ne fallait surtout pas se voiler la face, la faute en incomberait forcément à Andy. Peu importait ce que je dirais, de quelle manière je le dirais, et le nombre de fois que je le dirais. Ma mère rendrait Andy responsable de tout cela. Ses bières, sa faute. Fin de la discussion.

Un gémissement de frustration franchit mes lèvres craquelées et je me cognai la tête contre le mur. Une fois encore, j'avais attiré des ennuis à Andy.

La porte de ma salle de bains s'ouvrit en grand et mon frère entra d'un pas décidé.

— Bon, Anna, tu ne vas pas passer la soirée ici, assise à côté des toilettes. Il faut que tu manges quelque chose.

À ces mots, j'entendis mon estomac gargouiller, comme pour donner son accord à cette merveilleuse idée. Bien sûr, j'avais faim. Et même très faim ! Mais l'idée de manger chinois modérait de manière stupéfiante mon envie de me sustenter. Allez savoir pourquoi.

— Andy, je ne suis pas très sûre de vouloir manger...

Il ne me laissa pas le temps de finir ma phrase. Avec un geste d'agacement, il s'accroupit face à moi.

— Anna, bordel de merde, quand vas-tu arrêter de me mentir ? cria-t-il, le visage tordu de colère.

J'écarquillai les yeux, surprise par ce mouvement d'humeur qui ne lui ressemblait pas.

— Mais... je... tu... non... je..., cafouillai-je lamentablement, avant de m'arrêter de parler pour prendre une longue et profonde inspiration. Pourquoi dis-tu que je te mens, Andy ?

L'idée, que le mec qui nous avait interrompus vendredi avait pu parler à mon frère, me traversa brièvement l'esprit. Mais je me repris très vite et je la chassai résolument de mes pensées. Il n'aurait jamais osé faire cela à Ly'. Ce serait comme se retrouver entre le marteau et l'enclume. Personne au monde ne voudrait d'une telle position. J'en étais intimement convaincue. Du coup, je ne comprenais pas pourquoi mon frère me traitait de menteuse.

Parce que c'est la vérité, A. Tout simplement.

Oui, ça, toi et moi, nous le savons. Mais comment lui *peut-il le savoir ?*

C'est impossible…

Tout est possible, A.

Non ! Certaines choses ne le sont pas. Et ne le seront jamais.

Certes…, mais ça, en l'occurrence, c'est possible.

Mon frère saisit mon menton, entre son pouce et son index, et me força à le regarder.

— Regarde-moi. Non, Anna, regarde-moi droit dans les yeux et ose me dire que tu ne m'as pas menti. Regarde-moi bien en face et dis-moi que je me trompe. Dis-moi qu'en ce moment, tu n'es pas une menteuse, me défia-t-il ouvertement, une lueur dangereuse scintillant dans ses yeux bleu foncé.

L'avertissement était limpide, et il aurait fallu être complètement aveugle pour le manquer. Ce que je n'étais pas.

— Non, Andy, en ce moment précis, je ne suis pas une menteuse. Pas du tout, assurai-je en relevant légèrement le menton, sûre de moi.

Il plissa les yeux, l'air mauvais.

— Vraiment ? Donc quand tu me dis que tu n'as pas faim, alors que ton estomac fait plus de bruit qu'un éléphant, c'est la vérité ?

— Ce n'est pas ce que j'ai dit, Andy. Tu ne m'as pas laissée finir ma phrase. (Il arqua un sourcil, arrogant au possible.) Ce que j'allais dire, c'était que je ne voulais pas manger de nourriture chinoise. Rien que l'odeur me rend malade. C'est tout ce que je voulais dire, Andy. J'ai faim. Mais pas de chinois pour moi. Désolée de t'avoir fait y aller pour rien…

— D'a-cco-rd, articula-t-il lentement, en détachant chaque syllabe. Et pour vendredi ?

Je sentis une coulée de sueur froide dévaler mon dos.

— Quoi, vendredi ?

Andy pinça les lèvres et se pencha davantage vers moi.

— Tu ne m'as pas menti au sujet de vendredi ? Vraiment ?

Son ton me fit comprendre qu'il savait. Blanche comme

neige, je déglutis péniblement. Je ne pouvais continuer à mentir. Et puisqu'il était déjà au courant, continuer à nier ne ferait que m'attirer des ennuis. Et je pressentais que cela briserait le lien unique, et spécial, qui me liait à mon grand frère.

— Comment sais-tu... ? soufflai-je d'une voix blanche.

Une lueur ironique illumina son regard bleu.

— Il ne serait pas mon meilleur pote, s'il ne me l'avait pas dit...

— Es-tu... fâché... contre lui ? demandai-je finalement, d'une voix hésitante.

— Pourquoi serais-je fâché ? (Mon frère semblait sincèrement surpris.) Il m'en a parlé dès le premier jour, et m'a demandé si cela me posait un problème. Cela n'aurait fait aucune différence, bien sûr, mais Ly' préférait jouer cartes sur table dès le début. Il voulait savoir s'il devait m'inclure dans l'équation ou non. (Andy haussa les épaules.) Je lui ai demandé s'il était sûr de lui. Quand il m'a immédiatement répondu oui, en ajoutant que si cela n'avait pas été le cas il ne m'en aurait jamais parlé, je lui ai dit que c'était avec toi qu'il devait composer. Pis, je lui ai souhaité bonne chance. Et vu comment tu lui en fais baver, j'ai eu raison, ricana-t-il en branlant la tête. Tu es coriace, souris, et tu lui donnes du fil à retordre. C'est bien.

Bouche bée, je fixai mon frère sans parvenir à croire une seule de ses paroles. *C'est bien.* Ly' me draguait, pour se servir de moi comme il s'était servi de toutes les autres filles, et mon frère trouvait cela *bien.* Mais qu'était-il donc arrivé à mon grand frère ultra protecteur, qui ne supportait pas que les mecs me tournent autour ? J'avais atterri dans la quatrième dimension, il n'y avait pas d'autres explications possibles.

— Ça ne te pose aucun problème ?

— Non.

Incrédule, je ne savais plus à quel saint me vouer.

— Ly' te dit qu'il a l'intention de me sauter, et toi tu dis :

« d'accord » ?

Le visage d'Andy se ferma brusquement.

— Non, Anna. Tu n'y es pas du tout. (Il poussa un soupir, visiblement déçu par ma réaction.) Je t'avais dit de ne pas te fier aux rumeurs le concernant. Je t'avais dit que c'était un type bien et que je voulais que tu lui donnes sa chance. Que tu te forges ta propre opinion à son sujet. Or, d'après ce que je comprends, tu n'en as rien fait. Tu te fies à ce que les gens racontent.

— Non, pas du tout, protestai-je en me redressant brusquement. Je me fie à ce que je vois. À la manière dont il m'a traitée jusque-là. Et franchement, tout ça ne plaide pas en sa faveur. Ça ne donne pas du tout l'impression qu'il veut plus qu'une partie de jambes en l'air.

Andy croisa les bras et me lança un regard de travers.

— Ce n'est pas avec moi que tu dois avoir cette conversation. C'est avec lui. Tout ce que je peux te dire, c'est qu'il m'en a parlé, et que si vous décidez d'avoir une relation, cela ne me dérange en aucun cas. Le reste, c'est entre lui et toi. (Andy se redressa et me tendit une main pour m'aider à me relever.) Et nous avions bien pensé que ton estomac ne supporterait pas le chinois.

Ce changement de discussion, ainsi que les paroles prononcées, me prit de court. Je fronçai les sourcils, perplexe. Puis je me souvins de ce que mon frère m'avait dit dans la chambre : « *On a trouvé quatre cadavres de bière dans le salon.* »

Oh. Mon. Dieu.

Pressentant un désastre, je crispai fort les paupières en implorant silencieusement le Seigneur de m'épargner cette épreuve.

— *Il* est venu avec toi... ?

— Oui. Il est là. Et il t'a préparé un riz au safran pour calmer tes crampes d'estomac et soulager tes nausées.

Oh, misère.

Maudite, j'étais indéniablement maudite.
Mais ça, tu le savais déjà, A. Non ?

Chapitre 20

Avachie sur mon siège, j'assistai à mon cours de psycho complètement perdue dans mes pensées. Je savais que j'aurais dû être attentive, surtout avec les partiels qui approchaient à grands pas, mais j'étais dans l'incapacité totale de maintenir mes pensées en laisse. Depuis mon réveil, elles partaient au firmament et je ne pouvais rien y faire. La discussion que j'avais eue avec mon frère dans ma salle de bains, la veille, me turlupinait encore et toujours. Je ressassais sans cesse les révélations qu'il m'avait faites. Ainsi, Ly' lui aurait parlé de moi dès le premier jour. C'était à peine croyable. Son comportement jurait singulièrement avec ses paroles. Car au début, j'avais vraiment eu l'impression qu'il me détestait. J'en étais même à me demander s'il ne me l'avait pas dit texto. Mais j'avais beau fouiller dans ma mémoire, pourtant prodigieuse, j'étais incapable de me souvenir de ses paroles exactes. Et c'était peut-être mieux... Toutefois, ce dont j'étais intimement persuadée, c'était qu'elles n'avaient pas été gentilles, et encore moins flatteuses. Bien au contraire.

Les yeux perdus dans le vague, je revivais toutes les humiliations, toutes les moqueries dont j'avais été victime. Comment croire, après de tels actes, que je lui plaisais sincèrement ? Et ce depuis le début ? Des sottises, tout ça ! Il en avait parlé à mon frère pour surveiller ses arrières, voilà tout.

Pourtant… la manière dont il s'est comporté avec toi, lorsque vous étiez seuls, ne correspond pas vraiment à ce que nous savons de lui, n'est-ce pas, A. ?

Je fronçai les sourcils, ne voyant pas où ma voix intérieure voulait en venir. Et puis d'abord, depuis quand prenait-elle la défense de Ly' ? J'étais certaine qu'elle le détestait…

A-t-il été brusque avec toi ? Violent ? T'a-t-il forcée à faire quelque chose que tu ne voulais pas ? Comme t'agenouiller devant lui, par exemple…

Ben non, tu le sais bien ! Tu étais là, je te rappelle.

Oui, moi je m'en souviens très bien, A, mais toi ? Te souviens-tu de la douceur dont il a fait preuve à ton égard ? Et ce, chaque fois qu'il t'a touchée… Étrange, pour un garçon qui force les filles à s'agenouiller devant lui… et qui prend ce qu'il veut, quand il veut, et avec qui il veut… On pourrait même penser, si on était à une autre époque, qu'il t'a, d'une certaine manière, fait la cour… Non ?

Je faillis m'étrangler avec ma salive devant les insinuations de ma voix intérieure. Ridicule. Jamais entendu quelque chose d'aussi absurde que cela. Me faire la cour ? Ly' ? Oh. Mon. Dieu !

Vraiment ? T'en es bien certaine ?

J'étais sur le point de protester âprement, lorsqu'un doute me traversa l'esprit. Le fameux et fatal « et si… ». Je poussai un petit gémissement de dépit et laissai ma tête retomber contre mon siège.

Je fixai le plafond de la salle de classe sans vraiment le voir. Serait-il possible que, dans l'esprit tordu de Ly', sa manière d'être avec moi fût sa façon à lui de… draguer ?

Mais qu'est-ce que j'ai fait pour mériter ça ?

Tu sais, A, ça pourrait être bien pire. En réalité, ça va bientôt être bien pire…

Je me mordillai la lèvre inférieure, hésitant à demander de plus amples informations. Car franchement, je ne voyais pas trop comment cela pourrait être pire. Ma curiosité fut la plus forte et je me résignai à poser la question.

Tu as oublié ce qu'Andy t'a dit hier soir ?

Andy a dit beaucoup de choses, hier soir... Tu ne pourrais pas être un poil plus précise ?

Ce week-end, ta mère sera là.

Oh, bon sang !

Zut de flûte de crotte de bique.

J'avais failli oublier ça. Je fermai les yeux et priai pour que d'ici là, la terre m'avalât.

Même pas en rêve, A.

Ma mère avait tellement paniqué de m'entendre bourrée au téléphone, qu'elle avait décidé de venir chez moi jusqu'à Thanksgiving. En clair, elle ne me faisait plus confiance et elle voulait personnellement rencontrer toutes mes fréquentations. Ce qui, bien sûr, était hors de question. Ma mère n'avait décidément rien compris. En agissant de la sorte, elle provoquait l'effet inverse de celui qu'elle voulait. J'avais l'impression que j'allais étouffer. Comme si elle m'avait enfermée dans un cocon bien trop étroit pour moi. J'avais besoin d'air, et elle, elle me donnait exactement le contraire. Le seul point positif, c'était qu'elle débarquait samedi, et non pas aujourd'hui. J'avais donc une semaine pour trouver une parade. Que ma mère vînt dans le Wisconsin pour me fliquer m'agaçait déjà prodigieusement, mais qu'elle espérait, en plus, emménager dans mon minuscule meublé durant ce laps de temps, c'était tout bonnement impensable. Et ce, pour plusieurs raisons.

La première, et la plus évidente : mon appartement était trop petit pour deux personnes. Enfin, il serait, à la limite, envisageable pour un couple, mais pour le reste : non. Trop petit. On se marcherait dessus continuellement, et il serait impossible de s'isoler. Ça serait la guerre continue assurée.

Très peu pour moi !

La seconde : il n'y avait qu'un seul lit. Mon canapé n'était pas transformable, et il était hors de question pour moi de dormir dessus. Ni que je partage mon lit avec ma mère. À dix-neuf ans, sérieusement, on avait passé l'âge de faire ce genre de chose. Et depuis un bon bout de temps !

Même pas en rêve !

La troisième : je perdrais mon autonomie si durement acquise. Ce n'était peut-être pas moi qui payais le loyer de mon appart, mais j'étais quand même devenue indépendante. Et je ne voulais, en aucun cas, revenir en arrière. Même pas pour trois semaines. *Surtout pas*, pour trois semaines.

Avec une mère comme la mienne, honnêtement, qui le voudrait ? Personne !

Et la dernière, la plus importante de tout : je n'y survivrais pas, tout simplement.

CQFD.

Tu n'exagères pas la moindre, là, A ?

Non. Pas du doute. Je ne survivrais pas si je dois passer trois semaines avec ma mère, dans mon appart. C'est juste impossible. Tu sais comment elle est. Elle se mêlera de tout, tout le temps. Mes cours, mes trajets, ma voiture, mes devoirs, ma façon de manger, de cuisiner, mes amis, mes habits... ça n'arrêtera pas !

Et quand elle verra ta nouvelle coupe de cheveux, rouge de surcroît, elle va piquer une crise !

Oh, bon sang de bois !

C'était vrai. Elle ne savait pas que j'avais coupé mes longs cheveux bruns et que je les teignais en rouge.

Je poussai un long gémissement d'agonie. J'étais maudite, c'était certain.

Depuis le temps que tu le dis, je croyais que c'était une chose acquise, maintenant, A.

Noire, noire, noire, noire ! Fichue période noire !

Amen.

— C'est une blague ?

La question incrédule de Kim me fit relever la tête de mon potage. Je lui adressai une piteuse grimace.

— Est-ce que j'ai une tête à rire ? marmonnai-je d'une voix morne.

Dan me lança un rapide coup d'œil, avant de revenir à son assiette spaghetti.

— En général, j'aurais tendance à te répondre « oui ». Mais aujourd'hui, je dirais que « non ». Tu as plutôt une tronche d'enterrement. Sans vouloir te vexer, ajouta-t-il en me faisant un clin d'œil.

— Je te remercie, maugréai-je en replongeant le nez dans mon potage.

Je venais d'annoncer à mes amis que ma mère débarquait samedi. Et qu'elle restait trois longues semaines. *Enfer et damnation !*

— Et elle va loger où ? demanda Marj', en haussant les sourcils. Chez ton frère ?

Je faillis m'étrangler avec la cuillerée de potage que je venais de prendre.

— Q-quoi ? croassai-je en toussant violemment. (Je sentis des larmes jaillir de mes yeux et mes joues chauffer affreusement. *Génial !* Il ne manquait vraiment plus que ça. *Noire, noire, noire !!!*) Le jour où ma mère ira vivre sous le même toit que mon frère, les poules auront des dents, sifflai-je abruptement, d'une voix cinglante.

Un long silence suivit ma déclaration. Je fermai les yeux en réalisant ce que je venais de faire. *La grosse boulette !* Je me serais tirée des gifles, si j'avais pu. Résignée, je me décidai à donner une explication succincte.

— Ma mère n'a jamais pardonné à mon frère d'avoir été en maison de redressement. (Doux euphémisme.) Depuis, elle ne lui adresse la parole que si elle n'a pas d'autres choix. (Et encore ! Pas sûre que ses reproches puissent être considérés comme telle.) À savoir, quand ça concerne directement sa petite fille chérie, annonçai-je, ironique et sarcastique au possible. (Ça devenait une mauvaise habitude…)

Kim se pencha un avant et me lança un regard intense.

— Et toi, tu vis ça comment ?

— Mal. Surtout que c'est à cause de moi que tout ça est arrivé, chuchotai-je, du bout des lèvres.

Je savais que ce n'était pas vraiment ma faute à moi, mais ça ne m'empêchait pas de me sentir coupable. Affreusement coupable. Car la vérité, c'était que si je n'avais pas été là, tout cela ne se serait jamais produit. C'était un fait : sans moi, mon frère n'aurait jamais été en maison de redressement. Si j'avais appris à vivre avec ce poids, chaque fois que je voyais ma mère dénigrer ou ignorer mon frère, je sentais la morsure du remords pénétrer violemment ma chair. Si je n'avais pas été là, il serait toujours le petit garçon adoré de ma maman.

Putain, ce que ça fait mal !

Une larme s'échappa de mes yeux et roula lentement le long de ma joue. Je m'empressai de la chasser et clignai rapidement des paupières, afin de contrer les grandes eaux. Je devais impérativement me reprendre. Me morfondre n'y changerait rien. Et puis, j'avais promis à Andy de ne plus pleurer sur son sort. Il m'avait moi, et cela lui suffisait.

Je savais que c'était un mensonge. Le petit garçon qui sommeillait au fond de lui pleurait encore l'absence de sa mère, j'en étais sûre. Mais que pouvais-je y faire ? Ma mère ne voulait rien entendre.

— Anna…

Je redressai la tête et me secouai. Un sourire tremblotant accroché aux lèvres, je me tournai vers Marj'.

— Ça va. Je vais bien. Ça va…, prétendis-je, sans réelle conviction. Je…

Kim changea de sujet avec tact, comprenant que je ne voulais pas en parler. C'était ce que je préférais chez mes amies. Elles ne me forçaient jamais à me confier. Si j'en ressentais le besoin, elles étaient présentes et m'écoutaient, mais si je ne le voulais pas, elles n'insistaient pas et passaient à autre chose. C'était quelque chose d'infiniment précieux. Du moins pour moi. Et je mesurais vraiment la chance que j'avais de les avoir à mes côtés.

Le Wisconsin ne t'a donc pas apporté que des malheurs, finalement, A ?

C'est vrai. Il m'a donné des amies.

Il y a donc un peu de blanc, par ici, tout de même.

J'eus un petit sourire que je ne pus réprimer.

Oui, il y a un peu de blanc dans le coin, finalement. Focalisée sur le noir, je l'avais oublié. Merci de me le rappeler.

À ton service, A, comme toujours.

— Et donc, ta mère va loger où ? (Kim marqua une courte pause, avant de me lancer un regard bizarre.) On peut savoir ce qui te fait sourire ? Y'a trente secondes, tu… enfin… tu vois ce que je veux dire… (Elle me fit de grands yeux pour ne pas prononcer le mot « pleurer ».) Et maintenant, tu souris… J'ai loupé un truc. Y'a pas moyen autrement…

Je pouffai, non sans malice.

— Tu es sûre de vouloir savoir ? Ton mascara est waterproof ?

Elle plissa les yeux, suspicieuse.

— Noooooooon… ? Tu vas encore nous faire une déclaration d'amour ?

— Exactement. Je me disais que j'avais énormément de chance d'avoir des amies comme vous. Et je vous aime, dis-je, sérieuse comme un pape.

Kim leva les mains et secoua frénétiquement la tête.

— Ça suffit ! Mon mascara n'en supportera pas plus !

— Je te l'avais dit…

— Ça fait combien de temps que tu l'avais dans ta manche, celle-ci ?

Je haussai les épaules, un sourire en coin.

— Un certain temps…

— Tu m'étonnes, tiens ! grommela-t-elle, en secouant la tête. Mais n'essaie pas de changer de sujet ! Depuis le temps, on a bien compris, Marj' et moi, que tu fais ce genre de déclaration quand tu veux détourner notre attention. (Elle me fit un clin d'œil.) Eh bien, ça ne marche pas ! Ce n'est pas aux vieux singes qu'on apprend à faire la grimace.

Marj' pencha la tête sur le côté.

— Je ne savais pas que tu te comparais à un singe… On en apprend tous les jours… Mais bon, chacun ses délires. Euh, ses désirs, je voulais dire. Je ne te juge pas ! (Elle mit sa main devant sa bouche et chuchota à mon attention.) Bonne pour l'asile, comme toi…

Kim se vautra sur sa chaise, croisa les bras sur sa poitrine et lui lança un regard noir.

— Je t'ai entendue ! Et pour ton information personnelle, je te signale que c'est une expression, et non un désir bizarre de me prendre pour un singe…

Marj' écarquilla exagérément les yeux.

— Ah bon ! Heureusement que tu me le dis, parce que je ne m'en serais jamais doutée ! Je me sens moins bête maintenant…, dit-elle en se tournant vers moi, et en roulant les yeux.

J'éclatai de rire, en cachant mon visage derrière les plus longues mèches de mes cheveux, pour échapper à l'ire de Kim.

— Foutez-vous de ma gueule, ne vous gênez surtout pas !

— En même temps, c'est tellement facile, Kim. Tu passes ton temps à nous tendre des perches, on peut quand même pas toutes les ignorer, plaida Marj', en prenant une moue contrite. Mets-toi un peu à notre place…

On aurait pu continuer longtemps comme ça, si Dan ne

s'était pas soudain rappelé à notre bon souvenir.

— Je ne voudrais pas mettre un terme prématuré à ce débat des plus passionnants, mais si on revenait un peu sur le sujet de base ? À savoir, la mère de cette jeune fille, précisa-t-il en me pointant de sa fourchette, avant de recommencer à manger.

Ce mec était aussi glouton que Kim ! Ce qui expliquait sans doute pourquoi ils étaient toujours fourrés ensemble. Mais peut-être y avait-il plus que cela ? La question méritait réflexion.

Avant de t'occuper des affaires des autres, A, si tu trouvais plutôt une solution à ton problème ? Une chose à la fois…

Mon sourire s'effaça quand je me souvins que je devais trouver une solution à mon problème, et plutôt rapidement. Ma mère serait là samedi. Le temps m'était donc compté.

Encore une fois, ma voix intérieure avait raison. Que c'était pénible !

J'ai toujours raison, A, toujours.

Gnagnagna…

— Ma mère débarque samedi, comme je vous l'ai dit, et elle reste trois semaines. Comme loger chez mon frère n'est pas une option envisageable pour elle, et de toute manière je ne suis pas sûre que Ly' aurait été d'accord, on aurait pu espérer qu'elle aille à l'hôtel. Malheureusement, pour trois semaines, c'est hors de question. Trop cher. Elle a donc décidé, et je cache ma joie, d'élire domicile chez moi.

— Tu déconnes ? s'écria Kim, en me coupant brutalement la parole.

— Encore une fois, est-ce que j'ai la tête de quelqu'un qui plaisante ?

Dan, sa fourchette de spaghetti figée à mi-chemin, me fixait, bouche bée.

— Mais, je croyais que tu habitais dans un tout petit appart ? Je me souviens même avoir entendu Drew dire que tu vivais dans un mouchoir de poche…

Comment il savait ça ?
Dans un campus, tout ce sait, A.
Dépitée, je me contentai de hocher lentement la tête.
— Et… qu'est-ce que tu vas faire ? me demanda Marj', en me lançant un regard compatissant.
— C'est bien ça le problème… Je n'en sais rien.

Le reste de la journée se déroula rapidement et sans incident notable. Du moins, jusqu'à ce que je me retrouve nez à nez avec Ly' en sortant du bahut. Hier soir, bien qu'il eût été présent, nous nous étions à peine adressé la parole. Je m'étais couchée directement après avoir terminé mon assiette de riz, et il n'avait rien fait pour m'en empêcher. Il n'était même pas venu me dire au revoir quand ils étaient partis. Mais maintenant que je me retrouvais face à face avec lui, sans Andy pour faire tampon, j'en restai pétrifiée. Je ne savais pas du tout comment réagir. S'il avait occupé mes pensées une bonne partie de la matinée, il en avait été résolument chassé par un autre souci, bien plus urgent et bien plus grave. L'arrivée imminente de ma mère.

Rien que d'y repenser, j'en grimaçai de dépit.
Une chose après l'autre, A.
Facile à dire !
— Salut, dit-il en plongeant ses mains dans les poches arrière de son jean.

D'accord. Visiblement, il ne voulait pas s'écarter pour me laisser passer. Il semblait même bien décidé à me parler.

Zut de flûte de crotte de bique.
— Salut…, soufflai-je du bout des lèvres, en fixant la pointe de mes chaussures.
Souris grise mortifiée, acte I.
— Tu vas mieux ?
Je clignai des paupières et lui lançai un rapide regard par en

dessous.

— Oui. Ça va mieux. (J'hésitai un court instant avant de poursuivre.) Je ne te l'ai pas dit hier soir, mais… c'est très gentil à toi de m'avoir fait un riz au safran. Ça m'a fait du bien. Merci…

En croisant furtivement mon regard, Ly' eut un sourire qui creusa ses fameuses fossettes dans sa joue gauche.

Bon sang ce qu'il est craquant ! Beaucoup trop pour ma santé mentale !

— Je t'en prie, ma souris, ça m'a fait plaisir. (Il se passa rapidement la main dans les cheveux, qui retrouvèrent instantanément leur place d'origine. Incroyable ! Les miens ne faisaient jamais ça. Si j'avais le malheur de faire un geste pareil, mes courtes mèches partaient dans tous les sens, à qui mieux mieux ! Ce mec avait vraiment tout pour lui…) T'es libre demain soir ?

Immédiatement sur le qui-vive, je lui lançai un regard prudent.

— Pourquoi ? demandai-je lentement, en martyrisant ma lèvre inférieure.

Ly' arqua un sourcil.

— Je vois. T'es libre, mais pas pour moi. (Il détourna la tête, la mâchoire crispée.) Je l'ai sans doute bien cherché. Quoi qu'il en soit, j'aimerais qu'on parle, toi et moi.

Tiens donc ! Et de quoi ?

— Et si je ne veux pas ?

Ly' me transperça de ses prunelles claires.

— Cette discussion, que tu le veuilles ou non, nous allons l'avoir, Annabelle. (Ah, voilà qui lui ressemblait plus… Je me disais aussi…) Cependant, je te laisse choisir l'endroit où nous allons l'avoir. Soit on se parle en tête à tête demain soir, soit on le fait ici et maintenant, au vu et au su de tous. Moi, ça m'est parfaitement égal, déclara-t-il en haussant les épaules. Mais je crois que toi, tu n'aimes pas trop être vue en ma compagnie…

Quelque chose en rapport avec ma réputation, je crois…, conclut-il, sarcastique.

Et PAN… dans les dents ! Celle-ci, je ne l'avais pas volée.

La litote du siècle !

Je rougis et baissai la tête. *Souris grise mortifiée, acte II.*

— Je suis libre demain soir, avouai-je du bout des lèvres, ne tenant pas à avoir ce genre de discussion au milieu du campus.

Surtout qu'on commençait à nous regarder… Un frisson d'effroi me traversa. J'avais vraiment horreur d'être le point de mire de tous les regards. Mes poils se dressèrent sur ma nuque et mes muscles se tendirent. J'étais prête à prendre la clé des champs.

— Parfait. Je passe te prendre à 18 h 30. Je serai en moto, alors, habille-toi en conséquence, ma souris.

Je grinçai des dents en l'entendant me donner des ordres, mais ne réagis pas. J'étais pressée d'en finir. Je me bornai donc à hocher la tête, avant de le contourner pour poursuivre mon chemin.

Il m'agrippa le bras lorsque je passai à ses côtés.

— Tu ne me dis pas au revoir, Annabelle ? Ce n'est pas très gentil…

Il se pencha vers moi et me donna un rapide baiser sur les lèvres. Un simple effleurement, si fugace qu'il était déjà terminé au moment où je m'en rendis compte.

Le reste du monde cessa immédiatement d'exister. *Encore…*

— À demain, ma souris…, dit-il, avant de me libérer et de partir de son côté.

Je le suivis des yeux, incapable de faire autrement. Je levai une main tremblante vers ma bouche, et la caressai doucement.

Qu'est-ce que je te disais, A ? Avec toi, il fait preuve de bien plus de douceur que sa réputation ne le laisserait penser…

C'était une question de point de vue. Personnellement, je ne l'avais pas trouvé particulièrement doux. Au contraire. Il avait été plutôt autoritaire.

Troublée par cette rencontre inattendue, je pris lentement le chemin du parking, dans un état second. Pour la première fois, je ne fis pas cas des regards rivés sur moi. Après une telle scène, quoi de plus normal. Toutefois, cela m'indifférait. J'étais même à des années lumières de tout cela.

De quoi voulait-il donc me parler ? Cela avait-il un rapport avec ce que mon frère m'avait appris la veille ? Ly' aurait-il, contre toute attente, envie de plus qu'une simple partie de jambes en l'air ? Serait-il vraiment intéressé par moi ? Tout cela me semblait vraiment grotesque. Et pourtant...

...pourtant j'y pensais. De plus en plus.

Et cela ne te déplaît pas, A.

Non, effectivement. Cela ne me déplaisait nullement. À ma grande honte, cette idée m'attirait même énormément. Pourquoi étais-je si faible quand il s'agissait de ce mec ? Pourquoi ma volonté était-elle annihilée face à lui ? J'avais beau chercher, je ne trouvais aucune réponse. Aucune qui ne me donne satisfaction, tout du moins.

Il te plaît, A. Et ce depuis le premier jour. À l'instant où t'as posé les yeux sur lui, t'as été perdue.

Mouais, jusqu'à ce qu'il ouvre la bouche.

Peut-être que c'est ce que tu voudrais, mais tu ne peux pas changer tes sentiments. T'as le droit de t'en vouloir pour ça, A, parce que t'as l'impression d'être faible face à lui. Et c'est le cas. Mais la vraie question, c'est : est-ce que lui est aussi fort que tu le crois ? Où en est-il à la même que toi ?

Je levai les yeux au ciel, tant la réponse à cette question était évidente.

T'en es sûre ? Peut-être... cache-t-il mieux son jeu que toi...

Et ce fut là que les deux petits mots que je redoutais tant vinrent frapper à ma porte. Je pinçai les lèvres et fermai les yeux, faisant mon possible pour les ignorer. Mais c'était trop tard. Ils

étaient bel et bien là. Je ne pouvais pas faire comme si je ne les avais pas entendus.
   Et si…

Chapitre 21

Assise *chez Daemon*, devant une pizza quatre fromages, je n'osais pas relever la tête pour regarder mon vis-à-vis. Depuis qu'il était apparu, sur le seuil de mon appartement, j'avais à peine décroché deux mots. J'étais tellement nerveuse, que je n'arrêtais pas de me tortiller sur ma chaise. J'attendais un remarque sarcastique, qui allait certainement sortir de la bouche de Ly' d'un instant à l'autre, en me disant que cela m'importait peu. Il pouvait bien se moquer de moi, et de mon manque de confiance en moi, cela ne me ferait ni chaud ni froid.

Croix de bois, croix de fer, si je mens, je vais en enfer...

Je grinçai des dents en entendant le nouveau leitmotiv de ma voix intérieure. Depuis quelque temps, elle n'avait plus que cette phrase à la bouche. Enfin, à la pensée. Enfin bref, je me comprenais. Elle ne disait plus que ça, quoi.

Peut-être parce que, depuis quelque temps, tu passes ton temps à mentir. Que ce soit à toi-même ou aux autres, A.

Ignorant cette grincheuse, je pris une tranche de pizza et mordis dedans à pleines dents. Je fermai les yeux de plaisir et faillis pousser un petit gémissement de pure volupté. Dieu que c'était bon !

— Je ne te demande pas si tu aimes, ma souris, je lis la réponse sur ton visage..., murmura soudain Ly', me faisant brusquement redescendre sur terre.

Je frémis en réalisant que, durant quelques secondes, j'avais oublié sa présence. Rouge de honte et profondément mortifiée par mon attitude impolie, j'avalai rapidement ce que j'avais dans la bouche, et lui adressai un petit sourire confus.

— Pardon, je…

Incapable de finir ma phrase, je piquai une nouvelle fois du nez dans mon assiette, ne sachant comment justifier l'injustifiable. En plus d'avoir oublié les bonnes manières, je l'avais oublié *lui*. Comment pouvais-je seulement tenter de me trouver des excuses ? Je n'en avais aucune.

Rien ne t'empêche de t'excuser quand même… genre…

Euh… Une souris grise qui présente des excuses à un tigre du Bengale ? Fausse bonne idée !... D'ailleurs, techniquement, je me suis déjà excusée. J'ai dit « pardon ».

Lâche, lâche, lâche ! Tu n'es qu'une lâche !

— De quoi t'excuses-tu exactement, Annabelle ? demanda-t-il en penchant la tête sur le côté droit, cherchant visiblement à résoudre un problème complexe.

J'aurais voulu disparaître sous terre pour ne plus avoir à sentir son regard vert menthe rivé sur moi.

— Je ne sais pas… d'avoir oublié… que je n'étais pas seule…, avouai-je finalement, faute de mieux, en haussant les épaules. Peut-être…

— Je t'effraie donc à ce point, Annabelle, que tu ne puisses affronter mon regard en me parlant ? me questionna-t-il, d'un ton crispé.

Je me raidis sur ma chaise, prête à fuir au plus petit signe suspect. N'osant pas lever les yeux, je me contentai de hocher la tête.

On dirait une gamine de six ans qui se fait gronder par son professeur de maternelle. Pathétique…

À qui le dis-tu, A !

Ly' poussa un long soupir, avant de tendre la main vers moi

et d'écarter délicatement les mèches de cheveux qui barraient mon visage. Il les coinça habilement derrière mon oreille, qu'il caressa délicatement du bout de l'index au passage. Un petit frisson de plaisir me fit tressaillir.

Oh bon sang !

— Annabelle, je pensais avoir été clair, et ce dès le premier jour : tu n'as rien à craindre de moi. T'es la seule que je ne pourrais jamais toucher. (Je levai brièvement les yeux vers lui, une moue ironique sur les lèvres.) Je voulais dire, se corrigea-t-il en croisant mon regard, que je ne te toucherais jamais avec l'intention de te faire du mal. Et il me semble que je n'ai jamais eu de gestes violents à ton encontre. Me tromperais-je ?

Bien sûr que non. Il n'avait jamais fait mine de me faire du mal physiquement, de quelques manières que ce fût. Au contraire. Il m'avait toujours touchée avec douceur. Il m'avait même protégée de Max quand ce dernier avait voulu s'en prendre à moi. Donc non, rien ne justifiait que je le craigne à ce point. Alors, pourquoi n'arrivais-je pas à me contrôler en sa présence ?

Parce que la peur de la douleur physique n'est pas vraiment ce qui importe, n'est-ce pas ? La douleur psychique est tout aussi importante. Et là, on ne peut pas vraiment dire qu'il soit sans reproche, pas vrai ? T'as peur parce que tu sais pas sur quel pied danser avec lui. Il t'a montré plusieurs visages, pas tous jolis, et tu ne sais pas lequel il a revêtu ce soir. C'est ça qui te fait le plus flipper.

Sidérée, je réalisai que ma voix intérieure était dans le vrai. Bon sang, elle aurait pu être psy !

Dans une autre vie...

— Non, reconnus-je du bout des lèvres. Tu n'as jamais cherché à me faire du mal physiquement.

— Mais je l'ai fait d'une autre manière, c'est cela que tu veux dire ?

— Disons que tu n'as pas toujours été des plus sympas avec

moi.

Le mot est faible !

Ly' arqua un sourcil et eut un sourire moqueur.

— Jolie tournure, je te le concède. Mais si on mettait de côté les fioritures inutiles et qu'on allait au fond des choses, pour changer ? Parlons-nous franchement. Tu veux bien ? Parce que si on continue sur cette lancée, on va au-devant de gros malentendus. Et j'ai envie de mettre les choses à plat. De jouer cartes sur table, si tu préfères. Ça te convient ?

Je détournai la tête et fixai le mur devant moi. Me mordillant furieusement la lèvre inférieure, je réfléchissais sincèrement à sa proposition. Jouer cartes sur table serait une excellente idée. Mais cela me serait-il vraiment profitable ?

Qui ne tente rien n'a rien, A.

Qui a dit que je voulais quelque chose de Ly' ?

Je ne vais même pas répondre à cette question tant c'est une évidence !

— Et si ça ne me convient pas ?

— Alors tu es libre de partir. La porte est juste là, lâcha-t-il d'un ton hargneux.

Pourquoi tu passes ton temps à le provoquer, A ? Pour une petite souris grise, je trouve que tu titilles le tigre avec insistance, ces derniers temps... Il pourrait s'en lasser...

Écoutant la voix de la raison, je levai lentement mon regard bleu foncé vers Ly' et je lui adressai un petit sourire contrit. Au moment où j'allais lui présenter une nouvelle fois des excuses, je me mordis violemment la langue pour me contraindre au silence. Je pris une profonde inspiration, et hochai lentement la tête.

Assume, ma fille, et sois forte !... Enfin, essaie...

— D'accord. Jouons cartes sur table. Ça me convient.

Sans prévenir, un sourire franc et sincère illumina le visage de Ly'. Les yeux rivés sur les fossettes qui s'étaient creusées dans ses joues, je réalisai que j'étais foutue. Complètement foutue. Ce

mec était déjà une bombe ambulante en temps normal, mais quand il se mettait à sourire comme ça, c'était encore pire.
Il est bien trop sexy pour ma propre survie.
Heureusement que t'es pas intéressée, hein, A ?
L'ironie de ma voix intérieure me fit grincer des dents. Celle-ci, un de ces jours, elle allait voir ce qu'elle allait voir ! Parole de souris grise !
Ouah, j'ai peur !
— J'aurais tendance à dire, honneur aux dames, mais, mon petit doigt me dit que tu ne tiens pas vraiment à avoir ce genre de privilège. Du moins, pas ce soir… (Une lueur de malice brillait dans ses yeux pâles. À ce rythme-là, il allait m'achever avant que j'aie eu le temps de finir ma pizza.) Ça ne te dérange pas si je commence ?

D'un rapide mouvement du poignet, je lui donnais mon accord. Puis, je pris une nouvelle part de pizza, pour me donner contenance.

— Vas-y, je t'écoute, ajoutai-je pourtant, ne voulant pas paraître snob ou hautaine.

— Ma Dame est trop bonne, dit-il d'un ton pince-sans-rire. (Je ne pus retenir un gloussement, ce qui lui arracha un nouveau sourire à fossettes. *Enfer et damnation !*) J'aime ce son, avoua-t-il doucement. J'aimerais l'entendre plus souvent. (Je rougis, ne sachant que répondre. Heureusement, il poursuivit sans attendre, me tirant ainsi d'embarras. *Ouf ! Sauvée…*) Est-ce que Drew t'a un peu parlé de moi ? De mon… passé ?

— Non. Enfin, me corrigeai-je très vite, oui. Il m'a un peu parlé de toi, mais il ne m'a rien dit de spécial. Il m'a juste conseillé de ne pas me fier aux rumeurs qui courraient sur ton compte et de me faire ma propre opinion. (Je baissai la tête vers mon assiette et en redessinai lentement le bord du bout de l'index.) Il a dit… que tu étais quelqu'un de bien.

— Non, je ne suis pas quelqu'un de bien, Annabelle. Je pense que tu t'en es rendue compte par toi-même, et ce, à plusieurs reprises. Drew est quelqu'un de bien. Pas moi, contesta-t-il rudement, le visage fermé. L'ombre maléfique de Drew... tu n'aurais pu mieux me nommer, Annabelle. Cela me va comme un gant.

Rouge de honte, je me souvins d'avoir dit cela à Andy, un jour où j'étais particulièrement remontée contre Ly'. Savoir que mon frère lui en avait effectivement parlé me rendit terriblement mal à l'aise.

— Je regrette... Je n'aurais jamais dû dire ça...

Ly' leva une main, me coupant dans mes excuses.

— Non. Tu avais raison, Annabelle. Je t'assure. Je suis une ombre maléfique. Peut-être par celle de Drew spécifiquement, mais j'en suis une. Je suis une personne noire, Annabelle. (Je sursautai en l'entendant se désigner de la sorte. Incrédule, je le fixai, bouche bée.) Ne me regarde pas ainsi, Annabelle. C'est la stricte vérité. Je suis quelqu'un de noir. De très, très noir. Mais tu es bien placée pour le savoir, n'est-ce pas ?

Repensant à toutes les fois où il m'avait humiliée ou rabaissée, je ne pouvais pas prétendre le contraire. Il n'était effectivement pas quelqu'un de particulièrement sympathique et chaleureux. Mais de là à dire qu'il était complètement noir... Je n'étais pas entièrement d'accord avec ça.

Une personne noire ne m'aurait pas sauvée de Max.

Comprenant instinctivement qu'il ne fallait pas le couper, ou le contredire, je gardai mon opinion pour moi.

C'est bien, A, tu sembles apprendre de tes erreurs...

Oh, la ferme, toi, un moment !

— J'aimerais te raconter une histoire, Annabelle.

Je pressentis que je n'allais pas du tout aimer ce qui allait suivre. Serrant les bras autour de mon corps, comme pour me protéger, je me penchai légèrement en avant, sans même m'en rendre compte.

— Je t'écoute, dis-je d'une voix faible et tremblante, m'attendant au pire.

Posant lourdement ses coudes sur la table, Ly' noua ses mains derrière sa nuque et se perdit dans la contemplation de son verre de jus de fruits. Quand il commença son histoire, sa voix était basse, impersonnelle... comme dénudée de sentiments. On aurait pu croire qu'il parlait de la pluie et du beau temps, et que cela ne lui faisait ni chaud ni froid.

Je reconnus bien cette manière instinctive de se protéger en se refermant sur soi-même. J'en avais usé plus d'une fois. Je ne m'y laissai donc pas prendre et eus bien conscience de la profonde douleur qui s'y cachait.

Seigneur, que t'est-il arrivé, Ly' ?

— Il était une fois, un petit garçon de dix ans qui perdit sa mère dans un accident de voiture. Son père, un homme d'affaires important et influent, souffrit énormément de la perte de son épouse. Épouse qu'il aimait plus que tout. Il fut dévasté et s'investit donc davantage dans son travail, afin d'y trouver l'oubli. Au point de ne plus avoir le temps de s'occuper de son fils unique. Alors, il le confia à une nurse. Cela dura environ quatre mois. Jusqu'à ce qu'un beau jour, ce petit garçon se mura dans le silence. Inquiet pour la santé de son fils, dernier vestige de sa défunte épouse, il finit par lever le pied et prendre une année sabbatique. Au contact, doux et affectueux, de ce père qu'il aimait tant, le garçonnet recommença progressivement à parler. Et très vite, il rattrapa le retard qu'il avait pris à l'école. Ne vivant plus que pour la fierté qui brillait parfois dans les yeux de son père, il s'appliqua et travailla encore plus dur. En moins de six mois, il devint le meilleur élève de sa classe. Et son père en fut profondément satisfait. Ce dernier, au contact de son fils, reprit peu à peu goût à la vie. Ils commencèrent à sortir ensemble, s'étant trouvé une passion commune pour le baseball. Tous les matchs auxquels ils pouvaient assister, ils y allaient. Il en fut ainsi durant quatre longues années. Durant ces quatre années, le père et le fils vécurent ensemble, seuls et heureux. Puis, un beau jour, les choses changèrent. Deux femmes entrèrent dans leur vie. Une mère et sa fille. Le père du garçonnet, fou amoureux, ne tarda pas à se remarier. Et, ayant désormais quelqu'un à domicile pour s'occuper de son fils, il recommença à partir en voyage d'affaires. Il laissa son garçon, alors âgé de quatorze ans, seul avec sa belle-mère et sa demi-sœur. Voyant combien son père aimait sa nouvelle épouse, l'adolescent qu'il était devenu n'osait pas dire la vérité. Il n'osait pas dire à son père que sa belle-mère ne l'aimait pas. Il croyait que c'était de sa faute, qu'il n'était pas assez doué, pas assez bien ! Alors il redoubla d'efforts, dans l'espoir de lui plaire. Mais plus il travaillait, moins elle l'aimait. Jusqu'à ce qu'un jour, elle le frappa. Elle lui dit que c'était ce qui arrivait aux enfants arrogants et imbus d'eux-mêmes. À chaque nouveau voyage de son père, qui devenaient de plus en plus fréquents, les coups augmentaient et devenaient violents. À chaque retour, la belle-mère se plaignait de l'attitude méprisante de l'adolescent. Jusqu'à monter le père contre le fils. Après six mois de mariage, ils ne faisaient plus rien ensemble. La tendre complicité qui était née entre eux n'existait plus. C'était devenu un lointain souvenir. Le lien qui les avait unis durant les quatre dernières années avait été irrémédiablement brisé. L'adolescent se retrouva seul. Livré aux mains cruelles de sa belle-mère, et au regard soudain indifférent de son père.

Blême, les yeux remplis de larmes, je n'arrivais pas à croire ce que j'entendais. Comment une femme, une mère, pouvait-elle faire une chose pareille à un enfant ? Pourquoi ? Mais surtout, *surtout*, pourquoi le père n'avait-il rien fait ?

— Il… il n'a jamais mis en doute la parole de ta belle-mère ? (J'avais bien compris que c'était son histoire à lui qu'il me racontait.) Il n'est jamais venu t'en parler ? Il a pris pour argent comptant tout ce qu'elle disait ?

J'étais scandalisée par une telle attitude.

Pourtant, avec ton propre passé, A, tu devrais savoir que les parents sont loin d'être parfaits...

Et ce n'est rien de le dire...

Je sentis les brumes tortueuses du passé se faufiler sous leur prison de glace. Réveillées par l'histoire tragique de Ly', elles remontrèrent impitoyablement à la surface. Je les sentis ramper le long des os de ma boîte crânienne et se diriger vers la sortie. Là où je ne pourrais plus les ignorer. Là où je serais contrainte de revoir, une fois encore, ce qui s'était passé ce soir-là.

Je crispai les paupières et tentai de les retenir, mais sans grand succès. Invincibles, elles avancèrent sans ciller.

Des flashs du passé commencèrent à défiler sous mes paupières closes.

« *Belle, mon poussin, si belle... Ma précieuse petite fille... Si belle...* »

De la bile envahit ma bouche, soudain sèche. Je ne voulais pas me rappeler. Je ne voulais pas !

La voix glaciale de Ly' me ramena brusquement au présent.

Tremblante, je pris fébrilement mon verre de jus de fruit et j'en bus une longue gorgée. Le goût âcre de la bile disparut immédiatement. Profondément troublée, je fis de gros efforts pour chasser les dernières brumes de souvenir qui s'accrochaient désespérément, et je me concentrai sur les paroles de Ly'.

Ly', focalise-toi sur Ly'. Le reste n'existe pas... il n'existe pas...

Comme la cuillère ? Okay, okay, j'ai compris. Je sors.

— Non, jamais. Ma belle-mère avait une belle gueule d'ange et on lui aurait donné le Bon Dieu sans confession. En plus, mon père en était raide dingue. Il croyait donc tout ce qu'elle disait. Même... même quand elle a prétendu que j'avais tenté de la violer. (Je poussai un cri horrifié, maintenant bien ancré dans le présent.) Il faut savoir qu'à l'époque, je n'avais rien du mec baraqué que je suis devenu. J'étais un môme trop grand et trop maigre. Un sac d'os. C'était comme ça qu'elle m'appelait. Le sac d'os. (C'était difficilement imaginable quand on voyait l'armoire à glace qu'il était devenu.) Bref, elle lui a dit que j'avais tenté de la prendre de force. Comme si j'aurais pu le faire ! Sans parler d'une éventuelle envie, beurk, ou de l'acte en soi, j'avais tout simplement pas la force nécessaire pour tenter de faire ce dont elle m'accusait. J'étais... (Il contracta violemment les muscles de sa mâchoire.) J'étais pas assez fort, pas assez fort. (Il marqua une courte pause.) Mon père l'a crue, évidemment. Il m'a corrigé avec sa ceinture. En veillant toutefois à ne pas laisser de marques, comme elle le lui avait judicieusement conseillé.

— Et ça ne lui a pas mis la puce à l'oreille ? Qu'elle lui conseille un truc pareil ?

Ly' secoua lentement la tête, les yeux toujours rivés à son verre. Son visage était devenu un masque de granite. Froid et distant.

— Il m'a frappé, encore et encore. Quand il a eu fini, il m'a dit que, si je tentai de nouveau de la toucher, ne serait-ce qu'une seule fois, il me tuerait. Après ce jour, ce fut encore bien pire. (Les mains de Ly' se serrèrent en poing, sa respiration devint sifflante et laborieuse.) Ma belle-mère avait pris l'habitude de m'attacher, entièrement nu, à une chaise de la cuisine. Et elle...

Ly' prit une profonde inspiration et détourna vivement la tête, la mâchoire crispée. Je tendis la main et effleurai l'un de ses poings du bout des doigts.

— Si c'est trop difficile, Ly', on peut en rester là. Certaines choses ne sont pas bonnes à dire. Elles ravivent des souvenirs enfouis au plus profond de nous, ce qui nous fait plus de mal que de bien. (Je savais de quoi je parlais.) Il ne faut pas te forcer, murmurai-je d'une voix douce et apaisante.

Avec la vivacité d'un serpent, il desserra son poing et tourna sa main, emprisonnant fermement la mienne dans la sienne. Il plongea un regard hanté dans le mien.

Oh bon sang ! Il y avait tellement de douleur dans ses prunelles vertes, c'en était presque insoutenable.

— Non. Tu dois savoir. Pour comprendre qui je suis devenu, tu dois savoir ce qui m'a forgé. Et ce que j'ai fait. Sans cela, toi et moi n'avons aucun avenir. Et c'est pour *ça* que je ne suis pas prêt.

À sa déclaration, je sentis ma mâchoire se décrocher (ça devenait une fâcheuse habitude) et tomber avec fracas sur la table. Incapable de trouver mes mots, j'acquiesçai d'un mouvement vague de la tête.

Avait-il vraiment dit cela ?

— Elle me caressait et m'obligeait, contre mon gré, à y prendre du plaisir, déclara-t-il abruptement, d'une voix dure et froide. (Jamais il n'avait été aussi létal qu'en cet instant.) Attaché sur ma chaise, j'étais impuissant. Je n'avais pas d'autre choix que de subir ses horribles caresses. Je la détestais pour ça, mais je me haïssais encore plus de ne pas être suffisamment fort pour me défendre. J'avais honte. Tellement honte, Annabelle. Je sais que j'aurais dû aller trouver la police et leur en parler, mais j'en étais incapable. J'étais un mec, bordel, *un mec*. J'aurais dû pouvoir me défendre. Un homme qui se fait violer, c'est… (J'entendis distinctement ses dents grincer et sa mâchoire craquer.) Un mec qui se fait violer, c'est une mauviette, articula-t-il lentement, d'une voix sourde. (Il marqua une pause, le temps de se calmer.) Le jour de mes quinze ans, elle a dit qu'elle avait un cadeau spécial pour moi. Elle avait invité sa fille à participer. Et cette garce s'est jointe à la petite fête avec plaisir. (Une lueur meurtrière s'alluma dans son regard vert menthe.) Elle avait dix-sept ans. Deux ans de plus que moi. Et au lieu de m'aider, elle m'a regardé en ricanant. Quand sa mère en a eu fini avec moi, elle m'a fait tomber de ma chaise et m'a pissé dessus. En plein visage. (J'eus un hoquet de dégoût. *Oh, putain !!!*) Elle m'a dit que les petites putes dans mon genre ne méritaient pas mieux. Puis elle est partie. En me laissant seul avec sa mère. (Ly' releva lentement les yeux vers moi, et ce que j'y lus me fit froid dans le dos.) Elle n'aurait jamais dû.

Je déglutis péniblement et baissai le regard sur nos mains jointes. Ly' relâcha brusquement son étreinte, mais je ne fis pas mine de me dégager. Au contraire, je refermai doucement mes doigts autour des siens. Je lui apportais mon soutien de la seule manière que je pouvais.

— Tu l'as tuée ?

— Et si je l'ai fait ?

Je plantai mes iris bleus, brûlants de rage, dans les siens, froids et indifférents.

— Je dirais « tant mieux », affirmai-je, avec un petit air de reine des glaces.

Une lueur de surprise traversa les prunelles vertes rivées sur moi, et un léger sourire releva le coin de ses lèvres.

— Je ne t'aurais jamais crue sanguinaire, ma souris, plaisanta-t-il, avant de reprendre brusquement son sérieux. Non, je ne l'ai pas tuée. Mais ce n'est pas l'envie qui me manquait. Simplement, le voisin est arrivé à ce moment-là, alerté par les hurlements de ma belle-mère, et il m'a ceinturé, m'empêchant ainsi de finir ce que j'avais commencé. (Ly' se redressa lentement et son visage se ferma à nouveau.) Je l'ai battue à mort, pour ainsi dire, avec une poêle à frire.

Un frisson me traversa violemment le corps, mais je ne détournai pas les yeux. Après le calvaire qu'il avait subi, durant presque une année, il était simplement étonnant qu'il ne l'eût pas fait plutôt.

— Et ensuite ? Qu'est-ce qui s'est passé ?

— La police m'a embarqué et mon père est revenu de son voyage en toute urgence. Il a hurlé devant témoins qu'il allait me faire la peau et qu'il allait tout faire pour que je sois jugé comme un adulte. Mais les traces de coups que je portais sur tout le corps, ainsi que l'urine imprégnée dans mes cheveux, démontraient que j'avais été maltraité. À plusieurs reprises. Et ça, ça n'a pas joué en faveur de mon père ni de sa demande. J'ai eu droit à un long entretien avec un psychologue, mais j'ai refusé de parler. Ce qui, bien sûr, n'a pas joué en ma faveur. Au vu de mon âge, et de ce que j'avais subi, j'ai été jugé et condamné comme un mineur. Trois ans en maison de redressement.

— Autant que ça ? Tu n'as pas bénéficié de circonstances atténuantes ? Ta belle-mère t'a battu et violé durant une année !

Un muscle dans le creux de sa joue se mit à tressauter frénétiquement.

— Mon père a prétendu que j'avais toujours eu un comportement étrange avec ma belle-mère, et que j'avais tenté, à plusieurs reprises, d'avoir des rapports sexuels non consentis avec elle.

— Mais c'est faux ! m'écriai-je, complètement révoltée. C'est elle qui te violait ! sifflai-je entre mes dents serrées, veillant instinctivement à ne pas élever la voix. (La pizzeria était presque déserte, certes, et nous n'avions pas de voisins de table, mais tout de même. Je préférais être prudente. Ça ne regardait personne d'autre que nous.)

Ly' me lança un regard étrange, par en dessous.

— Je ne leur ai jamais dit qu'elle m'avait violé.

J'écarquillai les yeux, stupéfaite.

— Mais pourquoi ?

— Je suis un mec, Annabelle. Je n'aurais jamais dû vivre une telle chose. J'aurais dû pouvoir me défendre. Je te l'ai dit : un mec qui se fait violer, c'est une vulgaire mauviette. Hors de question que les gens soient au cours. Je n'en ai jamais parlé, à qui que ce soit, avant ce soir. Même ton frère, mon meilleur pote, ne connaît pas tous les détails. Et surtout pas celui-ci ! (Son regard s'attendrit soudain, et il leva une main tremblante vers mon visage. Il me caressa la joue du bout des doigts.) Tu sais pourquoi je t'en parle à toi. Et uniquement à toi. Je te l'ai déjà dit. Tu dois comprendre qui je suis devenu. Et pourquoi. Parce que, rien n'y personne ne pourra plus me changer, maintenant.

Chapitre 22

Durant un long moment, je fixai Ly' sans rien dire, assimilant tout ce qu'il m'avait raconté. Je finis par incliner la tête, en signe de compréhension. Oui, ce qu'il avait vécu était terrible, et son passé se révélait, en fin de compte, bien pire que le mien. Je comprenais qu'il soit devenu quelqu'un de froid et de dur après tout cela. Qui ne l'aurait pas été ?

Mais ce n'était pas pour autant que j'étais prête à me laisser malmener gratuitement…

— Je suis donc allé en maison de redressement. (En l'entendant reprendre la parole, je me crispai légèrement, ne sachant pas vraiment à quoi m'attendre.) Les six premiers mois ont été particulièrement difficiles. J'étais rempli de haine et de colère. J'en voulais à la terre entière. Je passais la plus grande partie de mon temps en isolement, car je provoquais sans cesse des bagarres. C'était le seul moyen que j'avais trouvé pour extérioriser tout ça. Même si je me prenais une dérouillée à chaque fois, ou presque. (Ly' marqua une courte pause.) Puis ton frère est arrivé. Au début, on n'était pas vraiment les meilleurs amis du monde. (Un lent sourire fleurit sur ses lèvres, alors qu'il poursuivait son histoire, comme s'il se remémorait de bons souvenirs.) J'étais en colère, rien de nouveau à ça, et je lui suis rentré dans le cadre, direct. Mais il m'a ignoré. Pour la première fois depuis six mois, quelqu'un m'ignorait. C'était complètement nouveau pour moi, et cela m'a déstabilisé. Avant de me mettre encore plus en colère. Ça m'a rappelé l'attitude de mon père, quand il ignorait mes appels au secours. Alors j'ai insisté. Je lui cherchais des noises à la première occasion. Mais il réagissait pas. À croire qu'il était taillé dans du marbre. Jusqu'à ce qu'il reçoive son premier courrier. Le tien, précisa-t-il, en levant un regard brillant vers moi. Quand j'ai vu son sourire, j'ai compris que j'avais enfin trouvé le moyen de le faire réagir. Je le lui ai piqué direct, avant qu'il puisse le lire. Il m'a calmement demandé de le lui rendre, en m'expliquant que c'était une lettre de sa petite sœur. Là, j'ai vu rouge. Le visage de Véronica, ma demi-sœur, m'a traversé l'esprit. Je suis littéralement entré en rage... et... euh... j'ai déchiré ta lettre en mille morceaux..., avoua-t-il en rougissant légèrement.

Les yeux grands ouverts, je n'arrivais pas à croire ce que je venais d'entendre.

— Tu as... quoi ?

Ly' détourna la tête, mal à l'aise.

— Je l'ai déchirée, répéta-t-il piteusement.

J'ouvris et refermai la bouche à plusieurs reprises.

Okay, d'accord.

Depuis le temps y'a prescription, A !

Décidant que cela n'avait finalement plus grande importance, je la jouai philosophe :

— Ça explique pourquoi mon frère n'a jamais répondu à ma première lettre...

Il m'adressa un petit sourire contrit.

— Ouais... (Il se racla la gorge, mal à l'aise. j'arquai un sourcil, secrètement ravie de le voir aussi gêné. Une grande première ! Décidément, c'était la période des premières fois.) Suite à ça, j'ai commencé à t'insulter. Enfin, à insulter les femmes en général. Je te fais grâce des détails, mais mes propos étaient plutôt virulents. Ton frère s'est énervé et a exigé que je m'excuse, en arguant que sa petite sœur n'était pas ainsi. Je lui ai ri au nez. Et on s'est battu. Il était plus fort que moi à l'époque et... (En me voyant hausser les sourcils, il eut un petit sourire.) J'étais un gringalet, je te rappelle. Un sac d'os. Je me suis fait démolir. Littéralement. J'ai dû manger de la compote durant deux semaines, au moins ! (Je me demandai s'il n'exagérait pas la moindre, là.) Après ça, agacés par mon agressivité constante, les gardiens m'ont relégué en cuisine. Le chef était un ancien *Navy Seal*, alors les chiens hargneux, comme il disait, il en avait eu sa dose et savait les dresser. Je suis donc passé de « sac d'os » à « chien hargneux ». Juste pour ça, je lui ai donné sa chance. Et j'ai écouté tout ce qu'il me disait.

Le menton calé dans la paume de ma main, je buvais ses paroles. On voyait, à la façon dont ses yeux brillaient et au sourire qui flottait sur ses lèvres, qu'il avait beaucoup de respect pour cet ancien *Navy Seal*. En voyant le mec assis en face de moi, je me dis que les conseils de ce dernier avaient dû être judicieux. Ly' n'était pas quelqu'un de colérique, comme il me le racontait en ce moment, mais quelqu'un de froid et de posé. J'avais d'ailleurs de la peine à l'imaginer autrement.

— Tu l'aimais visiblement beaucoup, dis-je en souriant. Et d'après ce que je vois, il t'a bien aidé.

— Ouais, je l'apprécie énormément, et il m'a été d'une aide précieuse. Sans lui, et sans ton frère, j'aurais certainement très mal tourné. Vraiment très mal, avoua-t-il, dans un filet de voix. Il m'a appris à canaliser ma colère et à la déverser de manière différente. Au lieu de me défouler sur les gens, que ce soit verbalement ou physiquement, il m'a dit de le faire en cuisine. J'étais dubitatif, tu penses, mais j'ai décidé de jouer le jeu. Harry a ce petit quelque chose qui t'empêche de le défier ouvertement. J'ai donc fait ce qu'il m'a demandé. Et durant un temps, on a eu de la purée à toutes les sauces ! Patate, carotte, petit pois, pomme, poire, banane ; tout y passait. Puis je me suis rendu compte qu'il avait raison. En cuisinant, j'arrivais à canaliser ma colère. J'ai pu recommencer à sortir et à voir les autres pensionnaires. Mais si je sentais que je perdais mon calme, ou que j'avais une montée de rage, je devais revenir dare-dare en cuisine. C'était le deal. Et je l'ai accepté. (Ly' se laissa lentement aller contre le dossier de sa chaise, sans pour autant libérer sa main, toujours prisonnière de la mienne.) C'est la meilleure chose qui pouvait m'arriver.

Je lui fis un clin d'œil.

— Cela explique sans doute pourquoi tu es aussi doué aux fourneaux ?

Ly' me sourit tendrement, et cela me chamboula complètement. Je sentis une boule prendre naissance dans mon ventre et faire un salto arrière.

Ouah.

— Ouais, en partie. Mais surtout, j'ai appris à aimer ça, tout simplement. En cuisine, je suis le seul maître à bord. Je suis le seul à décider. Je fais ce que je veux, quand je veux, et de la manière que je veux. Je n'ai de comptes à rendre à personne. En cuisine, je suis totalement libre.

Un éclair de compréhension me traversa soudainement, et je me redressai vivement sur ma chaise. Limite, je bondis en avant.

— C'est pour ça que tu as une moto ! Pour la sensation de liberté que ça procure.

Je faillis gémir en constatant le retour des fameuses fossettes. Ce mec voulait ma mort.

— C'est pour ça que j'ai une Ducati Desmosedici RR, acquiesça-t-il, en inclinant légèrement la tête.

— *Expendable* ? demandai-je d'un air malicieux.

— What else ?

La légèreté de notre échange me surprit. Nous avions abordé un sujet particulièrement difficile pour Ly', et maintenant nous plaisantions comme si de rien n'était.

Oh. Mon. Dieu !
Je plaisante avec Ly' ? Pincez-moi ! Je rêve...
Non, non, A, tu ne rêves pas. Pas du tout.

Je fermai brièvement les yeux et tentai de revenir sur la discussion de fond, car je savais qu'il fallait la terminer. De plus, Ly' y tenait vraiment.

Depuis quand les désirs de Ly' te tiennent-ils à cœur, A. ?
Bonne question...

— Et mon frère, dans tout ça ? Vous êtes devenus amis à quel moment ?

— Quand il a reçu ta deuxième lettre. Voulant m'imiter, une bande de crétins, qui s'était formée dans la maison de redressement, la lui a chourée. Et je la leur ai reprise. (Voyant ma moue dubitative, il eut un sourire en coin.) À force de porter des sacs de patates en cuisine, et avec les exercices que me faisait faire Harry, j'avais pris un peu de muscles. Et j'avais appris une prise ou deux d'autodéfense, dans la foulée. Pis, ma mauvaise réputation de bagarreur a fait le reste. Presque tout en fait. Surtout depuis que le bruit courrait que j'étais dans les petits papiers d'Harry. J'ai donc récupéré ta lettre et je l'ai rendue à Drew. Je lui ai présenté des excuses, en lui disant que ce n'était pas de sa faute s'il aimait sa sœur et que je n'avais pas le droit de lui en tenir rigueur, ni de le juger, grimaça-t-il, avant de secouer la tête. J'ai bien cru que ton frère allait s'étouffer de rage quand je lui ai dit ça. Pis, je suis simplement reparti, sans demander mon reste. Ensuite, au fil des mois, on s'est progressivement rapproché. Ça s'est fait doucement, naturellement pour ainsi dire. Il voulait savoir pourquoi je détestais tellement les femmes, et moi je voulais savoir pourquoi il aimait tant sa sœur. De fil en aiguille, on s'est fait quelques confidences, par-ci, par-là. Et c'est finalement devenu mon meilleur pote. Et vice-versa. Quand Drew est sorti, six mois avant moi, on a convenu de se retrouver à l'université. Je savais que j'allais être catapulté dans le

Wisconsin, chez mon grand-père maternel, et Drew ne voulait pas rester en Virginie. (Ly' haussa les épaules, fataliste.) On s'est dit que c'était un endroit comme un autre. Personne ne connaissait notre passé, ici. Pas plus à notre arrivée que maintenant. Tout ce que les gens savent, c'est qu'on a été en maison de redressement. Le pourquoi du comment, tout le monde l'ignore. Les gens spéculent, évidemment, mais en réalité, ils ne savent rien. Et c'est très bien ainsi. C'est ce qu'on voulait. Et c'est ce qu'on a eu, conclut-il d'une voix égale.

Je déglutis péniblement avant de me lancer.

— Et ton père ? Tu l'as revu depuis ?

— Il a essayé. Lui et ma belle-mère ont débarqué un jour, sans prévenir. Ils se sont pétrifiés quand ils ont vu ce que j'étais devenu. (Un rictus méprisant déforma ses lèvres.) Exit le sac d'os. (*Tu m'étonnes, tiens !* J'aurais bien aimé voir leurs tronches...) Mon père s'est rapidement repris et il a quand même essayé de me filer une raclée. Comme je me suis pas vraiment laissé faire, les choses n'ont pas tourné comme il l'espérait. Résultat : on s'est retrouvé au poste, tous les deux. Une voisine, paniquée de nous voir nous battre, a appelé les flics. Mon grand-père, qui s'était absenté le temps de faire deux-trois courses, a rappliqué dès qu'il a su, avec l'ordonnance de restriction du juge. Ça m'a sauvé les miches. Avec mes antécédents, j'étais plutôt mal barré. Mon grand-père n'ayant jamais pu blairer son ancien gendre, il s'est fait un plaisir de le remettre à sa place. Ma belle-mère a beau eu faire son speech habituel, ça n'a servi à rien. Ils étaient en tort, n'ayant clairement pas le droit de se trouver là, et comme mon père a, en plus, attaqué le premier, c'était de la légitime défense. Les flics m'ont laissé repartir sans problème, avec un simple avertissement. (Un sourire machiavélique étira les lèvres de Ly'.) Ce qui n'est pas le cas de mon père ni de ma belle-mère. S'ils remettent les pieds ici, à River Falls, ils risquent de passer quelques temps à l'ombre.

Étant dans le collimateur de la justice, ils se tiennent à carreau. Bizarrement, la prison ne les attire pas plus que ça. Même le testament de mon grand-père, qui les a pourtant fait bondir au plafond, n'a pas réussi à les tenter suffisamment. Je doute qu'ils reviennent ici un jour, et ce n'est pas pour me déplaire. Bien au contraire.

Comme je le comprenais ! Et dire que je pensais que mon histoire personnelle était l'une des pires qui fût. Je revoyais sérieusement mon jugement. Et plutôt deux fois qu'une.

— Je suis soulagée de savoir qu'ils n'ont plus le droit de t'approcher.

Ly' haussa les épaules.

— Même s'ils le faisaient, je ne suis plus le gamin que j'étais jadis. Je suis capable de me défendre, maintenant.

Je n'en doutais pas une seconde. Une réputation comme la sienne était rarement usurpée !

Avec un passé pareil, il n'était guère étonnant que Ly' détestât les filles. Je me mordillai de nouveau la lèvre inférieure, en lissant nerveusement le set de table devant moi. Une question me brûlait les lèvres, mais j'hésitais à la poser.

— C'est à cause de ton passé que tu jettes les femmes comme de vieux kleenex usagés ?

Ma question avait fusé, vive et rapide. J'espérais qu'il l'avait comprise, car je n'aurais pas le courage de la poser une seconde fois.

— Et celui de Drew. (Je relevai vivement la tête, stupéfaite. Qu'est-ce que mon frère venait faire là-dedans ?) L'attitude de ta mère, durant son jugement et après, a confirmé ce que je pensais déjà. Les femmes ne sont pas dignes de confiance. Entre une belle-mère qui bat et viole son beau-fils, et une mère qui renie la chaire de sa chaire, ça ne donne pas envie d'avoir une relation avec une femme. Autre qu'une bonne partie de baise dans les toilettes, déclara-t-il froidement. Du moins, c'était ce que je pensais jusqu'à ce que je te rencontre, Annabelle.

Je ne pus retenir une moue sceptique en me rappelant notre première rencontre. Ainsi que la froideur dont il avait fait preuve à mon égard.

— Tu dis ça parce que je suis la sœur d'Andy…

— Non, pas du tout. D'ailleurs, quand je t'ai vue pour la première fois, je ne savais pas que tu étais sa sœur. Il m'avait parlé de toi, bien sûr, et plus d'une fois même, mais je pensais que tu avais les cheveux bruns et longs. Très longs. Du moins, c'était ainsi qu'il t'avait décrite. Je n'ai su qui tu étais que lorsqu'il me l'a dit, quelques instants après notre rencontre. Et à ce moment-là, Annabelle, je m'étais déjà forgé ma propre opinion à ton sujet. Sans savoir qui tu étais.

J'arquai un sourcil, dubitative.

— En moins de cinq minutes ?

— Annabelle, tu rayonnais de bonheur, de joie, de pureté, d'innocence. Tu étais la blancheur incarnée. Mon exact opposé. Je n'aurais pas dû être attiré par toi, qui es si différente de moi. Pourtant, ça a été le cas. Je t'ai voulue au premier regard, ma souris. Au premier regard, j'ai su que tu étais différente de toutes les autres. J'ai su que toi, tu étais unique. Que tu étais faite pour moi. Ça paraît cliché et bateau, mais tu me connais suffisamment, maintenant, pour savoir que je ne mange pas de ce pain-là. J'ai ressenti aux fonds de mes tripes que tu étais faite pour moi. Et uniquement pour moi. (Ses yeux vert menthe brillaient de conviction. L'intensité de son regard, tout comme ses paroles, me fit rougir.) Savoir que tu étais la sœur d'Andy n'a fait que renforcer cette conviction. Et éviter que j'en vienne aux mains avec mon meilleur pote pour une fille, ajouta-t-il, avec une pointe d'humour.

Je tentai de faire le point, suite à ses dernières révélations, mais j'avais énormément de peine à me concentrer. Je me forçai toutefois à essayer d'y voir plus clair. Ainsi, je lui avais plu au premier regard. Mais, dans ce cas, pourquoi avoir agi de la sorte avec moi ? Pourquoi ne pas m'avoir draguée, comme tout mec normal l'aurait fait ?

Parce que, justement, Ly' n'a aucune ressemblance, de près ou de loin, avec un mec normal, A. C'est un cas à part.

Mouais, un cas à part rempli d'incohérences…

Possible…

Certain !

— D'accord, murmurai-je lentement. Disons que je te crois, quand tu dis que je t'ai plu au premier coup d'œil. Mais dans ce cas, pourquoi tu as agi de la sorte avec moi ? Pourquoi tu as été aussi… mesquin ?

Quand je repensais à toutes les humiliations qu'il m'avait infligées, j'avais encore plus de mal à croire qu'il était sincèrement intéressé par moi.

— Tu devais le voir. Tu devais voir qui j'étais vraiment, Annabelle. Afin que tu saches où tu mettais les pieds, et pour t'éviter de mauvaises surprises. Et pis… je devais savoir si tu pouvais m'aimer moi, tel que je suis, et pas tel que tu voudrais que je sois. Si j'avais été différent, tu aurais pu croire que j'avais porté un masque, que je t'avais joué la comédie ! Et ça, c'était tout simplement hors de question. Je suis ce que mon passé a fait de moi. Je n'aime pas les femmes, je ne leur fais pas confiance. Ni maintenant ni jamais. Je ne serais jamais le gentil petit copain qu'on est ravi de présenter à ses amies et à ses parents. Jamais. D'autant plus que, cela dit en passant, je déteste ta mère. Et je n'ai pas l'intention de jouer la comédie et de lui faire croire le contraire. Maintenant, pour toi, je suis prêt à faire quelques efforts. (La mâchoire crispée, il crachait ces mots comme si c'était du poison.) Je resterai poli et courtois en sa présence, mais il ne faut pas en attendre plus de ma part. Quant à tes copines, on verra. (Il se leva et me tendit la main.) La seule exception, c'est toi, Annabelle. Et uniquement toi.

J'avais certainement loupé une partie de la conversation. N'est-ce pas le genre de discussion qu'avait un couple ? Et si oui, à quel moment exactement en étions-nous devenus un ? Je ne me rappelais pas avoir donné mon accord pour cela.

Parce que t'es pas intéressée, A, peut-être ?

Attends, laisse-moi réfléchir... Est-ce que je veux être la petite amie d'un mec qui déteste les femmes et qui va certainement passer son temps à me lancer des piques ? Bizarrement, j'ai envie de te répondre « non »... Va savoir pourquoi...

T'es en train de mentir, A, ce n'est pas bien...

Pas du tout !

Arrête ton char ! Tu crèves d'envie que ce soit sérieux entre vous ! Tu passes ton temps à le bouffer des yeux ! Et tu rêves de pouvoir faire plus... Beaucoup plus...

Je pris une profonde inspiration et m'exhortai à la patience. Saloperie de voix intérieure de mes deux ! Pourquoi me disait-elle toujours ce que je ne voulais pas entendre ?

C'est pour mieux t'aider, mon enfant... De plus, s'il ne tenait pas sincèrement à toi, il ne t'aurait jamais dévoilé son passé.

Argument imparable.

— Ly', tu me parles de quoi, là ? dis-je toutefois, en prenant la main qu'il me tendait.

Il m'entraîna à sa suite, vers la sortie de la pizzeria, après avoir jeté un billet sur la table.

— Je t'ai dit que je ferai quelques efforts avec ta mère, si j'ai le malheur de la croiser un jour, et que pour tes copines, j'aviserai au fur et à mesure. Jusque-là, je n'ai rien à leur reprocher, mais je sais combien les femmes peuvent être perfides. J'attends de voir.

D'accord. Cette fois, c'était sûr et certain, j'avais loupé un passage.

N'est-ce pas une pointe d'espoir que je sens, là, dans ton petit cœur, A ?

Faites-la taire, Seigneur par pitié, faites-la taire !

— À quel moment on est devenu un couple, Ly' ? demandai-je d'une voix légèrement tremblante, pas sûre de la réponse que j'espérais entendre.

Il tourna la tête vers moi et haussa un sourcil.

— À l'instant où tu m'as laissé t'entraîner dans ma chambre.

Dire que les révélations de Ly' m'avaient prise de court, était bien peu dire en vérité. J'étais complètement chamboulée et perdue. Je ne savais plus que penser de ce mec que j'avais pourtant cru avoir parfaitement cerné. Mais une fois de plus, il m'emmenait là où je n'aurais jamais pensé aller. Imprévisible était le mot qui le décrivait le mieux. Il était systématiquement là où je ne l'attendais pas. En mettant le bordel dans ma tête par la même occasion. Depuis le temps, j'aurais dû y être habituée. Malheureusement, il n'en était rien.

Alors maintenant, j'étais là, devant la porte de mon appartement, et je ne savais pas quoi faire. Telle l'ombre maléfique qu'il prétendait être, il m'avait suivie et semblait attendre que nous entrions. Seulement moi, je n'étais pas certaine de vouloir le faire entrer le loup dans la bergerie. Surtout après qu'il eût affirmé que nous étions un couple.

Dans quel monde parallèle vivait-il donc ? On ne formait pas un couple simplement parce que l'une des parties l'avait déclaré. C'était une décision qui se prenait à deux. Or, aux dernières nouvelles, qui étaient des plus récentes, je n'avais jamais donné mon accord pour ça.

A, tu es en train de pinailler pour un détail insignifiant. S'il te l'avait demandé, ce qui n'est clairement pas son genre, tu aurais dit « oui ». Alors, arrête de faire ta mijaurée et invite-le à entrer. Tu en meurs d'envie, et lui aussi.

Les dents serrées, je donnai une claque mentale à ma voix intérieure. Ne pouvait-elle pas la mettre en veilleuse de temps à autre ?

Avoue que ce qui te dérange vraiment, c'est plutôt que je t'aie percée à jour, une fois de plus. Ce qui te gêne, c'est qu'il ne te l'ait pas demandé clairement…

Et même si c'était vrai, ce qui n'est pas le cas, je ne vois pas en quoi cela te regarde.

J'entendis le rire triomphal de ma voix intérieure.

C'est bien ce que je disais ! Tu chipotes sur des détails insignifiants, A ! Arrête de faire ta gourde et invite ton mec à entrer chez toi.

Ce n'est pas mon mec.

Alors, tourne-toi et dis-le-lui.

Je pris une profonde inspiration, pour me donner du courage, puis me tournai vers le mec qui occupait mes pensées, et qui se tenait bien tranquillement dans mon dos.

— Un problème avec ta clé, Annabelle ? demanda-t-il, en me fixant intensément.

J'ouvris la bouche pour répondre, mais aucun son ne franchit la barrière de mes lèvres. Une fois de plus, face à lui, je me trouvais sans défense. Alors que j'aurais voulu lui demander de me laisser seule, je me trouvais dans l'incapacité totale de le faire. J'étais prisonnière de son regard vert menthe.

Oh, misère…

— Quand tu me regardes comme ça, ma souris, j'ai envie de te dévorer…, gronda Ly', avant de plonger vivement vers moi.

Sa bouche captura la mienne, et je ne fis rien pour l'éviter. Ses lèvres se firent tendres et caressantes, prenant leur temps, joueuses. Alanguie, je me laissai aller contre la porte, dans mon dos, et Ly' suivit le mouvement afin que nous ne soyons pas séparés, même un bref instant. Ses mains se mirent en coupe autour de mon visage et il me fit incliner la tête, cherchant un meilleur angle.

Alors que son baiser devenait plus intense, il se pressa contre moi afin de me faire sentir la force de son désir. Cela me rendit toute chose. Un gémissement plaintif, à peine plus fort qu'un petit miaulement de chaton, se fit entendre. Il me fallut un certain temps avant de comprendre que c'était de moi que provenait ce son.

— Oui, miaule pour moi, mon petit chat. J'adore ça…, susurra Ly', tout contre mes lèvres.

Il revint immédiatement à la charge, se servant de sa langue pour envahir mon territoire. Je le laissai faire sans résister. J'étais vaincue depuis longtemps, et suffisamment honnête avec moi-même pour le reconnaître. Il explora chaque recoin de ma bouche comme si c'était la première fois, et cela me grisa encore plus.

De leur volonté propre, mes mains partirent à la découverte de ce corps qui m'avait tant fait saliver. Impatientes, elles se posèrent fébrilement sur ses puissants pectoraux et en savourèrent la dureté. Puis elles glissèrent en direction du sud, vers ses savoureuses tablettes de chocolat. Tant de tentations chez une seule personne... ça devrait être interdit !

Ly' m'agrippa fermement les hanches et me souleva sans prévenir, mettant ainsi un terme à mon exploration. Mes jambes se verrouillèrent autour de sa taille, tremblantes, et lui me pressa plus durement contre ma porte.

— J'ai envie de toi, ma souris…

Ses mains se posèrent sur mes fesses et les pressèrent sans ménagement. Un roulement de hanches m'arracha un autre miaulement. La preuve tangible de son désir, chaudement logée entre mes cuisses, frottait contre mon pelvis, provoquant une humidification quasi immédiate. L'une de ses mains remonta lentement le long de mon corps, alors que sa bouche, elle, descendait progressivement en direction de ma gorge. Il dévorait mon cou de baisers, m'arrachant frisson sur frisson.

— Tu aimes, ma souris ? chuchota-t-il, tout contre ma gorge.

Son souffle chaud me fit tressaillir.

— Oui…

Un murmure qui tirait sur le gémissement, à peine audible. Il s'arrêta dans le creux de mon cou, à la naissance de mon épaule, et planta délicatement ses dents dans ma chair. Des étoiles clignotèrent derrière mes paupières closes. Un grésillement parcourut mon corps, s'arrêtant à la jonction de mes jambes.

Seigneur, que c'était bon !

Sa main, ayant entraîné mon pull avec elle, atteignit enfin ma poitrine et s'y arrêta. Son pouce frôla délicatement un téton, qui se raidit immédiatement en réponse.

— Ça aussi, tu aimes ?

Incapable de répondre, troublée plus que de raison entre ses mordillements et ses délicieuses caresses, je hochai vaguement la tête.

Il se redressa et plongea ses iris verts dans les miens. Un petit sourire étira lentement ses lèvres.

— Alors la suite devrait te plaire encore plus, ma souris…

Ses longs doigts s'infiltrèrent dans mon soutien-gorge et l'écartèrent délicatement, libérant mon sein gauche. Il se pencha et engloutit la pointe fièrement dressée. Un nouveau miaulement s'échappa de ma gorge. Sa langue me taquinait, me rendant folle de désir. Et alors que je me disais que je ne pourrais connaître de plus grand plaisir que celui-ci, Ly' me donna tort, une fois de plus. Sa main s'affaira sur mon sein jusque-là délaissé, le libérant de sa prison de dentelle. Il s'en occupa aussitôt, le mordillant doucement. Mes mains volèrent dans ses cheveux et mes doigts s'y agrippèrent fermement. Mais au lieu de l'éloigner, comme j'en avais eu l'intention, elles le maintinrent en place.

J'avais l'impression d'avoir quitté la terre et de nager dans un océan de plaisir. Tout ce qui nous entourait avait disparu. Il n'y avait plus que Ly' et moi. Ainsi que les sensations extraordinaires qu'il faisait naître en moi. Mes hanches se balançaient dans un rythme soutenu et je n'avais plus aucun contrôle sur mon corps. Il ne m'appartenait plus. Ly' l'avait revendiqué ; je n'avais rien fait pour l'en empêcher. En cet instant, j'étais entièrement sienne.

Et j'adorais ça.

Quand sa bouche quitta finalement ma poitrine pour remonter sensuellement le long de ma gorge, un grognement plaintif m'échappa.

— Chut, ma souris, chut... Je vais m'occuper de toi..., promit-il en atteignant mes lèvres.

Sa main, qui jusque-là était restée verrouillée sur mes fesses, longea sensuellement ma hanche droite pour s'arrêter à l'orée de mon jean, à hauteur du bouton. Elle suivit lentement le long de la couture, ne s'arrêtant qu'une fois son objectif atteint : le croisement des quatre coutures. Son pouce commença à faire des va-et-vient, de haut en bas, le long de la couture centrale. Ce simple geste me rendit encore plus folle de désir.

— Ly'...

— Oui, ma souris ?

— S'il te plaît...

Je sentis son sourire contre mes lèvres, avant qu'il ne redescende le long de ma gorge. Il s'arrêta une nouvelle fois à la jonction de mon cou et de mon épaule. Je frissonnai d'anticipation. Sa main quitta brusquement mon entrejambe, m'arrachant un froncement de sourcils. Qu'est-ce que...

La jouissance me prit par surprise et déconnecta brutalement mes fonctions cérébrales. J'étais au septième ciel, comme on dit, et je ne pouvais rien faire d'autre que de profiter de l'instant présent. Mon corps tressautait, j'en avais vaguement conscience, mais tout ce qui m'importait vraiment, c'était le plaisir qui déferlait en moi par vagues.

Lorsque je fus à nouveau capable de penser, je me souvins

vaguement que Ly' m'avait mordu, laissant très certainement une marque sur ma peau sensible, et qu'il avait brusquement saisi mon jean pour le tirer vers le haut. Le frottement, vif et intense, de la couture contre mon clito avait provoqué l'explosion de mon plaisir. Rien que d'y repenser, je me remis à frissonner.

Un baiser, aussi léger qu'une aile de papillon, me tira de ma rêverie et me fit paresseusement ouvrir les yeux. Un sourire béat flottait sur mes lèvres.

— Bonjour…, ronronnai-je d'une voix rauque.

Un petit rire secoua Ly' et ses yeux brillèrent de plaisir.

— Bonjour à toi aussi, ma souris…

Je me mordillai la lèvre, soudain intimidée. Puis je me rappelais soudainement que lui était resté insatisfait. Mon front se rembrunit. Bien que mes pensées soient encore incohérentes, et pour certaines au-delà du firmament, je savais que je ne voulais pas le laisser ainsi. Ce n'était pas juste. Je voulais qu'il ressentît le même plaisir que moi. Je tendis une main légèrement tremblante dans sa direction.

Il l'intercepta avant que je ne puisse le toucher.

— Non, ma souris, protesta-t-il en secouant lentement la tête. Si tu me touches, je ne serais pas capable de me retenir.

— Mais… et toi ?

Il appuya son front contre le mien et m'adressa un tendre sourire.

— Je peux attendre. Et je veux attendre, Annabelle. Cette fois, c'était pour toi. Et uniquement pour toi.

— Mais, pourquoi ? voulus-je savoir, complètement perdue. Ce n'est pas juste…

— Accepte ce cadeau pour ce qu'il est, ma souris : un cadeau. Je ne demande rien. Je n'attends rien en retour. Je voulais juste te faire un cadeau. (Il déposa un nouveau baiser sur mes lèvres, avant de remettre de l'ordre dans ma tenue.) Sais-tu que nous sommes toujours dans le couloir ?

À ces mots, je bondis littéralement. Je chassai ses mains et cachai tout ce qui devait l'être en jetant des regards frénétiques autour de moi. *Seigneur !* Nous étions au beau milieu du couloir de l'immeuble. N'importe quels voisins auraient pu nous surprendre. J'étais effarée par mon attitude.

Alors que je lui lançai un regard accusateur, Ly' arqua un sourcil, avec un petit sourire narquois.

— Je te l'ai dit, Annabelle. Je ne serais jamais le gentil petit copain qu'on a hâte de présenter à ses parents. (Il posa un doigt sur mes lèvres lorsque j'ouvris la bouche pour protester.) Mais je ne laisserai jamais personne te surprendre dans un moment pareil. (Ses prunelles brillèrent d'un éclat farouche.) Ce qui est à moi, je le garde et je le protège jalousement, ma souris. Et… (Il se pencha et s'empara de mes lèvres dans un baiser possessif.) Tu es à moi.

Chapitre 23

J'avais passé la nuit à me tourner et à me retourner dans mon lit. Encore et encore. J'avais vu les heures défiler, les unes après les autres, sans parvenir à trouver le sommeil. Pourtant, celui-ci aurait été plus que bienvenue ! Mais non, rien à faire. Il m'avait fui et même les moutons n'avaient pas pu m'aider. J'avais arrêté de compter à mille, passablement frustrée et énervée.

Vois le bon côté des choses, A, cela t'a au moins permis de réfléchir à la situation.

Ça, pour réfléchir, c'était sûr que j'avais réfléchi ! En même temps, il n'y avait pas eu grand-chose d'autre à faire…

Oh, allez ! Ne fais pas ta râleuse professionnelle toutes-catégories-confondues.

Gnagnagna, petite maligne.

Non contente de n'avoir pas pu trouver le sommeil réparateur tant désiré, j'avais également dû me coltiner les remarques (oh combien indésirables) de ma charmante voix intérieure. Et Ly' par-ci, et Ly' par-là. Ma tête était proche de l'explosion. Qui aurait cru, deux mois plus tôt, que ma voix intérieure, cette traitresse, deviendrait une fervente partisane de Ly' ? Certainement pas moi !

Je ne t'ai pas entendue te plaindre, hier…

Eh voilà, c'était reparti pour un tour ! Qu'est-ce que je

disais ?

A, ce qui t'énerve vraiment, c'est que j'ai seulement souligné des évidences.

Agaçant. Terriblement agaçant.

Mais tellement vrai…

Je te hais !

Mais oui, mais oui… Je ferais comme si, A. Juré.

Seigneur, qu'avais-je fait pour mériter ça ?

Eh bien, tu es simplement tombée amoureuse d'un bad-boy, A.

Tout de suite les grands mots. Qui a dit que j'étais amoureuse de Ly' ?

Euh… moi !

N'importe quoi !

Vraiment ? Alors c'est quoi tous ces papillons qui voltigent quand tu penses à lui ? Et c'est quoi cette petite boule qui prend naissance dans ton ventre en ce moment même ? Ce n'est pas moi qui les invente, tout de même…

Je fermai les yeux et me pinçai l'arête du nez pour m'extirper au calme. J'avais déjà enduré ce débat durant la nuit. Quatre ou cinq fois, je ne savais plus exactement. Il était absolument hors de question que cela recommençât une sixième fois.

Une septième, A. Et si tu admettais tout simplement tes sentiments, nous n'aurions pas besoin d'en débattre une fois de plus. Admets que j'ai raison et tout le monde s'en portera mieux.

J'étais sur le point d'ordonner âprement à ma voix intérieure de se taire, quand je réalisai pleinement ce que j'allais faire. Hors de question. *Non, non et non !!!* Je ne me laisserais pas entraîner dans un nouveau débat.

Un claquement de doigts, juste sous mon nez, me fit brusquement sursauter.

Oh… bon sang de bois !

— Hey, t'es dans la lune, toi, ce matin ! On t'a appelé au moins trois fois, Marj' et moi…

Je blêmis en croisant le regard intrigué de Kim. *Eh, merde !*

J'avais été à deux doigts de dévoiler à mes meilleures amies que j'étais cinglée. Décidément, la journée commençait mal. Une digne continuité de la nuit, en somme.

— Excuse-moi, marmonnai-je en fronçant les sourcils, et en secouant vaguement la tête pour m'éclaircir les idées. J'étais perdue dans mes pensées.

— Ouais, ça, on avait remarqué. Et je me permets de te dire que t'as une sale gueule, toi, ce matin. Je ne te dis pas les valises que t'as sous les yeux.

La remarque de Marj' n'était pas vraiment une surprise en soi et ne m'apprit donc rien. Je savais très bien à quoi je ressemblais : à rien.

— Nuit blanche, grommelai-je de mauvaise grâce.

Kim et Marj' échangèrent un regard entendu.

— C'est le fait d'avoir rendez-vous avec Ly' qui te met dans cet état ? Ou l'arrivée imminente de ta mère ?

Deux choses me percutèrent consécutivement.

Premièrement : comment pouvaient-elles savoir que j'avais rendez-vous avec Ly' ? Je ne leur avais pas parlé de notre soirée d'hier, et elles ne pouvaient pas savoir que Ly' voulait passer l'après-midi avec moi. Ni que j'avais accepté.

Deuxièmement : j'avais complètement oublié que ma mère venait samedi. Pourquoi me rappelaient-elles ce problème supplémentaire dont je me serais bien passé ?

Parce que se sont tes amies, et qu'elles veulent t'aider, A. Tout simplement.

Brillante déduction. Et certainement exacte. Pourquoi n'y avais-je pas pensé toute seule ?

Parce que ton cerveau est HS suite à ta nuit blanche, A.

Très juste.

Un gémissement m'échappa. J'étais vraiment en galère.

Pitié, donnez-moi une corde et un tabouret !

— Soyez sympa, les filles, ne me parlez pas de ma mère

aujourd'hui. Je n'ai vraiment pas la tête à penser à ça. J'ai d'autres problèmes, bien plus urgents, avouai-je en me frottant les yeux.

Dire qu'hier, je prétendais exactement le contraire ! Un yo-yo serait plus facile à suivre que moi !

— Okaaaayyyy. Donc c'est Ly', déduisit Marj', en tirant une taffe sur sa clope.

Je levai lentement mes prunelles bleu foncé vers elle, intriguée.

— Comment tu sais ça ?

Elle arqua un sourcil parfaitement épilé et me lança un drôle de regard.

Avais-je du dentifrice séché aux coins des lèvres ? Oh, bon sang ! Il ne manquerait plus que ça ! Je vérifiai rapidement du bout de l'index. Rien à signaler. *Ouf !*

— Toi, tu n'es vraiment pas dans tes basquets, aujourd'hui…

Sans blague…

— Qu'est-ce qui te fait dire ça ?

Elle pointa mon bras gauche du doigt.

— T'as pris ton casque. Je doute que ce soit juste pour le fun.

Eh, merde…

S'il y avait eu un mur dans les parages, je me serais cogné la tête dessus. Violemment. Et plusieurs fois.

— Donc, Ly' et toi vous allez faire une balade après les cours ? demanda Kim, avec un petit sourire en coin.

J'étais foutue. Complètement, totalement, irrémédiablement foutue !

Pitié ! Achevez-moi !

— Ouais…, avouai-je d'une voix hésitante, m'attendant à être assaillie de questions.

La matinée s'annonçait noire. Encore.

Oh, misère !

— Est-ce un problème ?

La voix coupante de Ly' claqua comme un coup de fouet, me prenant par surprise. (Celle-ci, je ne l'avais pas vu venir !) La température ambiante sembla chuter de dix degrés et le sourire de connivence de mes amies se flétrit instantanément. Pour la première fois depuis que je les connaissais, je les vis mal à l'aise. J'écarquillai les yeux, incrédule. C'était à peine croyable.

Mais deux copines, ces deux folles-dingues, rougissantes et gênées ? Avant de devenir blanche comme neige… Hallucinant !

— Non, non… pas du tout…, souffla Kim, qui était sur le point de tourner de l'œil.

Ly' s'arrêta à mes côtés et enroula une main possessive autour ma nuque. Le regard qu'il posa sur mes amies était peu engageant. Pour ne pas dire carrément hostile.

— Tu m'en vois ravi, déclara Ly', d'un ton narquois.

— Ly', s'il te plaît, murmurai-je en posant une main tremblante sur sa poitrine.

Kim et Marj' étaient mes amies. Mes seules amies. Les meilleures qui soient. Je ne voulais pas qu'il agît de la sorte avec elles. Sans être obligé de les apprécier, il pouvait faire l'effort d'être poli. Malheureusement, en croisant le regard glacial du tigre qu'il était, je sentis mon courage s'effilocher. Le bout du nez de ma souris ne tarda pas à sortir de son trou. Pathétique.

La mâchoire de Ly' se contracta et il poussa un soupir excédé. Il se pencha vers moi et enfouit son visage dans mon cou.

— Je t'avais prévenue, ma souris. Tes copines devront faire leurs preuves. Je ne serais pas gentil avec elles uniquement parce qu'elles sont proches de toi. Tu es la seule exception, gronda-t-il en me mordillant.

Un frisson me parcourut et je le sentis sourire contre ma gorge. Il savait parfaitement l'effet qu'il me faisait, et bien sûr, il en jouait et en abusait à sa guise. Ce mec était vraiment dangereux pour ma santé mentale.

— Je sais…, gémis-je doucement. Mais est-ce que tu peux au moins être poli avec elles ? Ce sont mes seules amies, Ly'… Je ne veux pas les perdre…

Une bordée de jurons me parvint et je déglutis péniblement en croisant ses prunelles pâles. Le muscle de sa joue frémissait, comme s'il menait un dur combat intérieur. Il finit par incliner légèrement la tête.

— On verra…, grommela-t-il entre ses dents serrées. (Il se tourna vers Kim et Marj', qui nous fixaient avec de grands yeux globuleux. Au moins, elles avaient repris quelques couleurs. C'était bon signe. Prions pour que Ly' ne les leur fît pas perdre…) Si tu me présentais officiellement tes copines, pour commencer, ma souris ?

Comprenant que c'était sa manière à lui de faire des efforts, je lui adressai un sourire étincelant. « Merci », articulai-je silencieusement. Et pour une fois, son regard noir me laissa indifférente. Une grande première. (Décidément, ça n'arrêtait pas !)

— Voici Kimberly. Et Marjory, dis-je en les pointant du doigt à tour de rôle.

Ly' haussa un sourcil et me lança un regard en coin.

— Et moi ? Tu ne me présentes pas ?

— Ne le prends pas mal, mais tu es connu comme le loup blanc, Ly'.

Et encore, c'était un euphémisme.

— L'un n'empêche pas l'autre. Mais ce n'est pas cette partie-là de la présentation qui m'intéresse vraiment, Annabelle. (Devant mon air perplexe, il pinça les lèvres. *Aïe !* Je venais de faire une connerie, visiblement.) T'as toujours honte de moi ? siffla-t-il, le regard flamboyant, la mâchoire contractée.

Le cadeau de la veille prit soudain tout son sens, et la lumière fut, en quelques sortes. Une bouffée de chaleur me saisit à ce souvenir, pour le moins « hot ». Seigneur, ce n'était pas le moment d'avoir de telles pensées ! Mes joues chauffèrent de manière très prévisible et je me mordillai nerveusement la lèvre. Encore.

Oserai-je le dire ? Il le faudrait bien…

Le ton froid et incisif que venait d'utiliser Ly' me faisait comprendre que je possédais le pouvoir de le blesser. Et même méchamment. L'idée de me venger me traversa brièvement l'esprit, je devais bien le confesser, mais je ne m'y attardai pas. Là, devant mes amies, j'étais enfin prête à reconnaître ce que j'avais nié jusque-là. Avec un acharnement certain. Seulement, parfois, il fallait savoir reconnaître sa défaite, pour mieux remporter la victoire finale. Et ce fut ce que je fis.

Excellente décision, A ! Je suis tellement fière de toi !

Tu m'étonnes, tiens ! Après le bal que tu m'as fait cette nuit, il aurait plus manqué que tu trouves quelque chose à y redire !

Quelle mauvaise opinion tu as de moi, A. Je suis blessée…

Et moi, j'en suis très affectée…

Méchante !

Merci !

— Ly' et moi sommes ensemble. (Dire qu'il était mon petit copain ou mon petit ami me semblait gnian-gnian, et cela ne lui allait pas du tout. Je choisis donc une appellation plus virile. De plus, le terme « petit-ami » était considéré comme ringard.) C'est mon mec.

Court. Clair. Précis.

Et viril. (Ne l'oublions pas.)

Du coin de l'œil, je vis Marj' s'étouffer avec sa clope et Kim se brûler les doigts en voulant s'en allumer une. Cependant, je n'y pris pas vraiment garde. Tout ce qui comptait, c'était la joie infinie que je pouvais lire dans les yeux verts qui me fixaient avec une intensité troublante, et pourtant familière. Je sentis sa main, jusqu'alors agrippée fermement à ma nuque, plonger dans mes courtes mèches rouges et m'attirer brusquement à lui.

— Oh, oui ! Je suis *ton* mec…, susurra-t-il, avant de m'embrasser à pleine bouche.

J'étais sur le point d'entrer dans le réfectoire pour boire un bon café bien chaud, en attendant que Ly' eût fini ses cours, lorsque je sentis un bras se glisser sous le mien, avant de s'enrouler autour. Alors que je tournai la tête, et croisai le regard malicieux de Marj', je sentis une main enserrer mon bras droit. Inutile de regarder, je savais déjà qui me tenait ainsi.

Ça aurait été trop beau que j'arrive à les éviter jusqu'au lendemain.

— Je croyais que vous aviez cours, à cette heure-ci, les filles…, dis-je, plus pour la forme que dans l'espoir d'avoir une réponse.

Réponse que je connaissais déjà.

Les vilaines curieuses !!!

Le rire de Kim résonna dans la cafétéria, lorsque nous y entrâmes.

— Nous avons jugé plus important d'avoir une petite discussion avec notre cop's…

— Je dirais même plus, ajouta Marj' en pouffant comme une gamine, nous avons jugé cela primordial.

Je levai les yeux au ciel en grimaçant, comprenant que je n'y couperais pas. Bien que, en réalité, j'aie eu très peu d'espoir de passer entre les gouttes. Je connaissais quand même mes deux copines ! Ainsi leur curiosité légendaire quand il était question de garçons.

— OK. Mais j'ai besoin de caféine. Je suis sur les réserves depuis plus d'une heure.

— Je ne suis pas sûre de vouloir savoir ce que tu as fait hier soir pour être fatiguée à ce point…

— Rien de ce que tu imagines…, maugréai-je en fusillant Kim du regard.

Elle leva vivement les mains en signe d'innocence.

Pfff, tu parles ! « Kim » et « innocence » dans la même phrase ? Cherchez l'erreur…

— Je disais ça comme ça, Anna… Cela étant, avec un étalon comme Ly'…

Marj' mit vivement une main sur sa bouche, interrompant le flot de paroles salasses qui était sur le point d'en sortir.

— Il s'agit de Ly', Kim, bordel ! Sers-toi de ta tête pour une fois, si tu veux passer la nuit ! Je n'ose même pas imaginer sa réaction si ce que tu étais sur le point de dire lui revenait aux oreilles. Bien qu'il soit avec Anna, je doute que cela l'ait transformé en petit chaton inoffensif ! Tu as bien vu ce matin, nom de tonnerre ! Il y a plus de chance qu'il transforme Anna en dragon que le contraire !

Un point pour Marj'.

Même si je n'avais strictement rien en commun avec un dragon. Une souris grise qui se transformait soudain en dragon… Pfff, même pas en rêve !

Pourtant, je suis sûre et certaine que tu adorerais ça !

Qui n'aimerait pas être un dragon, en même temps ?... Et qui voudrait être une petite souris grise, tremblante et insignifiante ?

Un point pour moi.

— Mmmmhmmmm… Mmmhmmmmhmmm… Mhhmmmh… MMMHHHHMMMM…

Marj' haussa les sourcils et se tourna vers moi.

— Tu as compris un mot de ce qu'elle vient de dire ?

Je me mordis violemment la lèvre pour ne pas éclater de rire.

— Non. Mais, en même temps, parler alors qu'on a une main posée sur la bouche, ce n'est pas évident…, pouffai-je en secouant la tête.

Marj' gloussa, avant de se tourner vers Kim.

— Oh ! Tu essaies de communiquer avec nous... D'aaaaacooooorrrrd. Attends, je vais te libérer. Histoire que nous autres, simples mortels, puissions te comprendre..., dit-elle d'un ton condescendant, en délivrant la principale intéressée.

Kim la foudroya du regard, avant de s'essuyer la bouche avec un dégoût apparent.

— Pauv'e fille ! Et pour ton information personnelle, vu que visiblement t'es clairement sous-informée, je tiens à souligner que je sais très bien avec qui Anna est en couple et que je sais pertinemment à quoi m'attendre de la part de sa terrible moitié. (Comme toujours, Kim débita ça d'une traite. Et moi, j'en restai baba. Rien de nouveau sous la lune.) Ce n'est pas moi qui a passé une nuit blanche et qui n'a pas toutes les connexions actives ! Non, mais !

Kim virevolta et m'empoigna fermement par le bras, me traînant sans ménagement à sa suite.

— Trois cafés pour la une ! cria-t-elle à Marj', sans se retourner.

J'adressai une mine contrite à cette dernière, qui leva les bras au ciel avant de se diriger vers les machines à café. Kim surprit mon regard et pinça les lèvres.

— Ne t'avise pas de prendre son parti, Anna ! Sinon, ça va chier dans le ventilo !

Me voilà donc prévenue. Je gardai soigneusement mes pensées pour moi et pris mon air le plus innocent.

— Je croyais que tu ne jurais jamais, Kim...

Estomaquée, elle me pointa d'un doigt rageur.

— C'est l'hospice qui se fout de la charité !

Peut-être.

— En même temps, moi je n'ai jamais prétendu que je ne jurais pas, dis-je avec mon ton « première de classe ».

Je vis littéralement de la fumée sortir des narines frémissantes de Kim. Houla, ça chauffait grave !

— J'hallucine ! Madame me prend la tête pour un tout petit gros mot de rien du tout…

— Nan. Je ne te prends pas la tête. Du tout. Je faisais juste une constatation… (Sur un malentendu, ça pourrait marcher.)

— Mouais… À d'autres !

(Ou pas.)

Okaaaayyyy, d'accooooord.

Un point pour Kim.

Et sauf erreur de ma part, nous étions maintenant ex aequo.

Zut de flûte de crotte de bique.

La partie était plutôt mal engagée. Pour qui ? Eh ben, je dirais pour tous les participants. (Avec une option sur ma tête. Pourquoi ? Une intuition, comme ça…)

Maintenant que je l'avais bien chauffée, lui libérant même un boulevard menant droit à moi, je m'attendais à ce que Kim ouvrît les hostilités. Sur le qui-vive, les fesses perchées sur l'extrême bord de ma chaise, j'attendais la première salve. Tendue à bloc, sur les starters, j'étais prête à esquiver. Pourtant, j'eus beau attendre, rien ne vint. Perplexe, je lui jetai un regard prudent. En croisant son regard brun, rivé sur moi, je compris que ce n'était qu'une question de temps. La manière dont elle me disséquait minutieusement me le fit amplement comprendre. L'esquive n'était finalement pas une option envisageable. Aucune chance que cela fonctionne cette fois-ci.

Elle ressemble à un gros matou en train de jouer avec une toute petite souris…

Ma voix intérieure n'aurait pas pu trouver d'image plus appropriée. J'étais sur le point de me faire dévorer toute crue, je n'en doutais pas. Nerveuse, je me mis à pianoter du bout des doigts sur la table. Mais qu'est-ce qu'elle attendait, nom d'une pipe en bois ? Que je parle la première ? Même pas en rêve !

— Eh voilà trois cafés pour la une ! claironna joyeusement

Marj', en nous rejoignant.

Voilà ce qu'elle attendait, A. Les renforts...

Eh, merde...

Le nez plongé dans ma tasse de café, je tentai d'ignorer, quoique sans grand résultat, les deux vautours qui me faisaient face et qui guettaient le moindre de mes faits et gestes. Leur attitude commençait sérieusement à me taper sur les nerfs, pourtant, je n'osais pas dégainer la première.

Quand on n'avait pas toutes les cartes en main, on attendait que son adversaire dévoilât son jeu.

— Bon..., commença finalement Marj', en me regardant par en dessous. Si tu nous disais un peu à quel moment tu es passée de « moi vivante, jamais je ne fréquenterai cet énergumène de Ly' » à « Ly' et moi sommes en couple. C'est mon mec, quoi... »

Mortifiée, j'ouvris la bouche pour me défendre, avant de réaliser que, justement, il n'y avait pas grand-chose à dire. Moi-même, je n'arrivais pas à m'expliquer ce changement pour le moins radical.

— Si seulement je le savais..., marmonnai-je dans ma barbe, avant de me cogner le front contre la table. J'ai toujours trouvé que c'était un sale con arrogant, qui se la jouait fois mille, et je m'étais jurée de l'éviter comme la peste. Malheureusement, comme c'est le meilleur pote de mon frère, vous savez que je n'y suis jamais parvenue. Et ce n'est pas faute d'avoir essayé, pourtant ! En même temps, allez savoir pourquoi, j'ai toujours été... (je déglutis péniblement, ayant de la peine à avouer mon attirance immédiate pour lui) attirée par lui. Je pourrais prétendre que c'était uniquement... physique, mais... ça serait un énorme mensonge. Son côté « bad-boy » m'attirait aussi certainement que le miel attire les abeilles. (Incapable de croiser le regard de mes amies, je préférai rester ainsi, le visage collé contre la table. Misérable, jusqu'aux bouts des ongles.) Tant qu'il était mesquin avec moi, j'arrivais à combattre cette attirance, ou du moins à la maîtriser. Enfin… un peu. Et pis, à la fête d'Halloween, quelque chose a changé. Il était… différent. Ça m'a perturbée et… une chose en entraînant une autre… on a un peu flirté…

Non, mais la litote du siècle ! Tu n'as pas honte de proférer de telles absurdités ?! « Un peu flirté »… Un peu flirté… Mais qu'est-ce qu'il ne faut pas entendre ! Je n'ose pas imaginer ce qui se produira quand vous y irez singulièrement ! Punaise… Vaut mieux être sourde que d'entendre ça…

Suite à la tirade de ma voix intérieure, je fermai les yeux et grinçai des dents. Ne pouvait-elle pas se taire une fois dans sa vie ? La situation était déjà bien assez gênante sans qu'elle en rajoutât inutilement ! Bien décidée à l'ignorer, je poursuivis comme si de rien n'était.

— Quand j'ai réalisé ce que j'avais fait, honnêtement les filles, j'ai grave paniqué. Je suis partie en quatrième vitesse, sans demander mon reste...

— Ouais, ça, on avait remarqué, avoua Kim. On a bien pensé qu'il s'était passé un truc pour que tu files aussi vite. Pis l'humeur de chien de Ly', après ton départ, n'a fait que renforcer notre conviction.

Les paroles de Kim me forcèrent à relever lentement la tête. Je me préparai à voir du mépris ou des reproches dans son regard, mais il n'en fut rien. Au contraire. Elle semblait être heureuse pour moi. Incroyable.

Cette fille est vraiment chelou…

— Vous vous doutiez qu'il s'était passé un truc ?

Marj' se pencha en avant et prit doucement ma main dans la sienne.

— Anna, la manière dont tu le bouffais des yeux, dès que tu pensais que personne ne te regardait, additionnée à son attitude à lui… Bien sûr qu'on savait qu'il s'était passé quelque chose ! Mais on attendait que tu nous en parles…

Honteuse, je baissai les yeux.

— Je n'ai pas osé... Avec sa réputation... Je ne savais pas comment vous avouer que je m'étais fait avoir, moi aussi. Ce n'est que ce matin, quand il m'a demandé si j'avais honte de lui, que j'ai compris à quel point j'étais vraiment spéciale et à part pour lui. (En fait, je l'avais compris la veille, lorsqu'il m'avait parlé de son passé. Mais je ne pouvais pas le dire à mes copines. Jamais je ne trahirai la confiance que Ly' avait placée en moi. Jamais !) J'ai aussi pleinement réalisé l'importance qu'il avait pris dans ma vie. (J'eus un petit rire sans joie.) Il m'a fallu le temps, mais maintenant je suis prête à le reconnaître en toute honnêteté. Ly' et moi, on est ensemble, dis-je en relevant fièrement la tête et en regardant mes copines, droit dans les yeux.

CHAPITRE 24

Tout en me dirigeant tranquillement vers la sortie de la salle de classe, je me remémorai les derniers événements. Chose que je faisais systématiquement depuis deux jours. Je m'étais même pincée plus d'une fois, vérifiant ainsi que je ne rêvais pas. Et je n'arrivais toujours pas à croire que mes copines avaient accepté aussi simplement ma relation avec Ly'. Ni qu'elles ne nous avaient vus lundi ! Ces vilaines ne m'en avaient rien dit le lendemain et j'avais dû attendre mercredi, après ma fracassante révélation, pour qu'elles me l'avouent ! Je n'en revenais toujours pas. Moi qui croyais, certes naïvement, qu'elles n'en avaient même pas entendu parler… Étant aux premières loges, nul besoin d'écouter les rumeurs, effectivement. Au temps pour moi !

Dire que j'avais craint de leur avouer ma faiblesse. Si j'avais su, cela m'aurait évité quelques tourments ! J'étais tellement persuadée qu'elles ne verraient pas ma relation avec Ly' d'un bon œil, que je m'étais préparée à un dur et laborieux combat. Avec la réputation de profiteur invétéré qu'était celle de Ly', difficile de faire autrement. C'en avait été pour mes frais. Rien. Absolument rien ! Si ce n'était « on le savait ».

J'avais vraiment des amies formidables.

Formidable ! Tu étais formidable, moi j'étais fort minable… nous étions formidables !

Oh, Seigneur !

Je serrai les dents et maudis Vince, pour la énième fois de la journée, de m'avoir fait écouter cette chanson de Stromae, un chanteur français, et pour me l'avoir traduite, accessoirement. Depuis, ma foutue voix intérieure saisissait la moindre occasion pour fredonner (chanter à tue-tête) ce fichu refrain ! Ça commençait sérieusement à me courir sur le haricot. Pourtant, j'évitai soigneusement de lui dire de se taire, même si l'envie ne manquait pas, sachant pertinemment que cela provoquerait l'effet inverse.

Dieu m'en préserve !

Je claquai violemment la porte à ma voix intérieure et me plongeai dans un souvenir particulièrement agréable. (Et non pas formidable, car les conséquences pourraient être terribles.)

Formidable ! Tu étais formidable, moi j'étais fort minable… nous étions formidables !

Voilà exactement ce que j'avais voulu éviter… Comment avait-elle fait pour le savoir et pour rouvrir la porte que je venais à peine de fermer ? Cette voix intérieure allait me rendre chèvre avant l'heure.

Zut de flûte de crotte de bique.

Je marquai une courte pause, en prenant soin de ne pas rester au beau milieu du passage. Il ne manquerait plus qu'on me rentrât dedans ! Je fermai brièvement les yeux, le temps de prendre une longue et profonde inspiration.

Ly'.

Si j'arrivais à me replonger dans le merveilleux après-midi que nous avions passé ensemble mercredi, je n'entendrais plus cette maudite voix intérieure.

Je rougis violemment et frissonnai de plaisir en me rappelant ce que nous avions fait. Cela avait commencé avec de tendres câlins, pour finir par une étreinte plus… torride, dirons-nous. Même si nous n'avions pas encore passé à l'acte en soi, nous ne nous étions pas arrêtés bien loin. Pour notre plus grand plaisir.

Plus vite tu sortiras du bahut, plus vite tu seras à nouveau dans ses bras, A.

Exacte. Ly' et moi avions prévu de passer la soirée ensemble. Une dernière soirée de tranquillité avant l'arrivée du dragon Campbell. Georgiana de son prénom. À savoir, ma chère et tendre maman. Youpi ! Je ne cachais surtout pas ma joie…

Le ton que tu emploies, ainsi que tes douces paroles, sonne faux, A.

On s'en fout !

Ressasser comme ça ta rancœur n'est pas bon, A. Ça risque même de t'exploser à la figure, si tu continues. Et ce n'est pas vraiment ce que tu veux, n'est-ce pas ? Ta mère aura déjà assez fort à faire quand elle découvrira ta relation avec Ly'.

Un petit gloussement m'échappa et je secouai lentement la tête en me remettant en route. C'était bien vrai. Ma mère allait… (mon sourire s'effaça d'un bloc et une pierre tomba dans le creux de mon estomac) flipper grave. Elle serait même capable d'arrêter de me payer mon appart pour me forcer à rentrer en Virginie. Pour mes études, l'année était déjà payée et, au pire, je pouvais toujours arrêter, ce n'était pas un problème. Mais si je n'avais plus de toit au-dessus de ma tête, je serais grave dans la panade.

Andy et Ly' ne te laisseront jamais à la rue, A. Ils te proposeront de vivre avec eux. Donc t'inquiète, ta mère va continuer à te payer ton appart. Elle n'acceptera jamais l'idée que tu puisses vivre avec Ly' ET Andy.

Pas faux. Mais la bataille s'annonçait rude. J'avais pensé à pas mal de choses concernant ma mère, ces derniers jours, mais pas de la manière dont je devrais lui annoncer ma relation avec Ly'. Sa venue était vraiment une catastrophe. En tous points de vue.

Tu pourrais éventuellement la lui cacher…

Non, ça, c'est hors de question.

Pourquoi ?

Pour deux raisons. La première : je n'ai pas honte de dire que je suis

avec Ly'. De plus, il n'est pas un mauvais petit secret que je veux cacher. Ce temps-là est révolu.
   Ouah, tu m'impressionnes ! En bien, A. Je suis fière de toi.
   Merci.
   Et la seconde ?
   Ly' ne l'accepterait jamais.
   Bien vu.
   Le plus dur allait être de convaincre Ly' que je devais annoncer la chose en douceur à ma mère. Parce que, il fallait être honnête, la délicatesse et Ly', ça faisait joliment un million ! Au bas mot. Donc, en gros, ça craignait grave sur ce coup-là.
   Je sortis du bâtiment central et me dirigeai vers le parking, perdue dans mes pensées. Entre ma mère et Ly', je ne savais pas lequel était le moindre mal. Après, si je me basais sur mes sentiments actuels, j'aurais tendance à prendre le parti de Ly'.
   On se demande bien pourquoi, tiens !
   Je vis que mon mec m'attendait, chevauchant déjà sa bécane, et je hâtai le pas pour le rejoindre.
   — J'ai cru que tu t'étais perdue, ma souris…
   Un mince sourire étira lentement mes lèvres. La patience n'était pas la vertu première de Ly'.
   Moi, je trouve qu'il a été drôlement patient quand il te faisait la cour, A.
   Faire la cour. Il n'y avait que ma voix intérieure pour utiliser une appellation aussi vieillotte.
   — T'aurais-je fait attendre plus que de raison ? le taquinai-je, avant de l'enlacer.
   Il arqua un sourcil, puis me pinça les fesses en représailles.
   — Attends qu'on soit à la maison, ma souris, et tu vas voir ce que tu vas voir…
   — Ouhouhouhouhou… J'ai peur…, me moquai-je, avec bonhomie.
   Depuis mercredi, il s'était passé deux-trois trucs assez

incroyables.

Petit un : j'avais découvert, non sans malice, que je pouvais taquiner Ly' sans encourir de représailles. (Mis à part baisers et caresses, ce dont je raffolais.)

Petit deux : ma souris grise semblait s'être retirée dans une contrée lointaine, pour mon plus grand plaisir ! Je croisais les doigts pour qu'elle y restât jusqu'à la fin de ses jours. (Ma voix intérieure n'était pas aussi optimiste. *Pourvu qu'elle se trompe, pour une fois !*)

Petit trois : mes copines et moi avions été admises à la table de Ly'. En réalité, nous n'avions guère eu le choix. Sa demande avait plus sonné comme un ordre que comme une invitation. (Rien de nouveau en soi.) Ce fut la pause de midi la plus silencieuse de ma vie, Marj' et Kim n'ayant pas pipé un mot durant tout le repas. Heureusement, la glace avait fondu ce midi grâce à mon frère. (Il ne fallait pas trop en attendre de Ly' de ce côté-là !)

Ouais, depuis mercredi, il s'était passé plein de trucs.

Souriant de ma bonne fortune, une fois n'étant pas coutume, je mis mon casque et montai rapidement derrière Ly', sans de lui laisser le temps de me répondre. Je m'agrippai fermement à lui et posai ma joue contre son dos. J'étais bien, et prête pour une nouvelle balade.

Ly' fit vrombir le moteur et démarra au quart de tour.

On était parti.

Après avoir passé une partie de la soirée avec mon frère, autour d'un excellent repas, Ly' et moi nous retrouvâmes dans sa chambre. Tendrement enlacés, allongés sur son lit, nous profitions de l'instant présent.

Ou, plus exactement, Ly' profitait pleinement de l'instant présent, alors que moi je tentais, une fois encore, de vaincre ma phobie. Le combat était ardu et loin d'être gagné. Car si j'étais de plus en plus à l'aise en compagnie de mon mec, ayant vaincu la peur qu'il me faisait assez rapidement, il n'en était pas de même concernant Kayla. Rien que l'idée de me retrouver dans la même pièce que cette bestiole me hérissait le poil. J'avais beau savoir qu'elle était enfermée dans un terrarium, le simple fait qu'elle y fût me glaçait le sang.

La présence de Ly' était certes réconfortante et me permettait de ne pas me transformer en statue de glace, mais elle ne m'aidait pas à vaincre ma phobie. Je savais au fond de moi que j'étais irrationnelle, mais je ne pouvais rien y changer. Cette maudite araignée me tétanisait. Et menaçait sérieusement le bon déroulement de la soirée. Ou plutôt, de la fin de soirée que j'avais envisagée.

— Détends-toi, ma souris, elle ne va rien te faire, souffla Ly', tout contre mon oreille. Elle est enfermée dans une prison de verre et ne peut pas en sortir.

— Mouais, ce n'est pas exactement ce que tu m'as dit la dernière fois…, maugréai-je, en me raidissant à ce souvenir.

Un long frisson me traversa et me secoua le corps. Les bras de Ly' resserrèrent leur emprise autour de moi.

— Et qu'est-ce que j'ai dit la dernière fois ? demanda-t-il d'une voix hésitante.

Je plissai les yeux, ne sachant pas s'il était sincère ou s'il se moquait gentiment de moi. Décidant que cela n'avait pas vraiment d'importance, je choisis de répondre à sa question le plus naturellement possible.

— Eh ben, tu m'as dit qu'avant de partager le terrarium de Norbert, elle avait l'habitude de se faire la malle, comme on dit. Du coup, ça ne me rassure pas vraiment. Parce que, soyons réalistes deux minutes, ça veut dire que si elle veut sortir, elle peut parfaitement le faire. Imagine qu'elle décide de se faire la belle ce soir et qu'elle veuille venir voir ce qu'on fait tous les deux, sur ton lit ?

Un méga frisson me parcourut à cette horrible pensée. Au point que j'étais à deux doigts de bondir hors du lit, et de la chambre par la même occasion. Je sentais déjà ces petites pattes poilues sur ma peau.

Brrrrrr.

Stop de te faire des films, A. Tu vas te pourrir la soirée, si tu continues comme ça. Et par extension, celle de Ly'.

Non, mais imagine qu'elle le fasse ? Qu'elle sorte de sa prison pour venir nous rejoindre ? Imagine…

Okaaaayyyy, d'accoooord ! Bonjour la parano. En imaginant qu'elle s'évade, bien que cela relève, à mon humble avis, du miracle, peux-tu me dire pourquoi diable elle viendrait sur toi ? Les petites bêtes ont peur des grosses ! Il y a zéro risque qu'elle vienne sur toi. Zéro.

Mouais, tu dis ça, mais en réalité tu n'en sais rien du tout !

Toi non plus.

Pas faux. Ma voix intérieure avait raison, une fois encore. Aurais-je un jour le dernier mot ? Pas sûr.

— Oh ! Et que verrait-elle ?

Je clignai rapidement des paupières en réalisant que Ly' m'avait parlé. *Seigneur !* Entretenir une conversation avec ma voix intérieure *et* une autre avec Ly' n'était pas chose facile. C'était même cornélien.

Misère.

— Qui verrait quoi ? répétai-je bêtement, ayant perdu le fil de notre discussion.

Je sentis Ly' se redresser dans mon dos. Je l'imaginai parfaitement en train de froncer les sourcils.

— Qu'est-ce que Kayla verrait si elle nous rejoignait sur le lit ?

Une bouffée de chaleur m'envahit soudain, reléguant Kayla en second plan. Je me sentis rougir jusqu'à la race des cheveux.

— Oh !

Oh !

Que répondre à cela ?

— J'ai de vastes propositions… Toutes plus intéressantes les unes que les autres… et toutes me plaisent énormément…, rétorquai-je, le souffle rauque.

Je sentis les lèvres de Ly' me picorer la nuque.

— Tu as toute mon attention, ma souris. Continue…

Un petit gémissement s'échappa de mes lèvres quand les mains de Ly' trouvèrent la lisière de mon tee-shirt et passèrent dessous.

— Elle pourrait nous surprendre alors que tu me caresses…, murmurai-je faiblement, en sentant ses mains remonter le long de mes côtes.

Un petit grognement approbateur me répondit.

— Ça me plaît, coquine… Continue…

Je réalisai, terriblement gênée, que Ly' voulait que je lui donne les directives à suivre.

Oh. Mon. Dieu.

— Elle pourrait te voir en train de me mordiller le cou…, proposai-je, bien décidée à jouer le jeu.

Petite joueuse.

Les dents de Ly' vinrent taquiner le creux de ma gorge, comme demandé. Je me mordillai la lèvre inférieure pour ne pas miauler de plaisir.

— Que verrait-elle d'autre ?

Je déglutis péniblement avant de répondre.

— Tes mains sous mon tee-shirt, en train de me caresser…

Ce n'est pas encore ça, A, mais le niveau remonte progressivement. Peut-être que dans une heure tu auras trouvé le courage de lui demander ce que tu veux vraiment… Ou pas…

Les mains de Ly' reprirent leur ascension, et trouvèrent les petits monts cachés sous le fin coton qui recouvrait la partie supérieure de mon corps. Il les empauma, avant de les soupeser, tout en continuant à dévorer ma gorge de petites morsures.

— Ça me plaît encore plus, ma souris… Continue…

— Enlève mon tee-shirt…, ordonnai-je d'une voix cassée par le surplus d'émotions.

Seigneur, si j'étais déjà dans cet état maintenant, alors que nous venions à peine de commencer, qu'en serait-il après ? Je n'osais l'imaginer.

— Les désirs de ma déesse des enfers sont des ordres…

Ly' empoigna le bas de mon tee-shirt et le fit vivement passer par-dessus ma tête.

Les yeux fermés, je pris mon courage à deux mains et m'éloignai de mon futur amant. À genoux sur le lit, je pivotai pour lui faire face. Je l'entendis prendre une vive inspiration, mais n'osais pas ouvrir les yeux. C'était peut-être puéril, mais j'appréhendais énormément sa réaction.

— Putain, ce que t'es belle ! lâcha-t-il soudain, avant de prendre mon visage en coupe entre ses mains. Ouvre les yeux et regarde-moi, Annabelle.

Je soulevai lentement mes paupières, sur la défensive malgré le compliment qui lui avait échappé. Mais lorsque je croisai un regard vert menthe particulièrement lumineux, je compris que mes craintes avaient été vaines. Un lent sourire étira mes lèvres et je me penchai machinalement vers lui pour lui voler un baiser. Baiser qu'il m'accorda bien volontiers.

Il se recula et me força à le regarder droit dans les yeux.

— Annabelle, tu es la plus belle chose qu'il m'ait été donné de voir. La plus belle. Ne sois pas gênée devant moi. Jamais. J'aime te regarder. Et j'aime encore plus que tu me regardes te regarder.

Il baissa les yeux sur ma poitrine, encore prisonnière de la dentelle transparente de mon soutien-gorge, et prit une vive inspiration. Il en traça le contour du bout des doigts.

— Je peux ?

Je hochai la tête, incapable de parler. Si nous avions partagé un délicieux câlin, plutôt chaud, mercredi, aucun de nous n'avait enlevé ses vêtements. Me retrouver nue devant lui, même s'il m'avait assuré qu'il aimait ce qu'il voyait, me rendait incroyablement nerveuse.

Un mince sourire apparut sur son visage, comme s'il avait conscience de mon débat intérieur.

— Tu préfères que je commence ? (Je levai un regard surpris et perdu vers lui. Voyant que je ne comprenais pas le sens de sa question, il y apporta une précision plus que bienvenue.) Aimerais-tu que je me déshabille en premier, ma souris ?

Sans attendre de réponse, il se défit de son tee-shirt blanc cassé. Et les connexions de mon cerveau se rompirent. Ce n'était pas la première fois que je le voyais torse nu, évidemment, mais la dernière fois je n'avais pas vraiment eu le temps d'en profiter pleinement. Sous le choc, je le dévorai littéralement des yeux. Ce mec était vraiment une œuvre d'art à lui tout seul.

Mes mains se levèrent d'elles-mêmes et caressèrent les puissants pectoraux qu'il venait de dévoiler. Pas un poil à l'horizon. Il était entièrement imberbe. Un véritable enchantement pour les yeux. Je ne me lassai pas de le regarder ni de le caresser. Mes mains parcouraient inlassablement chaque centimètre carré de ce corps magnifique.

Je fixai avec avidité ses muscles, qui se contractèrent au fur et à mesure de ma découverte. Il était tout aussi troublé que moi par mes modestes caresses.

Enhardies, mes mains glissèrent le long de ses flans, effleurant à peine ses tablettes de chocolat qui tressaillirent sur leur passage. Une fois leur objectif atteint, elles marquèrent une courte pause. Puis, l'un après l'autre, les boutons de son jean sautèrent. Elles saisirent ensuite la fermeture éclair qu'elles firent coulisser très doucement.

J'écarquillai les yeux en réalisant que Ly' ne portait pas de sous-vêtement. Mode commando.

— Ma souris, tu me tues..., gémit-il quand mes doigts le libérèrent de sa prison de toile.

Je ne répondis rien, me contentant d'enrouler mes doigts autour de la chair douce et soyeuse que je venais de libérer. Ly' était... imposant. C'était le moins qu'on puisse dire. Il était également brûlant et dur. Un cocktail explosif.

Je remontai ma main de la base à l'extrémité. La respiration de Ly' se fit plus lourde et plus rapide. Quand j'en frôlai le bout de mon pouce, je l'entendis s'étrangler avec sa salive.

— Bordel, Annabelle...

Ces mots, prononcés d'une voix hachée, me fouettèrent le sang. La boule, dans le creux de mon ventre, se mit à faire des saltos arrière. Je le touchai et pourtant c'était moi qui étais sur le point de prendre feu.

Soudain, l'envie de goûter sa peau à cet endroit précis me saisit. Incapable d'y résister, je me baissai. Je fis courir ma langue sur le bout velouté de son membre fièrement dressé. Un arrière-goût salé envahit mon palais. Pas désagréable, mais surprenant.

— Ma souris, gronda-t-il en me saisissant brusquement la nuque.

Choisissant d'ignorer l'avertissement, je poursuivis mon exploration. J'ouvris la bouche et le pris progressivement. De temps à autre, je faisais tournoyer ma langue. En sentant sa main se contracter contre ma nuque, je compris rapidement ce qui lui plaisait. J'entamai donc un long va-et-vient. Je prenais mon temps. Le libérant complètement, pour passer ma langue sur le bout de son gland, avant de le reprendre, chaque fois un peu plus profondément. Jusqu'à le sentir taper au fond, à la limite de ma gorge.

Il jura et son corps se raidit. Sa main quitta ma nuque pour plonger dans mes courtes boucles rouges. Une fois sûr de sa prise, il tira, me forçant ainsi à le libérer et à me redresser.

— Suffit, Annabelle. Ce n'est pas ce que j'ai prévu pour ce soir, affirma-t-il, avant de bondir hors du lit.

Mes yeux se rivèrent sur le magnifique dragon qui ornait son dos. Cela faisait longtemps que j'espérais pouvoir le revoir. Et l'admirer tout mon saoul. Malheureusement, cela ne serait pas pour aujourd'hui. J'avais trop longuement titillé le tigre pour qu'il me laissât faire plus longtemps. Dès que son jean serait enlevé, ce qui ne saurait tarder, le jeu serait pour ainsi dire terminer. Du moins, ma partie.

Dommage… j'aurais bien aimé redessiner ce merveilleux prédateur ailé. La prochaine fois. (Après tout, ce ne serait pas les occasions qui manqueraient…)

Son jean glissa, dévoilant un joli derrière rond et ferme. Comme je l'avais présumé, la queue du dragon terminait sa course sur la fesse gauche de Ly'. *Oh. Mon. Dieu !* C'était de toute beauté !

Bouche bée, je le vis se tourner pour me faire face. Langue pendante, je fixai son membre fièrement érigé et réalisai, stupéfaite, qu'il était encore plus imposant que je ne l'avais cru. Je me passai inconsciemment la langue sur le bout des lèvres. Mon mec était vraiment parfait.

Posant deux doigts sous mon menton, il me fit relever la tête.

— Le spectacle te plaît, ma souris ? demanda-t-il, d'un ton moqueur. Attends, tu as un peu de bave, juste là…

Je le foudroyai du regard alors qu'il faisait mine d'essuyer le coin de mes lèvres.

Rends-lui la monnaie de sa pièce, A. Lève-toi et déshabille-toi.

Un sourire machiavélique étira lentement mes lèvres. Je quittai le lit, à mon tour, et déboutonnai mon jean. Dos à Ly', je le fis glisser le long de mes jambes avant de me pencher en avant pour l'enlever complètement. (Je veillai bien à ne pas fléchir les jambes, afin de lui offrir la meilleure vue possible.) Au son étranglé que j'entendis, je compris que mon piège avait parfaitement marché.

Ly' avait les yeux rivés sur mon cul.

Je lui fis face pour enlever le reste de mes habits. À savoir, mes sous-vêtements.

Le désir semblait crépiter autour de nous ; Ly' faisait courir ses prunelles pâles sur tout mon corps, ne sachant visiblement pas où s'arrêter. Il se passa une main légèrement tremblante sur les lèvres.

Je m'avançai vers lui et essuyai délicatement un coin de sa bouche.

— Attention, tu baves...

Il releva brusquement les yeux vers moi et ses iris jetèrent des éclairs.

Je ne sus pas exactement comment, mais je me retrouvai allongée sur le dos, dans le lit de Ly'. Ce dernier me surplombait, en appui sur ses bras tendus de chaque côté de ma tête.

— Si tu savais l'effet que tu me fais, ma souris... Si tu savais... (Il se pencha et m'embrassa doucement, avant de mordiller ma lèvre inférieure.) J'ai envie de toi.

Mon ventre se contracta en réponse et la tension sexuelle de la pièce grimpa en flèche.

— Moi aussi, j'ai envie de toi..., avouai-je le souffle court.

Son nez frôla le long de ma gorge et il en mordit le creux sensible, à la naissance de mon épaule. J'arquai les hanches en réponse, me frottant sensuellement contre lui. Il gronda et me mordit plus fort.

— Je ne peux plus attendre, ma souris... Je le voudrais, vraiment, mais je ne peux plus. Je te veux... Je te veux maintenant, Annabelle. Maintenant...

— Alors, prends-moi...

Ly' se redressa vivement et attrapa un préservatif dans sa table de chevet. Il l'enfila en vitesse, avant de revenir s'allonger sur moi.

Il taquina mes lèvres de la pointe de la langue, avant de la laisser glisser le long de mon cou. Il chercha, et trouva, la pointe de mes seins. Il les suçota et les mordilla jusqu'à ce que j'ondule de manière frénétique. Mon pelvis frottait contre son membre, chaudement logé entre mes cuisses. Il se mit à trembler et ses mains descendirent pour empoigner fermement mes fesses. Il frotta son bassin contre le mien, me rendant folle de désir.

Rendue ivre par ses caresses incessantes, je me cambrai sous lui, cherchant à soulager la boule de feu qui avait pris naissance à la jonction de mes cuisses. Ly' demeura intraitable, et continua à me torturer sans aucune pitié.

Je gémissais, je miaulais, j'implorais. Hors de contrôle, je voulais quelque chose qui n'était pas à ma portée.

Me prenant finalement en pitié, Ly' se décida à me donner ce que je réclamai avec une telle assiduité. Il glissa une main entre nos corps et enfonça délicatement un doigt en moi. Il attendit que je m'habitue à cette nouvelle intrusion, avant de bouger. Il focalisa son attention sur mes seins, tétant et mordillant tour à tour. Quand je me remis à bouger les hanches, il vit là le signe qu'il attendait.

Son doigt coulissa en moi, d'abord lentement, puis de plus en plus rapidement. Un second doigt rejoignit le premier.

— Plus, Ly', j'en veux plus… S'il te plaît…

Il retira délicatement ses doigts et me regarda droit dans les yeux.

— Tu es sûre, ma souris ?

Je hochai vigoureusement la tête en nouant mes mains derrière sa nuque.

— Je te veux, Ly'. *S'il te plaît…*

Il m'embrassa à pleine bouche. Sa langue jouait contre la mienne, la taquinant, la provoquant. Quand il me libéra, j'avais le souffle court. Ses prunelles pâles visées aux miennes, il prit place entre mes jambes, me faisant les écarter davantage. Son membre érigé frotta contre mon clito. Une fois. Deux fois. Puis il me pénétra. Doucement. Lentement. Il s'enfouit en moi de quelques centimètres, avant de s'arrêter.

Prenant mon visage en coupe entre ses mains, en appui sur ses coudes, Ly' se pencha vers moi et m'embrassa à nouveau. Avec une grande douceur.

— Si tu as trop mal et que tu veux arrêter, il suffit de me le dire, ma souris. Et on arrête tout. OK ?

Adorable. Ce mec était tout simplement adorable.

— Je t'aime..., soufflai-je du bout des lèvres, les yeux brillants de larmes à peine contenues.

Ly' m'embrassa profondément en empoignant fermement ma cuisse, pour remonter ma jambe autour de sa hanche.

— Je t'aime..., chuchota-t-il, avant de donner un puissant coup de reins.

Une vive douleur me traversa et je me mordis violemment la lèvre pour ne pas crier. Putain, ce que ça faisait mal ! Les larmes qui perlaient aux coins de mes yeux roulèrent le long de mes joues.

Ly' s'arrêta immédiatement et les essuya du bout des doigts.

— Si tu veux, on arrête, ma souris..., proposa-t-il d'une voix tendue.

Son visage était crispé, ses lèvres pincées en une mince ligne. Les efforts qu'il faisait pour se contenir étaient lisibles sur ses traits tendus.

Je lui adressai un pâle sourire et caressai doucement sa joue.

— Ça va, je t'assure, répondis-je en secouant faiblement la tête.

Je savais que la première fois était douloureuse. Tout ce que j'espérais, c'était que la douleur partirait rapidement. Mais ça, je le gardai pour moi et n'en soufflai pas un mot à Ly'.

Ses iris vert menthe me scrutaient attentivement, cherchant à déterminer si j'étais sincère ou non. Ly' posa doucement ses lèvres sur les miennes et recommença à m'embrasser avec passion. L'une de ses mains glissa une nouvelle fois entre nos corps. Elle cherchait mon petit bouton rosé. Son pouce me massa doucement, jusqu'à ce que je recommence à me tordre sous lui.

Le souffle haletant, Ly' me regardait me tortiller sans bouger. Puis, avec hésitation, il se recula lentement. Il marqua une courte pause, avant de plonger en moi. Un cri passa le barrage de mes lèvres, et mon corps se tendit, allant à la rencontre du sien.

Il gémit de plaisir.

— Ma souris...

Le visage enfoui dans le creux de mon cou, il se mit à onduler. Rapidement, ma deuxième jambe rejoignit la première, ceinturant les hanches de Ly'. Y voyant un signe, ce dernier se redressa et empoigna mes fesses, me soulevant légèrement, pour faciliter la pénétration. Après quelques essais, il trouva la bonne cadence et s'y donna à cœur joie.

Plus les gémissements s'échappaient de mes lèvres, plus ma tête roulait sur son oreiller. Je sentais le plaisir monter et me dévorer, petit à petit. Mes membres se mirent à trembler et je sentais que l'apothéose était proche. Son goût fruité chatouillait déjà la pointe de ma langue. Une douce promesse enivrante.

— Annabelle, hoqueta Ly', avant de mordre violemment la jonction entre mon épaule et mon cou.

Des convulsions parcoururent mon corps alors que je m'envolais au septième ciel.

Je sentis Ly' trembler à son tour, avant qu'il ne s'écroulât sur moi, m'étouffant à moitié. Nos cœurs battaient la chamade, à l'unisson. Merveille des merveilles. Une pure perfection.

Plusieurs minutes s'écoulèrent, peut-être même des heures, avant que nous puissions bouger. Ly' se redressa et se retira doucement. Ses lèvres frôlèrent les miennes, dans une tendre caresse.

— Parfait... C'était tout simplement parfait, ma souris...

Il me caressa la joue et un sourire joyeux étira ses lèvres, creusant ses adorables fossettes. (Qui m'achevèrent une fois encore. Ce mec, *mon* mec était trop canon.)

Pas de doute, j'étais au paradis.

— C'était même plus que parfait, approuvai-je en lui rendant son sourire. C'était... c'était... formidable...

Formidable ! Tu étais formidable, moi j'étais fort minable... nous étions formidables !

Je fermai les yeux et retiens de justesse un gémissement de dépit.

C'était ce qui s'appelait tomber du paradis pour descendre droit en enfer !

Chapitre 25

Après l'étreinte torride et passionnée que nous avions partagée, Ly' me ramena chez moi. Ma mère devant débarquer le lendemain, nous avions jugé plus prudent d'y retourner avant de nous endormir. Avec elle, on ne savait jamais à quoi s'attendre. Elle pouvait débarquer en fin de journée comme en milieu de matinée. Heureusement, il n'y avait aucune chance qu'elle arrivât aux aurores. Ma mère n'était pas spécialement du matin. Ce qui semblait être un trait de famille.

Du coup, Ly' pouvait passer la nuit avec moi. Ce qui nous réjouissait autant l'un que l'autre. Cependant, ne voulant pas spécialement être surpris par le terrible dragon Campbell, nous prîmes soin de mettre le réveil de bonne heure.

Prudence est mère de sûreté.

Bien dit, A !

Trop fatiguée pour entamer un énième débat, futile et vain, avec ma voix intérieure, je fermai les yeux et lui fit un pied de nez.

Voix intérieure : zéro pointé ; Anna : un.

Et toc, dans les dents !

Terriblement fière de moi, je me coulai davantage dans les bras de Ly', savourant pleinement sa tendre étreinte. En cuillère dans mon dos, il marmonna un faible « bonne nuit » avant d'enfouir son visage dans mes courtes boucles rouges.

Je m'endormis le sourire aux lèvres, heureuse comme rarement je l'avais été.

Une sonnerie agaçante et persistante me tira progressivement des bras de Morphée. Je tendis la main et, à tâtons, éteignis mon réveil.

— Ce n'est pas très prudent, ça, ma souris…

La voix rauque et ensommeillée de Ly' me parvint à travers les nuages brumeux qui enveloppaient encore mon cerveau. Il me fallut plusieurs secondes pour en décrypter le sens.

— Hein ? soufflai-je de manière fort peu féminine, en entrouvrant les paupières.

Je sentis Ly' rouler sur moi, avant que sa main ne vînt caresser ma joue.

— Ma pauvre petite déesse des enfers tout ensommeillée… Dois-je te faire ronronner comme un chaton pour t'aider à émerger ? susurra-t-il contre mes lèvres.

Son baiser était doux, taquin, joueur. J'entrouvris la bouche pour lui livrer le passage. Il s'y engouffra sans hésiter.

Mmmmm, quelle belle manière de se réveiller.

— Encore…, réclamai-je, lorsqu'il se recula.

Un rire profond vint tinter à mes oreilles. Quelle douce mélodie !

— Bien sûr, ma souris. Tes désirs sont des ordres. Surtout dans ce domaine-là…

Frimeur.

Très vite, ses mains partirent à la découverte de mon corps. Je les sentis glisser le long de mes épaules pour venir épouser la courbe parfaite de mes seins. Il les enveloppa avec possessivité.

— À moi, gronda-t-il en se reculant, fixant avec avidité les trésors que ses mains avaient réquisitionnés. Rien qu'à moi…

Ses pouces se posèrent sur mes mamelons fièrement dressés

et se mirent à y dessiner de petits cercles. D'abord lascivement, puis de plus en plus vite. Quand ces derniers se transformèrent en petites piques pointues, il les emprisonna entre ses pouces et ses index.

Le dos arqué, je poussai gémissement sur gémissement, ivre de désir, et parfaitement réveillée.

— Encore, encore…, suppliai-je en leitmotive.

Ly' leva ses prunelles vert menthe vers moi et me fixa avec une certaine arrogance. L'arrogance d'un mec qui savait qu'il donnait du plaisir à sa femme. Beaucoup de plaisir.

— À qui appartiennent-ils ? demanda-t-il avec brusquerie, avant de les pincer légèrement.

Le souffle court, j'allais à la rencontre de ses caresses. J'en voulais plus, bien plus.

— À toi, Ly', à toi…

Il me pinça un peu plus fort, m'envoyant des ondes de plaisirs dans tout le corps. Ondes qui se rassemblèrent à la jonction de mes jambes et y déclenchèrent des spasmes incontrôlables.

Plus, j'en voulais plus.

— Ly', je t'en prie…

Imperturbable, Ly' ne bougeait pas. Il ne fit pas un geste pour me donner ce que je désirais tant.

— Et toi, ma souris, à qui appartiens-tu ?

Son ton autoritaire me fit frissonner. Je tentai d'onduler des hanches, pour provoquer la friction tant attendue, mais Ly' m'en empêcha de manière fort habile. Prisonnière entre ses puissantes cuisses, je ne pouvais plus faire le moindre geste. J'étais captive. Sa captive.

La flamme qui me consumait flamboya de plus belle. Folle de désir, j'aurais pu promettre n'importe quoi pour trouver l'assouvissement que je réclamais à corps et à cris.

— À toi, Ly', à toi… Seulement à toi…

Paroles prononcées sous l'effet du désir, mais qui n'en étaient pas moins vraies. Et Ly' le savait.

Satisfait, il accéda à ma demande...

...mais pas de la manière dont je le pensais, ; dont je m'y attendais. Une fois encore, il me prit par surprise.

Ses mains libérèrent lentement mes tétons, après les avoir pincés une dernière fois. Un gémissement de frustration franchit la barrière entrouverte de mes lèvres.

— Non...

Ignorant ma faible protestation, Ly' se laissa glisser le long de mon corps. Ses lèvres frôlèrent ma gorge, ma poitrine, mon ventre... et s'arrêtèrent à un cheveu de ma petite crête érectile. Son souffle chaud la caressa. Douce torture.

Il se pencha et, comme au ralenti, je le vis frotter son nez contre mon bouton rosé hyper sensible.

Oh, bon sang !

— Écarte les jambes.

Un ordre lancé d'une voix basse et chaude. Une voix qui agit sur mes sens à fleurs de peau aussi efficacement que ses ensorcelantes caresses.

Je tentai instinctivement de serrer les jambes, pour contenir les pulsations qui traversaient mon bas-ventre à un rythme effréné. Mais les larges mains de Ly' m'en empêchèrent.

Un grognement de mécontentement sortit de sa gorge.

— Écarte.Les.Jambes.

D'elles-mêmes, elles s'ouvrirent largement.

— Bien.

Ly' donna un rapide coup de langue sur ma petite crête.

— Oh, bon... sang !!!

Ly' releva immédiatement les yeux et plongea son regard pâle dans le mien. Il inclina la tête sur le côté et arqua un sourcil. Image même de l'arrogance masculine.

— Tu as dit quelque chose, ma souris ?

Petit malin.

Je sentis son souffle caresser une nouvelle fois mon intimité. Je me tendis immédiatement, dans l'attente de ce qui allait suivre. J'attendis, mais rien ne vint. Une lueur de surprise au fond des yeux, je lui lançai un regard perplexe. Mais qu'est-ce qu'il foutait ?

— Tu as dit quelque chose, ma souris ? répéta-t-il alors, ses lèvres me frôlant à chaque parole.

Gémissante, enveloppée dans un monde de luxure, je me retrouvai incapable de parler. Je secouai donc la tête. Non, je n'avais absolument rien dit. Rien du tout. Dans l'état où j'étais, cela m'était tout simplement impossible.

Il fit donc ce que je réclamais avec tellement d'impatience.

Sa bouche enveloppa mon clito ; sa langue le caressa, le titilla. Tantôt lente et caressante, tantôt rapide et agaçante. Un mélange explosif. Rendue folle, incapable de me maîtriser, je me mis à onduler des hanches, avide de plaisir. Mon corps ne m'appartenait plus, je ne contrôlais plus rien. Livré à lui-même, il allait à la rencontre de Ly'. À la rencontre du plaisir incroyable qu'il lui donnait. Il était comme possédé, en voulant toujours plus.

Le dos cambré au maximum, je donnai inconsciemment une meilleure ouverture à Ly'. Glissant ses mains sous mes fesses, après avoir rapidement fait passer mes jambes par-dessus ses épaules, Ly' me dévora littéralement. Délaissant mon bouton rosé, il plongea sa langue au plus profond de mon corps.

Bon sang de bois ! Dieu que c'était bon…

Il jouait avec mon corps comme un virtuose du violon. Je ne m'appartenais plus. J'étais entièrement à lui. Soumise aux moindres de ses envies, aux moindres de ses désirs. J'étais sienne. Complètement. Totalement. Je ne subissais pas pour autant ses caresses, je les attendais, je les réclamais. J'allais au-devant d'elles.

Plus, j'en voulais toujours plus.

Ly' se redressa brusquement ; mes jambes glissèrent de ses épaules. Il attrapa rapidement une des protections qu'il avait négligemment lancées sur ma table de lui la veille et la passa en un tour de main. J'aurais voulu pouvoir profiter pleinement du spectacle, mais je n'en eus pas le temps : il me recouvrit déjà de son corps. D'une seule et puissante poussée, il me pénétra. Un gémissement sourd m'échappa.

— Pardon, ma souris, pardon… J'aimerais être plus doux, mais je ne peux pas… Je ne peux pas…, ânonna-t-il en donnant de puissants coups de reins.

Il saisit fermement mes cuisses et les releva, m'indiquant ainsi qu'il voulait que je noue mes jambes autour de ses hanches. Ce que je fis immédiatement, et sans me faire prier.

— Encore, Ly', encore… Plus fort, plus fort…

Rendu fou par mes paroles, Ly' se déchaîna. Agrippant fermement mes fesses, il me souleva pour pouvoir me pénétrer plus profondément. Il était violent et rapide. J'en étais grisée de plaisir. Je compris alors à quel point il avait été délicat et doux la veille.

— Pardon, pardon…, chuchotait-il entre chaque coup de reins.

Je ne savais pas pourquoi il me demandait pardon, et je n'étais pas vraiment en état d'y réfléchir. Les sensations qu'il me procurait étaient tellement intenses, tellement… bonnes, tout simplement. Je n'étais plus capable de penser, et encore moins de réfléchir. Je n'étais plus que sensations.

Mon orgasme me prit de court. Tel un éclair, il me traversa. Vif et électrisant. Incapable de me retenir, je poussai un véritable hurlement, alors que mon corps explosait en un millier de petites particules.

La petite mort. Je venais de subir la petite mort. Cette expression prit enfin tout son sens.

Ly' se raidit à son tour, poussant un grognement étouffé dans le creux de ma gorge, il donna un dernier coup de reins.

Seules nos respirations hachées troublèrent le récent silence qui régnait dans ma chambre. L'un comme l'autre, nous tentions de retrouver notre souffle.

J'eus vaguement conscience que Ly' se détachait lentement de moi, reposant délicatement mes jambes tremblantes sur le lit. Il se redressa et me donna un baiser. Doux et incroyablement sage. Un simple effleurement de lèvres.

Je lui lançai un regard langoureux.

— Bien le bonjour à toi aussi, mon amour…

Un rire léger siffla entre ses lèvres.

— Bonjour, ma souris.

D'un puissant coup de reins, il bascula sur le côté. Il se débarrassa du préservatif, l'emballa dans un mouchoir qui traînait (encore !), puis m'attira dans le cercle protecteur de ses bras. Ravie, je me collai contre lui et posai ma tête sur sa large épaule. Épuisée et incroyablement heureuse, je sentis une douce torpeur m'envahir. Trop faible pour lutter, je la laissai m'emporter.

Nous nous étions sans doute rendormis tous les deux car quand je rouvris les yeux, je vis que les rayons du soleil filtraient à travers les stores lamés, et partiellement baissés, de la fenêtre de ma chambre. Allongée sur le côté, Ly' lové en cuillère dans mon dos, je sentais son souffle chaud caresser ma nuque. Cela m'arracha un petit frisson.

Je rougis violemment en réalisant que, même dans son sommeil, il était incroyablement possessif avec moi. Ses mains étaient enroulées autour de mes seins, les maintenant dans un cocon chaud et protecteur.

Possessif. Ce mec était possessif. Et j'adorais ça.

Une barre dure et chaude avait élu domicile entre les courbes rondes et charnues de mes fesses. Aux mouvements qu'elle faisait, comme parcourue de spasmes, je compris qu'elle aussi était parfaitement éveillée.

Un léger soupir m'échappa.

Les mains de Ly' se contractèrent, emprisonnant ainsi mes deux bourgeons fièrement dressés entre ses index et ses majeurs. Son nez s'enfouit dans mes courtes boucles rouges et ses lèvres frôlèrent ma nuque.

Un nouveau frisson me traversa et je roulai inconsciemment les hanches. Son membre turgescent se lova davantage entre mes fesses.

— Tu es une petite coquine insatiable, ma souris…, marmonna Ly', avant de mordiller tendrement ma nuque.

— Ly'…

Ses doigts resserrèrent leur prise.

— Moi aussi, j'ai envie de toi, petite coquine…

Un coup de reins provocateur accompagna cette délicieuse déclaration.

— Ly', répétai-je le souffle court, incapable de dire autre chose.

— Je vais te prendre comme ça, ma souris, par-derrière. (Oh, bon sang, oui !) Ça te plairait ?

Bon sang, cette journée commençait de mieux en mieux.

Blanche, blanche, blanche. Cette journée possède toutes les prémices d'une journée blanche !

— Dîtes moi que je rêve !

L'air sembla se figer dans la pièce. Nous mîmes plusieurs secondes avant de réaliser que nous n'étions plus seuls dans ma chambre.

Mais qu'est-ce que c'était que ce bordel ?

Nos regards pivotèrent vers le pied du lit, et là, le visage crispé par la fureur, nous vîmes de qui il s'agissait.

Georgiana Mary Carola Campbell. Ma mère. En mode « dragon fou furieux puissance V ».

Charogne, quelle poisse !

Noire, noire, noire. Cette journée sera finalement noire.

— Annabelle Mary Katherine Campbell, peux-tu me dire à quoi tu joues ? s'écria ma mère, ivre de rage. Qu'est-ce que c'est que ça, bon Dieu ? (Elle nous pointa successivement d'un doigt tremblant, Ly' et moi.) Et par la Sainte Vierge Marie, qu'as-tu donc fait à tes cheveux ? Qu'est-ce que c'est que cette horrible couleur ? (Ma mère était estomaquée. Je ne saurais dire ce qui la choquait le plus. Ly' ou ma nouvelle coupe de cheveux ? Peut-être les deux.)

Avant que je ne puisse répondre, Ly' le fit pour moi. Son ton incisif n'augurait rien de bon.

— Et vous, on peut savoir pour qui vous vous prenez d'entrer ici comme dans un moulin ? Ce n'est pas parce que vous possédez une clé que vous pouvez faire comme chez vous. C'est l'appartement d'Annabelle, ici, et la plus élémentaire des courtoises exigerait que vous sonniez avant d'entrer. (Il marqua une courte pause.) Quand à vos autres questions, la réponse me semble évidente : Annabelle est allée chez le coiffeur.

CQFD. Je ne l'aurais pas mieux formulé. Ly' : deux points ; ma mère : zéro. (*Bienvenue au club, m'am !*)

Y'a que toi pour déconner dans un moment pareil, A ! T'es pas toute nette dans ta tête, c'est moi qui te le dis !

Évidemment, j'ai une voix intérieure… Genre…

Ma mère ouvrit la bouche, sidérée par tant d'audaces.

— Pour qui vous prenez vous, jeune homme, pour me parler de la sorte ?! Avez-vous la moindre idée de qui je suis ?

Ly' arqua un sourcil.

— Une empêcheuse de tourner en rond ?

J'étouffai un gémissement, mortifiée. Cette première rencontre se déroulait encore plus mal que je ne l'avais escompté. Je savais, bien sûr, que Ly' ne portait ma mère dans son cœur, mais je ne m'attendais pas à ce qu'il lui volât dans les plumes de la sorte. Après tout, il m'avait promis de faire des efforts.

N'est-ce pas justement ce qu'il fait, A ? Il pourrait être bien plus grossier que cela... Surtout qu'il n'a pas tort. Ta mère aurait pu sonner au lieu de faire comme si elle était chez elle.

Pas faux.

Depuis le temps, A, je pensais que nous étions tombées d'accord sur le fait que j'avais toujours raison.

Et modeste, en plus.

Je t'en prie.

Décidée à calmer le jeu, je fis mine de me redresser, mais les bras de Ly' se raidirent et son emprise se resserra. Il refusait de me laisser partir.

— Je suis la mère d'Anna et je vous ordonne de partir immédiatement ! Vous n'avez rien à faire ici ! (Surprenant le geste de Ly', sa colère sembla prendre de l'amplitude.) Lâchez ma fille immédiatement !

Mon ténébreux ravisseur eut un ricanement moqueur.

— Premièrement, vous n'êtes pas chez vous, ici, mais chez Annabelle. Vous ne pouvez donc pas exiger que je parte, ne vous en déplaise. Deuxièmement, Annabelle a dix-neuf ans, il serait tant que vous vous y fassiez. À dix-neuf ans, elle est majeure et vaccinée. Elle n'a nul besoin de votre approbation pour fréquenter quelqu'un. Troisièmement, si Annabelle souhaite que je la lâche, comme vous dîtes, elle me le fera savoir elle-même. Bien que cela vous contrarie grandement, c'est une grande fille ; elle ne se cache plus dans les jupes de sa mère depuis longtemps. Et dernièrement, heureusement pour elle, je ne suis pas d'un naturel impressionnable. Avec une mère aussi envahissante que vous, c'est un minimum. (Ly' se détacha finalement de moi et se redressa lentement, tel un prédateur sur le point de bondir sur sa proie. Il s'assit en veillant à ce que je reste bien sous la couette, entièrement couverte. Protecteur jusqu'aux bouts des ongles.) Cependant, afin de ne pas gêner Annabelle plus qu'elle ne l'est déjà, je veux bien consentir à sortir du lit et à m'habiller. Dès que vous serez sortie de la chambre, bien sûr.

Le visage de granite de ma mère, dur et implacable, fondit comme neige au soleil quand elle prit conscience du physique de Ly'. (Et encore, d'où elle était, elle ne pouvait pas voir le dragon qui s'étalait sur son dos. Elle en aurait fait une syncope.) Ma mère blêmit quand il fit jouer ses impressionnants biceps et qu'il contracta ses pectoraux. Mais ce qui dut l'achever, d'après ma propre expérience, ce fut la froideur qui transparaissait dans ses iris vert menthe. Froides et menaçantes, ses prunelles avaient la capacité de faire plier les plus téméraires. Y compris le terrible dragon Campbell.

Les lèvres pincées, ma mère fit brusquement volte-face, non sans m'avoir lancé un regard noir.

— Je vous laisse cinq minutes. Après, j'appelle la police.

— J'adorerais voir ça…, susurra froidement mon mec.

Mal à l'aise, je posai une main tremblante sur son biceps.

— Ly'…

En entendant ma voix tremblotante, la tête de Ly' pivota immédiatement vers moi. Il prit mon visage entre ses mains et appuya son front contre le mien.

— Ne t'inquiète pas, ma souris, elle n'en fera rien. Et si elle le fait, elle se couvrira de ridicule, rien de plus.

— Mais…

Il ne me laissa pas finir.

— Le bail de l'appart stipule bien que tu vis ici, non ? Seule ? (La gorge sèche, je hochai lentement la tête, tremblante de peur.) Même si le bail est au nom de ta mère, comme c'est bien précisé que c'est toi qui vis là, elle ne peut pas appeler les flics et invoquer une violation de domicile, ou je ne sais quelle connerie du genre. La seule personne qui pourrait me faire expulser de cet appart, c'est toi. Et tu sais parfaitement que tu n'as pas besoin d'appeler les flics pour ça. Si tu veux que je m'en aille, il suffit de me le demander.

Terriblement gênée et mal à l'aise, je fermai les yeux pour oser dire le fond de ma pensée.

Pitié, qu'il ne m'en tienne pas rigueur.

— J'ai peur que si elle appelle les flics, avec ton passé, elle ne te crée des ennuis. Je ne veux pas que tu aies des problèmes à cause de moi, Ly'.

Un bref silence, lourd de sous-entendus, suivis.

— Si tu veux que je parte, je partirai. Il suffit de le dire, Annabelle. (Le ton froid et glacial que je connaissais tant était de retour.) Si tu veux mettre un terme à notre histoire, pour que ta mère ne m'attire pas d'ennuis, il suffit de le dire. Un mot de toi et je dégage de ta vie, Annabelle. Tu n'as qu'un seul mot à dire.

Pâle comme la mort, je lui lançai un regard horrifié. Je me retrouvai face au Ly' des premiers jours. Froid et glacial. Dur et implacable. Inaccessible. L'ombre maléfique d'Andy.

— Non, m'écriai-je en prenant ses joues en coupes entre mes mains tremblantes. Non... Jamais ! (Des larmes brillaient au fond de mes yeux bleus. Une peur sans nom m'avait envahie à l'idée de le perdre.) Je t'aime, Ly'. Je t'aime. Je ne veux pas te perdre. Jamais.

Sa bouche fondit sur la mienne. La pillant, la dévorant sans pitié ni répit.

— Ne laisse plus ta mère dicter ta conduite, ma souris. Tu dois lui tenir tête, lui montrer qu'elle n'a plus le pouvoir de gouverner ta vie. Tu dois être forte, Annabelle. Et pour ça, tu ne dois pas penser à ce qu'elle pourrait éventuellement me faire si elle avait connaissance de mon passé, ou si elle faisait appel aux flics pour se débarrasser de moi. Si tu veux que notre histoire ait un avenir, tu dois croire en nous. Et ta mère n'a rien à voir avec nous. Mais alors absolument rien, asséna-t-il avec force, tout contre mes lèvres.

Rassurée, je me lovai tendrement contre lui. Il avait raison. Il était plus que temps que je fasse comprendre à ma mère qu'il y avait des limites à ce qu'elle pouvait faire. Et que, précisément, elle venait de les enfreindre en pénétrant mon intimité sans autorisation.

Hip, hip, hip, hourra pour A ! Voici venu le temps de la libération ! N'oublie pas, A, tout est dans le mental. Si tu y crois, ta mère sera forcée d'y croire aussi.

Un léger sourire flotta sur mes lèvres devant la joie manifeste de ma voix intérieure. Elle semblait avoir trouvé en Ly' son champion et elle le soutenait contre vents et marrées.

Parce que tu n'es pas d'accord avec ça ?

Quelle question ! Évidemment que je partageais ce point de vue. Et plutôt deux fois qu'une !

Gonflée de mes nouvelles résolutions, je me reculai lentement et plongeai un regard confiant dans celui de Ly'.

— Tu as raison. Il est temps que je fasse vraiment valoir mes opinions.

CHAPITRE 26

Remontée à bloc, forte de mes nouvelles convictions, j'étais prête à affronter le terrible dragon que pouvait être Georgiana Campbell. Bien que Ly' fût prêt à me soutenir, ce dont je lui étais profondément reconnaissante, je savais, et lui également, que c'était une chose que je devais faire seule. Enfin, seule avec ma voix intérieure, évidemment.

Tu l'as dit, A ! Je ne te laisserai pas tomber dans un moment pareil !

Quelle délicieuse nouvelle ! Pour une fois que ma voix intérieure et moi faisions front ensemble, unies. C'était rafraîchissant. Vraiment.

De toute façon, si je n'étais pas là pour te soutenir et t'aider, tu serais capable de te vautrer en beauté. Dieu m'en préserve ! Je refuse catégoriquement d'assister à un tel spectacle...

Je me disais aussi. Voilà qui ressemblait plus à ma voix intérieure.

Ben, quoi ? Tu n'espères quand même pas que je change maintenant ?

Non, effectivement, il y avait bien peu de chance qu'une telle chose se produisît.

Bon, on y va ?

Je me redressai et carrai fièrement les épaules, prête à livrer bataille contre ma mère.

— Tu veux que je reste, ma souris ? me demanda Ly', en m'enlaçant par derrière.

Je croisai son regard dans le reflet de mon miroir à pieds. Je lui adressai un tendre sourire, avant de frotter le sommet de ma tête contre sur menton, tel un petit chaton assoiffé de caresses et de tendresses. Sensible à mon besoin de câlins, il resserra lentement son étreinte.

— Tu l'as dit toi-même, mon amour, c'est le moment ou jamais d'affirmer mes choix.

Ly' eut son fameux sourire à fossettes, celui qui me rendait dingue.

— L'un n'empêche pas l'autre.

Je haussai les sourcils, ne comprenant pas vraiment ce qu'il entendait par là. Je devais m'affirmer, mais en même temps, je pouvais me cacher derrière lui... ??? Euhm... Pas très crédible, tout ça.

Effectivement, si tu te caches derrière lui, ta mère dira qu'il te bourre le crâne d'idées farfelues, et tout et tout...

Même si je ne me cache pas derrière lui, c'est exactement ce qu'elle fera. Elle mettra la faute sur quelqu'un d'autre. Elle a toujours agi ainsi...

Et dire qu'avant, cela ne me dérangeait pas plus que cela.

En même temps, avant, tu vivais un peu dans ton monde, dans ta bulle. Tu t'étais coupée de tout, surtout des gens. Ça te dérangeait pas, parce que tu n'étais pas directement concernée. Elle ne pouvait pas tenir les autres responsables de ton comportement, vu qu'il n'y avait personne. Et pis, avant t'étais surtout la gentille fifille à sa maman. Elle n'avait pas grand-chose à te reprocher. À part ton amour inconditionnel pour Andy, bien sûr. C'est depuis que tu as décidé de venir ici, pour rejoindre Andy, que les choses se sont vraiment corsées.

Très juste. Avant, ce n'était pas moi qui étais visée par son comportement, du coup, je n'y prenais pas vraiment garde. Je l'avais noté comme ça, machinalement, sans m'en préoccuper plus que ça.

Sauf avec Andy.

Ouais, sauf avec Andy. Ce qui avait d'ailleurs été la source de nos problèmes relationnels et qui m'avait poussée à couper le cordon.

Mais ça ne s'est pas passé comme prévu, hein, A ?

Non, pas vraiment. Ma mère était censée comprendre que j'étouffais et que j'avais besoin d'air. Malheureusement, c'était plutôt l'effet inverse qui s'était produit.

Quelle poisse !

— Je peux être une ombre silencieuse, tu le sais bien, ma souris..., précisa soudain Ly', se rappelant à mon bon souvenir.

Devant ma mine perplexe et perdue, il fronça les sourcils.

Aïe !

— Pardon... je..., débutai-je péniblement, avant de m'interrompre. (Je passai vivement la main sur mon visage, épuisée d'avance par la discussion qui allait suivre.) Je sais que tu peux être une ombre silencieuse... mais tu demeures une ombre menaçante, et j'ai peur que ma mère le perçoive comme un signe de faiblesse. Que j'aie besoin de me cacher derrière toi pour l'affronter. Contreproductif, en somme.

— Ou alors, elle le verra comme un signe de force, au contraire, car tu ne plieras pas devant ses exigences. Elle m'a dit de partir. Si je pars, elle pensera avoir gagné la première manche. Alors que si je reste, tout en demeurant à l'écart, elle comprendra qu'elle ne peut plus te dicter ta conduite, répondit-il du tac au tac.

Tu l'as dit toi-même, A, qu'il soit là ou non, ta mère le tiendra pour responsable.

C'est vrai. Mais s'il reste, est-ce que cela ne va pas envenimer la situation ?

Tu ne dois pas penser comme ça, A.

Alors comment je dois penser, Madame je-sais-tout ?

Est-ce que tu veux que Ly' reste ? Ou veux-tu qu'il parte ? Choisis ce que toi *tu veux.*

La question ne se posait même pas ! Évidemment que je

voulais que Ly' restât ! C'était mon mec, et je l'aimais !

Eh ben, voilà ! Ce n'était pas si difficile ! Maintenant, ouste ! Il est l'heure d'affronter le dragon !

— En effet, on s'en fout de ce qu'elle va penser. Je suis chez moi et j'ai envie de prendre le petit-déjeuner avec mon mec, affirmai-je d'un ton résolu, en me tournant dans ses bras pour lui voler un baiser.

Les mains de Ly' glissèrent dans mes cheveux et il me maintint contre lui un peu plus longtemps que je ne l'avais escompté. Il fit durer notre baiser, m'arrachant un petit gémissement de plaisir.

Ce mec était un démon.

— Je crois qu'il est un peu tard pour le petit-déjeuner, ma souris…, murmura-t-il d'une voix rauque, tout contre mes lèvres.

— Mmmmh ?

Son rire grave résonna dans mes oreilles et me fit frémir.

Ce mec était pire qu'un démon !

— Il est passé onze heures, Annabelle. On est plus proche de l'heure du déjeuner que du petit-déjeuner.

Il me fallut plusieurs secondes pour bien enregistrer ce qu'il venait de me dire. Passé onze heures. D'accord.

Soudain, mes yeux s'ouvrirent en grand. Oh, mon Dieu ! Je n'avais pas réalisé que nous nous étions rendormis aussi longtemps. Pas étonnant que ma mère nous eut surpris, finalement.

Elle n'avait quand même rien à faire chez toi, A. Elle aura pu sonner au lieu d'entrer ici comme dans un moulin.

Très juste. Mais ça n'enlevait rien au temps qui s'était écoulé.

Mon estomac, visiblement directement connecté à mon cerveau, se mit à gargouiller. Affreusement gênée, je piquai un fard.

Ly' gloussa et se recula lentement, me libérant dans le

mouvement. Il prit ma main dans la sienne et me tira gentiment à sa suite.

— Je vois que ma petite déesse des enfers est affamée. Voyons ce que nous allons bien pouvoir trouver dans ta dînette et ce que je pourrai en faire.

Je levai les yeux au ciel, mais le suivis sans protester.

— Ma cuisine n'est pas une dînette, bougonnai-je, pour la forme

— Si tu le dis…

Son ton, brusquement plus froid, me fit comprendre que ma mère devait être en vue. Et effectivement, dès que je sortis de la chambre, je la vis. Droite, fière et altière, elle était assise sur mon canapé et foudroyait Ly' du regard. Qui le lui rendait bien.

Super ! La suite s'annonçait charmante.

Ly' me lâcha et pivota le temps de me donner un bref baiser. Puis il s'éloigna calmement en direction de la cuisine, ignorant superbement mon dragon de mère qui ne le quittait pas des yeux.

— On peut savoir où vous croyez aller, jeune homme ? La sortie, c'est par là ! indiqua froidement ma mère, en montrant la porte d'entrée d'un doigt impérial.

Mon cher amant pila net.

Aïe !

Ça va chier dans le ventilo, A !

Doux euphémisme.

— Alors pourquoi vous êtes encore là ?

Ouah.

Ouah !

Ouah !!

Je fermai brièvement les yeux, comme si cela pouvait m'éviter d'assister à la scène qui allait suivre. Si le sol avait pu s'ouvrir sous mes pieds et m'aspirer, j'aurais été plus que partante !

Tu t'attendais à quoi, A, sérieusement ? Tu pensais que ta mère n'attaquerait pas Ly' de front ? Et que ton mec ne rendrait pas coup pour coup ?

En réalité, j'avais été tellement obnubilée par mes propres problèmes, que je n'avais pas du tout pensés à ça. Je m'étais plus inquiétée de ce que *moi* j'allais dire à ma mère, et de ce que ma mère allait me dire à *moi*. Que la présence de Ly' pose problème, je le savais bien, mais cette attaque frontale, honnêtement, je ne l'avais pas vu venir !

Quelle naïveté !

Heureusement que tu n'as aucun projet de rejoindre l'armée, A, parce que tu serais une bien piètre tacticienne. Et encore, je reste polie, là.

— Mais pour qui vous prenez vous, jeune homme ? Je vous somme de sortir d'ici immédiatement ! Je vous préviens, si vous persistez, j'appelle la police ! Vous ferez moins le malin une fois au poste !

Ly' allait répondre, mais pour une fois, je le devançai. Une première. (À noter dans les annales !)

— M'an, ça suffit ! Ly' est mon mec, il a parfaitement le droit de se trouver ici ! m'écriai-je en croisant les bras sous ma poitrine, furieuse.

Le son étranglé qui sortit de la bouche de ma mère n'était pas vraiment bon signe. La tempête allait éclater, et ça allait être moche.

Ces trois semaines commençaient bien !

— Ly' ? Ly' ?!?! rugit-elle en bondissant sur ses pieds. Comme le meilleur ami de ton frère ?

Oups.

Elle l'aurait appris à un moment ou à un autre, A.

C'était une évidence. Mais, bizarrement, j'aurais préféré qu'elle ne l'apprît pas aujourd'hui. Ni maintenant, au début de la conversation.

Tu appelles ça une conversation ? Moi je dirais plutôt une dispute...

J'essayais d'être polie.
Ben arrête, parce que franchement, ça craint.
— Oui. Celui-là même.
— Mon Dieu ! Mais il a été en prison !!! Comme ton frère, c'est un *délinquant* ! Ou pire, un meurtrier !! (Ma mère pivota sur ses talons et assassina Ly' de son regard le plus glacial.) Sortez de chez ma fille, immédiatement ! Et ne vous approchez plus d'elle, vous avez compris ?!

Ly' arqua un sourcil et s'adossa calmement contre le chambranle de la porte de la cuisine.

— Et comment vous comptez réussir un tel prodige ? Votre fille est majeure, je vous l'ai déjà dit, elle fait ce qu'elle veut. Vous voulez appeler la police ? Je vous en prie, faites donc. J'ai hâte d'assister à ce magnifique spectacle. Une mère scandalisée, parce que sa fille a un amant, appelle la police pour les séparer. Ça va faire les gros titres des journaux. Exactement ce qu'il faut à l'approche de Thanksgiving, la railla-t-il.

Je crus que ma mère allait s'étouffer de rage.

Je crois bien que c'est la première fois que quelqu'un lui tient tête, A.
À part moi ?
Genre... Ce qu'il faut pas entendre ! Ça fait à peine trois mois que tu lui tiens tête, A ! Ça ne compte pas vraiment...
Ça fait six mois que je lui tiens tête. Depuis que j'ai décidé que je voulais faire mes études dans le Wisconsin.
Quand je vois le résultat, A, je me demande si c'est un franc succès...
Je suis dans le Wisconsin, non ?
Effectivement, tu y es. Mais ta mère ne te lâche pas d'une semelle. Et maintenant, elle y est également.

Ouais. Le résultat final laissait à désirer, effectivement.
Voix intérieure : un ; Anna : zéro !
Hé, hé !

— J'ai toujours su que c'était une erreur de laisser Anna venir ici. Je savais que son bon à rien de frère lui attirerait des ennuis.

Je le savais ! Il n'aurait jamais dû sortir de cette maudite maison de redressement, il aurait dû y croupir pour le restant de ses jours ! Et vous avec !

Les violentes paroles de ma mère me bouleversèrent à un point inimaginable. Je savais qu'elle n'aimait plus mon frère, mais je n'avais jamais compris qu'elle le haïssait.

Elle se maîtrise simplement mieux d'habitude. Du moins en ta présence. Si elle avait affiché trop clairement le mépris qu'elle éprouve pour ton frère, tu aurais mis les voiles depuis longtemps.

Tu le savais ?

Évidemment ! Et je pensais que toi aussi tu l'avais compris.

Ben, non.

— Je savais que vous n'aviez pas une haute opinion de votre fils, mais honnêtement, je ne pensais pas que c'était à ce point-là. (Et moi donc !) Vous êtes un monstre, Madame.

— Comment osez-vous m'accuser d'être un monstre ? Connaissez-vous seulement la signification de ce mot ? (Le visage de Ly' se ferma de manière hermétique. Mauvais.) Moi, je n'ai tué personne !

Mon cœur rata un battement et je me sentis blêmir. Incapable de me taire plus longtemps, je fis ce que je n'avais encore jamais osé faire. Je me dressai face à ma mère, la rage au ventre.

Exit la gentille petite fifille à sa maman. Elle venait de disparaître pour toujours. Définitivement vaincue par le fiel que contenaient les paroles assassines de ma mère.

— Je t'interdis de dire une chose pareille ! criai-je en avançant d'un pas, les poings fermés, les bras tendus le long du corps.

— Ne te mêle pas de ça, Annabelle Mary Katherine !

— Comment pourrais-je ne pas m'en mêler alors que je suis responsable ? Hein ? Comment pourrais-je rester en dehors de tout ça ? C'est de ma faute à moi, si Andy a dû faire ce qu'il a fait !

— Non ! Arrête avec ces bêtises, Anna ! Je te l'ai déjà dit et redit un bon millier de fois : tu n'es pas responsable des actes de ton frère ! Pas plus que ton père n'a fait ce qu'Andrew prétend ! Il n'aurait jamais fait une chose pareille ! Jamais !

Ma mère était dans le déni. Encore. Depuis sept ans, elle vivait dans le déni. Elle refusait catégoriquement d'envisager qu'elle eût pu se tromper sur la nature profonde de son défunt mari, et qu'il eût été, en réalité, un damné pervers doublé d'un pédophile. Certes, il n'était jamais passé à l'acte, mais ce n'était pas faute d'avoir essayé. Sans Andy, il aurait fini par parvenir à ses fins.

Un frisson glacé remonta le long de ma colonne vertébrale et je sentis mes souvenirs affluer aux abords de leur prison de glace. Là, tout au fond de ma mémoire. Je les chassai résolument. Je ne voulais pas me rappeler. Je ne voulais pas ! Mon père était mort et enterré depuis sept ans, et c'était très bien ainsi.

Malheureusement, ma mère ne semblait pas être de cet avis. Alors, pour la toute dernière fois, j'essayai de lui faire entendre raison. Sans grand espoir de succès, cela dit.

— Tu refuses de voir... Après toutes ces années, tu refuses toujours de voir ! J'avais promis à Andy de ne jamais te faire le moindre reproche à ce sujet, mais je n'en peux plus ! Je ne peux plus supporter de te voir le dénigrer comme cela, continuellement ! C'est au-dessus de mes forces. Il m'a sauvée et toi, tu persistes à l'accuser du pire, encore et toujours. Comment peux-tu ?

Ma mère se redressa de toute sa taille et me jeta un regard venimeux, comme chaque fois que je prenais la défense d'Andy et que j'accusais mon défunt paternel.

— Andrew a tué ton père ! C'est un assassin, un meurtrier ! Il mériterait de passer sa vie en prison ! Mais non, comme il était mineur, il a juste été en maison de redressement. Et maintenant, il est libre. Libre alors qu'il a tué un homme. Son propre père ! Et pourquoi ? Uniquement par jalousie, parce que ton père t'aimait !

— C'est faux ! hurlai-je sans aucune retenue.

Le visage de ma mère devint un masque de granite, comme toujours lorsqu'on parlait de mon père.

— Je refuse d'avoir cette sempiternelle discussion avec toi, Anna. Elle ne mènera à rien, comme toujours. C'est toi qui refuses de voir. Tu refuses d'ouvrir les yeux et de voir le vrai visage de ton frère. Si je ne peux rien faire contre ça, il n'en va pas de même de cette relation naissante, cracha-t-elle avec mépris, en prenant Ly' de haut. Fais tes bagages, nous rentrons en Virginie.

Stupéfaite, je sentis le sol se dérober sous mes pieds. Mais dans quel monde parallèle vivait donc ma mère ? Pensait-elle vraiment qu'après de telles paroles je ferais comme si de rien n'était, et que je la suivrais bien sagement à la maison ?

C'est ce que tu as toujours fait par le passé, A.

Ouais, mais avant, j'étais liée par ma promesse. Je ne pouvais pas me dédire.

Parce que maintenant, tu peux ?

Maintenant, je suis majeure. Je suis assez grande pour faire mes propres choix et les assumer. J'ai tenu ma promesse, bien plus longtemps que je ne l'aurais dû, d'ailleurs.

Tiens donc ?

Un sourire glacial étira lentement mes lèvres. J'avais promis à Andy que je ne tiendrais pas rigueur à ma mère, de son attitude envers lui, tant que je vivrais sous le même toit qu'elle. Or, depuis la rentrée universitaire, ce n'était plus le cas. Il était vrai que, dans un premier temps, j'avais songé à étendre cette promesse jusqu'à la fin de mes études. Plus par commodité que par réelle envie. Je ne devais pas oublier que c'était ma mère qui payait le loyer de mon meublé. Ainsi que lesdites études. Cependant, maintenant qu'elle avait dans l'idée de me ramener en Virginie, je n'avais plus rien à perdre.

Et puis, en toute honnêteté, j'en avais un peu marre de m'écraser tout le temps. Ayant commencé à voler de mes propres ailes, je n'avais nul désir de revenir en arrière. Retourner en Virginie était le pire qui pourrait m'arriver. À cette simple idée, l'image d'une cage dorée flotta devant mes yeux. Sans même parler du fait que je perdrais mes nouvelles amies, ainsi que Ly'.

Il te suivra, A.
Je sais. Mais je n'ai pas envie de partir. Je me sens bien, ici. Chez moi.
Même si le Wisconsin est noir ?
Ly' est noir… ça ne m'empêche pas de l'aimer.
Bien dit, A !

— Tu peux rentrer en Virginie si tu veux, m'am. Je te le conseille même vivement. Mais moi, je reste ici.

Ma mère haussa les sourcils et eut une moue narquoise.

— Vraiment ? Et comment comptes-tu payer le loyer ?

Ly' se racla la gorge.

— Elle n'en aura pas besoin. Elle vient vivre avec nous. Chez moi.

Exactement ! J'allais vivre chez… Quoi ?!

Ma tête pivota brusquement et je fixai Ly', bouche bée. Est-ce qu'il venait bien de dire ce que je pensais avoir compris ? Il me proposait d'aller vivre chez lui ? Dans sa maison ?! Ouah ! *Ouah !* Ouah !

Avec Kayla…
Ouais, avec…

Je me sentis brusquement blêmir. Non, ça, ça n'allait juste pas le faire. Hors de question de vivre sous le même toit que cette maudite bestiole ! Rien que d'y penser, un frisson me parcourut. Sans façon !

Je croyais que c'était une option que tu avais envisagée ? Pas plus tard qu'hier !

Ouais, c'est vrai. Mais à ce moment-là, j'avais oublié la présence de Kayla. Et quand j'y ai vaguement songé, je visais la chambre d'amis.

Vivre avec Ly', en couple, alors que nous étions ensemble depuis à peine une semaine ? Cela allait un peu vite en besogne pour moi !

Et pourquoi c'est pas celle que tu aurais ?

Excellente question ! Mais je refusais catégoriquement d'aborder cet épineux sujet en présence de ma mère. Nous en discuterions calmement plus tard, juste Ly' et moi.

Et donc ? Tu vas répondre quoi, là, maintenant ?

Euh... Un petit coup de bluff, peut-être ?

Mauvais plan.

Ben, pourquoi ?

Parce que ! Mauvais plan !

Mais quelle grincheuse celle-ci ! Choisissant de l'ignorer, je dis ce qui me semblait être le mieux :

— Te connaissant, le loyer doit être payé jusqu'à la fin de l'année. Je me poserai donc la question en temps voulu, bluffai-je, afin d'éviter un nouveau débat.

Mauvais plan, A, très mauvais plan !

Mais tais-toi, à la fin !

Le regard sombre de Ly' se vrilla immédiatement sur moi et il se redressa lentement.

Le fauve était à l'affût, prêt à bondir sur sa proie.

Mais qu'avais-je encore fait ?

Tu viens juste de refuser de vivre avec lui, A. Une broutille. Trois fois rien.

Mais c'est juste un coup de bluff pour ma mère !

Et comment il est censé le savoir, ça, petite maligne ?

Eh merde !

Je te l'avais dit...

— Tu ne veux pas venir vivre avec nous ? (« *Avec moi* », le sous-entendu était clair.)

— Eh ben… Euhm…

Comment éclaircir calmement les choses, sans mettre la puce à l'oreille de ma mère ? Mission impossible. Quoique je dise, elle s'en mêlerait. Et vice-versa. *Super génial !*

— Bien sûr que non ! Elle ne va pas venir vivre avec vous ! Ma fille, sous le même toit que deux délinquants ? Dieu m'en préserve ! s'énerva ma mère en se mêlant, comme je le craignais, à notre discussion.

Je la foudroyai du regard, l'air mauvais.

— Reste en dehors de ça, m'an ! C'est entre Ly' et moi, ça ne te regarde pas !

— Tu es ma fille, bien sûr que ça me regarde !

— Non ! Absolument pas ! Je suis majeure, nom de Dieu, il serait temps que tu le comprennes une bonne fois pour toutes ! C'est ma vie, mes choix ! Si je veux vivre avec Ly', ça me regarde ! Si je ne veux pas, ça me regarde aussi ! Ne t'en mêle pas !

— Visiblement, tu ne veux pas…

Prise entre deux feux croisés, je ne savais plus où donner de la tête. Excédée par leur attitude butée, à tous deux, je sentais que ma patience s'amenuisait de seconde en seconde.

— Je n'ai pas dit ça ! m'écriai-je, en levant les bras au ciel.

Bon sang, ne pouvait-il pas comprendre que ce n'était pas vraiment le moment pour ce genre de discussion ? Nous étions ensemble depuis une semaine ! Une semaine, bon sang ! Et voilà qu'il parlait déjà d'habiter ensemble. Certes, c'était en réponse à une provocation de ma mère, mais sa phrase avait plus sonné comme un ordre que comme une proposition !

« *Elle vient vivre avec nous.* » Quel mec dirait ça à sa copine au bout d'une toute petite semaine ? Ne pouvait-il comprendre que nous devions en parler tous les deux, seul à seul, entre quatre yeux, et non devant mon dragon de mère ? C'était insupportable, à la fin !

La colère que j'éprouvais envers ma mère se mélangea à l'agacement que provoquait l'attitude bornée de Ly'. Un mélange hautement explosif.

Attention, danger !

— Tu as souligné que le loyer était payé jusqu'à la fin de l'année alors que je venais de te proposer de vivre chez moi. Si ce n'est pas un refus, je ne sais pas ce que c'est.

Ma mère eut un ricanement méprisant qui m'horripila au plus haut point.

— Mais justement, c'est un refus, jeune homme. Pour quelqu'un qui est inscrit à l'université, je vous trouve drôlement lent à la détente…

— ASSEZ !

Mon beuglement, parce qu'il n'y avait pas de termes plus qualifiés pour nommer le mugissement qui venait de sortir de ma gorge, résonna aux quatre coins de la pièce.

Le silence se fit et tous deux me fixèrent, sidérés.

— J'en ai marre, alors, STOP ! Je ne peux pas discuter avec vous deux en même temps, c'est juste pas possible. Vous êtes aussi horripilant l'un que l'autre ! Vous m'étouffez avec vos « questions-réponses ». Comme si je n'étais pas là et que je ne pouvais pas répondre moi-même. Ou comme si toutes mes phrases étaient bourrées de sous-entendu. (Je me tournai vers ma mère et la pointai d'un doigt rageur, qui tremblait légèrement.) Toi, je veux que tu partes de chez moi et que tu n'y reviennes pas tant que tu ne seras pas prête à avoir une vraie discussion avec moi. Et par « vraie », j'entends réel. Avec des questions et des réponses, de part et d'autre, où les deux intervenantes, nous en l'occurrence, pourrons s'exprimer en toute liberté. Mais surtout, *surtout*, où elles pourront être écoutées. Ce que je n'ai encore jamais pu faire avec toi. (Ma mère ouvrit la bouche pour intervenir, mais je la coupai d'un mouvement brusque de la main. Je ne voulais pas l'entendre maintenant, ce n'était pas le moment.) Et toi (je pivotai vers Ly' et sentis mes yeux se remplir de larmes), si tu comptes trouver des excuses ou des sens cachés à chacune de mes remarques, ou propos, ça ne va pas le faire. Tu savais combien j'appréhendais cette discussion avec ma mère et tu m'avais promis de rester à l'écart. De ne pas intervenir. Or, tu n'as pas cessé de le faire. Si dans un premier temps c'était justifié, et que je n'y ai rien trouvé à redire, ce n'était plus le cas à la fin. Je ne parlais pas avec toi, mais avec ma mère. Je n'ai jamais dit, à aucun moment, que je ne voulais pas vivre avec toi. Pour la simple et bonne raison que tu ne m'as jamais posé la question ! (Lorsqu'il voulut dire quelque chose, je le coupai également. Je ne voulais pas les entendre. Aucun d'eux.) Si vous voulez continuer à vous disputer, je vous en prie, ne vous arrêtez pas pour moi. Mais il est hors de question que j'assiste à tout cela. Je vais prendre l'air. Et je vous déconseille vivement de me suivre !

Je sortis en courant de mon appartement, sans même prendre une veste. J'étais bien trop pressée de fuir. De les fuir tous les deux. J'avais besoin d'être seule et de faire le point.

Je ne réalisai pleinement mon oubli qu'une fois la porte de l'immeuble franchie. Brrrrr, il faisait un froid de canard ! Pourtant, je me refusais catégoriquement à remonter.

Rentrant la tête dans les épaules, enfonçant les mains dans les poches de mon jean, je me mis rapidement en route. Je devais partir et faire le vide.

Afin de me réchauffer un peu, je me mis à courir, sans direction précise. Je ne désirais qu'une seule et unique chose : m'éloigner le plus loin possible de mon appart. (Et surtout des personnes qui s'y trouvaient.)

Alors je courus. Durant une bonne demi-heure, je courus au hasard des rues, sans destination précise. Mon unique objectif était de ne pas m'arrêter. Habituée à l'air glacial qui m'entourait, ou alors complètement engourdie, je ne sentais plus le froid. Je ne saurais dire si ma voix intérieure me parlait, je ne l'entendais même plus. J'avais fait le vide. Je m'étais enfermée dans une petite bulle, bien à l'abri, et je ne laissais rien y pénétrer. Ni pensée ni voix intérieure. Absolument rien. Uniquement le vide. Et c'était agréable. C'était agréable d'être seule avec soi-même, sans aucun parasite. Juste le vide.

C'était ce dont j'avais besoin en ce moment. J'aurais largement le temps de me pencher sur mes problèmes plus tard. Oui, plus tard.

Les yeux rivés sur le sol, tellement occupée à faire le vide, je traversai le pont du lac George sans m'en rendre compte, m'éloignant de plus en plus de chez moi.

Courir droit devant, ne pas regarder en arrière. Courir droit devant, ne pas regarder en arrière. Courir droit devant, ne pas regarder en arrière.

Je me répétai cette phrase en boucle, comme un leitmotiv.

Courir droit dev...

VLAN.

Allongée à plat ventre sur le sol, je restai tétanisée durant une longue minute, ne comprenant pas ce qui venait de m'arriver. L'instant d'avant, je courrais tranquillement, et là, j'étais vautrée de tout mon long sur le trottoir. En appui sur mes mains, je me relevai doucement en faisant l'inventaire des dégâts. À part une légère douleur au niveau des genoux, sans doute râpés à la réception de mon vol plané, je ne m'en sortais pas trop mal.

Je baissai machinalement les yeux sur le sol, cherchant ce qui avait bien pu me faire trébucher. Rien. Étrange.

Un ricanement retentit dans mon dos.

Je sentis mon sang se glacer. Puis, comme au ralenti, je me tournai lentement, très lentement, pour voir qui m'avait fait tomber. En découvrant le visage de mon agresseur, je blêmis.

Eh, merde !

Chapitre 27

— Alors, Schtroumpfette, tu sais plus mettre un pied devant l'autre ?

La voix moqueuse de Max bourdonna étrangement à mes oreilles. Pourtant, je n'étais pas vraiment surprise de le trouver là. J'avais su, depuis longtemps, qu'un beau jour il passerait à l'acte. Sa rancœur envers mon frère, et envers Ly', était bien trop profondément ancrée en lui pour qu'il pût passer outre. C'eût été un véritable miracle si j'avais terminé l'année sans avoir de nouveaux problèmes avec lui.

Mais ma vie étant définitivement noire, comme l'avaient prouvé les derniers événements, il était assez logique que je tombe sur lui aujourd'hui. Après tout, c'était l'essence même de l'emmerdement maximum.

Il est temps de ranger la petite souris grise dans son placard, et de sortir la tigresse, A.

Évidemment. J'aurais dû m'y attendre. Les problèmes n'arrivent jamais seuls, ma voix intérieure était de retour.

Génial.

Hey ! Je suis là pour t'aider, A !

Vraiment ? Tu as donc l'intention de combattre Max à ma place ?

Euh, non. Mais je vais te soutenir moralement !

Trop aimable.

— On a perdu sa langue, en plus ? se moqua-t-il, en

continuant à ricaner bêtement.

N'étant pas franchement portée sur la violence, je préférai tenter une esquive discrète. Sans trop de chance de réussite, cependant.

— Non, non. Du tout. (J'esquissai un pâle sourire.) Excuse-moi, mais je suis pressée. Les filles m'attendent pour déjeuner. (Pieux mensonge.) À un de ces quatre, Max.

Je fis mine de me détourner pour repartir, mais il m'empoigna vivement par le bras. Il le serra. Fort.

Aïe !

— Arrête de dire des conneries, pétasse ! Je les ai croisées tout à l'heure, et elles allaient rejoindre Dan. Elles n'ont pas du tout parlé de toi. (Il eut un sourire mauvais qui n'annonçait rien de bon pour moi.) T'es toute seule. Cette fois, y'a ni ton frère ni ce connard de Ly' pour venir à ton secours. Tu vas payer pour ce que tu m'as fait, salope !

Je déglutis péniblement, et lançai un rapide regard circulaire autour de nous. Le pont était totalement désert à cette heure-ci.

Zut de flûte de crotte de bique !

— Je ne t'ai jamais rien fait, Max, protestai-je, avec conviction. (Pas de ma faute s'il était venu me chercher des noises à cette fichue orgie !!!) C'est toi qui m'as prise en grippe dès le début. Avant même de savoir que j'étais la sœur d'Andy.

Ce n'était peut-être pas la chose à dire, mais ce n'en était pas moins la vérité. À peine le seuil de la fac franchi, Max avait décidé que je serais son souffre-douleur. Le fait que je sois finalement la petite sœur d'Andy n'avait fait qu'exacerber cette envie. Sans même parler de ce qui lui était arrivé lorsqu'il s'en était pris à moi, lors de cette maudite orgie.

Une fête, A, c'était une fête.

Une fête où tout le monde est à moitié nu, ça s'appelle une orgie !

— Je me suis fait démolir le portrait à cause de toi ! hurla-t-il en me secouant comme un prunier.

Les larmes me montèrent automatiquement aux yeux lorsque mes dents s'entrechoquèrent brutalement. Au soudain goût de fer qui envahit ma bouche, je réalisai que je m'étais mordue la langue.

Connard !

— Ce n'est pas moi qui t'ai poussé à venir m'emmerder lors de cette soirée ! J'étais en train de partir quand tu m'as arrêtée. Tu ne peux t'en prendre qu'à toi.

Les yeux fous, Max me regarda d'un air mauvais.

Tu viens de dire exactement tout ce qu'il ne fallait pas. Tu vas t'en prendre une, A, si tu continues comme ça.

Même si je ne dis rien, je vais m'en prendre une. Il ne m'a pas fait tomber pour tailler une bavette avec moi, qu'est-ce que tu crois ?

Pas faux.

Heureusement que ma voix intérieure était soi-disant là pour m'aider, sans quoi je serais complètement perdue !

Ne sois pas aussi sarcastique, A.

LA FERME !

— Tu vas me le payer, pouffiasse !

Il me lâcha aussi soudainement qu'il m'avait empoignée, et leva son poing droit. Une fois de plus, j'eus l'impression de voir la scène au ralenti. Les muscles bandés, j'attendais avec une impatience malsaine le coup qui allait me démolir la mâchoire. Je me préparai psychologiquement à ce qui allait suivre.

Anticiper le coup de son adversaire était primordial si l'on souhaitait remporter la victoire.

La douleur explosa dans ma joue gauche, et ma tête pivota violemment à droite.

Au lieu de résister, je me laissai aller et suivis le mouvement. J'effectuai une rotation parfaite, en équilibre sur un pied, et lui renvoyai la politesse. Grâce à l'élan qu'il m'avait inconsciemment donné, mon coup fut bien plus fort que le sien. Le revers de mon poing droit le cueillit sous le menton… et le fit reculer de plusieurs pas.

Bouche bée, il me fixa un moment sans comprendre.

Un sourire narquois aux lèvres, qui m'envoya une multitude d'aiguilles dans ma joue blessée (aïe), je lui lançai un regard hautain. À cet instant précis, je devais être le portrait craché de ma mère. (En toute autre circonstance, j'en aurais gémi de dépit, mais là, j'en fus particulièrement fière. Un dragon, c'était encore mieux qu'une tigresse, pas vrai ?)

— Tu ne t'y attendais pas à celle-ci, n'est-ce pas ? Tu croyais quoi ? Que j'étais une pauvre petite fille sans défense ? (Il fut un temps où c'était bel et bien le cas. Mais j'avais fait ce qu'il fallait pour que cela n'arrivât plus jamais. Souris grise, certainement, mais avec les griffes acérées d'une tigresse. Enfin, dans certaines circonstances.) Tu pensais que si Andy et Ly' n'étaient pas là pour me protéger, tu pourrais me faire ma fête ?

Me coupant dans ma tirade, alors que j'avais encore quantité de choses à dire, Max se précipita sur moi.

Une fois encore, je le pris par surprise.

Posant vivement les mains sur le sol, j'effectuai un arc de cercle parfait, fluide et rapide, me déportant ainsi sur la gauche. Immédiatement après, en équilibre sur mon pied droit, je tournoyai et propulsai l'autre à la verticale, percutant mon assaillant de plein fouet.

Entraînée par son élan, la tête de Max bascula violemment en arrière alors que le bas de son corps continuait sa course. Il se retrouva allongé sur le dos en moins de deux secondes.

Mais, malheureusement pour moi, il se releva tout aussi vite.

— Tu vas me payer ça, salope !

Sur mes gardes, en position de combat, je l'attendais de pied ferme. Les jambes fléchies (la gauche devant, la droite derrière légèrement décalée), les poings serrés (le gauche au niveau du ventre, le droit en garde à hauteur de la poitrine) et l'œil vif, j'étais prête à le recevoir. S'il voulait la bagarre, il allait l'avoir.

Ceinture noire de taekwondo et sélectionnée pour les régionaux, je connaissais mon affaire (et plutôt bien) ; Max ne me faisait pas peur et il allait en baver avant de me mettre au tapis, pour autant qu'il y parvînt, ce qui restait à prouver. Bien sûr, je n'avais jamais participé à une bagarre de rue ni à rien de ce genre-là. Mais ça ne devait pas être bien compliqué. De toute manière, je n'avais guère le choix.

Ça fait un an que tu n'as pas pratiqué, A, tu dois être un peu rouillée.
C'est comme le vélo, ça ne s'oublie pas.
T'es sûre ?
On verra bien. Maintenant, tais-toi ! Je dois me concentrer.

Forcément, ce qui devait arriver, arriva. Troublée par ma voix intérieure, je ne fus pas assez rapide : le poing de Max s'enfonça brutalement dans mon ventre. Durant un bref instant, j'eus peur de le voir ressortir au milieu de mon dos, comme dans les films. Puis son autre poing percuta ma pommette droite, et je décollai littéralement. Avant d'atterrir rudement sur le dos.

Aïe.

Je restai sagement allongée, occultant totalement les douleurs qui me traversaient le corps, et gardai l'esprit rivé sur mon objectif. Dès que Max fut suffisamment près, je fauchai ses jambes des miennes d'un mouvement vif et précis. Je n'attendis pas de le voir tomber pour réagir. Une rapide roulade arrière me mit provisoirement hors de portée.

À peine relevé, il me fonça dessus avec la rapidité d'un cobra.

Agile et rapide, j'esquivai son poing à la dernière seconde… et me servis une fois de plus de son élan. Verrouillant mes doigts autour de son poignet, je pivotai pour me retrouver dos à lui et le fis basculer par-dessus mon épaule.

Un craquement se fit entendre, suivi d'un gémissement de douleur.

Paniquée à l'idée de l'avoir sérieusement blessé, ce qui n'était pas du tout le but, je le relâchai immédiatement et je reculai de plusieurs pas.

Tu te bats avec lui, mais tu ne veux pas le blesser ? Tu m'expliques, A, parce que là je ne te comprends pas… ?

Je veux qu'il me laisse tranquille, c'est tout. Je ne veux pas le blesser ni rien. D'ailleurs, je te signale que je ne fais que me défendre !

Un cri alarmé attira soudain mon attention. Je pivotai sur mes talons et fixai, sidérée, le mec qui venait de crier. Portable à la main, il avait visiblement tout filmé. Et continuait très certainement.

Génial. Il ne manquait plus que ça.

Un frisson me traversa, me faisant trembler de la tête aux pieds. Non pas à cause du froid mordant qui m'assaillait sans pitié, bien que ce ne fût pas particulièrement agréable sur des habits humides de sueur, mais en raison de ce que cela impliquait. Il avait filmé la bagarre. Il allait la balancer sur *YouTube*, au mieux. Mon frère et Ly' tomberaient forcément dessus, à un moment ou à un autre.

Oh, bon sang !

Le mec se mit soudain à crier et je relevai les yeux, sourcils froncés. Que voulait-il encore ?

Je réalisai, trop tard, qu'il fixait un point derrière moi. Avant que je ne puisse faire le moindre geste, un choc violent percuta l'arrière de mon crâne. Dans un état second, je me vis m'affaler sur le sol, sans rien pouvoir faire.

Ma dernière pensée fut pour Ly' : j'aurais dû rester à l'appartement et discuter avec lui, au lieu de me barrer comme une gamine capricieuse.

J'entendis mon cœur bourdonner dans mes oreilles, puis plus rien.

Le vide.

Le noir complet.

Le néant.

Un ronronnement, lent et régulier, m'arracha lentement du néant dans lequel j'avais plongé. Des grésillements perturbateurs chassèrent progressivement le noir qui m'enveloppait. Jusqu'à ce que du blanc apparût dans mon champ de vision. Plus le noir reculait, plus le blanc avançait. Il y en avait plus, toujours plus.

Soudain, le blanc se figea et ne bougea plus. Surprise, je constatai qu'il était partout. Absolument partout. Le ciel était blanc, le paysage était blanc, et même l'homme qui se tenait devant moi était blanc.

Je clignai rapidement des paupières, croyant rêver.

Étais-je au paradis ?

— Mademoiselle ? Mademoiselle, vous êtes réveillée ?

Je cherchai à déglutir, mais n'y parvins pas. Mon palet et ma langue étaient entièrement secs. Un goût pâteux, et fort désagréable, envahit mes pupilles gustatives.

Beurk !

Devant ma grimace de dégoût, l'homme blanc se déplaça rapidement et apparut à ma gauche. J'entendis un bruit d'eau qui coulait et compris, avec quelques instants de retard, qu'il en versait dans un verre.

Je sentis sa main se glisser délicatement sous ma nuque et me redresser légèrement la tête. Je gémis de plaisir quand l'eau fraîche coula le long de ma gorge. Je n'aurais jamais cru que l'eau pouvait être aussi bonne.

Je fermai les yeux et savourai pleinement mon plaisir.

— Mademoiselle ? Rester avec moi, Mademoiselle !

Je combattis la torpeur qui me reprenait, ainsi que les tentacules d'un noir d'encre qui s'enroulaient autour de moi, m'attirant irrémédiablement vers elles. Vers le vide. Le noir absolu. Le néant.

— Ouais…, croassai-je péniblement.

En entendant ma voix, cassée au possible, j'eus bien du mal à la reconnaître. Pourtant, étant seule avec l'homme blanc, dans ce monde entièrement blanc, elle ne pouvait appartenir qu'à moi.

CQFK, A.

Okay. Premier dilemme résolu. Je n'étais définitivement pas au paradis. Parce que, si cela avait été le cas, ma voix intérieure n'aurait pas été là. (Paradis = parfait. Donc, pas de voix intérieure dans un monde parfait.)

Élémentaire, mon cher Watson !

Qu'est-ce que je disais ?

— Mademoiselle, ouvrez les yeux, s'il vous plaît.

Non sans surprise, je réalisai que je les avais machinalement refermés. Maudite voix intérieure ! Tout était de sa faute. Pourquoi ne pouvait-elle pas me laisser en paix ?

J'eus beaucoup de mal à soulever mes paupières, elles semblaient peser des tonnes. Au bas mot.

Moi qui me plaignais de ne pas voir assez de blanc dans ma vie quotidienne, j'étais maintenant servie ! Il n'y avait que cela. Partout. Tout autour de moi. Flippant.

— Où suis-je ? croassai-je une nouvelle fois.

— Au centre hospitalier de River Falls, Mademoiselle.

L'homme blanc continua de parler, mais je ne l'entendis plus. La mémoire me revint d'un bloc. Comme dans un film en accéléré, je revis tous les événements de la journée. Avec le mode « replay » pour mon combat avec Max. Mes erreurs me firent grimacer.

Seigneur, si mon professeur de taekwondo m'avait vu, il m'aurait tiré les oreilles ! J'avais fait des erreurs dignes d'une débutante. Me laisser distraire par ma voix intérieure dans un moment pareil... Puis par l'abruti profond qui avait filmé la scène.

Que la honte s'abatte sur moi !

Euh, je te rassure, c'est déjà fait, A !

Je méritai amplement mes blessures, quelles qu'elles soient. N'ayant pas écouté le médecin, car l'homme blanc en était visiblement un, je n'avais pas la moindre idée de l'étendue des dégâts. Mais dans l'immédiat, ce n'était pas le plus important.

Je devais impérativement parler à Ly' avant qu'il ne vît la vidéo. Sans quoi, il risquait de se mettre très en colère et de faire une grosse bêtise. Une très grosse bêtise.

Luttant ardemment contre la noirceur qui cherchait, encore et toujours, à m'emporter avec elle, je lançai un regard suppliant au médecin.

— Vous avez prévenu ma famille... ? demandai-je d'une voix hachée.

— Non, Mademoiselle. Vous n'aviez aucun papier sur vous. D'ailleurs, la police attend dans le couloir et désire vous parler.

Ah.

— Pas... maintenant... je... me.... sens... pas... très... bien...

La respiration sifflante, j'avais du mal à parler.

— Mademoiselle...

— Ly'... appelez... Ly'...

Le médecin chercha à protester, mais je fis comme si je ne l'entendais pas. J'eus juste le temps d'énumérer le numéro de portable de Ly', avant de replonger, bille en tête, dans le vide.

Le noir m'enveloppa une nouvelle fois.

J'avais perdu cette seconde bataille.

Des éclats de voix m'arrachèrent brutalement au vide sidéral dans lequel j'avais basculé. Ce réveil fut bien plus violent et douloureux que le premier. Mes tempes bourdonnaient sévèrement, tels des marteaux-piqueurs. Je levai machinalement les mains, dans une vaine tentative pour apaiser ma douleur. Ou du moins, voulus-je lever les mains. Sans résultats, malheureusement.

J'ouvris péniblement un œil. Puis un second.

Pour les refermer immédiatement.

Mais qu'est-ce que ma mère fichait là ? Comment diable avait-elle su où me trouver ?

Je tentais de rassembler mes souvenirs, et étonnamment, ce fut bien plus facile que la première fois. Je me revis parfaitement en train de baragouiner le numéro de portable de Ly'. Ce n'était donc pas vraiment surprenant qu'il fût là. Ni que mon frère l'accompagnât. Je m'y attendais, en réalité. Le facteur inexplicable de l'équation, c'était la présence, hautement indésirable, de ma mère.

— Sortez d'ici ! Vous n'êtes pas un membre de la famille, vous n'avez rien à faire dans la chambre de ma fille !

Les cris de protestation de ma mère ne firent qu'empirer mon mal de crâne.

Que quelqu'un la fasse sortir !

C'était d'ailleurs surprenant que ce ne fût pas déjà chose faite. Normalement, tout élément perturbateur était proprement expédié hors de l'hôpital, afin de ne pas troubler le repos des patients. Pourquoi ne bénéficiais-je pas aussi de cette règle primordiale ?

Ton karma, A, c'est ton karma. Il est noir... comme le reste.

Évidemment.

— Madame, je vous prierais de bien vouloir baisser d'un ton ! Vous troublez le repos de nos patients ! (*Ah, enfin !*) De plus, ce jeune homme est ici à la demande expresse de ma patiente.

Ma mère poussa une exclamation choquée.

— Ma fille a eu un traumatisme crânien, elle n'a pas les idées claires, enfin ! Ça se voit comme le nez au milieu de la figure !

Je dus avoir quelques secondes d'absence, car je n'entendis pas la réponse du médecin. Mais elle ne dut pas être au goût de ma mère, si j'en jugeais par le second cri scandalisé qu'elle poussa.

— Ne dites pas n'importe quoi ! C'est ma fille qui est allongée sur ce lit d'hôpital, et tout ça, c'est à cause de *lui* ! Il n'a rien à faire ici ! Seuls les membres de la famille sont admis aux soins intensifs !

Il y eut un moment de flottement et plus personne ne parla. Puis, une voix grave, parfaitement inconnue, s'éleva alors :

— C'est une accusation très grave, Madame. Vous accusez ce jeune homme d'avoir battu votre fille ?

J'ouvris immédiatement les yeux et je voulus hurler un « NON ! », fort et retentissant. Mais aucun son ne franchit la barrière de mes lèvres. Paniquée, je réalisai que je ne pouvais ni bouger ni parler.

Étais-je paralysée ?

Mon cœur tambourinait violemment dans ma poitrine et je n'arrivais plus à respirer.

Les machines s'emballèrent et des alarmes retentirent un peu partout dans la pièce.

— Sortez ! Tous autant que vous êtes, sortez immédiatement de cette pièce !

Une nouvelle bouffée de panique me saisit alors. Très différente, plus viscérale. J'eus la sensation que mon cœur dégringolait pour se loger dans le creux de mon ventre.

Angoissée comme jamais, bien plus que par le fait de mourir étouffée, je tournai les yeux vers Ly' et lui lançai regard suppliant. « Ne me laisse pas. Reste avec moi. » Voilà ce que je cherchais à lui dire.

Le regard de Ly' s'assombrit dangereusement et il se jeta littéralement sur moi.

— Respire, ma souris, respire. Pour moi… je t'en prie, respire pour moi.

Sa présence me fit un bien fou, et la bouffée de panique qui m'avait assaillie reflua progressivement.

Je pris machinalement une grande goulée d'air, sans réaliser que j'avais recommencé à respirer dès qu'il avait été à mes côtés. Incapable de détourner les yeux, je m'accrochais désespérément à lui. Bien que rassurée, j'étais intimement convaincue que si je venais à le lâcher du regard, même une demi-seconde, ils l'emmèneraient loin de moi. *Hors de question !*

J'ouvris la bouche, mais encore une fois, aucun son n'en sortit. Des larmes de frustrations perlèrent aux coins de mes yeux.

— Elle n'arrive pas à parler. Est-ce que c'est normal, Docteur ? demanda Ly', d'un ton inquiet.

Son regard était rempli d'angoisse. Pour moi.

Une bouffée d'amour pur me traversa. Dieu que j'aimais ce mec !

— Ça peut arriver. N'oubliez pas qu'elle a une commotion. Bénigne, certes, mais non négligeable, répondit calmement le médecin, en posant un doigt sous mon menton. Regardez-moi, Mademoiselle Campbell, s'il vous plaît.

Je tournai lentement la tête vers lui, et fus profondément soulagée de constater que j'arrivais encore à bouger. Tout du moins ma tête.

Après les contrôles d'usage, il me demanda de lever un bras. J'eus beau essayer de toutes mes forces, je n'y parvins pas. Idem pour les jambes. Alors que la panique se faisait à nouveau ressentir, le médecin me rassura. C'était un effet secondaire au médicament qu'ils avaient dû m'injecter après mon premier réveil. Ce qui expliquait pourquoi j'avais alors pu parler, et plus maintenant. Les effets devraient se dissiper dans l'heure. Inutile de paniquer et de s'alarmer avant.

Facile à dire ! Ce n'était pas lui qui était cloué dans ce lit, incapable de bouger et de parler.

Ly' traduisit ma pensée en la communiquant de manière fort peu diplomate au médecin. Ce qui déclencha une nouvelle dispute avec ma mère.

Je grimaçai en entendant leur voix résonner dans ma tête. Un bon coup de perceuse dans mes tempes, voilà ce qu'il me faudrait pour me soulager !

— Suffit ! ordonna froidement le médecin, en tapant dans ses mains. Si vous êtes incapable de vous maîtriser, Madame, je vous conseille vivement de sortir ! Et ne protestez pas, sinon j'appelle immédiatement la sécurité ! Ne voyez-vous donc pas que vous perturbez votre fille en hurlant comme une poissonnière ?

Sans surprise, je vis la bouche de ma mère s'ouvrir. La connaissant, je m'attendais à une tirade épique. Le docteur fut plus rapide qu'elle et, devinant son attention, se tourna vers l'agent de police qui se tenait, lui aussi, dans la chambre. Ça devait être la voix grave que j'avais entendue plutôt.

— Puisque vous êtes là, pourriez-vous escorter cette dame dehors ? Ma patiente a besoin de calme. De plus, comme vous pouvez le constater, elle n'est pas en état de répondre à vos questions pour l'instant. Revenez dans une heure ou deux.

L'agent de police tourna les yeux vers moi et pencha lentement la tête sur le côté. Il semblait réfléchir sérieusement à la question.

Il était pourtant évident que je ne pouvais pas parler pour l'instant !

Un « bip » retentit dans la pièce devenue étrangement silencieuse. Il porta la main à sa ceinture et attrapa son biper. Un fin sourire étira lentement ses lèvres.

— Mon collègue vient d'arriver. J'escorte madame dehors, puis nous reviendrons vous voir. Nos questions ne peuvent malheureusement pas attendre. (Le médecin voulut intervenir, mais le policier ne lui en laissa pas le temps.) Votre patiente est consciente, Docteur. Nous trouverons un moyen de nous comprendre. (Il pivota vers ma mère et lui fit signe de le suivre.) Venez, Madame. Et sans faire d'histoire, s'il vous plaît. Je ne voudrais pas devoir vous emmener au poste pour tapage dans un hôpital.

Les lèvres pincées, ma mère le suivit. Avant de quitter la pièce, elle pivota sur ses talons et foudroya du regard le médecin et Ly'. *Quelle surprise !*

— Vous avez toute ma compassion, jeune homme. J'ai la même à la maison, soupira le médecin.

Mon frère éclata de rire, se rappelant ainsi à mon bon souvenir. Mes yeux dévièrent vers lui.

— Anna, tu as l'art et la manière de te mettre dans des situations pas possibles, soupira-t-il, en croisant mon regard. (Il s'avança et prit place aux côtés de Ly'.) J'ai un million de questions à te poser, mais je vois bien que tu n'es pas en état d'y répondre, contrairement à ce que prétend ce flic. Alors, je me contenterai d'une seule. Est-ce que ça va ?

J'arquai un sourcil, tant cette question était débile. J'étais clouée sur un lit d'hôpital avec une commotion cérébrale, certes bénigne, mais quand même ! J'étais, pour ainsi dire, incapable de bouger ou de parler. Dans ces conditions, avais-je l'air de bien aller ? Sérieusement ?

C'est un mec, A.
Clairement !

Ly' se recula légèrement et lui donna une tape derrière la tête.

— À ton avis ? Est-ce qu'elle a l'air de *bien* aller ? Tu en as d'autres de questions stupides ?

Andy le foudroya du regard.

— Elle souffre peut-être d'un mal qui n'est pas visible...

Agression sexuelle. Ces deux mots résonnèrent froidement dans ma tête.

Dans l'état de faiblesse qui était le mien actuellement, je ne pus résister aux souvenirs qui tentaient, une fois encore, de s'échapper de la prison de glace dans laquelle je les avais enfermés. La porte trembla et se fissura sous la violence de leur attaque.

De la sueur froide perla à mon front et je me sentis blêmir.

— Annabelle !

Le cri de Ly' demeura sans effet. Les images tant haïes commencèrent à se déverser par vagues. Impuissante, je ne pouvais ni détourner le regard ni fermer les paupières. Les images étaient dans ma tête et elles défilaient à l'infini. Je ne pouvais rien faire contre. Absolument rien. J'étais trop faible pour lutter. Trop faible.

« *Belle, mon poussin, tu es si belle… Ma précieuse petite fille… si belle…* »

Les battements de mon cœur s'accélèrent et les machines se remirent à biper. Seulement cette fois, je n'y prêtai pas vraiment garde. Elles résonnèrent en bruit de fond. Tout ce que j'entendais, tout ce que je voyais, c'était mon père.

Mon père qui me souriait. Mon père qui s'avançait vers moi. Mon père qui caressait ma joue. Mon père qui avançait une main légèrement tremblante vers la chemise de mon pyjama.

« *Belle, mon poussin, tu es si belle… Ma précieuse petite fille… si belle…* »

Chapitre 28

Je replongeai, tête la première, dans un passé que j'aurais voulu oublier. Dans un passé que j'avais tout fait pour oublier. Cette triste scène, je la connaissais par cœur. Je l'avais revécue, encore et encore ; nuit après nuit ; cauchemar après cauchemar.

Crisper les paupières, serrer les dents et attendre que ça passât ne fonctionnait pas ; ça ne fonctionnait jamais. Elle revenait toujours. Alors, je l'avais mise sous clé, emmurée dans une prison de glace. Ça avait été dur, la lutte acharnée... Mais j'avais vaincu. Moi, la petite souris grise, j'étais sortie victorieuse de ce combat.

Du moins, le croyais-je.

Ce n'était visiblement pas le cas. Depuis quelque temps, elle revenait me titiller. Elle tentait, à nouveau, de s'échapper de sa prison. Était-ce parce que j'avais retrouvé mon frère ? Ou parce que j'étais tombée amoureuse ? Je ne saurais le dire. Mais le fait était là, et bien là.

Alors que le bonheur était à portée de mains, mes démons intérieurs venaient tout gâcher. Serais-je le vainqueur ou le vaincu ? Gagnerais-je une fois encore cet éprouvant combat ? Rien n'était moins sûr.

Ma prison de glace, bien cachée au fin fond de ma mémoire, venait de voler en éclat. Le démon le plus hideux de mon passé, mon père, revenait me narguer. Encore et toujours… inlassablement. Les images se répétaient sans cesse, les paroles doucereuses résonnaient en boucle ; mon pire cauchemar reprenait vie.

Un hurlement de protestation jaillit soudain de mes lèvres et retentit dans la pièce, se répercutant aux quatre coins. Un hurlement de bête blessée, brisée.

La porte s'ouvrit à toute volée et deux policiers entrèrent en courant, l'arme au poing.

Cette vision brisa net l'enchantement dont j'étais victime. Telle une bulle de savon, mes souvenirs explosèrent dans un petit « ploc » et mon esprit redevint clair. Perplexe, je fixai les nouveaux arrivants sans comprendre ce qu'ils faisaient là. Pourquoi étaient-ils armés ?

Parce que tu as hurlé comme une malade, A.

Je rougis à ce rappel, gênée. Je détestais attirer l'attention… Dieu que je détestais ça…

— Lysander Howard, quelle surprise ! s'exclama le plus âgé des deux, le présumé « collègue ». Les mains en l'air, bien visibles. Tu es en état d'arrestation pour agression avec préméditation.

Bouche bée, je les fixai avec de grands yeux écarquillés. C'était quoi ce bordel ?!

Puis deux choses me percutèrent consécutivement. Ly' s'appelait en réalité Lysander. Incroyable ! J'avais toujours cru que Ly' était son prénom et non un diminutif. J'étais sa petite amie et je ne savais même pas comment il s'appelait ! Le choc fut terrible. Toutefois, il passa rapidement en second plan, englouti par la terrible nouvelle qui suivit : il était en état d'arrestation.

Oh. Mon. Dieu !

Je tournai un regard horrifié vers lui.

— Ly', mais qu'est-ce que tu as fait ?!? (Tiens, ma voix était revenue. Enfin, si l'on pouvait appeler ce faible croassement une voix.) Tu as déjà vu la vidéo de mon agression ? (Était-ce seulement possible ? Pouvait-il vraiment l'avoir déjà vue et avoir cassé la figure à Max ?)

La tête de Ly' pivota vers moi et il braqua son regard vert menthe sur mon visage. Il semblait fulminer. (Peut-être qu'il ne l'avait pas vue en fin de compte…)

— De quoi tu parles, ma souris ? Un connard a filmé ton agression ? (Aïe !)

Au même moment, la voix de mon frère s'éleva, scandalisée :

— Quoi ?! On t'a filmée au lieu de te porter secours ?! (Aïe !)

Oh, bon sang ! Visiblement, ils n'étaient pas au courant. Ni l'un ni l'autre.

Bravo, A ! Bien joué !

Eh, merde.

— Si tu ne savais pas qu'on m'avait filmée, comment as-tu pu agresser Max ?

— Il a payé Maxwell Sheperd pour vous agresser, Mademoiselle, m'interrompit froidement le plus âgé des policiers. Maintenant, Howard, tu lèves bien haut tes mains pour que je les voie. Et toi, Campbell, je te conseille de ne pas trop faire le mariole. La mère de cette jeune fille a sous-entendu que tu étais également dans le coup…

Si un train m'avait percuté à ce moment-là, le choc n'aurait pas été plus violent.

— Qu-qu-quoi ? balbutiai-je, profondément choquée. Ma mère a quoi ? (Ne leur laissant même pas le temps de répondre, je me mis littéralement à hurler, folle de rage. Enfin, hurler était un bien grand mot… disons plutôt que je parlais aussi fort que possible. Avec une voix partiellement brisée, ça donnait… pas grand-chose, en fait.) Andy est mon frère, bordel de merde ! Comment voulez-vous qu'il puisse être responsable de quoi que ce soit ?! C'est mon grand frère, jamais il ne me ferait le moindre mal. (J'avais l'impression d'assister à un mauvais film. Le passé se mélangea progressivement au présent. La rancœur que j'avais si longtemps gardée au fond de moi m'envahit, me faisant perdre toute maîtrise. Les paroles coulèrent, sans que je puisse seulement songer à les filtrer.) Ma mère le déteste, et elle serait bien trop heureuse de l'envoyer en prison, là où je ne pourrais plus avoir le moindre contact avec lui. Elle est malade de jalousie du lien particulier qui nous unit, Andy et moi. Quant à Ly', ou Lysander, comme vous préférez, c'est pareil ! Elle est folle de rage que j'ai un petit ami, et encore plus parce qu'il ne correspond pas à son critère de perfection ! Le fait que ce soit le meilleur pote de mon frère n'arrange pas les choses. Si vous cherchez le coupable, vous vous gourez complètement de direction ! C'est Max qui m'a fait ça, et uniquement Max. Et pour les mêmes raisons qui ont poussé ma mère à lancer ses fausses accusations : par jalousie et par envie ! Un mec a filmé toute la scène, si vous ne me croyez pas, allez donc jeter un coup d'œil sur *YouTube*, je suis sûre qu'elle est déjà en ligne ! Au lieu d'accuser gratuitement les gens, sous les élucubrations rocambolesques d'une femme jalouse, vous devriez peut-être retourner à l'école et réapprendre votre putain de métier ! (Oups, ça, je n'aurais peut-être pas dû le dire…) On n'accuse pas les gens sans preuve !

Alors que je marquai une courte pause, histoire de reprendre mon souffle, le plus jeune des deux policiers en profita pour m'interrompre :

— On a déjà vu la vidéo, Mademoiselle. Mais ça ne change rien au fait que Monsieur Howard est accusé d'avoir organisé tout ça. De plus, avec son passé, on sait parfaitement qu'il est capable de violence envers les femmes.

Je lui lançai un regard noir qui aurait pu le tuer sur place si je possédais le moindre pouvoir magique. Comme ce n'était malheureusement pas le cas, il ne se produisit rien, évidemment.

Dommage.

Noir, noir, noir ! Encore et toujours du noir !!!

— Ly' n'est pas du tout responsable de ce qui m'est arrivé, affirmai-je d'une voix glaciale.

— Vous êtes jeune, vous êtes amoureuse et vous ne savez pas ce qu'un homme peut faire quand il est en colère. Votre mère nous a dit que vous vous étiez disputé ce matin, et…

— Vous êtes vieux, vous êtes con, et malheureusement pour vous, vous ne changerez jamais, le coupai-je sèchement.

Oh. Mon. Dieu !

C'était moi qui venais de dire ça ?

Ouais, A, c'est bien toi.

Zut de flûte de crotte de bique !

Alors que les flics me fixaient comme deux ronds de flan, mon frère faillit s'étouffer avec sa salive.

Ly' fronça les sourcils, furieux.

— Annabelle, ça suffit ! (Blême, je le fixai sans comprendre.) Je suis un grand garçon et je suis parfaitement capable de me débrouiller tout seul, merci bien ! Inutile de t'attirer des ennuis pour me sortir des miens ! Seigneur, tu es déjà clouée sur ce lit d'hôpital, aussi blanche qu'une morte, parce que tu as voulu régler tes problèmes toute seule ! Laisse-moi gérer ça ! À ce rythme-là, tu vas finir en cellule, pour insulte à agent. Merci, mais : NON, MERCI !

Je me ratatinai sur place, bouleversée par le ton froid de Ly'.

En même temps, il n'a pas vraiment tort, A.

Honteuse de ma réaction hautement disproportionnée, je baissai les yeux et luttai vaillamment contre mes larmes. Peine perdue. Le trop-plein d'émotions eut raison de moi. Un véritable déluge se déversa le long de mes joues.

— Tout le monde dehors ! Immédiatement !

L'ordre du médecin fut contesté, bien sûr, mais il arriva tout de même à tous les faire sortir. Lui compris.

Je restai seule dans ma chambre. Avec mes larmes, mes souvenirs et mes remords.

La vie me détestait, il n'y avait pas d'autres explications logiques.

En même temps, si tu n'avais pas insulté les flics, A, tu n'en serais pas là.

La litote du siècle !

Je ne savais pas ce qui m'avait pris, ni pourquoi j'avais prononcé ces horribles paroles. Ça ne me ressemblait pas d'être aussi. Mais les forces de l'ordre, après ce qu'ils avaient fait à mon frère, étaient ma bête noire et avaient l'art de me hérisser le poil. Je n'y pouvais rien. Alors, quand ils avaient accusé Ly', comme ça, sans preuve, mon sang n'avait fait qu'un tour. Toute la colère que je gardais en moi depuis des années s'était libérée et s'était déversée sur eux.

C'était la journée des libérations…

Alors c'est plutôt bon signe pour Ly', n'est-ce pas ?

Si seulement !

Mais avec la justice, je me méfiais. Ils semblaient juger Ly' sur ses actions passées, et non sur ses actions présentes. Et cela me terrifiait à un point inimaginable.

Ils allaient me le prendre. J'en étais persuadée.

Et tout ça à cause de ma mère.

Mes yeux flamboyèrent de rage. Cette fois, je ne le lui pardonnerais pas. Elle était allée trop loin. Beaucoup trop loin.

Quand le médecin revint, un long moment plus tard, j'avais retrouvé la mobilité de mes membres et une voix correcte. Encore un peu rauque, mais plus rien à voir avec ces espèces de croassements qui m'avaient irrité les oreilles tantôt.

Mes constantes étant bonnes, mes réflexes également, il m'annonça que je pourrais très certainement sortir le lendemain matin. Par mesure de précaution, j'avais quand même une commotion, il voulait me garder en observation cette nuit.

J'eus donc droit à un petit encas qui me fit le plus grand bien. Je devais reconnaître que j'étais affamée, n'ayant rien mangé depuis le dîner de la veille. Et nous étions déjà en milieu d'après-midi...

J'eus également droit à une visite. Ly' étant au poste de police, il ne restait plus que ma mère et Andy. Refusant catégoriquement de voir la première, ce fut mon frère qui vint me trouver.

Nous eûmes une longue discussion, et je dus lui retranscrire tout ce qui s'était passé avec Max. Rapportant chaque mot et chaque geste. Les poings serrés, les veines de ses tempes battant à un rythme fou, je crus bien qu'il allait foncer dare-dare au poste pour lui loger une balle entre les deux yeux. Ses prunelles bleues lançaient des éclairs, et la promesse de vengeance que j'y lus me fit froid dans le dos.

Pourvu qu'il ne fasse pas une connerie !

Mon frère avait eu la même expression lorsqu'il avait surpris notre père, ce fameux soir. J'avais donc de quoi m'inquiéter, et pas qu'un peu !

Prise de panique, je lui agrippai frénétiquement la main et le suppliai de ne rien faire de stupide.

— Y'a un moyen très simple, et infaillible, de t'en assurer, Annabelle.

Aïe. *Annabelle.* Mon frère ne m'appelait jamais ainsi. C'était mauvais signe. Très mauvais signe même.

Je déglutis péniblement.

— Lequel ?

— Tu portes plainte pour agression contre ce connard. Il ira moisir au trou quelque temps, ça lui fera du bien. Là-bas, ils vont te le dresser, fais-moi confiance. Il y réfléchira à deux fois avant de s'en prendre à nouveau à une femme sans défense.

Je faillis m'étouffer.

— Je ne suis pas une femme sans défense, Andy ! Je suis ceinture noire de taekwondo. Si je n'avais pas été déconcentrée par le crétin qui m'a filmée, jamais…

Andy leva brusquement la main, me réduisant immédiatement au silence.

— Je sais, j'ai vu. (Devant mon air sidéré, il détourna les yeux, gêné.) Le mec a balancé la vidéo sur internet avant que les flics ne réquisitionnent son portable. Ce qui m'amène à la question suivante : depuis quand pratiques-tu un art martial ? Et, bordel de merde, pourquoi tu ne me l'as jamais dit ?!

Mal à l'aise, je baissai les yeux sur les draps de mon lit et me mis à les triturer.

— Eh ben, j'ai commencé à suivre des cours après ce qui s'est passé. Pas tout de suite, mais environ un an après. Je ne t'en ai pas parlé sur le moment parce que maman fliquait toutes mes lettres, comme tu le sais, et toutes les tiennes. Et bien sûr, je ne lui ai rien dit. (Devant sa mine stupéfaite, j'eus un petit sourire en coin.) Elle n'aurait jamais été d'accord, Andy, tu le sais bien. Et je ne voulais pas qu'elle me prenne la tête avec ça. Je me suis inscrite aux cours, j'ai imité sa signature et j'ai payé avec l'argent de poche que j'économisais tous les mois. (Je haussai les épaules, fataliste.) J'avais plus de copines avec qui le dépenser de toute manière.

— Mais… tu avais à peine treize ans !! Comment maman a pu passer à côté de ça ?

— J'ai dit à maman que le psy m'avait conseillé d'aller courir une heure, tous les jours. Que l'effort physique était excellent pour le psychique, tout ça. Donc, quand je me rendais au cours au lieu d'aller courir, elle ne l'a jamais su. Ni même remarqué d'ailleurs.

Georgiana Campbell était remarquablement douée pour ne voir que ce qui l'arrangeait. Sa fille allait courir tous les jours et depuis elle allait mieux. Point. Fin de l'histoire.

Tu deviens aigrie, A.

Ouais, peut-être bien, mais avec une mère comme la mienne c'est immanquable, non ?

Non. Tu peux choisir de lui tourner le dos et de commencer une nouvelle vie. Faite de joie et d'amour. Avec Ly'.

Je me rembrunis instantanément. Pour ça, il fallait que les flics le relâchent. Et je n'y croyais pas trop. Je l'avais perdu. Combien de jours, combien de mois s'écouleraient avant que je ne le revoie ?

Les yeux perdus dans le vague, je retraçais du bout de l'index les plumes blanches tatouées sur mon avant-bras. Mon aile d'ange. Ma lueur d'espoir au milieu des ténèbres. Peut-être que...

— Mais... et le prof ?

La voix d'Andy me tira de mes sombres pensées.

— Je lui ai dit que maman voyageait beaucoup et que c'était ma vieille tante qui me gardait. Comme elle était en fauteuil roulant, elle ne pouvait pas venir.

— Oh, bordel ! Et il t'a crue ?

— Ben, oui...

Quelle question, franchement !

Est-ce qu'une petite souris grise, effacée par nature, était capable de mentir ? Bien sûr que non ! On lui donnerait le Bon Dieu sans confession.

Il y a quelques avantages à être moi, en fait.

T'es en train de te féliciter pour tes mensonges et la crédulité du prof, A ?

Non. Je me félicite pour mon ingéniosité. Nuance...

Pfff !

Andy se passa vivement la main dans les cheveux et se frotta vigoureusement le sommet du crâne.

— Et dire que je prenais ma petite sœur adorée pour une

sainte !

Je lui pris la main et la tapotai avec compassion.

— Je sais, la vie est moche. Tu penses que tu vas t'en remettre ?

Il me tira la langue.

— C'est ça, moque-toi ! Tu riras moins quand Ly' aura vu cette vidéo ! Putain, je n'arrive pas y croire... Ma sœur pratique les arts martiaux... Ma sœur est une mini Chuck Norris.

À la mention de Ly', mon sourire se fana et la joie que j'avais éprouvée lors de notre échange retomba comme soufflé.

— S'il n'est pas jeté en prison avant...

Mon frère ouvrit la bouche pour me répondre, mais nous fûmes brutalement interrompus.

C'était le flic. Celui qui avait une dent contre Ly'. Et si j'en jugeais par le regard noir qu'il me lançait, il en avait également une contre moi. *Génial.*

En même temps, tu l'as insulté gratuitement, A.

Vu sous cet angle, effectivement.

Sous quel autre angle voudrais-tu que je regarde ?

— Je te demanderais de nous laisser, Campbell, je dois parler avec ta sœur. Seul à seul.

Mon frère me lança un regard hésitant. Je hochai lentement la tête pour lui dire que ça irait. Il pouvait me laisser. Ses yeux se plissèrent et je déchiffrai parfaitement le message qu'ils m'envoyaient : « Tiens ta langue et ne fais pas de conneries ! »

Une fois mon frère parti, le flic se plaça au pied du lit, me dominant de toute sa taille.

Ça commençait bien...

— Je voudrais m'excuser pour tout à l'heure... Les mots ont quelque peu dépassé ma pensée...

Je faillis m'étrangler en prononçant ses excuses que je ne pensais pas vraiment. Si je regrettais de l'avoir insulté, je n'en pensais pas moins. Les policiers étaient tous des incapables.

Mais bon, ce n'était pas en gardant une attitude pareille que je plaiderais la cause de Ly'. Au contraire. Cela pourrait bien lui porter préjudice. *Dieu m'en préserve !*

— Pourquoi j'ai du mal à vous croire, Mademoiselle Campbell ?

Sans doute parce qu'elles sonnent faux... et que je n'en pense pas un mot !

Ma souris grise ayant rentré ses griffes, c'était bien ma veine, je me fis discrète. Je haussai les épaules, mais ne dit rien de plus.

— Maxwell Sheperd a porté plainte contre vous, pour coups et blessures, annonça-t-il de sa voix froide.

Je fronçai les sourcils, n'étant pas certaine d'avoir bien compris les paroles du flic.

— Je croyais qu'il vous avait dit que Ly' l'avait payé, ou je ne sais quoi, pour s'occuper de moi..., rétorquai-je d'une toute petite voix.

Il m'avait attaqué, il avait accusé Ly' d'être à l'origine de tout ça, et voilà que maintenant il portait plainte contre moi ! C'était le monde à l'envers !

— Oui, c'est bien ce qu'il nous a dit.
— Et là, il porte plainte *contre* moi ?
— Oui.
— C'est une plaisanterie ?
— Non.

Okay. Visiblement, j'étais tombée sur Monsieur Bavard, c'était bien ma chance !

— Ça ne vous semble pas un peu étrange qu'après avoir accusé Ly' d'être à l'origine de cette baston, il porte plainte contre moi, la victime ?! m'écriai-je, scandalisée.

Monsieur Bavard croisa les bras et me lança un regard de travers.

— Pourquoi, dans votre bouche, ça sonne comme une insulte ? (*Euh, peut-être parce que c'en est une... ?*) Bon, si vous me

racontiez votre version des faits ? Comment ça s'est passé ?
— Je croyais que vous aviez vu la vidéo…
— La vidéo ne montre pas tout…, dit-il en pointant ma joue gauche du doigt. Le coup qui a provoqué ce cocard, par exemple, n'y figure pas. Donc, maintenant, je veux votre version des faits.
Avec tout ce qui m'était arrivé, j'en avais complètement oublié mes deux cocards. Un sur chaque joue, pas de jaloux ! Je n'osais même pas imaginer à quoi je devais ressembler. L'image d'un hamster boursoufflé me traversa l'esprit.
Ouais, sans doute à quelque chose de ce goût-là !
Le raclement de gorge de Monsieur Bavard me rappela à l'ordre. Je lui rapportai donc ce qui s'était passé. Pour la deuxième fois consécutive, puisqu'Andy y avait également eu droit.
— Il y a un truc qui me chiffonne, Mademoiselle Campbell. Pourquoi votre mère accuserait-elle Howard comme ça, sans raison ? Entre ne pas approuver les fréquentations de sa fille et accuser une personne de violence, il y a une marge. De plus, porter de fausses accusations sur quelqu'un peut coûter cher, de nos jours.
Un sourire sans joie étira mes lèvres.
— Parce qu'elle pense vraiment qu'il est responsable. Mais pas au sens où vous l'entendez. Si Ly' n'était pas mon petit ami, elle et moi ne nous serions jamais disputées ce matin. Si nous ne nous étions pas disputées ce matin, jamais je n'aurais quitté mon appartement. Si je n'avais pas quitté mon appart, jamais…
— … jamais vous ne seriez tombée sur Maxwell Sheperd. Je vois. Mais…
— Ma mère sait parfaitement où mon frère et Ly' se sont rencontrés : en maison de redressement. Mon frère étant un… criminel, du moins pour elle, Ly' l'est aussi par extension. Et la place des criminels, c'est derrière les barreaux. Ne me demander

pas de débattre sur le sujet, je pourrais devenir méchante, encore plus qu'avec vous tout à l'heure.

Monsieur Bavard ne réagit pas à ma tentative pathétique d'humour. Le visage impassible, il me dévisagea longuement, sans mot dire.

— Quand nous sommes arrivés, elle n'a pas mentionné que Campbell, votre frère, était son fils. Issu d'un premier mariage, peut-être ?

Ce policier était décidément très curieux. Bien que lasse de cette discussion, et ne voyant pas vraiment le rapport avec la situation actuelle, je choisis toutefois de jouer franc jeu.

— Non. Andy est son fils, la chair de sa chair. Mais depuis qu'il a été en maison de redressement, elle l'a renié. Pour elle, il n'est plus son fils. Il ne lui reste qu'une fille.

La vérité. Froide, cruelle, sans fioriture.

Monsieur Bavard ne cilla pas.

— Je vois.

Que voyait-il ? Je ne le savais pas, et, honnêtement, je m'en fichais un peu. Son avis, sur moi et ma famille, ne m'intéressait absolument pas. Tout ce que je voulais savoir, c'était quand Ly' serait relâché.

Si, il est relâché, bien sûr…

Courage, A, il faut y croire ! Ils n'ont aucune raison de le garder. Aucune !

Si seulement ça pouvait être vrai.

— Quand est-ce que je pourrais voir Ly' ?

Monsieur Bavard haussa les sourcils, puis baissa les yeux. Il regarda attentivement ses ongles, comme si c'était la huitième merveille du monde. *Saloperie de flic de mes deux !*

— Je ne sais pas…

Blême, je sentis le sang battre à mes temps de manière frénétique. Un sentiment de panique naquit en mon sein.

Non, non, non…

— Non... Vous... vous ne pouvez pas... il est innocent... Je vous jure qu'il n'a rien à voir avec mon agression... Je...

— Je sais.

J'étais sur le point d'en rajouter quand les paroles qu'il venait de prononcer prirent un sens. Bouche bée, je n'osais y croire.

— Qu-qu-quoi... ?

Super, A. La grande classe ! Tu veux retourner à l'école pour réapprendre à parler ?

Sous le choc, les paroles fielleuses de ma voix intérieure me glissèrent dessus.

— Il attend derrière la porte.

QUOI ?!

— Mais alors, pourquoi m'avoir posé toutes ces questions... ?

Le flic releva la tête, un petit sourire en coin.

— Parce que je suis vieux, con et que je ne changerai jamais.

Et VLAN, dans les dents !

Celle-ci, tu ne l'as pas volée, A !

Monsieur Bavard : un ; Anna : zéro pointé !

Chapitre 29

Monsieur Bavard venait de quitter ma chambre. Mais avant de sortir, il avait tenu à m'informer que Ly' avait décidé de ne pas porter plainte contre ma mère pour accusations mensongères. Cependant, en tant que représentant de la loi, il allait quand même lui en toucher deux mots pour qu'elle comprît bien la gravité de ce qu'elle avait fait, et de ce qui lui arriverait si elle recommençait.

— *Ça ne ressemble déjà pas à Howard de pardonner une première fois, alors une deuxième, il ne faut même pas qu'elle y pense !* s'était-il exclamé, avant de quitter la pièce.

J'espérais sincèrement que ma mère comprendrait la chance incroyable qu'elle avait, mais j'en doutais fortement. Elle faisait partie de ces gens qui pensaient que l'argent pouvait tout acheter. Dans une certaine mesure, elle avait raison. L'argent pouvait acheter énormément de choses. Seulement pour une fois, cela ne lui servirait à rien. Son argent n'achèterait ni Ly' ni moi. Nous n'étions pas à vendre.

De plus, jamais je ne pourrais oublier, et encore moins pardonner, ce qu'elle avait fait. Accuser Ly' d'avoir organisé mon agression... Une colère sourde se répandit dans mes veines à ce détestable souvenir.

Ça, non ! Je ne le lui pardonnerais pas.

Tel un serpent, je me délestais de ma vieille peau morte et

l'abandonnais sans un regard en arrière. Aujourd'hui, ma mère venait de perdre son deuxième enfant. À la différence près que, cette fois-ci, c'était la chair de sa chair qui lui tournait le dos.

Un prêté pour un rendu, comme on dit !

Une ligne avait été franchie et je ne pouvais pas passer outre. J'avais fermé les yeux trop de fois. J'avais pardonné trop d'ingérence de la part de ma mère. Beaucoup trop. Où tout cela m'avait-il menée ? Droit en enfer.

Bon sang, elle avait failli envoyer mon mec en prison ! Non, ça, je ne pouvais pas le lui pardonner. Jamais.

Tu es devenue une souris grise bien téméraire, A ! Comme je suis fière de toi !

Merci.

Ly' n'était peut-être pas parfait, il avait même un certain nombre de défauts, mais c'était le mec que j'aimais. Je n'accepterais jamais que ma mère se dressât entre nous. C'était ma vie, mes choix. Il était plus que temps qu'elle le comprît.

Hip, hip, hip, hourra pour A !

Un coup sec, frappé contre la porte de ma chambre, m'avertit de l'arrivée de Ly'. Un frisson de plaisir me traversa et je tournai un regard lumineux vers l'entrée de la pièce. La porte s'ouvrit et…

…il fut là.

Encore plus beau que dans mon souvenir. Une impression due au fait que j'avais failli le perdre, certainement. Parce qu'il ne pouvait pas être plus beau qu'il ne l'était déjà. Ce mec était… il était…

…complètement givré !

Oh, bon sang !

Il faisait presque moins dix dehors (ok, j'exagérais sans doute un peu…) et lui il était en débardeur. *En débardeur, bon sang de bois !!!!!!* Alors qu'il caillait un max, Monsieur avait revêtu son traditionnel débardeur noir ! Ce mec allait me rendre chèvre…

Hallucinée, je le regardais s'approcher, la bouche entrouverte.
— T'es en débardeur…
Super.
Il avait été emmené par les flics et accusé d'avoir commandité mon agression, et tout ce que je trouvais à lui dire, c'était : « T'es en débardeur ».
A, tu sors !
Ly' arqua un sourcil.
Ouais, je sais, je suis minable sur ce coup-là…
— Désolée, c'est sorti tout seul…, marmonnai-je en rougissant comme une pivoine.
Vite, vite, un trou que je puisse m'y cacher !!! Et y rester pour les cinquante prochaines années… Au minimum.
Un doigt caressa délicatement ma joue, avant de se poser sous mon menton. Des lèvres chaudes se pressèrent contre les miennes.
— Laisse couler, Annabelle, c'est le contrecoup, chuchota-t-il, tout contre mes lèvres. Embrasse-moi, ma souris, parce que là, bordel, c'est vraiment ce dont j'ai besoin !
Oh, merde !
Ce mec était vraiment adorable. Alors que je me sentais plus bas que terre, et que je ne savais pas dans quel trou me planquer, il me disait un truc incroyablement… irrésistible.
Mes mains se glissèrent dans ses cheveux et je l'attirai plus près de moi. Rapidement, notre baiser devint plus torride, *plus primaire*. Nous avions, l'un comme l'autre, besoin de réaffirmer nos droits.
Alors que j'étais prête à faire durer ce baiser éternellement, Ly' se recula. Je tentai de le ramener vers moi, mais il ne se laissa pas faire. Tendrement, il prit mes poignets et me força à lâcher prise.
— Nous devons parler, Annabelle, c'est important, dit-il, d'un ton soudain froid.

Sidérée, je le regardais sans comprendre.

— Ly', qu'est-ce que…

Il posa un doigt en travers de mes lèvres.

— Est-ce que Max t'a touchée, Annabelle ?

Sa voix glaciale aurait pu congeler tout l'hôpital. Cela me rappelait des souvenirs. Et pas particulièrement bons. Il me fallut quelques secondes, peut-être même une minute ou deux, pour réaliser que ce n'était pas contre moi qu'il était fâché. C'était sa manière à lui de se blinder face à ce que je pourrais lui répondre. Sa manière d'endiguer toutes émotions fortes pour ne pas les laisser le submerger.

Attendrie, je sentis mon cœur se gonfler d'amour. Encore.

Beurk… Ça devient dégoulinant de guimauve…

Si ça te dérange, personne ne te retient ! Par contre, si tu choisis de rester, t'es gentille, tu la mets en veilleuse ! On nous a déjà suffisamment interrompus aujourd'hui…

Miracle des miracles, ma voix intérieure ne répondit rien !

— Non, il ne m'a pas touchée. Enfin, pas de la manière dont tu le sous-entends, répondis-je franchement, en le fixant droit dans les yeux.

Ses prunelles couleur menthe flamboyèrent d'une lueur mauvaise, meurtrière.

— Mais il t'a cognée. Et plus d'une fois…

Ses doigts effleurèrent mes deux cocards avant de glisser sur mon ventre.

Je déglutis péniblement, pressentant qu'on était au tournant de la conversation. La suite n'allait pas lui plaire. Mais alors, vraiment pas.

— J'ai veillé à lui retourner la politesse. Et je ne m'en suis pas trop mal sortie…

— Vraiment ?

Sa voix claqua comme un couperet.

— Ly', je…

— Bordel, Annabelle ! J'ai vu la vidéo, je l'ai *vue* ! Tu as été inattentive à deux reprises, putain de merde, à deux reprises ! Quand il t'a frappée à l'arrière du crâne, il aurait pu te briser les cervicales ! Tu serais morte avant d'avoir touché le sol ! TU AURAIS PU MOURIR !

Son cri résonna aux quatre coins de la pièce. Je vis une chose que je n'aurais jamais cru voir dans le regard de Ly', même en vivant une centaine d'années à ses côtés : de la peur à l'état brut. Il était terrifié par ce qui aurait pu m'arriver.

Une chape de plomb tomba dans le creux de mon estomac et les larmes me vinrent aux yeux.

Nom d'une pipe en bois ! Je suis décidément bien émotive aujourd'hui…
Pas plus que d'habitude, A.

— J'ai été imprudente, c'est vrai, dis-je d'une voix douce et apaisante, dans le but de le rassurer. Mais je vais bien. Ly', je vais bien.

Je le pris par les mains et l'attirai contre moi. Je le berçai longuement, tout contre mon cœur. Le visage enfoui dans mon cou, il tremblait de tous ses membres et me serrait de plus en plus fort contre lui. Mes côtes apprécièrent moyennement cette étreinte d'ours, mais je fis de mon mieux pour les ignorer.

La vache ! Ça fait quand même un mal de chien !

— Bordel, ma souris ! J'ai eu peur. Si peur quand l'hôpital m'a appelé pour me dire que tu étais aux soins intensifs. Et quand je t'ai vue, là, allongée sur ce lit, blanche comme neige, j'ai cru que tu étais morte. Bordel, je n'ai jamais eu aussi peur de ma vie ! Même si le médecin m'avait assuré le contraire et que les machines indiquaient que tu étais bien vivante, je n'arrivais pas y croire. Tu étais tellement blanche… tellement immobile… Je voyais à peine ta poitrine bouger quand tu respirais. J'étais tétanisé, Annabelle, tétanisé à l'idée de te perdre. Alors, quand j'ai vu cette foutue vidéo… Oh, putain ! J'avais beau savoir que tu étais en vie, j'avais beau t'avoir vu bouger, t'avoir entendu parler, quand j'ai vu ce qu'il t'avait fait... (Il frissonna de plus belle.) Plus jamais, ma souris, plus jamais ça ! m'ordonna-t-il en se redressant et en me foudroyant de ses prunelles vertes, qui semblaient sur le point d'entrer en fusion tant elles luisaient. (Flippant.) Ne me fais plus jamais une peur pareille ! Tu m'entends ? Plus jamais !

Je lui adressai un faible sourire et lui caressai tendrement la joue.

— Je te le promets.

Ly' poussa un bref soupir.

— Raconte-moi tout, depuis que tu as quitté l'appart. J'ai besoin de l'entendre de ta bouche. Je sais qu'on a déjà dû te le demander trop de fois, et que ça te saoule certainement, mais j'en ai vraiment besoin, ma souris.

Je lui caressai derechef la joue.

Ouais, je comprenais parfaitement son besoin. Et je ne me fis pas prier. Je lui racontai tout. (Après tout, je n'étais plus vraiment à une fois près...)

Après un combat de haute lutte, acharné et sanguinaire, j'avais finalement eu gain de cause : Ly' restait dormir avec moi. Et pas dans le fauteuil, comme il l'avait voulu, mais bien dans mon lit. À mes côtés, là où était sa place.

Je n'aurais jamais cru devoir batailler pour obtenir une chose aussi simple. Surtout pas avec lui, qui était, il fallait bien le reconnaître, quelqu'un de très tactile. Tout du moins une fois qu'on avait franchi les barrières de sécurité, en acier trempé, qui protégeaient son cœur. Ce qui était clairement mon cas. J'étais dans la place ! Je n'avais pas la prétention de dire que je l'avais entièrement envahie, car j'aurais été bien vaniteuse (ce qui n'était pas le cas), mais n'empêche que j'y étais. Et je comptais bien y rester ma vie durant !

Bien dit, A !

Si les infirmières faillirent faire une attaque en découvrant Ly' dans mon lit, il fallait reconnaître qu'avec une carrure comme la sienne il prenait pas mal de place (surtout que les lits d'hôpitaux étaient plutôt étroits), le médecin, lui, ne sourcilla même pas. À moitié vautrée sur mon mec, je me sentais incroyablement bien et c'était le plus important.

Le médecin était surtout soulagé de voir que Ly' était de retour. Ma crise de panique additionnée à ma crise de larmes avaient été assez impressionnantes, et il ne souhaitait pas trop que je recommence. *Étrange...* La présence de Ly' minimisait considérablement les risques. C'était du moins ce que je croyais.

J'avais tort.

En réalité, si le médecin ne nous rappela pas que ce lit était pour moi et non pour Ly', c'était principalement en raison de ce qui l'amenait. Ma mère persistait à vouloir me voir et faisait un scandale de tous les diables à l'accueil. Bien sûr, il pourrait parfaitement la faire expulser manu militari, l'hôpital disposant du personnel nécessaire à ce genre d'intervention, mais s'il pouvait éviter d'avoir recours à de telles extrémités, il s'en passerait volontiers. Il me demanda donc de bien vouloir la recevoir quelques instants ; juste le temps pour elle de constater que je me portais bien. Ensuite, si elle refusait toujours de partir, il ferait le nécessaire.

Bien que cette idée ne m'enchantait guère, et fût en parfaite opposition avec mes dernières résolutions, je me rendis compte que je n'avais guère le choix.

Je levai un regard implorant vers Ly'.

— Tu restes ?

Ses bras se resserrèrent doucement autour de ma taille.

— Même un char d'assaut ne saurait me déloger de cette place. Je ne bougerai pas d'ici, affirma-t-il, en lançant un regard d'avertissement au médecin.

J'hallucinai. Ly' était en train de passer un marché avec mon médecin. Je faillis carrément m'étouffer lorsque ce dernier donna son accord, avec un soulagement manifeste.

Un bref instant, je me demandai si ma commotion n'était pas plus importante que je ne l'avais cru.

— Mon grand-père était l'un de leurs plus généreux donateurs…, susurra Ly', dans le creux de mon oreille. Quand il m'a recueilli chez lui, il m'a demandé de venir faire du bénévolat à l'hôpital, de temps à autre. Je te laisse deviner où j'ai très rapidement atterri…

Une lueur malicieuse s'alluma dans ses iris vert menthe.

— En cuisine…, soufflai-je avec un sourire incrédule.

— Oui, M'dame !

— Tu le fais encore ?

La porte de ma chambre s'ouvrit violemment et le battant alla claquer contre le mur, empêchant Ly' de répondre à ma question. Son corps se tendit brusquement et ses yeux devinrent deux puits de glace. Inutile de tourner la tête, je savais déjà qui venait de faire cette entrée fracassante.

Le dragon Campbell.

Génial…

— Sortez du lit de ma fille immédiatement ! Mais vous vous croyez où ? Elle a une commotion et diverses contusions, elle est *blessée* !! Ce lit est pour elle et non pour vous ! Sortez !

Ma mère fulminait et tempêtait tant et si bien que la moitié de l'hôpital devait l'entendre. Avec le raffut qu'elle faisait, elle serait même capable de réveiller les morts. Carrément flippant !

À toi de jouer, A ! Sois forte !

Avec d'infinies précautions, je me redressai jusqu'à me retrouver à genoux dans le lit. Je pivotai lentement, très lentement, pour faire face à ma mère. Je m'assis entre les jambes de Ly', qu'il avait instinctivement écartées. Je me laissai aller contre son torse et savourai la douce étreinte de ses bras, qui s'étaient immédiatement enroulés autour de moi. Un cocon protecteur.

Une envie soudaine de me rouler en boule et de ronronner comme un chaton me saisit. Comme si c'était le moment ! *Dommage...*

Silencieux, Ly' ne répondit pas à la provocation de ma mère. Cette fois-ci, il serait l'ombre qu'il m'avait promis d'être le matin même : discrète et silencieuse. Le visage enfoui dans mes cheveux, il ignora superbement l'intruse indésirable qu'était ma mère. Un immense soulagement m'envahit. Cette bataille était la mienne... et cette fois, je la gagnerais.

Le visage fermé et froid, je la dévisageai longuement sans ciller. Je penchai la tête sur la droite et arquai mon sourcil gauche.

— Tu m'as vue, je vais bien, tu peux partir, déclarai-je, sans aucune chaleur, en pointant la porte du doigt.

Je vis ma mère suffoquer tant mon attitude semblait la choquer.

Bien. C'était un bon début.

— Annabelle Mary Katherine ! Comment peux-tu dire une chose pareille ? Tu es ma fille ! Seigneur ! Ma petite fille est allongée sur un lit d'hôpital, et alors que je me morfonds pour elle, morte d'inquiétude, elle me renvoie comme... une étrangère ? Alors que lui...

— Stop ! (Mes lèvres se pincèrent en une mince ligne et mes prunelles flamboyèrent ; dernier avertissement.) Tu n'es pas la bienvenue ici. Lui, oui. Lui, il m'aime. Il m'aime d'un amour profond et sincère que tu ne pourras jamais éprouver, ni même égaler !

— C'est faux !

Je crispai la mâchoire, folle de rage.

— Bien sûr que c'est vrai ! Tu as toujours tout fait pour éloigner de moi les personnes qui m'aiment et que j'aime en retour ! D'abord Andy, et maintenant Ly'… Ce que tu fais, ce n'est pas de l'amour, c'est de l'égoïsme à l'état pur ! Tu me prends tout ce qui compte le plus pour moi ! Tu te fiches de savoir ce que je pense ou ce que je ressens. Tout ce qui est important pour toi, c'est le paraître ! Et l'emprise que tu as sur moi… (Je me corrigeai aussitôt.) L'emprise que tu avais sur moi.

Ma mère secouait la tête, incrédule.

— Ton frère et ce… garçon, dit-elle d'une voix pleine de mépris, t'ont monté la tête, Anna. Ils t'ont…

Je fermai les yeux, même pas surprise par la réaction tellement prévisible de ma mère. Comme toujours quand les choses échappaient à son contrôle, elle accusait Andy. Et maintenant Ly', également. Alors qu'elle était l'artisane de son propre malheur, elle ne le voyait même pas. Encore une fois, elle ne voyait que ce qu'elle voulait voir. Parler avec elle était inutile. Pourtant, il y avait une chose que je voulais absolument lui dire avant qu'elle ne sortît définitivement de ma vie. Une chose que je n'avais jamais pu lui dire de manière claire et précise. Je devais le faire. J'en avais *besoin*.

Je posai mes mains sur les poignets de Ly' pour y puiser le courage nécessaire. Ce que j'allais dire n'était pas facile, et il y avait bien longtemps que je ne l'avais pas dit à haute voix. Une éternité. Je me refusais même d'y penser, de me rappeler.

Il le faut…

Je poussai un doux soupir en sentant les lèvres de Ly' effleurer mes cheveux.

Redressant la tête, carrant les épaules, je rouvris les yeux et plongea mon regard sombre dans celui de ma mère. Inconsciente de mon tourment intérieur, elle avait continué son monologue sans réaliser que je ne l'écoutais pas.

— Papa a essayé de me violer.

Un silence glacial envahit la pièce.

Ma mère blêmit et recula d'un pas comme si je l'avais frappée en plein visage. La bouche entrouverte, elle semblait avoir momentanément perdu l'usage de la parole.

Je sentis Ly' se crisper dans mon dos et son étreinte se resserra instinctivement. Ses muscles d'acier étaient tendus et tremblaient sous l'effort qu'il faisait pour se contenir. La rage qui pulsait dans ses veines se déversa par vague dans la pièce. Je la sentis m'étreindre et s'étendre tout autour de moi. Pourtant, il ne dit pas un mot. Telle l'ombre ténébreuse que je l'avais accusé d'être, il garda le silence. Cela étant, je savais parfaitement que ses prunelles couleur menthe scintillaient d'une lueur assassine.

— C'est faux ! Tu mens ! Jamais ton père n'aurait… Non, jamais il n'aurait…

Deux larmes roulèrent le long de mes joues, mais je me refusais à détourner les yeux ou à les cacher à ma mère. Il était temps qu'elle vît. Durant toutes ces années, elle avait catégoriquement refusé d'en parler avec moi. Elle avait refusé de voir, préférant incriminer Andy de tout. C'en était assez.

— Cela faisait deux mois qu'il me rejoignait tous les soirs dans ma chambre, au moment du coucher, pour me faire un dernier « câlin ». Il a commencé par me caresser plus longuement les cheveux. Puis ses mains ont commencé à glisser sur mes épaules… sur mes bras… (Mes dents grincèrent tant je les serrai fort.) L'avant-dernière fois, ses mains avaient accidentellement effleuré mes seins…

C'était là qu'Andy nous avait surpris. Et qu'il avait compris ce qu'il se passait. Moi, je ne le savais pas, moi je pensais que ces câlins étaient normaux, moi j'avais douze ans et je faisais confiance à mon père. Je pensais qu'il m'aimait et qu'il ne me ferait jamais le moindre mal. Comme j'avais eu tort.

Ce soir-là, après le départ de mon père, Andy et moi avions parlé. Il m'avait posé tout un tas de questions et j'y avais répondu en toute honnêteté, comme toujours. Je n'avais aucun secret pour mon frère, je lui disais tout. Et à ce moment-là, je ne

voyais pas le mal de ces câlins prolongés... Les choses avaient bien changés le lendemain...
Je blêmis et fermai brièvement les yeux. Non. Je ne pouvais pas revivre ça. Je ne pouvais tout simplement pas.
Quand je rouvris les yeux, je vis ma mère s'avancer vivement vers moi et lever la main pour me gifler. Elle n'en eut pas le temps. Ly' avait bloqué son bras, avant qu'elle ne pût seulement m'effleurer. Ses doigts étaient enfoncés dans la chair de son poignet tant il serrait fort.
— Ne pensez même pas à la toucher..., gronda-t-il d'une voix glaciale.
De sa main libre, il enfonça le bouton d'appel. Comme convenu, le médecin entra immédiatement, suivi de la sécurité.
— Veuillez escorter Madame Campbell vers la sortie, Messieurs, s'il vous plaît. Et veillez à ce qu'elle ne puisse plus y entrer ! Merci, ordonna le médecin, en pointant ma mère du doigt.
— Non, non ! Je vous interdis ! Vous n'avez pas le droit... Non !...
Nous n'entendîmes pas la suite, car ma mère avait été traînée dehors.
Un sanglot jaillit de ma poitrine, rapidement suivi d'un autre.
Alors que Ly' me tournait délicatement vers lui, le médecin sortit de la pièce, dans une discrétion plus que bienvenue.
Le nez enfoui dans le cou de Ly', je me laissais aller. Je pleurais sur mon passé, sur ce qui m'était arrivé, sur ce qui était arrivé à Andy. Je pleurais ma mère qui n'avait plus jamais été la même, qui avait irrémédiablement changé. Je pleurais sur ce qui aurait pu être et sur ce qui avait été. En fin de compte, je pleurais sur tant de choses que je ne savais plus très bien pourquoi je pleurais.
Mais je pleurais, et ça me faisait du bien. Tout comme la présence silencieuse et rassurante de Ly'.

Il était ce que j'avais toujours rêvé d'avoir sans jamais espérer l'obtenir un jour. Un rêve inavoué, mais tellement désiré. Un espoir secret.

Un miracle.

Épuisée, aussi bien physiquement qu'émotionnellement, je m'étais endormie dans les bras de Ly' directement après ma crise de larmes. J'eus un sommeil paisible, sans cauchemar ; franchement surprenant au vu des événements que j'avais dû revivre la veille. Je m'étais plutôt attendue au contraire... cauchemar et crise de larmes.

La première chose que je vis, à mon réveil, fut de superbes yeux verts rivés sur moi. Brillant d'un amour qui manqua de m'éblouir.

Dieu que j'aimais ce mec !

Les mots qui franchirent ma bouche ne furent pas ceux que je voulus prononcer :

— Je t'aime.

Le visage de Ly' s'illumina.

— Je t'aime aussi, ma souris.

Nous échangeâmes un tendre baiser qui me rendit toute chose. Malheureusement, lorsque Ly' se recula, je compris que l'heure n'était pas à la bagatelle. Les ombres qui avaient envahi ses prunelles, les rendant plus foncées qu'à l'accoutumée, ne pouvaient signifier qu'une seule chose : il voulait parler. De mon passé. De ma terrible révélation...

Je me mordillai la lèvre inférieure et baissai les yeux. Souris grise mortifiée, acte III.

— Tu ne savais pas...

Ce n'était pas vraiment une affirmation, pas complètement une question... Peut-être une légère supposition accompagnée d'un point d'interrogation... Ou non...

— Non. Ton frère est toujours resté vague sur le sujet. Et tout comme il ne m'a jamais posé de questions sur mon propre passé, je ne l'ai jamais interrogé sur le sien. On se parlait quand on en ressentait le besoin. Ça s'est fait petit à petit, comme je te l'ai dit. Lentement, répondit-il calmement, en glissant ses doigts dans mes cheveux. (Une douce caresse qui me fit plisser les yeux de plaisir, et ronronner comme un petit chaton.) Tout ce que je sais, c'est qu'il a tué votre père pour te protéger. Il ne m'a rien dit de plus. Je me suis dit que tu m'en parlerais lorsque tu te sentirais prête à le faire.

Autant dire jamais.

— Je voulais t'en parler, mais… Je me sens tellement coupable, Ly', tellement coupable… J'avais peur que tu m'en veuilles et que tu me juges responsable…

Ly' m'empoigna presque violemment par les épaules et me secoua doucement.

— Idiote ! Comment pourrais-tu être responsable de quoi que ce soit ? Tu avais douze ans, Annabelle, douze ans ! De quoi diable pourrais-je te tenir rigueur, ma petite déesse des enfers ?

J'étouffai un sanglot et fermai les yeux, honteuse.

— Parce qu'Andy a été en maison de redressement à cause de moi. Il a été puni pour m'avoir aidé… Il…

Ly' posa un doigt en travers de mes lèvres, interrompant sans ménagement le flot de paroles qui s'écoulait de ma bouche tremblante, et posa délicatement son front contre le mien. Comme toujours, il faisait preuve d'une grande douceur, qui m'allait droit au cœur. Une douce chaleur se répandit progressivement dans mon corps glacée d'effroi.

— Ma souris, ce n'est pas ta faute. Tu ne dois pas penser ça. Jamais. Tu es totalement innocente, Annabelle, tu m'entends ? Innocente. Le seul responsable, c'est ton père. Il n'aurait jamais dû te toucher. Jamais ! Sans même parler du viol en soi, qui est à mes yeux un crime abominable et impardonnable, je sais de quoi je parle, la pédophilie est un crime encore bien plus vil. Ton cas est la pire de toutes les situations inimaginables : un père touchant son propre enfant. C'est abject et ça mérite la peine capitale ; la peine de mort.

— C'est ce qu'il a eu…, ne pus-je m'empêcher de murmurer, la voix hachée.

Ly' prit une vive inspiration.

— Ouais… C'est ce qu'il a eu. Peut-être pas de la bonne manière, mais c'est ce qu'il a eu. Est-ce que tu en veux à Andy pour ça ?

Je sursautai, comme piquée par un frelon.

— Bien sûr que non !

— Alors pourquoi lui devrait t'en vouloir ?

J'ouvris la bouche pour répondre, avant de la refermer. Combien de fois mon psy m'avait-il tenu le même discours ?

Et combien de fois avait-il été inutile ?

Tiens, ma voix intérieure était de retour.

Tu ne croyais tout de même pas t'être débarrassée de moi ?

Ben non, ça aurait été trop beau !

N'essaie pas de changer de sujet, vilaine !

Aïe ! Démasquée. Encore…

— Je n'ai jamais dit qu'il m'en voulait…, protestai-je pourtant.

Ly' arqua un sourcil, avant que son petit sourire à fossettes ne fasse son apparition.

Damnation !

— Non, c'est vrai. Tu as dit que tu en voulais à toi-même. Tu ne devrais pas, ma souris. Tu n'as aucune raison de t'en vouloir, aucune. As-tu désiré l'attention que te portait ton père ?

Une soudaine envie de vomir me saisit et je devins verte.

— Non…, dis-je dans un relent instinctif. (Charmant.)

— As-tu demandé à Andy d'intervenir ?

— Non…

Avant que mon frère ne vînt me parler, je n'avais même pas réalisé que le comportement de mon père n'était pas celui qu'il aurait dû être. Je l'avais découvert... plus tard. Trop tard...
— Lui as-tu demandé de tuer ton père ?
— Non..., soufflai-je dans un filet de voix.
Ly' prit mon visage entre ses mains et plongea son regard vert menthe dans mes iris bleu foncé. Il se pencha lentement vers moi et frotta son nez contre le mien.
— Ce n'est pas ta faute, Annabelle.
Si seulement je pouvais le croire. Même si, logiquement je comprenais que je n'y étais pour rien, inconsciemment je ne pouvais m'empêcher de me blâmer pour ce qui était arrivé. Je croyais y être parvenue... Il semblerait que je me sois leurrée. La culpabilité qui m'avait longuement rongée était toujours présente ; une petite voix en arrière fond qui remontait à la surface de temps à autre. Une petite voix qui me soufflait que si je n'avais pas été là, jamais mon père n'aurait essayé de m'allonger de force sur mon lit. Si je n'avais pas été là, jamais il ne m'y aurait rejoint. Si je n'avais pas été là, jamais il n'aurait déboutonné ma chemise de nuit. Si je n'avais pas été là, jamais il n'aurait essayé de... de baisser mon pantalon de pyjama pour... pour... (Même en pensée, je n'arrivais pas à le formuler de manière plus détaillée. C'était plus fort que moi, je me refusais de revivre cette scène. C'était trop dur. Ça faisait trop mal.) Si mon frère ne nous avait pas surpris la veille, s'il ne m'avait pas questionné à ce sujet, si je ne lui avais pas répondu avec franchise... Jamais il ne serait entré dans ma chambre ce soir-là... Jamais il n'aurait attendu, tapi dans l'ombre, que mon père revienne pour finir ce qu'il avait commencé... Jamais il ne serait intervenu pour me sauver, en frappant mon père... Jamais il ne l'aurait tué...

Non, sans moi, rien de tout cela ne se serait jamais produit.

Comment, dans ces conditions, ne pas être responsable de

tout ? Comment ne pas se sentir coupable ?

Même après sept ans, je n'avais toujours pas trouvé la réponse à ces questions. Car le fait principal demeurait : sans moi, rien ne serait jamais arrivé.

Et je le dis à Ly'. Je lui dis tout, ou presque. Je lui racontai succinctement ce qui c'était passé cette nuit-là... Comment mon père m'avait rejoint dans ma chambre ; comment il m'avait partiellement déshabillée ; comment il s'était jeté sur moi ; comment j'avais tenté de me débattre et de crier ; comment mon frère avait semblé jaillir des ombres pour le frapper, encore et encore, jusqu'à ce qu'il ne pût plus bouger, jusqu'à ce qu'il fût mort... Je lui racontai ensuite l'arrivée de la police, l'attitude hystérique de ma mère et son refus catégorique de croire à une tentative de viol. Je lui racontai comment j'avais vécu le procès, comment je m'étais repliée sur moi-même, comment mes amies m'avaient toutes tournées le dos. Il eut également droit à mes visites chez le psy et la détérioration progressive de ma relation avec ma mère, qui jusque-là avait été merveilleuse. Je lui expliquai également la promesse que j'avais fait à Andy et combien il m'avait coûté de m'y tenir.

Je lui racontai tout. Absolument tout. Et plus je parlais, mieux je me sentais. J'exorcisais mes vieux démons. Oh, je n'étais pas naïve au point de croire qu'ils ne reviendraient pas me hanter, mais j'avais l'intime conviction qu'ils seraient moins virulents. Je savais que, si je venais à perdre pied, Ly' serait là pour me rattraper. Il ne me laisserait jamais tomber. La sensation que cela me procurait était indescriptible, mais incontestablement merveilleuse.

Une fois mon histoire terminée, Ly' me dévisagea longuement, l'air grave. Il emprisonna mon visage entre ses mains et déclara avec une ferveur que je ne lui connaissais pas :

— Ce n'est pas ta faute, Annabelle. Tu avais douze ans, tu ne savais pas. Tu ne pouvais pas savoir et tu ne pouvais rien faire.

Tu ne dois pas t'en vouloir ainsi, ma souris, Andy ne le souhaiterait pas. Il serait dévasté s'il apprenait que tu te sentais responsable de tout cela. Le seul coupable, c'est ton père.

J'eus un bien pâle sourire.

— Je sais. Là, tout au fond de moi, je le sais, Ly'. Mais cela n'enlève en rien le sentiment de culpabilité qui me ronge. Il s'est atténué avec le temps et ne m'étouffe plus comme avant, mais quoi qu'il en soit, il demeure. Je ne peux rien y faire, Ly'. Je ne peux pas…

Sans moi, rien de tout cela ne serait jamais arrivé. Comment l'oublier ?

Chapitre 30

La première chose que nous fîmes, une fois sortis de l'hôpital, fut de se rendre dans mon meublé. Je devais y prendre toutes mes affaires et je ne voulais pas retarder inutilement cette échéance. Plus j'attendrais pour m'y rendre, moins j'aurais le courage de le faire. Car, connaissant ma mère comme je la connaissais, je savais qu'elle m'y attendait de pieds fermes. Pour me faire changer d'avis et s'excuser ou pour m'abreuver d'insultes ; je ne saurais le dire et dans le fond, cela ne faisait aucune différence pour moi.

La page était tournée. Bel et bien tournée. J'avais fait mon choix et je ne reviendrais pas en arrière.

Bravo, A ! Espérons juste que tes bonnes résolutions ne fondront pas comme neige au soleil quand ta mère pleurera dans ton giron…

La confiance régnait ! Si même ma voix intérieure doutait de moi, ça ne sentait pas très bon. Cela dit, comme elle doutait de moi en permanence, ce n'était pas nécessairement une référence.

Non, mais, oh !

Hé, hé !

Anna : un ; voix intérieure : zéro !

La journée commençait bien. Si je n'avais pas su que j'allais voir ma mère, et qu'une dispute s'en suivrait immanquablement, j'aurais presque pu dire qu'elle s'annonçait blanche.

Éventuellement grise, A, qu'est-ce que tu en penses ?

Grise ?

Ben ouais, grise…

Désolée, je ne connais pas cette couleur. Enfin, techniquement oui, je la connais, mais concrètement, non. Jamais vue. Inconnue au bataillon. Noir ou blanc. C'était mes seules références. Était-ce vraiment nécessaire de le rappeler ?

Uniquement noir ou blanc, hein ?

Yep !

Tu es sûre de toi ?

Je levai les yeux au ciel en bougonnant silencieusement dans ma barbe. Quelle question, vraiment ! Évidemment que j'étais sûre de moi ! Noir ou blanc. Ce n'était pas difficile à retenir quand même.

Et donc, que fais-tu du vert menthe ?

Arrêt sur image.

Vert menthe.

Un lent sourire fleurit sur mes lèvres, m'envoyant des milliers d'aiguilles dans les joues. (Aïe ! J'avais oublié mes contusions au visage.) Le vert menthe était la plus belle de toutes les couleurs. La plus lumineuse de toutes. Celle qui symbolisait l'amour, le paradis sur terre, la confiance, la sûreté, la…

C'est bon, c'est bon, je crois que tout le monde a compris ce que tu voulais dire ! Seigneur, voilà que tu es devenue une vraie guimauve. Je crois que je préférais le temps où tu ne voyais la vie qu'en noir et blanc. Beurk… Le vert menthe, quelle calamité !

Jalouse !

En plus, il n'a même pas les yeux vert menthe !

N'importe quoi !

Tu es allée voir sur internet, je te rappelle ! Le vert menthe n'est absolument pas de cette teinte-là ! On a déjà eu plusieurs fois cette discussion, bon sang ! Fais un effort !!!

Je sais. Et je t'ai déjà dit un bon millier de fois que ses yeux étaient vert menthe. Point à la ligne ; fin de la discussion.

Genre, ce qu'il faut pas entendre…

Je me tournai vers Ly' et admirai son profil, un sourire béat (et certainement ridicule) collé aux lèvres. Concentré sur la route, il ne semblait pas se rendre compte de l'examen minutieux dont il était l'objet. C'était le mec le plus beau que j'aie jamais vu.

Arrogant, autoritaire, possessif, orgueilleux, ironique, narquois, dominateur, et j'en passe…

Ouais, il était tout cela, et bien plus encore. *Mais qu'importe !* Je l'aimais tel qu'il était. Avec ses innombrables défauts et ses quelques qualités. Car dans le fond, personne n'était parfait.

Moi, moins que quiconque !

C'est bien beau, tout ça, mais je ne vois pas le rapport avec notre discussion. Vert menthe, tu te rappelles ?

Fin de la discussion, tu te rappelles ?

Ses yeux n'étaient peut-être pas exactement de cette nuance, je ne pouvais ni l'affirmer ni le réfuter… et honnêtement, je m'en fichais royalement. Il avait de magnifiques prunelles vertes claires… incroyablement claires. Sauf quand elles brûlaient de passion et de désir pour moi. Alors là, elles devenaient plus foncées, plus profondes. Selon ma propre conception des couleurs, le vert correspondait à la couleur de l'herbe ; or les yeux de Ly' n'avaient aucun rapport, de près ou de loin, avec de l'herbe. *Oh que non !* La menthe, par contre, pouvait être aussi rafraîchissante que piquante ; aussi apaisante que glaciale ; aussi douce qu'électrifiante. Ly' était un mélange subtil de tout cela. La menthe étant l'une des nuances du vert (je savais quand même cela), j'avais décidé que ses yeux étaient vert menthe. Peut-être qu'ils l'étaient, peut-être pas. Pour moi, cela n'avait pas la moindre importance.

De plus, lorsqu'on tapait « vert menthe » sur *Google*, on en trouvait une palette affligeante ! Et pas toute ressemblante… En cherchant bien, j'étais intimement convaincue que je pourrais en dénicher une qui ressemblerait fortement à son regard clair. Sachant cela, à quoi bon se fatiguer inutilement ? Ses iris étaient vert menthe. Point. Fin de la discussion.

Oh, seigneur ! Sortez-moi de là !!! Par pitié !

Ly' tourna la tête vers moi à cet instant précis. Ma voix intérieure fut donc reléguée au second plan.

— Ce que tu vois te plaît, ma souris ? demanda-t-il avec son petit sourire en coin.

Arrogant et sûr de lui.

Bon sang ! Ce qu'il était horripilant quand il était ainsi !

— Mouais, ça peut aller...

Un petit rire rauque le secoua.

— Si la vue ne te plaisait pas, tu ne me fixerais pas avec la bouche entrouverte... Fais attention, ma souris, tu pourrais gober une mouche par mégarde.

Oh, bordel !

Putain de salopard d'arrogant de mes deux !

Qu'est-ce que je disais, A ?

Voix intérieure : un ; Anna : zéro ! *Nom d'une pipe en bois !*

Alors que j'ouvrais la bouche pour lui dire ma façon de penser, de manière particulièrement colorée (si, si) et imagée, il s'arrêta à un feu rouge. Sa main se verrouilla sur ma nuque et il m'attira vers lui.

Ses iris vert menthe flamboyèrent.

— Putain, quand tu me regardes comme ça, ma souris, ça me donne envie de te faire tout un tas de trucs... (Il s'empara de ma bouche et me donna un baiser qui me fit mouiller ma petite culotte. Possessif et dominant. *Ouah !*) Si on n'était pas au beau milieu de la circulation et que tu n'avais pas un hématome de la taille d'un ballon de basket (il exagérait la moindre) au ventre, tu serais déjà sur moi en train de me chevaucher... (Il plongea son regard dans le mien, les narines frémissantes.) Et je peux te garantir que tu adorerais ça !

Oh, bon sang ! Il venait de ruiner ma culotte... Un baiser, deux-trois phrases, et hop, le tour était joué ! Ce mec était une tuerie...

— Ly'..., suppliai-je le souffle erratique, les yeux embrumés de désir.

Il frotta doucement son nez contre le mien.

— Ouais, ma souris... Qu'est-ce qu'il y a... ?

Comme s'il ne le savait pas !

— Je t'en prie...

Ses prunelles brûlaient d'un feu intérieur qui trouvait réponse entre mes cuisses serrées. Excitée comme lui seul parvenait à le faire, j'étais dans tous mes états. Je le désirais. Ici et maintenant. Aux diables les autres voitures qui commençaient à klaxonner et mes côtes douloureuses. Je le voulais *maintenant*.

Un sourire sensuel étira lentement ses lèvres. Il m'embrassa une dernière fois, avant de se redresser et de redémarrer la voiture.

— Après, ma souris, après.

Oh. Mon. Dieu !

J'allais le tuer !

Comme je l'avais judicieusement escompté, ma mère se trouvait bien à l'appartement, à faire le pied de grue, en attendant mon arrivée. À peine le seuil franchi, elle ouvrit la bouche pour plaider sa cause. Et vu la mine de chien battu qu'elle arborait, je l'entendais déjà accuser Andy d'être responsable de notre dispute et de son mouvement d'humeur. (Car pour Giorgiana Campbell, une gifle était immanquablement un mouvement d'humeur. Humpf !) Elle avait toujours agi ainsi, ce n'était pas maintenant qu'elle allait changer.

Et dire que jusque-là, je n'en avais pas vraiment fait cas... Honte à moi !

Selon sa propre théorie, qui valait franchement le détour, Andy avait tué notre père parce qu'il était jaloux de la complicité qui nous unissait. Première nouvelle en soi, car je n'avais jamais été particulièrement proche de mon père. Bien au contraire. En fait, je le connaissais très mal. J'avais passé fort peu de temps avec lui. C'était sans doute pour cela que je n'avais rien vu venir. Quoique… D'aussi loin que remontaient mes souvenirs, j'avais toujours été mal à l'aise avec lui. Il avait une manière de me regarder qui m'avait toujours profondément gênée. Maintenant, je savais que cette lueur qui brillait jadis dans ses yeux était du désir, mais à l'époque, je n'en avais pas la moindre idée. Je savais juste que je n'aimais pas sa façon de me regarder. Heureusement, comme il était régulièrement absent, je n'y avais pas été souvent confrontée. (Aurais-je remarqué quelque chose plus tôt, si tel avait été le cas ? Sans doute pas. Et peut-être qu'il s'en serait pris à moi avant… je préférais ne pas y penser !) Les choses avaient changé après mon douzième anniversaire. Je ne l'avais jamais autant vu que cette année-là. Et ce n'était pourtant pas faute d'avoir trouvé tous les prétextes pour l'éviter. D'ailleurs, jusqu'à ce fameux soir, ma mère avait toujours déploré la manière dont j'évitais mon père. Puis, évidemment, elle s'était mise en tête que c'était la faute d'Andy. (Déjà à l'époque, il lui servait de bouc émissaire. Je ne m'en étais simplement pas rendue compte…) Que par jalousie, il avait tout fait pour m'éloigner, pour me monter contre mon père !

Ridicule.

En réalité, elle n'avait jamais eu le courage d'affronter la cruelle vérité : mon père était un pédophile. Je pouvais comprendre que c'était une affreuse révélation et que la pilule était particulièrement difficile à avaler. Cela l'avait été pour moi. Découvrir, du jour au lendemain, que l'homme avec qui l'on avait construit sa vie était en réalité un monstre, devait être l'une des pires choses au monde. Mais refuser d'y croire, et accuser ses enfants de mensonges, était, en fin de compte, bien pire encore. En agissant de la sorte, ma mère avait montré qu'elle ne valait pas mieux que lui. Entre lui et nous, elle l'avait choisi lui.

Elle m'avait fermement interdit de parler de tout cela à la maison, disant qu'elle ne voulait plus jamais entendre ces ridicules accusations. Elle m'avait fait me sentir honteuse de ce qui s'était produit, allant jusqu'à prétendre qu'Andy m'avait embrouillé l'esprit. Que ce que je croyais être la vérité ne l'était pas. Elle avait même essayé de me parler de mon père, mais cela s'était révélé infructueux. Cet homme était un monstre et je ne supportais pas qu'on y fît allusion. Nous n'en avions donc plus jamais parlé.

J'avais douze ans. Que pouvais-je y faire ? Je m'étais donc soumise. Durant sept longues années, je m'étais soumise. De plus, Andy m'avait fait promettre de ne jamais tenir rigueur à ma mère des erreurs de notre père. Elle était aveuglée par le chagrin et refusait d'ouvrir les yeux. Si lui-même ne pourrait jamais le lui pardonner, je ne devais pas lui en vouloir pour son attitude envers lui. Il m'avait dit, à maintes reprises d'ailleurs, que cela se déroulait entre eux deux et que je ne devais pas m'en mêler. Encore une fois, je m'étais soumise. Quel autre choix avait une gamine de douze ans ?

Mais si j'avais accédé à la demande de mon frère, c'était surtout pour lui éviter des soucis. Il en avait déjà bien assez. Il était en maison de redressement à cause de moi. Le moins que je pouvais faire en retour, était de me comporter correctement. J'étais donc redevenue la gentille fifille à sa maman. Évidemment, cela n'avait pas été facile et il m'avait fallu attendre une longue année avant de redevenir plus ou moins moi-même. Les séances chez le psy avaient été longues et laborieuses. Un passage difficile, dont je n'aimais toujours pas parler.

Le passé était passé et il ne servait à rien de le ressasser sans cesse. Il fallait aller de l'avant et essayer de vivre avec. De toute façon, même avec la meilleure volonté du monde, on ne pouvait rien y changer…

Avant de venir ici et de rencontrer mes amies, Kim et Marj', je n'avais pas vraiment compris le sens de tout cela. Tout ce que j'avais su, c'était que si je voulais recommencer ma vie sur de nouvelles bases, et aller de l'avant, je ne pourrais le faire qu'auprès d'Andy. Il n'y avait que près de lui que je m'étais sentie en sécurité.

Jusqu'à ce que je rencontre Ly'… et que j'apprenne à le connaître.

Venir dans le Wisconsin avait été la meilleure décision que je n'aie jamais prise. Et je ne le regrettais pas. Pas un instant.

Alors ma mère pouvait bien me regarder avec sa mine de chien battu, cela n'y changerait rien. Je ne voulais plus l'écouter. Je l'avais déjà trop écoutée. Trop souvent. J'avais fait preuve de patience, car malgré tout c'était ma mère et je l'aimais ; j'aimais la mère tendre et affectueuse qu'elle pouvait être. Malheureusement, il semblerait que cette mère-là eût disparu à jamais.

Une larme solitaire roula le long de ma joue. Je l'essuyai d'un doigt tremblant et entrai lentement dans l'appartement.

Ly', en ombre silencieuse et menaçante, entra à ma suite. Il vrilla son regard glacial sur ma mère et parla avant qu'elle ne pût le faire :

— Annabelle ne veut ni vous voir ni vous entendre. Je pense que vous lui avez fait suffisamment de mal comme cela. Si vous tenez à elle, ne serait-ce qu'un tout petit peu, vous partirez. (Il eut un reniflement méprisant.) Mais nous savons, vous et moi, que vous êtes bien trop égoïste pour penser au bien-être de votre fille. Alors, je vais être incroyablement magnanime et simplement vous demander de garder le silence. Cela, au moins, devrait être dans vos cordes.

Les yeux de ma mère lancèrent des éclairs.

— Je ne sais pas pour qui vous vous prenez, jeune homme, à me donner des ordres pareillement. Mais soyez assuré que je n'ai pas la moindre intention de m'y plier. Je...

Ly' m'enlaça par-derrière et se pencha pour me mordiller l'oreille.

— En fait, non. Ta mère est incapable de la boucler. Viens, on va faire tes valises pendant qu'elle jacasse.

Je gloussai et me tournai dans ses bras pour lui tendre mes lèvres.

— Merci d'être là, mon amour, soufflai-je, avant de l'embrasser.

Sans lui, je n'aurais certainement pas supporté cette nouvelle épreuve. Ma mère était le genre de personnes qui arrivait, en une fraction de seconde, à faire ressortir le pire en vous.

Alors que ma mère tapait du pied et criait un retentissant : « Annabelle Mary Katherine Campbell ! » ; une exclamation étouffée s'éleva dans notre dos. Ly' et moi, parfaitement synchronisés, tournâmes la tête vers l'entrée de l'appart. (La porte était restée grande ouverte... *Génial*... Tout l'immeuble pouvait entendre ma mère barrir...)

— *Annabelle Mary Katherine*... Sérieux ? s'éclaffa Kim, en entrant dans mon meublé comme si elle était chez elle.

Marj' la suivait de peu. (Elle referma la porte derrière elle, *ouf* !)

— Quand je pense que je trouve mon nom ringard... Je peux aller me rhabiller en vitesse ! (Marj' marqua une courte pause et fit une grimace.) T'as une sale tronche, Anna.

— Grave ! approuva Kim, en hochant vigoureusement la tête. (Elle pointa ma mère du pouce.) La furie qui hurle à la mort, là, c'est ta mère ?

Je me mordis violemment la lèvre inférieure pour ne pas éclater de rire. Pas certaine d'y parvenir, je me contentai donc de hocher la tête.

— Ça craint ! dirent-elles en cœur, avant de me prendre dans leurs bras, écartant sans ménagement Ly'. (Depuis quand mes copines étaient-elles aussi courageuses ?)

Bizarrement, il se laissa faire sans protester.

— Les filles, je suis super contente de vous voir, ne croyez surtout pas le contraire, mais… qu'est-ce que vous faites là ?

Kim se recula et me donna une chiquenaude sur le nez ; ce qui lui valut un grondement mécontent de la part de mon terrible compagnon.

Mode prédateur : ON.

— C'est ton mec qui nous a appelées, dit-elle en se reculant prudemment, soudain bien plus pâle. (Okay, d'accord. Fausse alerte, mes copines craignaient toujours mon mec. Au temps pour moi !) Il paraît que tu déménages et que tu as besoin d'un coup de main…

— Alors nous voilà ! ajouta joyeusement Marj', avant de frôler ma joue du dos de la main, en jetant un regard prudent en direction de Ly'. On a plein de choses à se dire, mais je pense que ça peut attendre.

— C'est hors de question que tu quittes cet appartement, Anna !

Le cri de ma mère vint troubler, une fois encore, notre discussion. Décidément, ça devenait une habitude.

— Venez, dis-je à mes amies en les entraînant vers ma chambre. On parlera quand on sera chez Ly'.

Et ce fut ainsi que nous plantâmes ma mère au milieu du salon…

Après avoir empaqueté mes affaires, en deux temps trois mouvements, nous nous étions tous retrouvés chez Ly'. Nos voitures furent rapidement déchargées et le tout fut entreposé dans la chambre d'amis. Dans ma nouvelle chambre.

Ly', avec toute la diplomatie qui le caractérisait, avait sobrement déclaré que dorénavant cette chambre serait la mienne. Je pouvais en faire ce que je voulais et la décorer comme je le voulais. Mais il ne voulait pas, et je le cite : « *que ces fichues fanfreluches de gonzesses envahissent toute la maison !* »

Message reçu cinq sur cinq, mon capitaine !

Cette décision m'avait surprise, je devais bien l'admettre, et j'avais eu un instant de doute. Oh, une petite fraction de seconde de rien du tout, mais une fraction de seconde quand même. Cela étant, si cette hésitation avait persisté, ce qui n'avait pas été le cas, Ly' l'aurait également balayée :

— *Cette chambre est à toi, ma souris, tu en fais ce que tu veux. Quand je te taperai sur les nerfs, ce qui arrivera forcément de temps à autre, tu pourras venir ici pour être tranquille. C'est ton sanctuaire et je le respecterai toujours,* avait-il dit, les deux mains en coupe autour de mes joues. *Mais sois certaine d'une chose, ma souris : jamais, même pas en rêve, tu y dormiras seule. Si pour une raison ou pour une autre tu veux passer la nuit dans cette chambre, j'y serais également. Ce n'est pas négociable.*

Il n'y avait pas à dire, Ly' s'y connaissait en négociation !

Deux petits coups secs, frappés contre la porte grande ouverte, me firent lever les yeux des affaires que j'étais en train de déballer. Kim et Marj' se tenaient sur le seuil, une question muette flottant dans l'air.

Okay, d'accord. C'était visiblement l'heure de parler.

Je me redressai et leur fis signe d'entrer.

Kim s'avança rapidement et souleva délicatement mon menton. Elle me fit tourner la tête à droite, puis à gauche.

— Il ne t'a pas ratée… J'ai toujours su que Max n'aimait pas ton frère, et encore moins Ly', mais de là à imaginer qu'il allait te tabasser… (Elle secoua la tête et eut un claquement de langue agacé.) Sérieux, t'as été bien trop gentille avec lui, Anna. T'aurais au moins dû lui péter le nez. Au minimum.

— C'est net ! La moindre des choses aurait été de lui briser un membre ou deux.

Marj' croisa les bras, très mécontente.

Okay, d'accord. Il semblerait bien que mes amies aient vu la vidéo. Génial…

À mon avis, A, tout le campus l'a vue à l'heure qu'il est. T'es la nouvelle célébrité de la région !

Zut de flûte de crotte de bique ! Il ne manquait vraiment plus que ça.

Le côté positif, c'est que plus personne ne va te chercher des poux, A.

Mouais, et le côté négatif, c'est que tout le monde va me regarder de travers, demain…

De toute manière, depuis que t'es officiellement la meuf de Ly', tout le monde te regarde déjà. Alors, de travers ou non, franchement, ça ne va pas changer grand-chose…

Pas faux.

Depuis le temps, tu devrais le savoir, A, j'ai toujours raison !

Oh, bon sang ! C'était reparti pour un tour ! Mieux valait être sourde que d'entendre des foutaises pareilles !

— J'en déduis que vous avez vu la vidéo…, hasardai-je, d'une toute petite voix.

Souris grise mortifiée, acte IV. Affligeant…

— Oh, que oui ! Et c'était… Ouah ! Anna, je ne savais pas que tu faisais… (Kim fit un rapide moulinet avec sa main droite)… ce genre de choses ! C'était tout bonnement incroyable ! Un vrai petit ninja ! (Elle me lança un rapide coup d'œil, avant de grimacer.) Enfin, un vrai petit ninja un peu moins rapide que ceux qu'on voit à la télé, quoi…

Tu m'étonnes, tiens !

En même temps, ce qu'elle dit n'est pas dénué de bon sens, A.

Je te rappelle que si tu ne m'avais pas déconcentrée, j'aurais eu deux hématomes en moins !

Genre, ce qu'il ne faut pas entendre...
Mouais, je sais, la vérité fait mal.

Et là, miracle des miracles... ma voix intérieure se tut ! Cette fois, c'était certain, cette journée était sous le signe du blanc !

Premièrement, ma mère n'avait pas été capable d'en placer une. Avec l'aide de Ly' et de mes deux folles dingues de copines, j'avais habilement pu éviter toute discussion, et repartir presque aussi vite que j'étais arrivée. (Le truc de fou.)

Deuxièmement, j'avais enfin coupé le cordon. Et de manière définitive. Quel soulagement ! Je me sentais plus libre que je ne l'avais jamais été. (Une sensation incroyablement grisante.)

Troisièmement, j'habitais sous le même toit que Ly' et je ne partageais pas la même chambre que Kayla. (Point existentiel pour moi.) Évidemment, je savais bien que je serais obligée de m'y faire, ma tendre moitié tenant visiblement beaucoup à cette maudite bestiole poilue, mais je disposais d'un peu de temps. (Un an ou deux. En tout cas.)

Quatrièmement, j'avais eu le dernier mot avec ma voix intérieure. C'était déjà arrivé par le passé, certes, mais très rarement. Alors, quand cela se produisait, je fêtais dignement l'événement ! (Hip, hip, hip, hourra pour moi !!!)

Ouais, il n'y avait pas à dire. Cette journée était placée sous le signe du blanc ! *Enfin !*

— En réalité, j'ai bien failli dévoiler mon petit secret la semaine de mon arrivée. (Devant la mine incrédule de mes copines, je me raclai la gorge, gênée.) Ben oui, vous vous rappelez cette orgie dans laquelle vous m'avez emmenée, dis-je, avant de lever la main pour couper Kim dans son élan de protestation. Nan, c'était une orgie, n'essaie même pas de dire le contraire. La moitié des gens était à poil et l'autre moitié était sur le point de forniquer.

Marj' faillit s'étouffer en masquant son fou rire.

— Forniquer... ? gloussa-t-elle entre deux hoquets.

Je la foudroyai du regard.

— Parfaitement, forniquer. Mais ce n'est pas le sujet, alors n'essaie pas de m'embrouiller.

— Ce qu'il faut pas entendre ! (*Tiens, ça me rappelait quelque chose, ça.*) Sérieux...

— Donc, comme je le disais, j'ai bien failli dévoiler mon petit secret ce soir-là, lorsque Max me cherchait des noises et m'empêchait de partir. Malheureusement pour moi, ou peut-être heureusement, je ne sais pas vraiment, Ly' est intervenu. (En voyant mes copines hausser les sourcils, narquoises, je fus, une fois encore, obligée de développer.) Malheureusement : parce que devant Ly', je me suis retrouvée tétanisée et incapable de me défendre... ce mec a vraiment un effet assez dévastateur sur moi ; et heureusement : parce qu'il m'a finalement sortie d'affaire sans que j'aie besoin de me dévoiler. (Je mordillai la lèvre, les yeux perdus dans le vague.) Je n'avais pas envie que cela se sache. Je veux dire, avec la réputation d'Andy, si les gens avaient su que j'étais ceinture noire de taekwondo, ils n'auraient pas pu s'empêcher de me défier à la moindre occasion. Juste pour le fun, ou pour foutre la merde. Max le premier. (Je haussai les épaules, fataliste.) Je ne voulais pas de ça. Moi, tout ce que je voulais, c'était qu'on me foute la paix. Je voulais repartir de zéro et me faire des amis. Dans le calme et la discrétion. Rien de plus.

Évidemment, tout ne s'était pas vraiment passé comme prévu. Mais, au final, j'avais obtenu tout ce que je désirais : mon frère, des copines et un petit ami. Enfin, je voulais dire un mec. (J'avais vraiment du mal avec ça !)

— Pour le calme et la discrétion, c'est un peu râpé..., se moqua gentiment Marj', en me faisant un clin d'œil. Mais pour le reste, je pense que c'est plutôt mission accomplie.

Kim hocha vigoureusement la tête.

— C'est même carrément mission accomplie, ouais ! En plus, Anna a réussi à couper le cordon avec sa mère et à remporter un mec en prime ! Que demander de plus ?

Le sourire aux lèvres, je regardai mes copines avec un plaisir évident.

— Rien. J'ai tout ce que je peux désirer.

Et bien plus encore !

C'est clair, cette journée est définitivement blanche !

Chapitre 31

Alors que je pensais que Ly' ne pouvait plus me surprendre, je réalisai à quel point j'étais dans l'erreur. Ce mec, *mon mec*, était un homme imprévisible et qui, je le pensais sincèrement, me surprendrait jusqu'au jour de ma mort. (Qui, je l'espérais, arriverait le plus tard possible !)

Ly' me fit le plus merveilleux des cadeaux. De ceux qui n'avaient pas de prix et qui étaient, en définitive, fort rares. Ce qui les rendait inestimables. Un cadeau à nul autre pareil, que je chérirais toute ma vie !

Mon mec m'avait offert la paix. Ou du moins, ce qui s'en approchait le plus.

Une semaine après mon agression, alors que nous venions de dîner, Andy m'avait emmené dehors ; nous nous étions promenés dans le jardin, parlant de choses et d'autres. Pensant qu'il voulait simplement me consoler d'avoir définitivement perdu ma mère (bien qu'elle continuât à me harceler au téléphone, malgré mon refus de prendre un seul de ses appels), je n'avais rien vu venir. Absolument rien. Dire qu'il m'avait eue par surprise était un mot bien trop faible pour décrire ce que j'avais ressenti lorsqu'il m'avait parlé de cette nuit-là.

Après sept longues années, à avoir judicieusement évité le sujet, mon frère m'avait parlé à cœur ouvert. Il m'avait raconté comment lui avait vécu tout cela. Comment il s'était longuement senti coupable de ne pas avoir compris plus tôt ce qui se tramait. De ne pas avoir été là pour moi avant. Cette culpabilité l'avait rongé de l'intérieur et n'avait pris fin que récemment. Il lui avait fallu du temps et beaucoup de travail sur lui-même pour comprendre qu'il n'était pas responsable. Pas plus que je ne l'étais. Il m'avait alors avoué que Ly' était venu lui parler. Les larmes aux yeux, il m'avait supplié d'arrêter de m'en vouloir. Je n'étais pas fautive, je ne l'avais jamais été. Le seul responsable de toute cette tragédie, c'était notre père. Lui seul était coupable. Pas nous.

J'avais longuement pleuré dans ses bras. Tout était sorti. Naturellement. Comme avec Ly', les mots étaient sortis tous seuls, sans que je puisse les retenir. La douleur avait été là, bien sûr, mais moins vive que la dernière fois, moins intense. Étrangement, cela m'avait fait du bien d'en reparler avec Andy. Je m'étais sentie apaisée ; mes vieux démons avaient encore reculé, perdant davantage de terrain. Attention ! Je ne disais pas que j'avais tout oublié, loin de là. Mais j'avais trouvé un semblant de paix. Je savais désormais que j'étais capable d'affronter tout ça.

Je n'étais pas seule, je n'étais *plus* seule. Andy et Ly' étaient là pour moi en cas de besoin. Je pouvais compter sur eux. Mes preux chevaliers en armure pourfendeurs de dragons.

Un sourire niais écarta mes lèvres.

— On peut savoir pourquoi tu te marres, Anna ?

La voix de Kim me tira de ma rêverie.

— Hein ?

— Cette fille va me rendre chèvre, je vous le jure ! marmonna-t-elle dans sa barbe, en secouant vigoureusement la tête. T'es le point de mire de tous les regards du campus depuis une semaine, ce que tu détestes par-dessus tout, je te le rappelle fort charitablement, et toi, t'es là, pépère en train de sourire ! (Elle marqua une courte pause. Très courte.) Qui êtes-vous et qu'avez-vous fait de mon amie ?

Marj' arriva à ce moment-là et lui donna une tape derrière la tête, avant de prendre place à ses côtés.

— Ça s'appelle l'amour, Kim. Ça te plante des étincelles dans les yeux et ça te donne un sourire béat et niais…

— Oh, Sainte Vierge ! Faites que cela ne m'arrive jamais ! Je ne veux pas ressembler à ça ! s'écria-t-elle d'une voix faussement horrifiée, en me pointant du pouce.

Marj' gloussa en me faisant un clin d'œil.

— Aucun risque, Kim.

Houla ! Ça, ça sentait le roussi !

— On peut savoir pourquoi ? (Regard foudroyant et meurtrier. Mauvais signe.)

— T'es bien trop bavarde pour ça ! Aucun mec ne te supporterait plus de cinq minutes ! Donc, rassure-toi, le sourire guimauve n'est pas pour tout de suite… Peut-être même jamais…

Je me ratatinai sur ma chaise et me fis la plus petite possible. Si j'avais pu disparaître sous terre, je n'aurais pas été contre non plus ! Parce que si je me fiais au regard noir de Kim, ça allait chier dans le ventilo, comme on disait !

Aïe !

— Cinq minutes, t'es sûre ? Moi, je dirais moins…, annonça soudain une voix froide, que je ne connaissais que trop bien.

Marj' et Kim se figèrent et se tournèrent lentement vers Ly'. Elles avaient perdu quelques couleurs, une fois de plus, et ne savaient visiblement pas sur quel pied danser.

Une lueur malicieuse scintilla au fond de mes yeux et j'éclatai de rire.

– Si vous voyiez vos têtes, les filles ! Trop drôle…, hoquetai-je, pas très charitable.

J'écopai de deux regards noirs, mais je les vis à peine. Ly' venait de me soulever pour m'installer sur ses genoux. Mon sourire béat réapparut. Quoique très brièvement, puisque Ly' se jeta sur ma bouche comme un affamé. À croire que nous ne nous étions pas vus depuis des semaines… alors que cela faisait à peine quelques heures.

Ce mec me rendait folle.

— Trouvez-vous une chambre ! maugréa mon frère, en prenant place à nos côtés.

— Jaloux…, gronda Ly', tout contre mes lèvres.

— Mec, le jour où je serais jaloux de toi, les poules auront des dents.

Ly' releva la tête et arqua un sourcil.

— Alors les poules ont des dents depuis trente secondes…

Mon frère lui fit un doigt d'honneur avant de commencer à manger.

— T'es grave, mec… t'es vraiment grave…, dit-il entre deux bouchées.

— Sans doute pour ça qu'il s'entend aussi bien avec Anna…

Silence complet.

Tous les regards se portèrent sur Kim. (En même temps, qui d'autre aurait pu faire une sortie pareille ?) Au vu de sa mine dépitée, la phrase avait dû lui échapper. Comme une fois sur deux.

Je pinçai fortement les lèvres pour ne pas rire. Mais je dus rapidement déclarer forfait.

Andy gloussa à son tour, avant de secouer lentement la tête.

— Ça, c'est clair ! Je vois que tes copines t'ont plutôt bien cernée, Anna ! C'est d'ailleurs surprenant qu'elles ne se soient pas encore enfuies en courant…

Ah, ah. Très drôle. J'étais morte de rire.

Mon regard noir le fit marrer et il me lança un rapide clin d'œil.

— Tu sais, avec Kim, j'ai l'habitude. (Marj' se balançait tranquillement sur sa chaise, en dévisageant mon frère comme si elle le voyait pour la première fois. Intéressant.) Par contre, par moment, je me demande sincèrement comment je fais pour les supporter, toutes les deux.

Kim faillit s'étouffer d'indignation.

— Non, mais je rêve ! Tu t'es regardée dans une glace ?

— Ouep ! Je le fais tous les matins en me levant.

— Seulement ton égo est tellement grand que tu dépasses de tous les côtés, du coup, tu ne t'y vois pas vraiment…, déclara froidement Ly', en la fixant intensément.

Surprise par cette intervention pour le moins imprévue, Marj' tangua sur sa chaise et manqua de finir les quatre fers en l'air. Blême, elle ne savait visiblement pas si c'était du lard ou du cochon. Pas plus que moi…

Je lançai un regard prudent à mon mec, pour jauger son humeur.

— Ly'…

Je m'arrêtai net en le voyant crisper la mâchoire. Il baissa lentement ses iris couleur menthe vers moi. Elles étaient incandescentes.

Oh, bon sang de bois !

Soit il était vert de rage, soit il était…

— On va faire un tour, ma souris.

Sans plus attendre, il glissa une main dans mon dos et l'autre sous mes genoux. Il se leva, m'emportant avec lui.

Ouah. *Ouah*. Ouah !

Il se dirigea au pas de charge hors du réfectoire, puis bifurqua en direction du parking. Heureusement que j'avais gardé ma veste en cuir sur mes épaules ! Le temps s'était sacrément refroidi, novembre était maintenant bien installé, et l'air était devenu glacial. Sortir sans veste, c'était le coup de froid assuré ! J'en savais quelque chose…

Toutefois, cela n'expliquait pas la réaction de Ly'.

— Est-ce que Marj' a dit quelque chose qu'il ne fallait pas ?

Un regard noir et un grognement furent les seules réponses que j'obtins. Okay, d'accord. Sujet à éviter pour le moment. *Mauvais signe.* Question suivante :

— Tu m'emmènes où, Ly' ?

— Faire un tour.

Okay, d'accord. Sauf que...

— Les cours ne sont pas terminés...

Ly' pila net, me fit glisser le long de son corps et me plaqua contre le premier obstacle venu. En l'occurrence, un tronc d'arbre. Alors qu'il me surplombait, me dominant de sa haute stature, je commençais à me liquéfier sur place.

Oh, bon sang ! Ce mec me faisait un effet monstre.

— Je sais..., chuchota-t-il contre mes lèvres, avant de frotter tendrement son nez contre le mien. (Oh, merde ! S'il continuait comme ça, ma petite culotte n'y survivrait pas... encore.) Mais j'ai envie de baiser ma meuf... J'ai envie de la baiser maintenant... vite et fort...

Mon entrejambe pulsa violemment et je dus serrer les cuisses pour contenir le désir que je sentais monter en moi. C'était une bien vaine tentative, comme toujours. Les joues empourprées, le souffle court, les lèvres entrouvertes, j'attendais avec impatience que Ly' me prit. Mes yeux luisaient d'un désir aussi intense que le sien.

Nous nous dévisageâmes un long, un très long moment. Puis, il se pencha et me décrit précisément tout ce qu'il voulait me faire.

Oh, misère !

Une véritable déflagration désintégra littéralement ma culotte. Ce mec allait me tuer avant l'heure.

— Ly'..., suppliai-je du bout des lèvres.

Un sourire sardonique illumina son visage sévère.

— T'en as aussi envie, ma souris ? demanda-t-il, en effleurant la peau tendre de ma gorge du bout des doigts.

Comme s'il en doutait, le bougre.

— Tu sais bien que oui…

— Alors, viens…

Il me tendit la main et je la regardai un bref instant, avant de la prendre. Que pouvais-je faire d'autre ? Je le suivrais jusqu'en enfer, s'il le fallait. Alors courber les cours, franchement, c'était une litote.

Main dans la main, nous quittâmes le campus et nous dirigeâmes vers sa belle moto. Sa précieuse Ducati Desmosedici RR. Un petit bijou que j'étais incroyablement fière de chevaucher. Même en tant que passagère. Ly' la maîtrisait si bien, que chaque voyage était un véritable plaisir. L'ivresse des sens, que procurait la moto, était presque aussi forte que celle qu'il provoquait lui-même. Avec ses mots et ses mains.

Ce mec était un foutu démon tentateur !

Après avoir revêtus nos casques, nous partîmes en balade. Mais pour une fois, j'étais tellement obnubilée par ce qui allait se dérouler après, que je ne profitai pas pleinement du voyage. Mon corps était en feu, et ce feu brûlait d'être assouvi. Ce que Ly' m'avait susurré résonnait en boucle dans mes oreilles, maintenant mon niveau d'excitation à son apogée. Les pulsations de mon bas-ventre étaient presque en continu et devenaient de plus en plus intenses.

Je me frottai inconsciemment contre le cuir de la selle et contre le dos de Ly'. Un gémissement inaudible franchit la barrière de mes lèvres. J'avais l'impression de brûler de l'intérieur. Si nous n'arrivions pas très vite à destination, je serais parfaitement capable de m'embraser.

Heureusement, peu de temps après, la moto ralentit… avant de s'arrêter complètement. Nous étions arrivés. Enfin !

J'en descendis rapidement et enlevai mon casque avec des gestes saccadés. Je tremblais de tous mes membres, mais pas de froid. Ma veste suivit le chemin de mon casque dans la minute.

(Au diable la froideur de novembre !) Puis, ce fut le tour de mon pull, de mon tee-shirt et de mon top. Alors que je déboutonnai frénétiquement mon jean, Ly' poussa un long soupir.

— Tu en portes des vêtements, ma souris…

Qu'est-ce que j'étais d'accord avec lui ! Pourquoi avais-je mis autant de couches, aujourd'hui ?

Peut-être parce que nous sommes au mois de novembre, A.

Ah, oui, c'est juste.

Sans me laisser distraire par ma voix intérieure, je finis de me déshabiller en un tour de main. Il ne me resta que mon slip et mon soutien-gorge.

Ly' leva une main et me fit signe d'approcher. Toujours à cheval sur sa moto, bien campé sur ses deux jambes, il me dévorait d'un regard brûlant.

— Viens…

Le cœur tambourinant à une vitesse folle, je m'avançai lentement. Dès que je fus à portée de main, il me souleva comme si je ne pesais pas plus lourd qu'une plume, et m'installa devant lui. Son doigt courut le long de ma gorge.

— Tu es glacée, ma petite déesse des enfers… Viens-là, je vais te réchauffer…

Il me plaqua contre son corps ferme et m'enveloppa partiellement dans son veston doublé de peau de mouton, qu'il avait déboutonné pendant que j'ôtais mes habits. Il caressa délicatement ma joue droite du revers de la main, puis se pencha pour m'embrasser. Joueuse, sa langue allait à la rencontre de la mienne, la taquinant, la provocant. Ses mains glissèrent le long de mon dos et empoignèrent fermement mes fesses. Il me souleva légèrement, jusqu'à ce que je le chevauche.

Le froid glacial qui régnait dans l'air fut rapidement un lointain souvenir. Le feu qui brûlait en moi balaya tout le reste. Il n'y avait plus que Ly', moi et sa Ducati.

Bordel, il allait vraiment le faire ! J'en frémissais d'avance.

— Tu le veux, ma souris... tu le veux vraiment ?
— Oh, oui... Prends-moi, Ly', prends-moi !

Un grondement jaillit de sa poitrine, avant que ses lèvres de dévorent les miennes. Pillant, envahissant la place avec cette dominance qui le caractérisait si bien. Mais il n'y avait rien à envahir, car la réédition avait eu lieu depuis longtemps. J'étais tout à lui. Corps et âme.

Ses doigts décrochèrent habilement mon soutien-gorge et l'abaissèrent lentement. Un frisson me parcourut. Ses mains, incroyablement chaudes, vinrent prendre mes seins en coupe. Ses pouces se posèrent sur mes mamelons fièrement dressés et se mirent à les titiller, jusqu'à ce qu'ils se transforment en petites piques dures et pointues.

— Magnifique..., dit-il d'une voix rauque, alors que ses prunelles semblaient crépiter tant son désir était fort et évident.

Ses mains glissèrent sous mes aisselles et il me souleva une nouvelle fois, afin de rapprocher de sa bouche les objets de sa convoitise.

Un long gémissement retentit dans le silence qui nous entourait. *Mon* gémissement.

Il tétait et suçotait goulûment mes tétons, veillant à alterner fréquemment pour qu'il n'y eût pas de jaloux, au point de me faire perdre la tête. Les mains profondément enfouies dans ses cheveux noirs, je le maintenais fermement contre ma poitrine.

Dieu que j'aimais cela !

Il me reposa délicatement sur ses cuisses, et ses doigts revinrent s'enrouler autour des petites pointes qui ornaient mes seins. Il plongea son regard vert menthe dans le mien... puis il les pinça. Fort.

Un tremblement me parcourut et ma tête bascula en arrière. Je jouis dans un long cri, sans aucune retenue. J'étais au-delà de tout ça. Une boule de feu qui venait d'exploser en un millier d'étincelles. Alors que mes paupières étaient closes, j'aurais juré avoir vu des étoiles ; brillantes et lumineuses.

Alanguie, je m'affalai contre Ly', le corps secoué de frémissements.

Tel un fétu de paille, il me souleva et me retourna. Bien sûr, n'étant pas Hercule, il dut le faire en deux temps, mais je ne m'en rendis que vaguement compte. Je ne revins à moi que lorsque je sentis le métal froid du réservoir de la moto frotter contre mes seins hyper sensibles.

J'entrouvris les yeux, haletante. Ouais, il allait vraiment le faire.

Alors que je venais pourtant de jouir, je sentis une nouvelle pulsation traverser mon bas-ventre. Décidément, ce mec me rendait insatiable.

Comme si tu t'en plaignais, A.
Bien sûr que non ! Qui s'en plaindrait ?

Les paumes de Ly' se plaquèrent sur ma croupe et il la remodela en ronronnant :

— Ce que tu es belle, ma souris, ainsi allongée sur ma moto, prête pour moi. Parce que tu es prête pour moi, n'est-ce pas ?

— Oui…, soufflai-je dans un doux murmure.

Un grognement approbateur parvint à mes oreilles.

— J'ai envie de toi, ma souris…

— Moi aussi, Ly'… moi aussi…

Ses doigts se faufilèrent entre mes fesses et glissèrent lentement, langoureusement le long de ma raie. (Tiens, il avait enlevé ma petite culotte… Étrange, je n'en gardais aucun souvenir…) Ils s'arrêtèrent à hauteur de mon pubis. Joueurs, ils le frôlèrent à maintes reprises, jusqu'à ce que je vibre à nouveau d'un désir inassouvi.

Mes doigts se crispèrent contre le métal froid du réservoir.

— Tu me veux, ma souris ?

— Oui…

— Entièrement ? Complètement ?

— Oui…

Son pouce agaça mon clito pendant que son index plongea entre mes lèvres inondées.

Oh, bon sang !

— Tu es complètement trempée, ma souris… complètement trempée… Et tout ça c'est pour moi, pas vrai ?

— Oui…

Que pouvais-je dire d'autre ? Mon cerveau s'était déconnecté depuis longtemps… Je n'étais plus que sensations, comme toujours entre les bras de ce mec, *de mon mec.*

Son index ressortit et remonta lentement entre mes fesses.

— Tu me veux ici aussi, ma souris ? susurra-t-il d'une voix hachée.

— Oui… Oh, oui !

Son index tourna lentement autour de mon anus, le frôlant sans jamais s'y arrêter vraiment. Folle, ce mec me rendait complètement folle !

J'entendis le zip distinctif d'une fermeture éclair qui coulissait ; j'en frémis d'avance. Je reconnus également le déchirement qui suivit : l'emballage d'un préservatif qu'on ouvrait. Je fermai les yeux et visualisai parfaitement la scène. Je voyais distinctement les longs doigts de Ly' dérouler la fine membrane sur son sexe turgescent ; je me mordis la lèvre pour ne pas gémir.

Les mains de Ly' se refermèrent autour de mes hanches et il me tira à lui. Le frottement de mes tétons sur le métal glacé du réservoir de la Ducati me fit frémir.

— Tu me veux maintenant ? Ici ? Sur ma bécane ?

Oh, oui, bordel ! Je le voulais comme une folle !

— Je t'en prie, Ly'… prends-moi, prends-moi !

— Les désirs de ma petite déesse des enfers sont des ordres…

Et il m'empala brusquement jusqu'à la garde.

Dieu que c'était bon !

Alors qu'il entamait lentement un doux va-et-vient, son index retourna entre mes fesses. Mais cette fois-ci, il ne se contenta pas de me frôler ou de me titiller. Oh, non ! Lentement, sans me brusquer, avec des gestes doux et délicats, il s'enfonça dans les replis les plus secrets de mon être. Le dernier endroit qu'il n'avait pas encore revendiqué. La dernière terre vierge.

Le souffle rauque, la respiration haletante, je tendis ma croupe pour en avoir plus. C'était… c'était… innommable.

— Tu en veux encore, ma souris ?

— Oui, oui, oui…

Son index se mit alors en diapason avec ses coups de reins. Brusque, rapide, possessif. L'étreinte la plus primaire qu'il fût. La plus érotique aussi.

Mais Ly' se retenait, je le sentais. Ce qu'il voulait, ce qu'il désirait vraiment, c'était conquérir ce territoire encore inconnu.

Il me voulait tout entière, et moi je brûlais de me donner à lui.

— Tu es sûre, ma souris ? demanda-t-il soudain, en s'arrêtant.

Le doute dans sa voix me fit fondre. Si j'avais eu la plus petite hésitation, ce qui n'était pas le cas, elle serait partie en fumée.

— Oui, j'en suis sûre, Ly'. Prends-moi. Je suis à toi… toute à toi.

Je l'entendis prendre une vive inspiration.

— Oh, oui, putain ! T'es à moi ! Rien qu'à moi !

Il se retira et me fit me redresser légèrement, le dos cambré. Sa hampe, dure et chaude, se positionna devant mon anus, le chatouillant du bout de son gland. Ses mains se posèrent sur mes globes pâles et charnus, les écartant délicatement.

Et il me pénétra.

Oh. Mon. Dieu !

Il y allait doucement, s'arrêtant régulièrement, comme s'il craignait de me blesser. Je lui en fus profondément reconnaissante, car la sensation était étrange. Entre douleur et plaisir. Je ne savais pas où commençait l'une et où finissait l'autre. Tout ce que je savais, c'était que j'en voulais encore. Plus, toujours plus.

— Si tu as mal, si tu veux arrêter, tu me le dis, ma souris. Tu me le dis et on arrête tout.

Je me mordis la lèvre inférieure en le sentant entrer complètement. C'était… c'était…

— N'arrête pas ! Ly' ne t'arrête surtout pas…

Un frisson le parcourut et il jura dans sa barbe. Puis, il se retira lentement. Avant de revenir. Ses mouvements étaient lents. Il me donnait le temps de m'habituer à tout ça. Mais ce n'était pas ce que je désirais. J'en voulais plus.

— Plus vite, Ly', plus vite !

— Oh, bordel ! Tu me tues, Annabelle…

Il me donna un puissant coup de reins, comme pour me punir de mon exigence. Je me cambrai en réponse, en demandant encore plus. Il jura une nouvelle fois, avant de commencer à me pilonner.

Les doigts toujours crispés sur mes fesses, afin de les maintenir bien écartées, je sentais son regard rivé sur sa queue qui s'enfonçait en moi. Chaque fois plus fort, chaque fois plus loin. Jusqu'à ce que ses mouvements deviennent incontrôlables.

Je sentis la moto osciller sous les coups de butoir dont il me gratifiait, mais je ne m'en souciais pas. Je n'avais pas peur. Je savais qu'il ne permettrait pas qu'elle tombât.

— Oh, merde, Annabelle ! Ce que t'es bonne, ma souris, ce que t'es bonne… Et mienne, tu es mienne… Entièrement, complètement, définitivement mienne… Dis-le, exigea-t-il soudain d'une voix rude. Dis que tu es à moi !

— Je suis à toi, Ly'. Rien qu'à toi…

C'était tellement vrai. Et tellement en dessous de la réalité. Le mec le plus flippant de la fac était devenu le centre de mon univers. Il était l'orbite sur lequel je tournais. Il était mon tout. Je ne pouvais plus imaginer la vie sans lui.

Ouais, j'étais sienne. Entièrement, complètement, totalement sienne.

Je sentis l'une de ses mains glisser entre mes jambes et capturer mon clito, alors que l'autre remontait le long de ma colonne vertébrale pour se perdre dans mes cheveux. Ses doigts s'emmêlèrent autour de mes courtes mèches rouges et tirèrent pour me faire me cambrer encore plus. Ses autres doigts, ceux qui s'étaient égarés entre mes cuisses, se mirent en mouvement. Frottant, titillant, agaçant, tirant mon clito jusqu'à ce que je me tortille comme un ver pour trouver l'assouvissement.

— Maintenant, Annabelle, je veux que tu jouisses maintenant.

Mon corps, en parfait esclave assujetti à son maître, ne se fit pas prier. Un gémissement guttural m'échappa lorsque je jouis pour la deuxième fois. Ce fut à peine si je sentis la hampe de Ly' se raidir avant de tressauter de manière frénétique.

La respiration sifflante, le cœur battant à deux cents à l'heure, j'avais la sensation d'avoir quitté mon corps. Une coquille vide.

La petite mort. *Encore*. Incapable de bouger, je restai ainsi, les paupières mi-closes.

Les lèvres de Ly' se posèrent dans le creux de ma gorge et il me mordilla doucement.

— Tu devrais te rhabiller, ma souris..., chuchota-t-il d'une voix haletante, entre deux morsures. Sinon, tu vas tomber malade. Encore. (Merci de me le rappeler...)

Je hochai lentement la tête et émis un vague gargouillis :
— Hin-hin.

Son souffle me chatouilla lorsqu'il ricana doucement.
— Aurais-je épuisé ma petite déesse des enfers ? Serait-elle si

fatiguée qu'elle ne puisse faire le moindre geste ? (Il se pencha davantage et mordilla le lobe de mon oreille droite.) Suis-je bon à ce point, ma souris ?

Oh, le vantard !

Encore une fois, il n'a pas vraiment tort, A, puisque t'es alanguie sur sa moto, incapable de faire le plus petit mouvement. Non ?

Évidemment, vu sous cet angle...

Je sentis la moto tanguer lorsque Ly' en descendit. Il me prit dans ses bras et me serra contre son cœur. Un sourire arrogant figé sur ses lèvres, il me donna un petit baiser sur le front. Une lueur de satisfaction brillait dans ses prunelles vert menthe.

Non, Ly' n'était pas un vantard ; il était *le roi* des vantards !

Il a de quoi !

Il me posa délicatement et attendit d'être sûr que j'étais bien stable sur mes jambes. Je vacillai légèrement, mais réussis à rester debout. Un exploit !

Avant de vraiment comprendre ce qu'il se passait, j'étais habillée de pied en cap. Ce mec était aussi efficace pour me déshabiller que pour me rhabiller ! Une véritable perle.

— Viens...

Il me tendit la main et m'entraîna vers la butte qui surplombait River Falls. De là où nous nous tenions, la ville semblait petite et insignifiante. C'était la première fois que je venais ici, et je devais reconnaître que la vue n'était pas mal du tout. Bien que je ne sois pas spécialement férue de paysage. Je serais d'ailleurs bien embêtée si je devais la décrire. Les mots joliment tournés me faisaient défaut, comme toujours.

Je me tournai donc vers Ly' et lui adressai un sourire étincelant.

— Je t'aime...

Une lueur animale s'alluma dans ses yeux et ses pupilles se dilatèrent.

— Je t'aime, ma souris..., ronronna-t-il à son tour, avant

d'emprisonner mon visage entre ses deux mains. (Il se pencha et frotta son nez contre le mien.) Un jour, tu as dit à Andy que j'étais son ombre maléfique. (Il posa son pouce sur mes lèvres pour m'empêcher de protester.) Non, Annabelle. C'est ce que je suis. Le noir absolu et abyssal. Une ombre maléfique. Mais toi, ma souris, tu es la lumière étincelante qui illumine mes ténèbres. Le blanc le plus pur qu'il soit. Ensemble, nous formons le Ying et le Yong. L'accord parfait entre le noir et le blanc. Nous sommes un tout, ma souris. Dorénavant, nous serons indissociables. Rien ne nous séparera. Je ne le permettrai pas. Jamais.

Ses mots, la ferveur avec laquelle il les prononçait, son regard, lui. Les larmes me vinrent aux yeux.

Dieu que j'aimais ce mec.

— Ly'…

Il secoua lentement la tête, l'air navré.

— Je sais, je ne suis pas doué avec les mots, mais, ce que j'essaie de te dire, Annabelle…

Pincez-moi, je rêve ! Lui ? Pas doué avec les mots ? Oh. Mon. Dieu ! Ce qu'il ne fallait pas entendre !

Je me jetai sur sa bouche et lui donnai un baiser à lui couper le souffle. Le seul moyen que j'avais trouvé pour le faire taire.

— J'ai compris, Ly'. Oh, oui ! J'ai compris. Toi aussi tu es mon tout.

Un sourire illumina son visage et il me serra tendrement contre lui.

— Je t'aime tellement, Annabelle Mary Katherine Campbell.

Oh, misère ! Était-il obligé de prononcer mon nom en entier ?

— Je t'aime plus que tout, Lysander Howard.

Un grondement mécontent résonna dans mes oreilles.

Hé, hé ! Un partout.

— Ma souris, si tu m'aimes vraiment, ne prononce plus jamais ce prénom, ok ?

Je relevai la tête et lui lançai un regard narquois.

— Je te promets de plus prononcer ce prénom, si de ton côté tu me fais la même promesse.

— Tu sais que je ne t'appellerai jamais « Anna ».

— Je sais. Je parlais des deux autres… Deal ?

— Deal !

Formidable !

Formidable ! Tu étais formidable, moi j'étais fort minable… nous étions formidables !

Eh, merde !

ÉPILOGUE

Et maintenant, voyez-vous la vie en couleurs ?
Je pense que vous avez compris, au fil de votre lecture, à quel point je suis nulle concernant les couleurs. Ce n'est pas faute d'avoir essayé, pourtant, mais que voulez-vous que j'y fasse ? Bien que toutes les nuances de l'arc-en-ciel soient sublimes, personnellement, je ne vois pas l'intérêt de toutes les retenir. Il y en a tellement… c'est bien trop compliqué… Et puis…

Le rouge reste rouge, qu'il soit bordeaux ou grenat. D'ailleurs, à quoi ressemble exactement le rouge grenat ?

Est-ce que je tiens vraiment à avoir une réponse à cette délicate question ?… Non, pas plus que cela en fait. Pour moi, le rouge restera éternellement rouge, peu importe sa nuance.

Et maintenant, voyez-vous la vie en couleurs ? Ou en noir et blanc ?

Comme je vous l'ai dit d'entrée de jeu, moi je sais reconnaître les couleurs de base, pas leurs innombrables nuances. Mais vous ? Le savez-vous ?

Ou êtes-vous comme moi, simple spectateur devant ce magnifique feu d'artifice ? Trouvant ce chatoiement merveilleux, mais ne tenant pas vraiment à le nommer avec précision et exactitude.

L'ignorance, parfois, est de mise. N'êtes-vous pas d'accord ?

Et maintenant, voyez-vous la vie en noir et blanc ?

Après avoir plongé dans mon univers, y avez-vous trouvé

des similitudes avec le vôtre ? Je vous fais grâce de la voix intérieure, et espère sincèrement que vous ne bénéficiez pas d'une telle… amie, dirai-je. Mais pour le reste, c'est une autre paire de manches.

Peut-être avez-vous également des journées blanches et d'autres noires ? Ou peut-être pas.

La vie en noir et blanc n'est pas faite pour tout le monde, j'en conviens, mais c'est ainsi. On ne choisit pas. C'est notre nature profonde qui le fait pour nous. À nous, ensuite, d'en tirer le maximum. Le meilleur.

C'est précisément ce que j'ai fait. Pour un résultat… enchanteur.

Avez-vous remarqué que j'ai découvert une nouvelle couleur, dans cet univers noir et blanc qui est le mien ? Vous saviez déjà qu'il s'y trouvait une pointe de bleu foncé. Petite, certes, mais pas moins présente pour autant. Eh bien, maintenant, il y a une immense tâche vert menthe. Un vert menthe a nul autre pareil. Grisant et enivrant. À elle seule, cette immense tâche verte illumine mon monde. De manière irréversible. Ce n'est pas pour me déplaire, bien au contraire. Je l'adore et ne pourrais plus m'en passer. Jamais.

Si vous êtes sur le point de me dire que mon vert menthe n'est pas vraiment vert menthe puisqu'il ne correspond pas exactement aux résultats trouvés sur internet, je vous montrerai gentiment, mais fermement, la sortie. Vous connaissez certainement l'expression « Tu sors ! ». Cela me navrerait profondément, croyez-le bien, de devoir en faire usage avec vous, mais sachez que je n'hésiterai pas un instant. Ma voix intérieure est suffisamment rabat-joie sans qu'elle ait besoin du moindre soutien.

Dieu m'en préserve !

Donc, comme je le disais, avant cette indispensable mise au point, une nouvelle tache de couleur a fait son apparition dans mon univers. La plus importante de tout. La plus indispensable.

Lysander Howard. *Ly*. L'amour de ma vie.

Et maintenant, vous ne voyez toujours pas la vie en noir et blanc ?
Alors, je ne peux malheureusement rien pour vous. Ce qui va suivre, je ne peux pas vous le décrire ou même vous l'expliquer. Certaines choses ne s'expriment pas.

Nous sommes Lysander Howard et Annabelle Mary Katherine Campbell. La suite de notre histoire, nous ne pouvons pas vous la raconter, nous devons la vivre.

Note de l'auteur

J'espère que vous avez pris autant de plaisir à lire cette histoire que moi à l'écrire. Il m'a fallu du temps pour y parvenir, pas mal de temps, car j'avais sans cesse de nouvelles idées, de nouvelles scènes qui s'ajoutaient. Et puis, je l'avoue, je ne voulais pas vraiment la lâcher. Mais bon, il faut savoir mettre le mot « fin » à un moment donné.

Pour le cas où vous vous poseriez la question, il n'y aura pas de suite à cette histoire. Est-ce que j'écrirai une romance pour les autres personnages, à savoir Kim et Marj' ? Oui, absolument. Je les aime trop pour les laisser tomber ! Elles aussi ont le droit de trouver l'amour. Et rassurez-vous, elles le trouveront. J'ai déjà quelques idées…

Toutefois, j'ai d'autres projets en cours qui demandent (réclament à coup de hurlement) mon attention, donc Marj' et Kim vont devoir faire preuve de patience. (Moue ironique.) Je sais que ce n'est pas leur fort, mais elles feront avec ! (Non, mais ! C'est qui l'auteur ?... Ben alors !)

J'en profite pour remercier mon mari, qui a la patience de me supporter durant mes périodes d'écriture intensives, et mes longues, très longues relectures. Il m'a soutenu depuis le début, et sans lui, je n'aurais jamais osé me lancer. Merci du fond du cœur. Tu es mon champion. <3

Je remercie également ma maman, pour son soutien et ses

conseils. Je ne les suis pas toujours (je sais, je sais, c'est honteux), mais ils ne tombent pas pour autant dans l'oreille d'un sourd. Merci de prendre le temps de relire chacun de mes livres et de les corriger. T'es la meilleure des mamans ! <3

Je remercie ma nouvelle bêta-lectrice, Clotilde, qui a accepté de remplacer mon mari au pied levé ! C'est une personne formidable (formidable ! Tu étais formidable, moi j'étais fort minable… nous étions formidables ! Désolée, je n'ai pas pu résister… ^^). Donc, je disais que Clotilde est une personne formidable (…) et je suis terriblement chanceuse qu'elle ait accepté de devenir ma bêta-lectrice ! Merci, ma belle, t'es vraiment un amour ! <3

J'ai bien failli oublier quelqu'un… Je remercie Jay Aheer. pour la magnifique couverture qu'elle m'a faite ! Un travail magnifique, qui m'a laissée bouche bée quand je l'ai découvert ! Je l'adore, elle est juste géniale ! (La couverture, mais Jay aussi… ^^)

Et, pour finir, je vous remercie VOUS, chers lecteurs ! J'ai toujours une pointe d'angoisse lorsque je publie un nouvel écrit, en me demandant s'il va vous plaire ou non. C'est un peu comme jouer à la loterie, on ne sait pas si nos numéros seront gagnants ou pas. Le stress !

Alors, n'hésitez pas à laisser votre avis sur mon blog (http://sc-rose.blogspot.ch), sur ma page Facebook (https://www.facebook.com/S.C.Rose.Auteur) ou directement sur la plate-forme où vous avez acheté mon livre. Même si je ne réponds pas immédiatement à vos commentaires, soyez assurés que je les lis tous.

Merci, merci à vous.

Rose xxx.

Made in the USA
Charleston, SC
27 November 2015